카프카 전집 4

Der Verschollene

실종자

실종자

장편소설

프란츠 카프카 지음 | 한석종 옮김

솔

결정본 '카프카 전집'을 간행하며

　불안과 고독, 소외와 부조리, 실존의 비의와 역설…… 카프카 문학의 테마는 현대인의 삶 속에 깊이 움직이고 있는 난해하면서도 심오한 여러 특성들과 연관되어 있다. 그러나 지금 카프카 문학이 지닌 깊이와 넓이는 이러한 실존적 차원에 국한되지 않는다. 카프카의 문학적 모태인 체코의 역사와 문화가 그러했듯이, 그의 문학은 동양과 서양 사이를 넘나드는 매우 중요하면서도 인상 깊은 정신적 가교架橋로서 새로운 해석을 요청하고 있으며, 전혀 새로운 문학적 상상력과 깊은 정신적 비전으로 현대와 근대 그리고 미래 사이에 가로놓인 장벽들을 뛰어넘는, 또한 근대 이후 세계 문학에 대한 인식틀들을 지배해온 유럽 문학 중심/주변이라는 그릇된 고정관념들을 그 내부에서 극복하는, 현대 예술성의 의미심장한 이정표이자 마르지 않는 역동성의 원천으로서 오늘의 우리들 앞에 다시 떠오른다.

일러두기

1. 한자 및 외국어는 필요한 경우에 병기하였다.
2. 외국어 우리말 표기는 국립국어원 지침에 따랐으나 특별한 경우 예외를 두었다.
3. 부호와 기호는 아래와 같다.
　─책명(단행본)·장편소설·정기간행물·총서: 겹낫표(『 』)
　─논문·시·단편 작품·연극·희곡: 낫표(「 」)
　─오페라·오페레타·노래·그림·영화·특정 강조: 홑화살괄호(〈 〉)
　─대화·인용: 큰따옴표(" ")
　─강조: 작은따옴표(' ')

◢◣ 차례

화부

열일곱 살의 카알 로스만은 하녀의 유혹에 빠져 그녀에게 아이를
갖게 했다. 이 때문에 가난한 양친은 그를 미국으로 보냈다. 그가 타
고 온 배가 속도를 낮추어 뉴욕 항에 들어오고 있을 때, 그는 멀리서부
터 관찰하고 있던 자유의 여신상을 쳐다보았다. 자유의 여신상은 갑
자기 더 강렬해진 햇빛을 받는 듯했다. 칼을 든 팔은 마치 방금 치켜든
것처럼 우뚝 솟아 있었고, 여신상 주위에는 바람이 한가하게 불었다.

"정말 높구나."하고 그는 중얼거리면서 내릴 생각을 전혀 하지 않
았다. 그의 옆으로 지나가는 짐꾼들이 더 늘어나면서 그는 차츰차츰
갑판의 난간에까지 밀려났다.

항해 중에 알게 된 젊은 남자가 지나가면서 말했다. "이봐요, 내리
고 싶지 않습니까?" "내릴 준비는 다 되어 있습니다." 카알은 미소를
띠며 대답했다. 그리고 그는 마음이 들떠서 트렁크를 힘껏 들어 어깨
에 올렸다. 그러나 막대기를 약간 흔들면서 다른 사람들과 함께 멀어
져가는 그 젊은 남자 쪽으로 시선을 던졌을 때 그는 우산을 아래 선실
에 두고 왔다는 것을 깨달았다. 그는 그다지 달가워하지 않는 듯한 그
젊은 남자에게 잠시 트렁크 곁에서 기다려줄 것을 황급히 부탁하고
나서, 돌아올 때 제대로 길을 찾기 위해 주변 상황을 훑어보며 급히
그 자리를 떠났다. 아래로 내려와보니 지름길이 될지도 모를 한 통로
가 유감스럽게도 제일 먼저 닫혀 있었다. 그것은 아마도 승객 모두가
하선한 것과 관련이 있는 것 같았다. 그는 무수히 많은 작은 방들, 꾸

불꾸불한 복도들, 계속해서 이어지는 짧은 계단들을 지나 책상 하나가 쓸쓸히 놓여 있는 빈방을 가로지르면서 길을 애써 찾아나가야만 했다. 이 길은 한두 번밖에 가본 적이 없으며, 그것도 무리를 지어 다녔기 때문에 그는 마침내 완전히 길을 잃고 말았다. 아무도 만나지 못하는 상황에 계속 당황한 나머지 그의 귀에는 머리 위에서 나는 수많은 사람들의 발자국 소리와 이미 정지된 기계의 마지막 작동 소리만 숨결처럼 들려왔기 때문에, 이리저리 헤매 다닌 끝에 맞닥뜨린 한 작은 문을 아무 생각 없이 두드렸다. "열려 있어요."하고 안에서 누군가가 소리쳤다. 카알은 안도의 숨을 내쉬며 문을 열었다. "왜 미친듯이 문을 두드리는 겁니까?"하고 덩치 큰 남자가 카알 쪽을 쳐다본 후 곧바로 물었다. 배의 위쪽에서 이미 그 수명이 다한 희미한 빛이 채광창을 통해 초라한 선실로 들어오고 있었다. 이 선실에는 침대 하나, 옷장 하나, 소파 하나 그리고 덩치 큰 남자가 마치 창고에 넣어져 있는 것처럼 나란히 있었다. "길을 잃었어요. 항해하는 중에는 전혀 알지 못했는데, 정말로 큰 배입니다." 카알이 말했다. 그 남자는 좀 뻐기듯 "그렇습니다, 당신 말이 맞아요." 하고는, 작은 트렁크의 자물통을 계속 만지작거리면서 자물통이 잠기는 소리를 들으려고 두 손으로 트렁크를 계속 눌렀다. "들어오세요. 밖에 서 있지 마세요."하고 그 남자는 말을 이었다. "방해가 되는 것은 아닌가요?"하고 카알이 물었다. "별말씀을, 무슨 방해가 되겠습니까?" "당신은 독일인인가요?"하고 카알은 확인을 해두려고 물었는데, 그것은 그가 미국에 갓 온 사람들이 특히 아일랜드인에게서 받는 위험에 대해 많이 들었기 때문이었다. "그렇습니다, 그렇습니다."하고 그 남자는 말했다. 카알은 아직 망설이고 있었다. 그때 그 남자는 갑자기 문손잡이를 잡고 문을 급히 닫아 카알을 문과 함께 안으로 밀어넣었다. "나는 통로에서 사람들이 들여다보는 것을 싫어합니다. 누구나 이곳을 지나가면서 들여다보지요. 그것을 참아낼 수 있는 사람은 열에 한 명도 안될 겁니다."하고 그 남자는 말하고서 다시 트렁크를 만지작거렸다. "하지만 복도에는 아무도 없어요."침대 기둥에 끼어서 거북한 자세로 서 있던 카알이 말했다. "지금은 그렇지요."하고 남자가 대답했다. '하지만 문제는 지금인데. 이 남자하고는 얘기하기 어렵겠군.' 하고 카알은 생각했다. "침대에 누우세요. 자리가 더 넓을 거예요." 하고 그 남자가 말했다. 카알은 잽싸게 침대 위로 오르려 했으나 실패했다. 그래서 그는 조심조심 기어들어가면서 이런 시도에 대해 크게 웃음을 터뜨렸다. 그러나 그는 침대에 눕자마자 "맙소사, 트렁크를 까마득히 잊고 있었어."하고 소리쳤다. "그게 대관절 어디에 있어요?""갑판 위에 있어요. 내가 아는 분이 지키고 있어요. 그런데 그의 이름이 뭐더라?"카알은 어머니가 여행에 대비해 자신의 웃옷 안쪽에 꿰매 달아준 비밀 호주머니에서 명함 한 장을 꺼냈다. "부터바움, 프란츠 부터바움이군.""그 트렁크가 꼭 필요한 것인가요?""물론이지요.""그렇다면 왜 당신은 트렁크를 낯선 사람에게 맡겼어요?""우산을 아래에 둔 걸 잊었어요. 그래서 그 우산을 찾으러 달려왔어요. 트렁크를 들고 올 수가 없었지요. 그런데 이렇게 길까지 잃어버렸답니다.""당신은 혼자예요? 동행은 없어요?""없어요. 혼자예요." 아마도 이 남자를 믿어야 할 것 같고 당장은 이 남자보다 더 좋은 친구를 어디에서도 찾을 수 없을 것 같다는 생각이 카알의 머리를 스치고 지나갔다. "그렇다면 지금 당신은 트렁크마저 잃어버린 셈이군요. 우산은 말할 것도 없고요."하고 말하며 그 남자는 지금 카알의 일에 다소간의 흥미를 느끼는 듯 소파에 앉았다. "하지만 아직 그 트렁크를 잃어버렸다고는 믿지 않아요.""믿는 자에게는 복이 있나니."그 남자는 숱이 많은, 검고 짧은 머리를 벅벅 긁으면서 말했다. "항구가 바뀜에 따라 배 위의 풍속도 달라지는 법이죠. 함부르크에서라면 아마도 부터바움이라는 당신의 친구가 그 트렁크를 지켜주었을 겁니다. 그러나 여기에서는 십중팔구 그 둘 다 자취를 감추었을 겁니다." "어쨌든 곧바로 위쪽에 가봐야겠어요." 카알은 말하고 나서 어떻게 하면 밖으로 나갈 수 있을까 하고 주위를 둘러보았다. "그냥 여기 있으세요." 그 남자는 이렇게 말하고서 곧장 거칠게 한 손을 카알의 가슴에 대고 침대로 밀쳤다. "도대체 왜 이러는 거요?" 카알은 화내면서 물었다. "그건 소용없는 일이기 때문이죠." 하고 그 남자는 대답했다. "잠시 후 나도 갈 겁니다. 그때 같이 갑시다. 어쩌면 그 트렁크를 도둑맞았을 수도 있어요. 이런 경우 어찌할 도리가 없으며, 당신은 잃어버린 트렁크를 죽을 때까지 아쉬워할지도 몰라요. 아니면 그 사람이 트렁크를 아직 지키고 있을 수도 있어요. 그렇다면 그 사람이 바보라서 계속 지키고 있는 겁니다. 아니면 그 사람이 정직한 사람이라서 트렁크를 그냥 두고 갔을 수도 있어요. 이런 경우 배가 완전히 빌 때까지 기다리면 훨씬 쉽게 찾을 수 있습니다. 당신의 우산도 마찬가지지요." "이 배의 사정을 잘 아세요?" 하고 카알은 미심쩍은 듯 물었다. 빈 배에서 자기 물건을 찾는 것이 제일 쉬울 거라는 생각은 평상시라면 납득할 수 있을 테지만, 지금의 카알은 이 생각에 미심쩍은 점이 있다고 여겼다. "나는 이 배의 화부예요." 하고 남자는 말했다. "당신이 화부라구요?" 카알은 상상 밖이라는 듯이 기뻐서 외쳤고, 팔꿈치를 괸 채 그 남자를 좀더 가까이에서 응시했다. "내가 슬로바키아인과 함께 자던 선실 바로 앞에 창이 하나 설치되어 있어서, 그 창을 통해 기관실 안을 들여다볼 수 있었지요." "맞아요, 내가 그곳에서 일했어요." 하고 화부가 말했다. "나는 늘 기술에 관심을 가져왔지요. 그리고 나는 미국으로 올 필요가 없었더라면 나중에 틀림없이 기술자가 되었을 겁니다." 하고 카알은 생각에 잠기면서 말했다. "도대체 당신은 무엇 때문에 미국으로 오게 되었죠?" "그게 뭐랄까!" 카알은 말하려다가 손짓으로 모든 이야기를 일축해버렸다. 그리고 그는 사연을 직접 말하지 못하는 것을 관대하게 보아달라는 듯 웃으면서 화부를 쳐다보았다. "그럴만한 사연이 있었겠군요." 화부는 그 사연을 이야기해달라는 것인지, 아니면 그만두라는 것인지 불분명하게 말했다. "나도 화부가 될 수 있으면 좋겠어요. 내가 무엇이 되든 부모님은 지금 전혀 관심이 없답니다." 하고 카알이 말했다.

"내 자리가 비게 될 겁니다." 하고 말하면서 화부는 사정을 충분히 의식한 듯 두 손을 바지 호주머니 속에 찔러넣고, 주름진 은색 가죽 바지를 입은 두 다리를 뻗어 침대 위에 올려놓았다. 그래서 카알은 벽쪽으로 더 밀려나야만 했다. "배를 떠날 겁니까?" "그렇습니다. 우리는 오늘 떠날 거요." "도대체 왜 떠나려는 겁니까? 이 배가 맘에 들지 않아요?" "물론 이런저런 사정이 있지요. 마음에 드느냐 들지 않느냐가 언제나 결정적인 이유가 되는 건 아니에요. 하지만 당신 말이 맞아요. 이 배가 맘에 드는 것도 아니에요. 당신은 아마 반드시 화부가 되겠다고 생각하는 것은 아니겠죠? 하지만 마음만 먹으면 가장 쉽게 될 수도 있어요. 그러나 나는 당신을 말리고 싶어요. 유럽에 있을 때 공부를 하려고 마음먹었다면 왜 여기서도 공부하려고 생각지 않는 겁니까? 미국의 대학들은 비교할 수 없을 만큼 더 좋지요." "물론 그럴지도 모르죠. 하지만 공부할 돈이 거의 없답니다. 언젠가 낮에는 상점에서 일하고 밤에는 공부를 해서 마침내 박사학위를 따고 시장이 되었다는 어떤 사람의 전기를 읽은 적이 있긴 합니다만, 그렇게 되기에는 엄청난 인내가 필요하지 않을까요? 내겐 그런 인내심이 없다는 게 걱정이에요. 게다가 나는 학교 성적도 그다지 좋은 편이 아니었어요. 사실 학교를 떠나는 것이 마음 아프지도 않았어요. 그리고 어쩌면 이곳의 학교들이 훨씬 더 엄격할지도 몰라요. 나는 영어를 거의 할 줄 모른답니다. 게다가 이곳 사람들은 외국인에 대해 반감을 가지고 있다고 알고 있어요."하고 카알은 말했다. "벌써 그런 것까지 깨달았단 말이에요? 자, 그렇다면 좋아요. 그러면 당신은 나의 동지가 되는 겁니다. 당신도 아시다시피, 우리는 독일 배를 타고 있어요. 이 배는 함부르크 – 아메리카 해운 소속인데, 왜 우리는 순전히 독일인만으로 구성되지 않았습니까? 왜 일등 기관사가 루마니아인이지요? 그의 이름은 슈발이라고 해요. 이건 있을 수 없는 일이에요. 그리고 이 무뢰한 자가 독일 배에 타고 있는 우리 독일인을 혹사하고 있어요."그는 숨이 차서, 손짓을 하며 미적미적하다가 말을 이었다. "불평을 위한 불평을 한다고는 생각하지 마세요. 나는 당신이 아무런 힘도 없는 가난한 젊은이라는 것을 잘 알고 있어요. 어쨌든 이건 너무 심하단 말이에요."화부는 여러 차례 주먹으로 책상을 세게 쳤다. 그는 주먹으로 책상을 치는 동안에도 눈을 주먹에서 떼지 않았다. "나는 배에서 일한 경력이 많아요." 그는 스무 개나 되는 배의 이름을 한 단어인 양 단숨에 열거했다. 카알의 머릿속은 완전히 혼란을 일으켰다. "그리고 나는 특출했으며 칭찬도 받았고 선장들의 마음에 드는 일꾼이었어요. 심지어 같은 상선을 수년 동안 타기도 했어요."그때가 자기 인생의 절정기라도 되는 듯 화부는 벌떡 일어섰다. "그런데 이 낡은 배에선 모든 일이 자로 잰 듯 규칙적으로 움직이며, 아무 재미도 없답니다. 여기선 나는 아무 쓸모도 없는 인간이에요. 여기서 나는 언제나 슈발의 방해물이죠. 나는 게으름뱅이고 쫓겨나는 것이 당연하지만 순전히 동정심에서 급료를 받고 있어요. 당신은 이런 사정이 이해가 가요? 나는 전혀 이해가 가질 않아요." "그런 일을 감수해서는 안 되죠."하고 카알이 흥분한 어조로 말했다. 그는 자신이 미지의 대륙 연안에 정박하고 있는 위험한 배에 타고 있다는 사실을 거의 느끼지 못했다. 그만큼 이곳 화부의 침대가 편안하게 느껴졌던 것이다. "선장을 만나보셨나요? 선장을 만나 당신의 권리를 요구하신 적이 있나

14

요?" "아, 나가줘요. 차라리 나가는 것이 좋겠어요. 당신이 여기에 머무는 것을 바라지 않아요. 당신은 내가 하는 말을 듣지도 않고 충고를 하는군요. 내가 도대체 어떻게 선장을 찾아간단 말이에요?" 화부는 피로한 기색으로 다시 자리에 앉아 두 손으로 얼굴을 감쌌다. '그에게 그것보다 더 좋은 충고가 어디에 있겠는가.' 하고 카알은 혼잣말을 했다. 그리고 카알은 이곳에서 바보 취급을 받는 충고 따위를 하기보다 차라리 트렁크를 가져왔어야 했다고 생각했다. 아버지가 그에게 트렁크를 넘겨주면서 농담으로 "네가 언제까지 이것을 간직할 수 있을까?" 하고 말했는데, 지금 그 귀중한 트렁크가 어쩌면 정말로 없어졌을지도 모르지 않는가. 단 한 가지 위안이 되는 사실은 설사 아버지가 트렁크를 확인하려고 해도 현재의 상황을 전혀 알 수 없다는 것뿐이었다. 선박회사는 트렁크가 뉴욕에 도착했다는 사실밖엔 알려주지 못할 것이다. 하지만 카알에게 유감스러운 것은 이를테면 이미 오래 전에 셔츠를 갈아입을 필요가 있었지만 트렁크 속에 든 물건들을 아직까지 전혀 써보지 못했다는 점이다. 이렇게 해서 그는 부적절한 방법으로 절약을 해온 셈이 되었다. 자신의 인생항로를 시작하는 마당에 깨끗한 복장으로 첫발을 내디뎌야 할 지금 더러운 셔츠 차림으로 나서게 되다니. 이러니 앞날이 뻔했다. 그렇지만 않다면 트렁크를 잃었다 해서 이토록 울화가 치밀지는 않을 것이다. 지금 입고 있는 양복이 트렁크 속에 있는 것보다는 훨씬 더 좋았다. 트렁크 속에 있는 양복은 출발하기 직전에 어머니가 수선한 임시복에 불과했다. 그는 어머니가 특별히 선물로 넣어주신 베로나산 소시지 한 조각이 트렁크 속에 아직 있다는 것도 기억해냈다. 하지만 항해 중엔 식욕이 없어 삼등 선실에서 지급되는 수프만으로도 충분했기 때문에, 그는 소시지의 한쪽 끝 부분만 조금 먹었을 뿐이었다. 화부에게 선물할 수도 있는 그 소시지를 지금 갖고 있다면 좋을 텐데. 아주 조그마한 것만 베풀어도 이런 사람들의 마음은 쉽게 끌 수 있으니까 말이다. 카알은 이런 것을 아버지에게서 들어 잘 알고 있었다. 아버지는 사업상 상대해야 하는 하급 직원들에게 엽궐련을 나누어줌으로써 그들의 마음을 끌었다. 지금 카알이 선물로 줄 수 있는 것이라고는 돈뿐인데, 혹시 트렁크가 없어졌을 경우에 대비해서 당분간은 그 돈에 손대고 싶지 않았다. 다시금 그의 생각은 트렁크로 옮아갔다. 지금 이토록 쉽게 트렁크를 잃어버릴 줄 알았다면 그는 왜 항해 중에 밤잠도 제대로 자지 못할 정도로 그것을 주의하여 감시했단 말인가, 그는 도무지 이해가 가지 않았다. 그는 지난 닷새 동안의 밤을 회상해보았다. 그 동안 그는 자기 왼편으로 침대 두 개 건너에 누워 있던 몸집이 작은 슬로바키아인이 트렁크를 탐낸다고 줄곧 혐의를 두었다. 그 슬로바키아인은 낮 동안 가지고 놀거나 연습한 긴 막대기로 트렁크를 자기 쪽으로 끌어가기 위해 카알이 피곤에 지쳐 일순간이라도 조는 기회만을 엿보고 있었다. 그는 낮에는 선량한 사람처럼 보였는데, 밤이 되기만 하면 때때로 침대에서 몸을 일으켜 애처롭게 카알의 트렁크 쪽을 건너다보았다. 카알은 그 사실을 분명히 알아차릴 수 있었다. 왜냐하면 선내 규칙상 금지되어 있었지만, 심리상태가 불안한 이민자들은 여기저기서 작은 불을 켜고 이해하기 어려운 이민대행사무소의 안내서를 판독하려 했기 때문이었다. 카알은 이런 불빛이 가까이 있을 때만 잠시 눈을 붙일 수 있었고, 불빛이 멀리 있거나 어두울 때는 눈을 부릅뜨고 있어야만 했다. 그런 노력 때문에 카알은 완전히 지쳐버렸다. 이제 와서 그런 노력은 아무 소용 없는 것이 되고 말았다. 부터바움, 이 녀석, 어디서고 한번 만나기만 해봐라.

바로 그때 이제까지 흐르던 완전한 적막을 뚫고 멀리서부터 아이들의 발소리 같은 작은 소리가 들려왔다. 그 소리는 점점 더 강해지면서 다가왔다. 그것은 남자들의 조용한 행진이었다. 좁은 통로에서 마땅히 그래야 하듯이 그들은 분명히 한 줄로 서서 걸었다. 무기에서 나는 듯한 찰깍찰깍거리는 소리가 들렸다. 침대에 몸을 쭉 뻗고 누워 트렁크와 슬로바키아인에 대한 걱정에서 완전히 해방되어 막 잠이 들 뻔했던 카알은 깜짝 놀라 일어났으며, 화부의 주의를 끌려고 그의 몸을 약간 밀쳤다. 왜냐하면 행렬의 선두가 이미 문 앞에 도달한 것 같았기 때문이었다. "저건 이 배의 악대들이에요. 갑판에서 연주를 하고 악기를 집어넣으려 가는 겁니다. 이제 모든 것이 끝났으니 우리가 가도 돼요. 갑시다." 하고 화부가 말했다. 그는 카알의 손을 잡았다. 그는 마지막에 침대 위의 벽에서 성모상을 떼어내어 양복 안주머니에 쑤셔 넣고, 트렁크를 들고 카알과 함께 서둘러 선실을 떠났다.

"이제 사무실에 가서 귀하신 양반들에게 내 의견을 말할까 해요. 승객들이 다 내렸으니 공연히 신경 쓸 필요도 없어요."라고 화부는 여러 번 되풀이했다. 그는 걸어가면서 통로를 가로질러가는 쥐 한 마리를 옆발질로 밟아 죽이려고 했으나 마침 쥐구멍에 도달해 있던 쥐를 오히려 더 빨리 쥐구멍 속으로 밀어넣은 꼴이 되고 말았다. 그는 대체로 동작이 느렸다. 왜냐하면 그는 다리가 길었지만 너무 무거웠기 때문이었다.

두 사람이 조리실을 지나갈 때, 그곳에는 몇몇 아가씨들이 더러운 앞치마를 두르고 — 그들은 일부러 앞치마를 젖게 해서 더럽혔다 — 커다란 통 속에 들어 있는 식기를 씻고 있었다. 화부는 리네라는 아가씨를 불러 그녀의 허리에 팔을 감았고, 교태를 부리면서 줄곧 그의 팔에 매달리는 그녀를 한동안 데리고 걸어갔다. "지금 급료 지급이 있다는데, 같이 가겠어?" 하고 화부가 물었다. "내가 힘들여서 갈 필요가 있어요? 그 돈을 가져다주면 더 좋을 텐데." 그녀는 이렇게 대답하고 그의 팔에서 빠져나와 달아나버렸다. "도대체 어디서 저런 예쁜 애송이를 낚았죠?" 하고 그녀가 외쳤으나 대답을 들을 생각은 없는 듯

했다. 일손을 멈추고 있던 아가씨들이 모두 웃음을 터뜨렸다.

둘은 계속 걸어가다가, 위에 금박을 입힌 작은 여신상이 있는 작은 문에 이르렀다. 그것은 배의 설비치고는 너무 사치스러워 보였다. 카알은 자신이 이곳에 전혀 와본 적이 없다는 것을 깨달았다. 이곳은 아마도 항해 중에 일, 이등 선실 승객 전용으로 사용되었으나 이제 배의 대청소를 위해 칸막이들이 제거된 것 같았다. 둘은 사실 벌써 몇 사람을 만나기도 했는데, 그들은 빗자루를 어깨에 메고 화부에게 인사를 했다. 카알은 많은 사람들이 왕래하는 것을 보고 놀랐다. 삼등 선실에선 좀처럼 볼 수 없는 광경이었다. 통로를 따라 전선이 있었으며, 작은 벨이 계속 울리고 있었다.

화부가 공손하게 노크를 했다. "들어오시오." 하는 소리가 들리자 그는 카알에게 겁내지 말고 들어가자는 손짓을 했다. 카알도 들어가긴 했으나 문 옆에 멈춰섰다. 그는 세 개의 창문 너머로 파도치는 바다를 보았고, 경쾌하게 넘실거리는 파도를 보니 마치 기나긴 닷새 동안 줄곧 바다를 보지 못한 사람처럼 가슴이 설레었다. 서로 엇갈려 지나가는 큰 배들은 육중한 파도에 흔들리고 있었다. 눈을 가늘게 뜨고 바라보니 그 배들은 오로지 자체의 무게 때문에 흔들리는 것처럼 보였다. 돛대 위에는 가늘고 긴 깃발이 달려 있었다. 깃발은 배가 항진하고 있기 때문에 팽팽하게 펼쳐졌으나, 때때로 펄럭였다. 아마도 군함에서 쏘았으리라 짐작되는 예포 소리가 울렸다. 멀지 않은 곳에서 지나가는 군함은 강철 외피의 포신을 번쩍이면서, 안전하고 순조롭게 가는 듯 했으나 가볍게 흔들리고 있었다. 작은 배와 보트들은 이 문을 통해서 보니까 멀리 떨어져 보였는데, 그것들은 떼를 지어 큰 배들 사이에서 항구로 들어갔다. 이 모든 광경의 뒷면에는 뉴욕이 있으며, 마천루의 수십만 개 창문들이 카알을 응시하고 있었다. 이 방에 들어와서야 비로소 카알은 자신이 어디에 있는지를 알 수 있었다.

둥근 테이블에 남자 세 명이 앉아 있었다. 한 남자는 푸른색의 선원 제복을 입은 항해사였고, 항만청 직원인 듯한 다른 두 사람은 검은색의 미국식 제복을 입고 있었다. 테이블 위엔 갖가지 서류가 수북이 쌓여 있었는데, 항해사가 손에 펜을 들고 먼저 그 서류들을 훑어본 다음 다른 두 사람에게 건네주었다. 그 둘은 읽기도 하고 혹은 메모도 했으며, 한 남자가 쉴새없이 이를 딱딱 마주치는 소리를 내면서 기록해야 할 사항을 동료에게 말하지 않을 경우에는 그 서류를 서류가방 속에 밀어넣었다.

창가의 책상에는 키 작은 남자가 문을 등지고 앉아서 자기 앞의 머리 높이쯤에 있는 튼튼한 선반 위에 나란히 꽂힌 장부들을 처리하고 있었다. 그 남자 옆에는 금고가 열려 있었는데, 얼핏 보기에도 텅 빈 것 같았다.

두번째 창문 근처에는 아무것도 놓여 있지 않아 바깥 경치를 내다보기에 가장 좋았다. 세번째 창 가까이에는 두 남자가 낮은 소리로 얘기를 주고받고 있었다. 그중 한 남자는 창가에 기대어 있었으며, 그 역시 선원 제복을 입고 단검 자루를 만지작거리고 있었다. 그리고 그와 얘기를 나누고 있는 남자는 창 쪽을 향하고 있었으며 몸을 움직였기 때문에 이따금씩 상대방의 가슴 위에 달린 훈장의 일부가 보였다. 이 남자는 사복을 입고 가느다란 대나무 막대기를 가지고 있었는데, 두 손을 허리에 대고 있었기 때문에 그 막대기 역시 단검처럼 삐죽 나와 있었다.

카알에게는 이 모든 것을 천천히 관찰할 여유가 없었다. 왜냐하면 곧 사환이 그들 쪽으로 와서 당신 같은 사람은 올 곳이 못 된다는 듯한 눈으로 화부를 바라보면서 무슨 용무가 있느냐고 물었기 때문이었다. 화부는 질문을 받을 때와 똑같은 낮은 소리로 경리 주임과 얘기하고 싶다고 대답했다. 사환은 일단 손짓으로 그 청을 거절했으나, 그래도 발끝으로 조심스레 걸으면서 둥근 테이블을 빙 돌아 장부를 들고 있는 남자에게로 다가갔다. 그 남자는 — 그것은 똑똑히 보였는데 — 사환의 말을 듣고 표정이 굳어졌으나 마침내 자기에게 면담을 요청하는 남자 쪽을 쳐다보았다. 그리고 그는 화부를 향해 그리고 재차 확실히 하기 위해 사환을 향해서도 단호히 거절한다는 뜻의 손짓을 했다. 그러자 사환은 화부에게로 돌아와 마치 비밀 얘기라도 하는 듯한 어조로 말했다. "어서 이 방에서 나가주시오."

이 말을 듣자 화부는 카알이 바로 자신의 고충을 호소할 수 있는 사람이기나 한 것처럼 카알을 바라보았다. 그러자 카알은 앞뒤 생각도 없이 뛰쳐나가 항해사의 안락의자를 가볍게 스치면서 방을 가로질러 갔다. 사환은 몸을 앞으로 굽히고 마치 독벌레를 쫓듯이 팔을 벌려 달려왔으나 카알이 경리주임의 책상에 먼저 도달했다. 카알은 사환이 자기를 끌어낼 경우에 대비해서 테이블을 꽉 움켜잡았다.

곧바로 방 전체가 활기를 띠었다. 테이블에 앉아 있던 항해사는 깜짝 놀라 벌떡 일어났다. 항만청 직원은 조용히 그러나 주의 깊게 지켜보고 있었다. 창가에 있던 두 남자가 나란히 걸어왔다. 사환은 그 높으신 분들이 관심을 보이고 있는 곳에 자신이 나선다는 것이 온당치 못하다고 생각하면서 물러섰다. 문 옆에 있던 화부는 자기의 도움이 필요하게 될 그 순간을 잔뜩 긴장하며 기다리고 있었다. 드디어 경리주임이 안락의자에 앉은 채 커다란 동작으로 오른쪽으로 빙그르르 돌았다.

카알은 자신의 비밀 호주머니를 지켜보고 있는 사람들의 시선에는 아랑곳하지 않고 그 호주머니에서 여권을 꺼냈으며, 자신의 소개를 대신해서 여권을 펼쳐 책상 위에 놓았다. 경리주임은 그 여권을 중요하게 생각하지 않는 것 같았다. 경리주임이 여권을 두 손가락으로 튀겨 옆으로 밀어놓은 것을 보면 확실히 알 수 있었다. 그러자 카알은 마치 공식적인 절차가 만족스럽게 끝난 것처럼 여권을 다시 호주머니에 넣었다. 그러고는 카알은 "실례합니다만"하고 말문을 열었다. "제 생각으론 이 화부 양반이 부당한 취급을 받고 있는 것 같아요. 이 양반께 적의를 품고 있는 자는 이 배의 슈발이라는 사람이에요. 이분은 오늘날까지 여러 배에서 아주 만족스럽게 근무했어요. 이분은 배의 이름들을 모두 열거할 수도 있어요. 이분은 근면한 사람이며, 자신의 일에 긍지를 가지고 있답니다. 그런데 상선에서보다 업무량이 많지 않은 이 배에 왜 그가 부적당한지 정말로 그 영문을 모르겠어요. 그러므로 이분의 승진을 방해하고, 마땅히 이분에게 돌아가야 할 표창을 받지 못하게 하는 것은 중상이라고밖엔 생각할 수가 없어요. 저는 이 사실에 대하여 일반적인 견해만을 말씀드렸어요. 세세한 불만에 대해서는 이분이 직접 여러분께 말씀드릴 겁니다." 카알은 이런 이야기를 방 안의 모든 사람들을 향하여 거침없이 쏟아놓았다. 사실 그들 모두가 다 귀를 기울였는데, 카알은 경리주임이 정당한 사람이라고 생각하기보다는 다른 사람들 가운데 정당한 사람이 한 사람쯤은 있을 가능성이 훨씬 많다고 생각했기 때문이었다. 그리고 약삭빠르게도 카알은 화부와 서로 안 것이 바로 얼마 전이라는 사실은 감추었다. 어쨌든 카알이 지금 서 있는 자리에서 처음 본, 대나무 막대기를 든 신사의 얼굴이 붉게 상기된 것에 당황하지 않았더라면 더 멋지게 말했을지도 몰랐다.

　"그의 말은 한마디 한마디 모두 진실이에요."하고 화부는 누가 그에게 묻기도 전에, 심지어 사람들이 그를 쳐다보기도 전에 말했다. 카알의 머릿속에 언뜻 떠오른 것이지만 어쨌든 이 배의 선장임에 틀림없는, 훈장을 단 남자가 화부의 말을 듣기로 분명히 마음먹지 않았더라면 화부가 이토록 성급하게 서두른 것은 큰 실수였는지도 모른다. 선장은 이 이야기의 결말을 지으려는 듯한 단호한 음성으로 화부에게 "이쪽으로 오세요."하고 큰 소리로 말했다. 이제 모든 것은 화부의 태도에 달려 있었다. 왜냐하면 그의 주장의 정당성에 대해 카알은 조금도 의심하지 않았기 때문이었다.

이번 기회에 화부가 지금까지 이 세상을 두루 경험하고 돌아다녔다는 사실이 밝혀진 것은 다행한 일이었다. 아주 침착하게 화부는 자신의 소형 트렁크에서 익숙한 솜씨로 서류 한 묶음과 수첩 한 권을 꺼내어, 마치 당연한 일인 것처럼 경리주임을 완전히 무시한 채 직접 선장에게 다가가 창틀 위에 자신의 증거 자료들을 펴보였다. 경리주임은 직접 그쪽으로 갈 수밖에 없었다. "이 자는 유명한 불평분자예요. 이 자는 기관실에 있기보다는 경리실에 더 많이 와 있었답니다. 이 자가 슈발이라는 침착한 사람을 완전히 절망 속으로 빠뜨렸답니다."하고 경리주임은 설명하기 시작했다. "내 말 한번 들어봐요."하고 경리주임은 화부를 향해 말했다. "당신은 정말로 너무 주제넘게 행동하고 있어요. 당신은 지금까지 여러 번 급료지불실에서 쫓겨났어요! 언제나 전혀 터무니없는 요구를 하니 그런 꼴을 당하는 것도 정말 당연한 일이지요. 그리고 그곳에서 몇 번이나 당신은 경리실 안으로 뛰어들어갔어요! 슈발이 당신의 직속상관이니까, 그의 부하로서 그 사람하고만이라도 잘 지내야 한다고 몇 번이나 좋은 말로 타일렀어요! 그런데 지금 당신은 선장님이 계시는 곳으로 들어와서 선장님을 괴롭히는 것을 부끄러워하지 않아요. 이 배에서 처음 보는 애숭이를 데리고 들어와서 당신의 닳아빠진 고발을 대변하도록 하다니 참으로 뻔뻔스러운 짓이군요."

카알은 뛰어나가고 싶은 충동을 억지로 참았다. 그러나 바로 그때 거기에 있던 선장이 말했다. "이 사람의 말을 한번 들어봅시다. 어쨌든 때가 되면 슈발은 나로부터 완전히 독립할 것입니다. 그렇다고 해서 내가 당신을 위해 유리하게 말하려는 것은 절대로 아니에요." 마지막 말은 화부에게 한 말이었다. 그가 당장은 화부를 위해 힘써줄 수 없는 것은 당연하지만, 모든 것이 잘 되어가는 것처럼 보였다. 화부는 처음에는 슈발에게 '씨' 자를 붙여 말할 정도로 자제하면서 설명하기 시작했다. 카알은 경리주임이 떠난 책상 옆에 앉아 매우 기뻐하고 있었으며 순전히 재미로 책상 위에 놓은 편지 저울을 몇 번씩이나 눌러보곤 했다. — 슈발 씨는 불공평하다. 슈발 씨는 외국인을 우대하고 있다. 슈발 씨는 화부를 기관실에서 내쫓고 화장실 청소를 시켰는데, 이것은 물론 화부가 할 일이 아니었다. 어떤 때는 슈발 씨의 능력이 의심스러웠다. 그의 능력은 실제로 뛰어난 것이 아니라 겉으로만 그렇게 보이는 것이다. — 바로 이때 카알은 선장이 자기 동료라도 되는 것처럼 다정스런 시선으로 뚫어지게 그를 응시했다. 그것은 다만 화부가 졸렬하게 말했기 때문에 선장에게 불리한 인상을 주지 않도록 하기 위해서였다. 어쨌든 화부는 핵심적인 얘기가 없는 장광설을 늘어놓았다. 선장은 화부의 말을 이번에는 끝까지 들어보자는 결의를 보이면서 여전히 앞을 쳐다보고 있었지만 다른 사람들은 참을 수가 없었다. 얼마 지나지 않아 화부의 목소리는 이 방의 분위기를 완전히 지배하지 못하게 되었다. 이런 사실은 여러 가지 걱정을 불러일으켰다. 마침내 사복을 입은 남자는 대나무 막대기를 만지작거리더니, 마룻바닥을 두드려 나지막한 소리를 냈다. 물론 다른 사람들이 가끔 그쪽을 보았다. 확실히 바빠 서둘고 있던 항만청 직원들은 서류를 다시 손에 들고 약간 멍한 상태로 그것을 훑어보기 시작했다. 항해사는 다시 자기 테이블에 다가가서 앉았다. 완전히 승산이 있다고 생각한 경리주임은 비웃듯이 깊은 한숨을 내쉬었다. 사환만은 그 방 전체를 지배하고 있는 산만한 분위기에 빠지지 않은 듯 보였다. 그는 높은 사람들 사이에 있는 가련한 화부의 고통에 공감했으며, 뭔가 설명하려는 듯 카알에게 진지하게 고개를 끄덕거렸다.

그러는 동안에 창문 밖에서는 항구의 생활이 진행되고 있었다. 납작한 화물선 한 척이 통을 산더미같이 싣고 옆으로 지나갔다. 그 배는 통이 굴러떨어지지 않도록 묘하게 쌓여 있었다. 배가 지나가면서 방 안에 어두운 그림자를 만들었다. 조그마한 모터보트들은 핸들을 잡고 꼿꼿이 서 있는 사람의 양손이 움직이는 데 따라 요란한 소리를 내면서 지나갔다. 카알에게 시간 여유가 있었다면 더 자세히 관찰할 수가 있었을 것이다. 기묘하게 생긴 부유물浮游物이 여기저기 출렁이는 물결에 저절로 떠올랐다가 곧바로 다시 파도를 뒤집어쓰고 휩쓸리더니 놀라서 쳐다보고 있는 카알의 시선 앞에서 가라앉아버렸다. 선원들이 힘차게 노를 젓자 승객으로 꽉 찬 원양기선의 보트들은 앞으로 나아갔으며, 승객들은 보트에 차곡차곡 실린 채 조용히 기대에 부풀어 앉아 있었다. 그래도 몇 사람은 머리를 돌리면서 바뀌는 광경을 꾸준히 쳐다보았다. 끝없이 요동치는 주변 상황은 의지할 곳 없는 인간들을 감동과 불안감으로 가득 채웠다.

그러나 모든 사람들이 화부에게 빨리, 똑똑히, 아주 상세하게 설명하라고 재촉하는데, 화부는 무엇을 하고 있었던가? 물론 화부는 땀이 날 정도로 너무나 많은 말을 했으며, 손이 떨려서 창문턱 위에 있는 서류를 집어들 수도 없었다. 슈발에 대한 불만 사항이 여러 면에서 그의 뇌리에 쏟아졌다. 그는 그런 불만 사항들 중 하나만으로도 저 슈발을 완전히 매장해버리기에 충분하다고 생각했다. 그러나 그가 선장에게 제시할 수 있는 것은 가엾게도 이것저것 전부 얽힌 혼란덩어리에 불과했다. 대나무 막대기를 든 남자는 벌써 오래 전부터 천장을 바라보고 약하게 휘파람을 불고 있었다. 항만청 직원들은 자기네 테이블에 항해사를 붙들어놓고는 그를 다시 놓아주려는 기색이 전혀 없었다. 경리 주임은 말참견을 하고 싶어 좀이 쑤셨지만, 선장이 침착한 태도를 유지하고 있었기 때문에 분명 삼가고 있었다. 사환은 차려 자세를 하고 화부에게 내려질 선장의 명령을 언제까지나 기다리고 있었다.

이 시점에서 카알은 무언가를 해야 했다. 그래서 그는 여러 사람들이 있는 쪽으로 천천히 걸어가면서 어떻게 하면 이 사건을 가장 재치 있게 처리할 수 있을 것인가 재빨리 생각해보았다. 사실 이 순간이 가장 중요했다. 조금만 더 있으면 아마도 두 사람은 아주 멋지게 이 사무실에서 빠져나갈 수 있을지도 몰랐다. 선장은 참으로 좋은 분인 것 같았다. 게다가 카알은 바로 지금 그에게 공정한 상관으로서 행동해야 할 특별한 이유가 있는 것처럼 생각되었다. 그러나 결국은 그도 완전무결하게 연주할 수 있는 악기는 아니었다. — 더군다나 화부는 극도로 격앙된 심정에서 선장을 그런 사람으로 취급했던 것이다.

그래서 카알은 화부에게 이렇게 말했다. "더 간단명료하게 말씀드려야 해요. 지금과 같은 말투로 얘기하면 선장님께서는 당신 말을 인정하시지 않을 겁니다. 당신이 이름만 대면 선장님께서는 누구의 일인지 알 정도로 기관사나 사환의 이름이나 세례명을 알고 계실까요? 당신이 말하고 싶은 불평을 한번 머릿속에 정리해보고, 그중에서 제일 중요한 것을 먼저 말하고, 그 다음에 나머지 것을 차례차례로 말하세요. 그러면 아마도 대부분은 더 이상 이야기할 필요도 없을 겁니다. 당신은 나에게 그런 불평을 언제나 아주 명쾌하게 설명하지 않았어요?" 미국에서 트렁크를 훔칠 수 있다면 때때로 거짓말도 할 수 있다고 카알은 평계삼아 생각했다.

그러나 이런 말이 도움이 되었다면 정말 좋았을 텐데. 벌써 때가 늦은 것은 아닐까? 화부는 귀에 익은 소리가 들리자마자 말을 중단했으나, 모욕당한 사나이의 명예와 고통스런 추억, 그리고 당면한 고난의 눈물로 완전히 가려진 그의 눈으로는 이미 카알을 전혀 알아볼 수조차 없었다. 지금 화부는 어떻게 해야 할까, 아무 말이 없는 화부 앞에서 카알은 침묵을 지키면서 갑자기 어떻게 하면 화부가 그의 말투를 바꿀 수 있을 것인가를 생각해보았다. 카알이 볼 때 화부는 그가 할 수 있는 말을 모두 다 터뜨렸지만 전혀 인정받지 못했고, 따라서 아직 전혀 아무것도 말하지 않은 셈인데, 그렇다고 지금 사람들에게 아직 남은 모든 이야기를 들어달라고 요구할 수도 없었다. 그리고 이런 시점에서 유일한 지지자인 카알이 와서 좋은 교훈을 주려나 했는데, 오히려 만사가 글렀다는 것을 지적하는 꼴이 되었다.

'창 밖을 내다보지 말고 좀더 일찍 왔더라면.' 하고 카알은 혼잣말을 하면서, 모든 희망이 사라졌다는 것을 표시하기 위해 화부 앞에서 고개를 숙이고 바지의 솔기를 양손으로 두드렸다.

그러나 화부는 그것을 오해했다. 그는 아마도 카알의 마음속에 자신에 대한 은밀한 비난이 있다고 추측하는 것 같았다. 그런 비난에 대해 카알에게 변명하려는 선의에서 자기 행위를 미화하려고 방금 카알과 언쟁을 시작한 것이다. 둥근 테이블에 둘러앉은 남자들이 자신들의 중요한 업무를 방해한 쓸데없는 소동 때문에 아까부터 격분하고 있는 이 시점에서 말이다. 경리주임은 선장의 인내를 점점 이해할 수 없어 당장에라도 폭발할 기세였다. 그리고 사환도 다시 완전히 상관들의 편에 붙어서 거친 눈초리로 화부를 얕잡아보고 있었다. 가끔 선장이 정다운 시선으로 대나무 막대기를 든 남자를 쳐다보았는데, 그 남자마저도 벌써 화부에 대한 관심이 완전히 사라졌고 오히려 싫증이 났으며, 이제는 작은 수첩을 꺼내 분명히 다른 업무를 처리하면서 수첩과 카알 사이에서 시선을 이리저리 굴리고 있었다.

"알고 있어요. 알고 있어요." 하고 카알은 이번에는 자기에게 늘어놓는 화부의 장광설을 막으려고 애썼지만, 말다툼하는 동안 줄곧 다정한 미소를 짓는 여유를 보여주었다. "당신 말이 옳아요. 옳고 말고요. 나는 조금도 의심하지 않았어요." 카알은 얻어맞는 것이 두려워서 화부가 내젓고 있는 양손을 붙들고 싶었으며, 차라리 그를 한쪽 구석으로 몰고 가서 평소라면 아무도 들어서는 안 될 말을 몇 마디 조용히 속삭여주고 싶었다. 그러나 화부는 어쩔 줄을 모르고 있었다. 이러한 궁지에 빠진 화부가 죽을 힘을 다하여 이곳에 있는 일곱 사람 전부를 제압할지도 모른다는 생각을 하면서 카알은 일종의 위안을 얻기 시작했다. 사무용 책상 위에는 전선에 연결된 많은 누름 단추가 달린 대臺가 놓여 있음을 첫눈에 알 수 있었다. 한 손으로 그것을 누르기만 하면 반감을 품은 자들로 가득찬 이 배 전체에 폭동이 일어나도록 만들 수도 있었다.

그때 그렇게 무관심한 태도를 보이던 대나무 막대기를 든 남자가 카알 쪽으로 걸어와서 그다지 크지는 않았지만 화부의 고함 소리를 누를 만큼 분명하게 "당신의 이름이 뭐예요?"하고 물었다. 그 순간 누구인지 문 뒤에서 이 남자의 발언을 고대하고 있었던 것처럼 노크하는 소리가 들렸다. 사환은 선장 쪽을 쳐다보았고, 선장은 고개를 끄덕였다. 그러자 사환은 문 쪽으로 가서 문을 열었다. 문밖에는 낡은 예복을 입은 균형이 잘 잡힌 몸매를 지닌 한 남자가 서 있었다. 외모로 볼 때 기계를 만지는 일에는 적당치 않은 것같이 보였는데 그 사람이 바로 슈발이었다. 그러자 모든 사람의 눈초리에는, 선장도 예외는 아니었는데, 어떤 만족의 빛이 돌았다. 만약 카알이 그들의 눈초리를 보고 그게 슈발이라는 사실을 알아차리지 못했을지라도, 놀랍게도 화부의 표정을 보고 그것을 알아차려야 했을 것이다. 화부는 주먹을 불끈 쥐고 있었다. 그는 이 일이 자신의 생명 전부를 바칠 정도로 아주 중대한 것인 양 긴장된 팔에 주먹을 불끈 쥐었다. 거기에는 그의 모든 힘, 그를 꿋꿋하게 지탱해주는 힘이 숨어 있었다.

이곳에는 예복 차림에 아무 거리낌없고 늠름한 모습을 한 적이 와 있었다. 슈발은 옆구리에 화부의 임금지급표와 작업보고서로 보이는 장부를 하나 끼고 있었으며, 우선 한 사람 한 사람의 기분을 확인하려는 속마음을 노골적으로 드러내 보이면서 차례차례 모든 사람의 눈빛을 쳐다보았다. 여기에 있는 일곱 사람 모두 그에게 우호적인 사람들이었다. 왜냐하면 선장이 조금 전에 그에게 이의를 제기했거나 아니면 단순히 그런 것처럼 행동을 했다 하더라도, 화부에게 괴롭힘을 당하고 난 후 이들은 슈발을 전혀 비난할 것이 없는 사람으로 생각했기 때문이었다. 화부 같은 남자는 아무리 엄하게 다룬다 할지라도 지나친 일이 아니었다. 따라서 슈발이 비난당할 일이 있다면, 그것은 그가 평소에 화부의 반항적인 성격을 고치지 못했기 때문에 화부가 감히 오늘 선장 앞에까지 나왔다는 점이었다.

화부와 슈발의 대결은 상급 공청회에서 얻는 효과와 같은 것을 이 사람들 앞에 가져올 거라고 추측할 수 있었다. 왜냐하면 가령 슈발이 아무리 가면을 쓰고 있다고 할지라도 절대로 끝까지 버틸 수는 없을 것이기 때문이다. 그의 사악함은 잠시 비치는 것만으로도 높은 분들에게 보여주기에 충분할 것이다. 카알은 일이 그렇게 되도록 하려고 신경을 썼다. 벌써 그는 높은 분들 각자의 통찰력, 약점, 변덕을 대체로 파악했다. 이런 점에서 볼 때 지금까지 이곳에서 보낸 시간은 헛된 것이 아니었다. 화부가 좀더 빈틈없는 사람이었다면 좋았을 텐데, 그는 이제 완전히 싸울 능력이 없는 것 같다. 만약 그의 앞에 슈발을 대령했다면 그는 껍질이 얇은 호두를 때려 깨듯이 슈발의 미운 머리통을 주먹으로 때려 깰 수 있었을지도 모른다. 그러나 몇 발짝 슈발에게 가까이 간다는 것도 화부에겐 어려운 형편이다. 결국 슈발은 자발적으로가 아니라 선장에게 불려서라도 이곳으로 오지 않을 수 없었을 것이다. 이토록 예견하기 쉬운 일을 왜 카알은 예상하지 못했단 말인가? 그는 왜 이곳에 오는 도중에 화부와 면밀한 전투 계획을 의논하지 않았던가? 오히려 그들이 실제로 한 일이라고는 아무런 준비도 없이 문이 있는 곳으로 무모하게 다짜고짜 들어온 것에 불과했다. 화부가 아직 말을 할 수 있을까? 가장 유리한 경우에 직면하게 될 반대 심문에서 필요한 '예' 나 '아니오'를 제대로 말할 수 있을까? 그는 두 다리를 벌리고 무릎을 약간 구부리고 머리를 약간 든 채로 서 있었으며, 마치 공기를 들락날락하게 하는 폐가 내부에 없기라도 한 듯 그의 벌린 입으로 공기가 들락날락하고 있었다.

하지만 카알은 힘이 솟았고 머리도 맑아진 것을 느꼈다. 이런 일은 고향에 있을 때는 한번도 느낀 적이 없었다. 이국의 높은 분들 앞에서 좋은 일을 위해 싸우고, 승리하는 데까지는 이르지 못했지만, 최후의 정복을 위해 만반의 준비를 하고 있는 카알의 모습을 부모님이 볼 수 있다면, 부모님은 그에 대한 생각을 바꿔주실까? 그를 부모님 사이에 앉히고 칭찬해주실까? 부모님에게 복종하는 그의 눈을 한번만이라도 보아주실까? 이런 것들은 불확실한 질문이다. 그리고 지금은 그런 질문을 제기하기에는 부적절한 순간이지 않은가!

"제가 여기에 온 것은 화부가 저의 불성실한 행위에 대하여 비난하고 있다고 믿기 때문입니다. 주방에 있는 한 아가씨가 여기로 찾아오는 화부를 도중에서 만났다고 제게 일러주었어요. 선장님, 그리고 여기 계시는 여러분, 어떤 고발일지라도 저의 서류를 근거로, 필요한 경우엔 밖에 기다리고 있는 편견 없는 공정한 증인들의 증언을 통해 반박할 준비가 되어 있어요." 슈발은 이렇게 말했다. 이것은 물론 사나이다운 명쾌한 발언이었다. 듣고 있는 사람들의 얼굴에 나타난 표정의 변화를 보면 그들이 오래간만에 처음으로 사람의 목소리를 들은 듯하다는 느낌을 가질 수 있었다. 물론 그들은 이 훌륭한 발언 속에 허점이 있으리라고는 깨닫지 못했다. 왜 슈발의 머리에 떠오른 최초의 구체적인 말이 '불성실' 이라는 단어인가? 그의 민족적 편견이 문제되는 것이 아니고 불성실에 대한 고발이 이곳에서 제기되어야만 한단 말인가? 주방의 아가씨가 사무실로 걸어가는 화부를 만났다고 했는데, 그때 슈발은 재빨리 눈치챈 것인가? 그의 신경을 날카롭게 한 것은 바로 죄의식이 아니었던가? 그래서 증인까지 데리고 왔고, 게다가 편견 없는 공정한 증인이라고 말한 것인가? 이건 속임수다. 속임수 이외엔 아무것도 아니다. 그런데도 높은 분들은 그 말을 인정하고, 그것을 옳은 행동이라고 시인한단 말인가? 왜 그는 주방 아가씨가 알린 시간과 자신이 도착한 시간 사이에 이토록 오랜 시간을 흘려보냈단 말인가? 그것은 화부가 사람들을 지치게 해서, 슈발이 특히 두려워하는 그들의 판단력을 잃게 하려는 것 이외의 어떤 목적도 없을 것이다. 틀림없이 그는 이미 오래 전부터 문밖에 있으면서 그 신사들의 아무런 의미 없는 질문에 화부가 이미 손을 들었으리라고 생각해도 좋은 순간에 바로 노크를 한 것이 아닐까?

모든 것은 명백했다. 게다가 슈발에 의해서도 의지와는 반대되는 말들이 진술되고 말았다. 그런데 높은 분들에게는 다른 방식으로, 즉 보다 더 구체적으로 말해야만 했다. 그들의 생각을 뒤흔들 수 있는 진술이 필요했다. 그러니 카알, 빨리 서둘러라. 증인이 나타나서 모든 것을 망쳐버리기 전에 어쨌든 지금 이 시간을 충분히 이용해!

그러나 바로 그때 선장은 손짓으로 슈발을 제지했다. 그러자 슈발은 — 자기 일이 조금 연기된 것같이 보였기 때문에 — 바로 옆으로 걸어가서 방금 자기 편이 된 사환과 소곤거리기 시작했다. 그러는 동안 그는 화부와 카알 쪽을 곁눈질로 쳐다보기도 하고 자신만만한 손짓을 하기도 했다. 슈발은 이 다음에 떠벌리게 될 말을 연습하는 것 같았다.

주위가 조용해지자 선장은 "야콥 씨, 이 젊은이에게 뭔가 물어보지 않으시겠어요?"하고 대나무 막대기를 든 남자에게 물었다.

"물론 그래야지요."하고 그 남자는 가볍게 고개를 수그리며 친절에 대해 감사를 표하면서 말했다. 그러고 나서 카알에게 또 한 번 물었다. "당신 이름이 뭐예요?"

집요한 이 남자의 돌발적인 질문을 처리하는 것이 중요한 본론에 유리하다고 생각한 카알은, 습관대로 자신이 가까스로 찾아내었던 여권을 제시하는 것으로 자기 소개를 대신하지 않고 간단히 대답했다. "카알 로스만이에요."

"설마." 하고 야콥이라 불린 남자는 믿을 수 없다는 듯 미소를 지으면서 뒷걸음질쳤다. 선장, 경리주임, 항해사도 심지어 사환마저도 카알의 이름을 듣자 분명 굉장히 놀라고 있었다. 다만 항만청에서 온 직원들과 슈발만은 무관심한 태도를 취했다.

"설마." 하고 야콥 씨는 되풀이하더니 약간 굳은 걸음걸이로 카알을 향해 걸어왔다. "그러면 내가 너의 외삼촌 야콥이고 너는 나의 귀여운 조카야. 이곳에 줄곧 있는 동안 예감이라도 했겠어요?" 하고 야콥 씨는 선장 쪽을 보고 말하고 나서, 카알을 껴안고 키스를 했다. 카알은 잠자코 그가 하는 대로 놓아두었다.

"존함이 어떻게 되시죠?" 카알은 해방된 느낌으로, 아주 공손하지만 별다른 감동 없이 물었다. 그리고 이 새로운 사건이 화부에게 가져다줄 결과를 예측해보려고 애썼다. 당분간 슈발이 이 사건에서 덕을 볼 것 같지는 않았다.

"이보게 젊은이, 젊은이가 가지게 된 행운을 이해해야죠." 하고 카알의 질문으로 말미암아 야콥 씨라는 인물의 위엄이 손상되었다고 생각한 선장이 말했다. 야콥 씨는 얼굴을 손수건으로 가볍게 두드리면서, 분명 상기된 자신의 얼굴을 다른 사람에게 보이지 않으려고 애쓰며 창 쪽으로 서 있었다. "젊은이에게 외삼촌이라고 밝히신 분은 바로 에트바르트 야콥 상원의원이시지요. 이제부터는 아마도 지금까지 기대했던 것과는 전혀 다른 빛나는 인생항로가 젊은이를 기다리고 있을 거예요. 그것을 첫 순간에 가능한 한 잘 깨닫도록 노력하세요. 정신 바짝 차리세요."

"물론 제겐 미국에 야콥이라는 외삼촌이 계셔요. 그러나 제가 제대로 이해했다면, 상원의원님의 성이 야콥이라는 것뿐이에요." 하고 카알은 선장을 향해 말했다.

"그렇습니다." 하고 선장은 기대에 차서 말했다.

"제 어머니의 오빠인 야콥 아저씨는 세례명이 야콥입니다. 물론 그의 성은 벤델마이어라는 어머니의 성과 같아야 할 겁니다."

상원의원은 창가에서 숨을 돌리고 되돌아와서 카알의 설명에 대해 "여러분!" 하고 소리쳤다. 그때 항만청 직원을 제외하고는 모두 웃음을 터뜨렸는데, 감동한 듯한 사람도 있고 무슨 영문인지 사정을 잘 몰라서 웃는 사람도 있었다.

'내 말이 전혀 우습지 않았는데.' 라고 카알은 생각했다.

"여러분!" 하고 상원의원이 또 한 번 되풀이했다. "여러분은 나의 뜻과는 상관없이, 또 여러분의 뜻과도 상관없이 한 가족의 사소한 집안일에 관계하고 있어요. 그런데 선장님만 이 사정을 알고 있다고 생각되기 때문에 여러분에게도 설명하지 않을 수 없군요." 선장님이라는 말을 할 때 그 두 사람은 서로 목례를 했다.

'지금 나는 한마디 한마디를 정말로 주의 깊게 들어야만 한다.' 하고 카알은 혼잣말로 중얼거렸고, 곁눈질로 보니 화부의 모습이 다시 원기를 되찾고 있다는 것을 깨닫고 기뻐했다.

"나는 미국에 오랫동안 체재하면서 — 사실은 이 체재라는 말은 완전히 귀화한 미국 시민인 나에겐 어울리지 않는 말이지만 — 유럽의 친척과는 멀리 떨어져서 살아왔어요. 그렇게 된 데에는 여러 가지 이유가 있는데, 여기에서 말씀드릴 성질의 것은 아니고, 만약 말씀드리면 저 자신이 곤경에 빠지게 될 겁니다. 나는 내 귀여운 조카에게 부득이 그 이유를 설명해야만 될 순간이 올까봐 두려워하고 있어요. 그럴 경우에는 유감스럽게도 조카의 부모와 그 일가친척에 관한 것도 숨김없이 이야기하지 않을 수 없겠죠."

'이 분은 나의 외삼촌이다. 틀림없어. 아마 이름을 바꾼 모양이야.' 라고 카알은 혼잣말을 하면서 귀를 기울였다.

"내 사랑하는 조카는 그의 부모로부터 — 실감나게 이 일을 말한다면 — 쫓겨난 것이지요. 마치 우리가 기분 상한다고 고양이를 문밖에다 버리는 식으로 말입니다. 나는 조카가 저지른 일과 벌을 받았다는 사실을 변명할 생각은 조금도 없어요. 변명한다는 것은 미국적인 행동방식이 아니지요. 하지만 그의 과실이라는 것은 단지 이렇게 과실이라는 말을 쓰는 것만으로도 충분히 용서받을 수 있을 정도로 대수롭지 않은 것이죠."

'들어볼 만한 말씀인데.' 하고 카알은 생각했다. '하지만 외삼촌이 모든 사람에게 그 이야기를 하는 것은 곤란해. 게다가 외삼촌은 그 이야기를 잘 알지도 못할 거야. 도대체 누구한테 들었을까? 하지만 그가 이미 모든 것을 알고 있는지를, 우리 모두는 곧 알게 되겠지.' 하고 카알은 생각했다.

"내 조카는 이를테면." 외삼촌은 허리를 약간 구부려 대나무 막대기에 기대면서 말했는데, 그런 행동은 이런 경우에 늘 일어나는 불필요한 엄숙함을 조금이라도 없앨 수 있었다. "내 조카는 이를테면 요하나 브루머라는 서른다섯 살 먹은 하녀에게 유혹당했어요. 유혹당했다, 라는 말을 써서 조카의 감정을 해치려는 생각은 전혀 없습니다만, 달리 꼭 들어맞는 말을 찾지 못하겠군요."

이미 외삼촌 바로 곁에 다가와 있던 카알은 몸을 돌려, 지금 이 이야기가 여기 있는 사람들에게 어떤 인상을 주었는지 얼굴빛을 살폈다. 누구 하나 웃지도 않고, 모두 참을성 있고 진지하게 귀를 기울이고 있었다. 결국 이 첫 만남의 기회에 상원의원의 조카를 비웃는 사람은 없었다. 다만 화부가 카알을 바라보며 살며시 미소를 지었다고 말할 수 있을지도 모르겠다. 이제는 널리 퍼져버렸지만 카알은 이 사건을 선실에서도 특별히 비밀로 해두려고 생각하고 있었으므로, 이 미소는 새로운 생동감의 표시로써, 첫째로는 다행스러운 일이고 둘째로는 용서할 만한 일이었다.

외삼촌은 말을 계속했다. "그런데 부루머는 내 조카의 아이를 낳았답니다. 튼튼한 사내아이인데, 세례명을 야콥이라고 지었어요. 이것은 의심할 것도 없이 불초소생인 저를 염두에 둔 것인데, 조카가 아무런 생각 없이 내 얘기를 한 것이 그 여자에게는 큰 인상을 준 모양입니다. 다행이라고나 할까요. 그도 그럴 것이 조카의 부모가 양육비의 부담을 피하기 위해서, 또는 그 밖에도 그들 자신에게까지 밀어닥칠 스캔들을 피하려고 — 그런데 이 점만은 강조하지 않으면 안 되겠는데, 나는 저쪽 법률이라든지 부모의 사정 같은 것은 전혀 모르고 일전에 그의 부모가 보낸 구걸 편지 두 통에 대해서만 알고 있지요. 나는 그 편지에 답장은 하지 않았으나, 보관은 하고 있어요. 그 편지는 지금까지 통틀어 내가 그들과 갖게 된 유일하고도 일방적인 편지 연락을 의미하지요. — 조카의 부모가 양육비의 부담과 스캔들을 피하기 위해 나의 사랑하는 조카인 자기 아들을 미국으로 보냈어요. 보시는 바와 같이 무책임하게도 충분한 준비 없이 말이에요. — 만일 그 하녀가 내게 보낸 편지 속에서, 그 편지도 오랫동안 헤매다가 겨우 그저께 도착했는데, 내 조카의 신상기록과 함께 눈치 빠르게도 배의 이름을 적고 일의 전말을 알려주지 않았더라면, 이 젊은이는 누구에게도 의지할 곳 없이 뉴욕 항구 뒷골목에서 타락하고 말았을 겁니다. 미국에서 살아 있다는 표시와 기적을 도외시하면 말이에요." 그리고 그는 호주머니에서 빽빽하게 쓴 커다란 편지지 두 장을 꺼내어 흔들어 보이면서 말했다. "여러분을 즐겁게 해드리려고 했다면 이 편지의 몇 부분을 여기서 읽어드릴 수도 있어요. — 이 편지는 비록 호의에서 비롯된 것이지만 단순한 교활함과 그녀 아이의 아버지에 대한 커다란 사랑으로 씌어져 있기 때문에 틀림없이 효과가 있을 겁니다. 그러나 나는 사정을 설명하기 위해서 필요한 한도를 넘어서까지 여러분을 즐겁게 해드릴 생각은 없을뿐더러, 나와의 첫 대면에서 내 조카가 느끼고 있는 감정을 손상시키고 싶지도 않아요. 내 조카가 이 편지를 읽고 싶다면 이미 그를 기다리고 있는 조용한 방에서 읽으면 되지요."

그러나 카알은 그 하녀에게는 아무런 느낌도 갖고 있지 않았다. 점점 희미해져가는 과거의 복잡한 회상 속에서 그녀는 언제나 부엌 찬장 옆에 앉아 그 찬장의 판자 위에 팔꿈치를 대고 있었다. 카알이 때때로 아버지를 위해서 물 컵을 가지러 가거나 어머니의 심부름으로 부엌에 들어갈 때면 그녀는 그를 응시했다. 때로는 그녀가 부엌 찬장 옆에서 이상한 자세로 편지를 쓰다가 카알의 표정을 보고 새로운 생각을 떠올리기도 했다. 또 어느 때는 그녀가 손으로 눈을 가리고 있었는데, 그럴 때는 그녀를 부르지 않았다. 가끔 그녀는 부엌 옆에 있는 자신의 좁은 방에서 무릎을 꿇고 앉아 나무로 만든 십자가를 향해 기도를 올리기도 했다. 그때 카알은 지나가면서 조금 열려 있는 문틈으로 조심스럽게 그녀의 모습을 쳐다보았다. 또 어떤 때 그녀는 부엌을 이리저리 뛰어다니다가 카알이 길을 막으면 마녀처럼 웃으면서 뒤로 물러나곤 했다. 또 때로는 카알이 부엌에 들어와 있을 때 부엌문을 잠그고 나가게 해달라고 말할 때까지 문의 손잡이를 붙잡고 있었다. 또 때로는 카알이 전혀 갖고 싶어하지도 않는 물건을 가지고 와서 아무 말없이 카알의 손에 쥐어주기도 했다. 그런데 한번은 그녀가 "카알!" 하고 부르고서, 뜻밖에 말을 걸어온 것에 놀란 카알을, 인상을 찌푸리고 한숨을 쉬면서 자기 방으로 데리고 가서 문을 잠갔다. 그녀는 목을 조르기라도 하듯 그의 목을 감쌌다. 그녀는 자신의 옷을 벗겨달라고 간청하면서 사실은 그의 옷을 벗겨서 그를 자기 침대에 눕혔다. 마치 지금부터는 그를 어느 누구에게도 내어주지 않고 이 세상이 끝날 때까지 쓰다듬고 귀여워해주고 싶다는 듯이 그렇게 했다. 그녀는 그를 쳐다보면서 그를 소유하고 있음을 확인하려는 듯 "카알, 오 나의 카알."하고 외쳤다. 그런 반면 카알은 그녀를 전혀 쳐다보지 않았으며, 특히 자기를 위해 여러 겹으로 겹쳐놓은 듯한 따뜻한 이불 속에서 불쾌한 기분이 들었다. 그때 그녀는 그의 옆에 누워서 그에게서 무엇이든 비밀을 알아내려고 했다. 그러나 그는 아무 말도 할 수가 없었다. 그러자 그녀는 농담인지 진정인지 화를 내더니 그를 흔들고, 그의 심장 고동 소리를 엿들었다. 또 그녀는 자기와 똑같이 들어보라고 자기의 가슴을 내밀었다. 그러나 카알이 시키는 대로 하지 않자 벌거벗은 배를 그의 몸에다 밀착시켜서 그의 두 다리 사이를 손으로 더듬었는데, 카알은 너무나 역겨워 목과 머리를 흔들어 이불 밖으로 내밀었다. 그러나 그녀는 자기 배를 두서너 번 그의 몸에 밀착시켰다. 그는 벌써 그 여자가 그의 육체의 일부분이 되어 있는 것같이 느껴졌다. 아마 그래서인지 엄청난 곤궁에 처해 있다는 비참한 생각이 그를 사로잡았다. 그녀가 다시 만나고 싶다는 소망을 몇 차례 말하는 것을 듣고 나서 카알은 울면서 자기 침대로 돌아왔다. 그것이 이야기의 전부였는데, 외삼촌은 그 사건을 굉장한 이야깃거리로 만들어버렸다. 그리고 그 하녀는 카알의 외삼촌을 생각하게 되었고 카알의 도착을 외삼촌에게 알렸다. 이 일은 그 여자 때문에 잘된 셈이다. 그는 그 여자에게 언젠가 한번 은혜를 갚게 될 것이다.

"그럼, 이제 내가 너의 외삼촌인지 아닌지 네게서 분명한 말을 들어보고 싶구나."하고 상원의원은 큰 소리로 말했다.

"당신은 저의 외삼촌이에요."하고 카알은 말하면서 외삼촌의 손에 키스했고, 외삼촌은 그의 이마에 키스를 해주었다. "외삼촌을 만나

뵈어서 정말 기뻐요. 하지만 저의 부모님께서 외삼촌에 대해 나쁜 것만 말씀하신다고 생각하신다면 외삼촌께서 잘못 알고 계신 거예요. 그것은 접어두고라도 외삼촌 말씀 중에는 몇 가지 틀린 것들이 있어요. 즉, 저는 모든 일이 다 그런 식으로 일어났다고는 생각하지 않아요. 물론 이곳에 계신 외삼촌께서 사정을 잘 판단하실 수는 없을 테죠. 게다가 여러분께 그다지 큰 관계도 없는 어떤 사건의 몇 가지 세세한 부분을 잘못 알고 있다고 하더라도, 특별히 손해가 되는 일은 없을 겁니다."

상원의원은 "잘 말해주었구나."하고 말하고서 확실히 흥미를 느끼고 있는 것처럼 보이는 선장 앞으로 카알을 데리고 가서 물었다.

"참 훌륭한 조카지요?"

"상원의원님, 상원의원님의 조카와 알게 되어 기쁩니다."하고 선장은 군대 교육을 받은 사람만이 할 수 있는 경례를 하면서 말했다.

"이러한 만남의 장소를 마련해드렸다는 것은 우리 배로서는 특별한 영광입니다. 그러나 삼등 선실에서 항해하는 것은 매우 불쾌했을 겁니다. 어떤 분이 승선하고 계신지 누가 알 수 있겠어요? 이를테면 한번은 헝가리 최고 귀족의 장남도 우리 배의 삼등 선실에서 여행을 했는데, 그의 이름과 여행 동기도 기억이 나지 않습니다만, 시간이 한참 지난 후에야 그 사실을 알았답니다. 우리 배는 삼등 선실의 손님들도 되도록 편안하게 여행할 수 있도록 최선을 다하고는 있어요. 예컨대 미국 해운회사보다도 훨씬 더 최선을 다하고 있어요. 그렇지만 이와 같은 항해를 만족스러울 만큼 즐겁게 하기에는 아직도 미흡한 점이 많습니다."

"저는 아무렇지도 않았어요."하고 카알이 말했다.

"아무렇지도 않았다고."하고 상원의원은 큰 소리로 웃으면서 되풀이했다.

"다만 제 트렁크가 없어졌을까봐 걱정이에요." 이렇게 말하면서 카알은 지금까지 일어난 사건과 앞으로 해야 할 일을 모두 생각해내면서 주위를 살펴보았다. 그러자 그는 거기에 있던 모든 사람들이 그를 향해 존경과 경탄의 시선을 보내며 말없이 제자리를 지키고 있다는 것을 깨달았다. 다만 항만청 직원들의 자기 만족에 빠진 엄숙한 표정을 보면, 정말로 부적절한 때에 왔구나 하는 유감의 뜻을 읽을 수 있었다. 그들에게는 지금 눈앞에 놓여 있는 회중시계가 이 방 안에서 일어난 사건, 또는 앞으로 아마도 일어날지도 모르는 모든 일보다 더 중요한 것 같았다.

선장에 이어서 자기의 관심을 말로 표현한 첫번째 사람은 이상하게도 화부였다. "진심으로 축하해요." 하고 화부는 카알과 악수를 했다. 그는 그렇게 함으로써 칭찬의 뜻을 표현하려고 했다. 그러고 나서 화부가 상원의원에게도 같은 말을 하려고 하자 상원의원은 그런 일은 화부의 분에 넘치는 일이라는 듯 뒤로 물러섰다. 화부도 곧바로 그 일을 그만두었다.

그러나 이때 나머지 사람들은 어떻게 해야할지를 깨닫고 카알과 상원의원 주위에서 분주하게 움직였다. 카알은 심지어 슈발의 축하 인사까지 받았고 그것에 답하고 감사를 표했다. 다시 조용해졌을 때 마지막으로 항만청 직원들이 다가와서 영어로 한두 마디 했는데, 그것은 우스꽝스러운 인상을 주었다.

상원의원은 이 만족감을 마음껏 즐기기 위해 대수롭지 않은 일까지도 자신뿐만 아니라 다른 사람의 기억에 떠오르게 하고 싶은 기분이었다. 물론 모두가 그 일에 참을성과 흥미를 가지고 받아주었다. 그래서 그는 하녀의 편지 속에 진술된 카알의 가장 두드러진 인상착의를 혹시 필요할 때 바로 쓸 수 있도록 자기 수첩에 기입해놓았다는 사실을 환기시켜주었다. 화부가 참을 수 없는 수다를 떠는 동안 그는 순전히 기분 전환을 위해 수첩을 끄집어내어, 물론 탐정의 눈으로 보면 정확하다고는 할 수 없는, 하녀의 관찰 사항들을 심심풀이로 카알의 외모와 대조해보았다. "이렇게 해서 조카를 찾았지요." 하고 상원의원은 또 한 번 축하의 말이라도 듣고 싶다는 듯한 어조로 이야기를 끝맺었다.

외삼촌이 말을 끝내자, 카알은 "이제 저 화부는 어떻게 되는 겁니까?" 하고 물었다. 그는 이전과는 다른 처지에 있으니까 자기가 생각하고 있는 것을 모두 말해도 좋으리라 생각했다.

"화부는 마땅히 받아야 할 것을 받게 되겠지. 그리고 선장님이 생각하시는 대로 되겠지. 화부에 대한 이야기는 충분하다고 생각해. 충분하고 말고. 여기에 있는 사람들은 누구나 내 생각에 찬성할 거야." 하고 상원의원은 말했다.

"하지만 정의의 문제에 있어서라면 그것은 충분치가 않아요." 하고 카알은 말했다. 그는 외삼촌과 선장 사이에 서 있었는데, 그러한 위치 탓인지는 모르지만 결정권이 자기의 수중에 있는 것으로 생각되었다.

그렇지만 화부는 자기 자신에게 이미 아무런 희망을 두고 있는 것 같지 않았다. 그는 양손을 반쯤 바지의 혁대에 찌르고 있었는데, 흥분된 몸짓으로 말미암아 그 혁대는 셔츠의 줄무늬와 함께 드러나 보였다. 그는 그것에 조금도 개의치 않았다. 그는 자신의 모든 괴로움을 다 호소하여 털어놓아버렸던 것이다. 사람들은 그가 입고 있는 누더기를 쳐다보고 밖으로 몰아낼 것이다. 그는 이런저런 생각을 해보았다. 이곳에서 가장 계급이 낮은 두 사람, 즉 사환과 슈발이 자기를 내쫓는 최후의 친절을 베풀어줄 것이다. 그러면 슈발은 안정될 테고, 경리주임이 말했던 것처럼 더 이상 절망에 빠지는 일도 없을 것이다. 선장은 루마니아인만을 고용할 수가 있을 것이고, 어디에 가나 루마니아어가 사용될 것이다. 그렇게 되면 아마도 모든 일은 더 잘될 것이다. 화부가 경리실에 들어와서 수다를 떠는 일도 더 이상 없을 것이고, 그의 마지막 수다는 그리운 추억으로 회자될 것이다. 왜냐하면 상원의원이 분명하게 설명한 것처럼 이 수다가 조카를 알아보게 한 직접적인 계기가 되었으니까. 게다가 이 조카는 아까부터 몇 번이나 화부를 도우려고 애썼다. 그래서 자기의 신분이 밝혀지도록 해준 화부의 수고에 대해 이미 고맙다는 마음의 표시를 했다. 그러나 화부 쪽에서는 그에게 무엇을 바라고 싶은 생각이 조금도 없었다. 좌우간 그는 상원의원의 조카지만 결코 선장은 아니다. 결국 선장의 입에서 나쁜 말이 나오고 말 것이다. 화부는 자기 생각대로 카알을 쳐다보려고 하지 않았으나, 유감스럽게도 적으로 둘러싸인 이 방 안에서는 그의 눈을 쉬게 할 다른 장소가 없었다.

"이 사태를 오해하지 마라. 정의의 문제가 중요한 것같이 보이지만, 동시에 규율의 문제도 중요하지. 이 두 가지가, 특히 규율이 여기서는 선장님의 재량에 속하는 문제거든." 하고 상원의원은 카알에게 말했다.

"그렇겠지." 하고 화부가 중얼거렸다. 그의 말을 듣고 이해한 사람은 이상한 미소를 지었다.

"그런데 뉴욕에 막 도착한 때라서 틀림없이 엄청나게 많은 업무가 산적해 있을 선장님을 우리가 지나치게 괴롭혔어. 그러니 지금이 바로 이 배를 떠나야 할 때야. 주제넘게 쓸데없는 참견을 해서 두 기관사의 하찮은 싸움을 큰 사건으로 만들지 않기 위해서 말이야. 얘야, 나는 너의 처세술을 잘 알고 있어. 그러니까 너를 이곳에서 빨리 데리고 가는 게 옳다고 생각해."

"그럼 두 분을 위해서 빨리 보트를 내리도록 하겠습니다." 하고 선장이 말했다. 카알은 틀림없이 겸손의 표현인 외삼촌의 말에, 선장이 조금도 이의를 달지 않은 것에 대해 자못 놀랐다. 경리주임은 황급히 책상으로 달려가서 선장의 명령을 수부장에게 전화로 알렸다.

"시간이 촉박하군. 그러나 여기 있는 모든 사람들의 감정을 상하게 하지 않고서는 아무 일도 할 수가 없어. 외삼촌이 나를 겨우 찾아냈는데, 그 외삼촌을 버릴 수도 없어. 선장은 정중하게 대해주긴 하지만 그것이 전부야. 규율 문제가 튀어나오면 그의 친절도 쑥 들어가고 말거야. 외삼촌은 선장의 마음을 정확하게 꿰뚫어보고 말씀하셨던 거야. 슈발과는 말하기도 싫어. 그에게 악수한 것까지 후회가 되는군. 이곳에 있는 다른 사람들은 모두 폐물 같은 존재들이야."하고 카알은 혼잣말로 중얼거렸다.

그런 생각을 하면서 그는 천천히 화부 곁으로 가서 그의 오른손을 혁대에서 빼내어 자기 손으로 만지작거렸다. "왜 아무 말씀도 하지 않는 겁니까? 왜 모든 것을 참고 있는 겁니까?"하고 카알이 물었다.

화부는 자기가 지금 무슨 말을 해야할지 모색하고 있는 것처럼 이마를 찌푸렸을 뿐이다. 그리고 그는 자기의 손과 카알의 손을 내려다보고 있었다.

"당신은 이 배의 어느 누구도 당해본 적이 없는 부당한 대우를 받았지요. 나는 잘 알고 있어요."카알은 자기 손가락을 화부의 손가락 사이에다 끼웠다 뺐다 했다. 그 어떤 환희에 사로잡힌 듯 화부는 눈동자를 번쩍이면서 주위를 둘러보았는데, 어느 누구도 그 환희에 대해 나쁘게 생각하지 않는 듯했다.

"자신을 스스로 지켜야만 해요. '예'와 '아니오'를 분명히 말해야만 해요. 그렇지 않으면 사람들은 진실을 전혀 알지 못해요. 내 말대로 하겠다고 약속해주세요. 여러 가지 사정이 있어서 더 이상 내가 직접 도와드릴 수 없을 것만 같으니까요."그렇게 말하더니 카알은 울면서 화부의 손에 키스했고, 상처투성이의 생기 없는 손을 붙들고, 마치 포기해야만 하는 보물인 양 자기 뺨에 갖다 대었다. —그러나 그때 이미 상원의원인 외삼촌이 그의 옆으로 다가와서 살그머니 그를 끌고 데려갔다. "너는 저 화부에게 홀린 것 같구나."하고 외삼촌은 말하더니, 카알의 머리 너머로 선장에게 의미 있는 시선을 보냈다. "너는 외로움을 느꼈을 테지. 그때 화부를 만났고, 지금 그에게 고마움을 표시하려는 것이지. 그건 기특한 생각이야. 그러나 나를 위해 너무 지나친 행동은 하지 마라. 네 처지를 알아야지."

　문밖에선 소란이 일어났다. 외치는 소리가 들렸다. 더욱이 누군가가 거칠게 문에 부딪치는 것 같았다. 선원 한 사람이 들어왔다. 그는 약간 거칠어 보였으며 앞치마를 두르고 있었다. "밖에 사람들이 와 있어요."하고 그는 소리 지르더니, 마치 아직도 사람들 속에 있는 듯이 팔꿈치를 이리저리 휘둘렀다. 드디어 그는 정신을 차리고 선장에게 경례를 하려 했으나, 그때 문득 자신이 앞치마를 두르고 있다는 것을 깨닫고 그것을 세게 잡아당겨 바닥에 내동댕이치며 "정말 구역질나는군. 그놈들이 내게 앞치마를 둘러놓다니."하고 외쳤다. 그러고 나서 그는 구두 뒤축을 딱 붙이고 경례를 했다. 누군가가 웃으려고 했으나 선장은 "기분이 좋은 모양인데, 밖에 있는 사람들은 대체 누구요?"하고 엄숙한 어조로 말했다. "저의 증인들입니다. 대단히 죄송하지만 저 사람들의 부적절한 행동을 용서해 주십시오. 뱃사람들은 항해가 끝나면 미친 사람처럼 날뛰는 일이 가끔 있어요."하고 슈발은 앞으로 나오면서 말했다. ─ "즉시 불러들이세요."하고 선장은 명령하고 상원의원 쪽을 돌아보면서 공손히 그러나 성급한 어조로 말했다. "존경하는 상원의원님. 조카님과 함께 이 선원을 따라가 주시겠어요? 보트까지 안내해드릴 겁니다. 상원의원님과 개인적으로 알게 된 것이 저에게는 굉장한 기쁨이며 무한한 영광이었다는 점은 새삼 말씀드릴 필요도 없을 것 같군요. 그리고 머지 않아 상원위원님과 중단된 미국 선박 사정에 대한 대화를 다시 나눌 수 있고 또 오늘처럼 유쾌하게 끝냈으면 하고 바랍니다." "당분간은 이 조카만으로도 충분해요." 하고 외삼촌은 웃으면서 말했다. "그럼 당신의 호의에 대해 충심으로 감사의 말씀을 올리고 이만 실례하겠어요. 우리가 다음번에 유럽 여행을 할 때엔 어쩌면 오랫동안 함께 지낼 수도 있을 겁니다." 하고 말하면서 외삼촌은 카알을 진심으로 껴안았다. "그렇게 될 수 있다면 정말 기쁠 겁니다." 하고 선장이 말했다. 두 사람은 서로 악수를 교환했다. 카알은 아무 말없이 잠시 선장에게 손을 내밀 수밖에 없었다. 왜냐하면 선장이 슈발의 인솔 아래 들어와서 당황하여 매우 요란하게 떠들어대는 사람들 열 다섯 명 정도를 상대하고 있었기 때문이다. 선원은 상원의원에게 앞장서겠다고 양해를 구한 뒤 상원의원과 카알을 위하여 군중들을 헤쳐 길을 내주었고, 두 사람은 경례하는 사람들 사이를 쉽게 통과했다. 좌우간 이 선량한 사람들은 슈발과 화부의 다툼을 농담으로 받아들였고, 그래서 이 우스꽝스러운 일은 선장 앞에서도 결코 끝나지 않을 것처럼 보였다. 카알은 주방 아가씨가 그들 사이에 끼어 있는 것을 발견했다. 리네는 유쾌한 듯 그에게 눈을 깜박이면서 선원이 내동댕이친 앞치마를 둘렀다. 왜냐하면 그 앞치마는 그녀의 것이기 때문이었다.

그들은 선원의 뒤를 따라 사무실을 나와서 좁은 통로로 굽어들어갔는데, 거기서 두서너 걸음 걸어서 조그마한 문에 이르게 되었고, 거기서부터는 짧은 계단이 그들을 위해 준비된 보트로 통하고 있었다. 지금까지 안내자 역할을 했던 선원이 펄쩍 뛰어서 보트에 올라타자, 타고 있던 선원들은 일어나서 경례를 했다. 상원의원은 카알에게 조심해서 내려오라고 주의를 주었고, 그때 아직 맨 위 계단에 서 있던 카알은 갑자기 울음을 터뜨렸다. 상원의원은 오른손을 카알의 턱 밑에 대고 꼭 껴안고, 왼손으로는 그를 어루만져 주었다. 이렇게 해서 두 사람은 천천히 한 계단씩 내려와서 몸을 껴안은 채 보트로 옮아갔다. 상원의원은 카알을 위하여 자기 맞은편에 좋은 자리를 마련해주었다. 상원의원의 신호로 보트가 기선을 밀치고 떨어졌고, 선원들은 곧 힘을 다해 노를 젓기 시작했다. 기선에서 몇 미터 떨어지자마자 카알은 자신들이 경리실의 창문이 뚫려 있는 쪽에 있다는 뜻하지 않은 발견을 하게 되었다. 세 개의 창문들은 모두 슈발의 증인들이 차지하고 있었고, 그들은 정답게 인사하고 손을 흔들었다. 외삼촌은 답례를 하였다. 선원 한 사람은 한결같이 노젓는 것을 멈추지 않고 손으로 키스를 보내는 교묘한 재주를 부렸다. 이미 화부는 존재하지 않는 것 같았다. 카알은 외삼촌의 무릎에 자신의 무릎을 바짝 붙이고 그의 눈을 뚫어지게 쳐다보았다. 이분이 자신에게 저 화부의 역할을 대신해줄 수 있을까 하는 의심을 품기도 하였다. 외삼촌은 카알의 시선을 피해 보트를 흔들고 있는 파도를 바라보았다.

외삼촌

　외삼촌 집에 와서 카알은 곧 새로운 환경에 익숙해졌다. 외삼촌은 사소한 일에도 카알을 친절하게 대해주었다. 그래서 카알은 나쁜 경험을 통해서 외국에서의 첫 생활이 얼마나 비참한가에 대한 교훈을 얻을 필요는 전혀 없었다.

　카알의 방은 어떤 건물의 칠층에 있었고, 아래로 다섯 층을 외삼촌의 사업체가 차지하고 있었다. 다시 그 아래로 지하 삼 층이 더 있었다. 창 두 개와 발코니 문을 통해서 방으로 새어들어오는 햇빛은, 카알이 아침에 작은 침실에서 이곳으로 들어올 때마다 그를 경탄시켰다. 그가 가난한 이민 소년으로 상륙했더라면 어디서 살아야만 했을까? 아마도 카알에게는 미국 입국이 전혀 허가되지 않았을 것이다. 그리고 외삼촌이 알고 있는 이민법에 대한 지식에 비추어볼 때, 그가 이제 더 이상 고향에 갈 수 없다는 사실도 고려되지 않고 본국으로 송환되었을지도 모른다. 여기서는 동정심을 기대해서는 안 되었다. 이 점에 있어서 카알이 미국에 대해 읽었던 것이 모두 정확했다. 여기서는 단지 행복한 사람들만이 주위의 걱정 없는 사람들 틈에 끼어서 자신들의 행복을 만끽하고 있는 것처럼 보였다.

　좁은 발코니가 방 앞에 방의 길이만큼 뻗어 있었다. 카알의 고향도시에서라면 아마도 좋은 경치를 조망할 수 있는 제일 높은 장소였을지도 모르나, 여기서는 거리 하나를 내다보는 것 이상은 허용되지 않왔다. 그 거리는 칼로 벤 것처럼 두 줄로 늘어선 집들 사이를 마치 멀리 달아나듯 뻗어 있었다. 그 길 끝에는 대성당의 모습이 짙은 매연 속에 우뚝 솟아 있었다. 아침저녁으로 또 밤의 꿈속에서도 이 거리는 항상 복잡한 교통으로 혼잡했다. 위에서 내려다보면 거리는 일그러진 사람들의 모습과 각종 차량 지붕들의 혼합물이었는데, 그것은 언제나 새로운 출발점에서부터 흩어졌다. 여기에서 소음과 먼지와 악취의 복합적이고 요란한 새로운 혼합물이 올라왔다. 이 모든 것을 한 줄기 강력한 햇빛이 포착하고 사로잡았다. 그 햇빛은 수많은 대상들에 의해 줄곧 흩어져서 사라지고, 다시금 부지런히 다가오기도 했다. 현혹당한 눈엔 그 햇빛이 물체인 것처럼, 즉 마치 모든 것을 덮고 있는 유리판이 이 거리 위에서 금방이라도 되풀이하여 산산이 부서지는 것처럼 보였다.

매사에 조심성이 많은 외삼촌은 카알에게 당분간 사소한 일에 너무 정색을 하고 덤비는 일이 없도록 충고했다. 그는 매사를 잘 알아보고 관찰하지만 지나치게 사로잡히지 않는다. 유럽 사람이 미국에 와서 처음 보내는 며칠은 이 세상에 태어났을 때와도 같다. 비록 저세상에서 이 인간 세계로 들어오는 것보다 더 빨리 미국 생활에 익숙해진다고 할지라도 카알이 쓸데없는 걱정을 하지 않기 위해서는, 첫번째 판단은 언제나 약한 기반을 근거로 하고 있으며, 그 첫번째 판단으로 인해 이 땅에서 살아나가는데 필요한 앞으로의 모든 판단이 혼란 속에 빠져서는 안 된다는 점을 염두에 두지 않으면 안 된다. 외삼촌은 새로 굴러들어온 이주자들을 잘 알고 있었다. 예를 들면 그들은 이 훌륭한 원칙에 따라 행동하려 하지 않고, 며칠이고 발코니에 우두커니 서서 길을 잃은 양처럼 거리를 내려다본다. 그것은 틀림없이 혼란을 일으키게 되는 법이지! 뉴욕의 바쁜 하루를 멍청하게 보면서 지내는 고독한 무위는 유람객에게나 허용될 수 있거나, 무조건은 아닐지라도 권

장될 수는 있겠지만, 적어도 이곳에서 살려 하는 사람에게는 그것은 타락일 뿐인 것이다. 과장된 표현일지는 모르나, 이런 경우에는 이 말을 사용해도 좋을 것이다. 사실 외삼촌은 하루에 한 번씩 그것도 그 날그날 시간을 달리하여 카알을 찾아왔는데, 그럴 때마다 카알이 발 코니에 서 있는 것을 보면 화가 치미는 듯 얼굴을 찌푸렸다. 카알은 그것을 곧 눈치 챘고, 그래서 발코니에 서서 구경하는 즐거움을 될 수 있으면 단념하기로 했다.

　물론 그것이 카알이 누리는 유일한 즐거움은 아니었다. 그의 방에 는 최상급의 미국식 책상이 놓여 있었다. 이런 책상은 그의 아버지가 몇 년 전부터 가지고 싶어서 여러 경매장에 가서 싼값으로 사려고 애 쓰면서도 결국 그 당시의 빈약한 주머니 사정 때문에 어찌할 수 없었 던 것이었다. 물론 이 책상은 유럽의 경매장에 나돌고 있는 소위 미국 식이라고 불리는 책상과는 도저히 비교할 수 없었다. 예컨대 이 책상 위에 달린 서류 선반에는 크기가 각각 다른 수백 개의 서랍이 있어서, 미국 대통령이라 할지라도 모든 서류를 넣을 수 있는 적당한 장소를 찾아낼 정도였다. 게다가 옆에는 조절기가 붙어 있어서 핸들을 돌리 기만 하면 필요에 따라서 마음대로 서랍의 위치를 움직여서 조절할 수 있도록 되어 있었다. 얇은 측벽은 천천히 내려져서, 새로 올라오 는 서랍들의 바닥을 만들거나, 새로 올라오는 서랍들의 덮개를 만들 기도 했다. 즉 핸들을 한 번 돌리기만 하면 이 서류 선반의 모양이 완 전히 달라졌다. 핸들을 돌리는 방법에 따라서 여러 가지 변화가 천천 히, 또는 굉장히 빠른 속도로 일어났다. 그것은 최신 발명품이었으 며, 카알로 하여금 고향의 크리스마스 대목장에서 경탄의 눈초리로 관람하는 아이들에게 상연되는 성탄극의 장면들을 떠올리게 했다. 카알도 겨울옷을 입고 종종 그 앞에 서서 구경했던, 한 노인이 핸들을 돌리면 그에 따라서 극무대 위에 나타나는 효과들, 즉 동방의 세 박사가 멈칫하면서 등장하는 장면, 별의 반짝임 그리고 성스러운 외양간에서의 옹색한 생활 등을 떠올리며 끊임없이 비교해보았다. 그는 늘 자기 등 뒤에 서 있던 어머니가 그 모든 광경을 잘 보지 못할 거라는 생각이 들었기 때문에 어머니를 등에 닿도록 바짝 끌어당기고는 보이지 않는 장면들, 가령 풀숲 속에서 번갈아가며 뒷발로 섰다가 다시 달릴 준비를 하는 어린 토끼를 보여주기 위해 큰 소리로 고함을 질렀다. 그러자 마침내 어머니는 그의 입을 틀어막았으며 다시 그전의 무관심한 태도로 돌아간 것 같았다. 물론 이 책상은 그런 일들을 회상하기 위해 만들어진 것은 아니지만, 발명의 역사에는 카알의 추억 속에 있는 것과 비슷한 어떤 연관성이 있는 듯했다. 외삼촌은 이 책상에 대한 생각이 카알과는 전혀 달랐다. 그는 카알에게 책상다운 책상을 하나 사주려고 했을 뿐이다. 지금은 이런 책상들 모두가 이와 같이 새로운 장치가 달려 있으며, 이 장치의 장점은 큰 비용을 들이지 않고도 낡은 책상에 부착할 수 있다는 데에 있다. 게다가 외삼촌은 카알에게 될 수 있는 한 조절기를 사용하지 말라고 거듭 충고했다. 이 충고의 효과를 더욱 강화하기 위하여 외삼촌은 기계장치라는 것은 대단히 예민하여 파손되기 쉽고, 수선하려면 비용이 많이 든다고 주장했다. 그러나 외삼촌의 말은 구실에 지나지 않는다는 것을 곧 알아챌 수가 있었다. 외삼촌은 내색하지 않았지만 조절기를 책상에다 고정시키는 일은 매우 쉬웠다.

처음 며칠간 카알과 외삼촌은 곧잘 이야기를 주고받았는데, 카알은 피아노를 잘 치지는 못하지만 즐겨 쳤노라고 말했다. 물론 그것은 어머니가 가르쳐준 초보적인 지식으로 할 수 있는 정도였다. 카알은 이런 이야기가 곧 피아노를 사달라는 부탁이 된다는 것을 잘 알고 있었지만, 충분히 사정을 살펴본 결과, 외삼촌은 조금도 절약할 필요가 없는 사람이라는 것을 알게 되었다. 그러나 이 부탁을 금방 들어주지

는 않았다. 일주일쯤 후에야 외삼촌은 마지못해 고백한다는 식으로
지금 막 피아노가 도착했으니, 원한다면 운반을 감독해달라고 말했
다. 그것은 분명 쉬운 일이긴 했으나, 그렇다고 운반하는 일 자체보
다 훨씬 더 쉬운 일이라고는 할 수 없었다. 그도 그럴 것이 이 집에는
가구 운반용 승강기가 설비되어 있어서, 그 속에 가구 운반차도 넉넉
히 들어갈 수 있으며, 피아노도 이 승강기에 실어서 카알의 방까지 끌
어올릴 수 있었으니 말이다. 카알도 피아노와 운반하는 일꾼들과 함
께 같은 승강기를 타고 올라갈 수 있기는 했으나, 바로 그 옆에 나란
히 승객용 승강기가 비어 있었으므로, 카알은 그것을 타고 승강기 레
버를 이용하여 줄곧 운반용 승강기와 같은 고도를 유지하면서, 이제
는 자기 소유물이 된 아름다운 악기를 유리벽을 통하여 뚫어지게 쳐
다보았다. 그는 피아노를 자기 방에 들여놓고 처음으로 소리를 내보
았을 때 너무 기뻐서 피아노를 계속 치지 않고 벌떡 일어나 약간 떨어
져서 두 손을 허리에 짚고 피아노를 바라보면서 감탄했다. 방의 음향
효과도 매우 훌륭했다. 처음에는 철제鐵製 집에 산다는 것이 다소 불
쾌했으나 이 음향 효과는 이런 불쾌감을 없애는 데 힘이 되어주었다.
사실 이 건물은 곁에서 보기에는 철이 많이 쓰인 것처럼 보이긴 했으
나, 방 안에서는 철로 된 부분은 조금도 보이지 않았고, 시설상의 결
점이 유쾌함을 방해한다는 것은 조금도 느껴지지 않았다. 카알은 처
음에 피아노 치는 것에 많은 기대를 가지고 있었으며, 적어도 취침 전
에 피아노 연주를 통하여 미국 생활에 직접적으로 영향을 끼칠 수도
있다는 가능성을 생각하는 것에 대해 부끄러워하지 않았다. 카알이
소음으로 가득한 하늘을 향해 열린 창 앞에서 고향의 옛 군가를 연주
할 때면 그것은 참으로 기묘하게 울렸다. 이 군가는 저녁에 병사들이
병영의 창가에 누워 어두운 연병장을 내다보며 이 창에서 저 창으로
돌려가며 부른 노래였던 것이다. ― 그러나 군가를 연주한 후 카알은

거리를 내려다보았는데, 그 모습에는 아무런 변화가 없었고, 그것은 즉 순환 속에 작용하는 모든 힘을 알지 못하고는 우리가 그 자체를 정지시킬 수 없는 거대한 순환의 한 조그마한 부분에 지나지 않았다. 외삼촌은 피아노 치는 것을 참아주었고, 그것에 대해서는 한마디도 하지 않았다. 특히 카알이 훈계를 듣지 않고는 피아노 치는 재미를 좀처럼 누릴 수 없었음에도 말이다. 심지어 외삼촌은 여러 가지 미국 행진곡 악보와 국가國歌의 악보까지도 가져다 주었다. 그러나 어느 날 외삼촌은 매우 진지한 표정으로 바이올린이나 프렌치 호른을 배우지 않겠느냐고 카알에게 물어보았는데, 이것은 음악을 애호하는 마음에서 나온 것이라고만 설명할 수는 없는 것이었다.

물론 영어 공부는 카알에게 가장 중요한 일이었다. 아침 일곱 시에 상과대학의 젊은 교수가 카알의 방에 나타났으며, 책상에 공책을 펴고 있거나 글을 암기하면서 방 안에서 왔다갔다 하는 카알의 모습을 볼 수 있었다. 카알은 영어 습득을 위해서라면 아무리 서둘러도 지나치지 않으며, 급속한 진전이 외삼촌에게 상당한 기쁨을 주는 절호의 기회라는 사실도 잘 알고 있었다. 처음에 카알은 외삼촌과 만날 때와 헤어질 때 인사말에 한해서 영어를 썼는데, 차츰 대부분의 대화를 영어로 할 수 있게 되었고, 그와 동시에 한층 더 친밀한 주제가 나오기 시작했다. 어느 날 밤 카알이 화재火災를 묘사한 미국의 시를 처음으로 외삼촌에게 낭독해드렸더니, 외삼촌은 만족한 나머지 매우 진지해졌다. 카알의 방 창문 옆에 서서 외삼촌은 벌써 하늘의 밝은 빛이 사라진 바깥을 내다보고서 그 시구詩句에 공감하면서 천천히 고르게 박자에 맞추어 손뼉을 치는 동안, 카알은 외삼촌과 나란히 서서 시선을 고정한 채 어려운 시를 낭송했다.

카알의 영어 실력이 늘어가자 외삼촌은 아는 사람에게 그를 소개하고 싶은 생각이 떠오르는 모양이었다. 그런 회합에는 언제나 영어 교수가 카알 옆에 있도록 지시했다. 어느 날 오전 처음으로 카알은 몸이 날씬하고 젊은 데다 아주 고분고분한 성격을 가진 사람을 소개받았다. 외삼촌은 그에게 이상할 정도로 겉치레 인사를 하면서 카알의 방으로 안내했다. 틀림없이 이 젊은이는 부모의 입장에서 보면 백만장자의 버릇없는 여러 아들 중의 하나였다. 그의 생활 방식은 보통 사람으로서는 단 하루도 고통 없이는 따라갈 수 없는 것이었다. 마치 이런 사실을 알고 있거나 예감하고 있는 것처럼, 또 자기 세력 범위 안에 있는 사람 외에는 만나지 않는 것처럼 그의 입술과 눈언저리에는 행복한 미소가 늘 떠돌고 있었다. 그 미소는 그 자신과 상대방 그리고 온 세상 사람들을 향한 것처럼 보였다.

마크라는 이 청년과 함께 아침 다섯 시 반에 승마학교에서든 야외에서든 말을 같이 타는 것을 상의했는데, 외삼촌은 무조건 찬성했다. 지금까지 카알은 한번도 승마를 해본 경험이 없어서 우선 조금 배운 다음에 승마를 하고 싶었기 때문에, 처음에는 승낙하는 것을 주저했다. 그러나 외삼촌과 마크가 승마는 단순한 오락이거나 건강을 유지하기 위한 단련이지, 결코 예술이 아니라고 설득했기 때문에 결국 카알은 승낙해버렸다. 그래서 이제 그는 새벽 네 시 반에 잠자리에서 일어나지 않으면 안 되었다. 그것이 그에게 종종 괴로울 때도 있었다. 낮에 계속해서 주의력을 기울여야 했기 때문에 졸음에 시달렸던 것이다. 그러나 욕실에 들어가면 그런 불쾌한 기분은 사라지고 말았다. 욕실에는 욕조가 있었고, 그 크기만 한 샤워 장치가 욕조 위에 설치되어 있었다. ― 고향의 동창생 중에서 어느 누가 부자라 하더라도 이와 같은 욕실을, 그것도 자기 자신만을 위해서 소유하고 있겠는가! ― 이 욕조 속에서 카알은 몸을 쭉 펴고 누워 두 팔을 뻗을 수가 있었다. 그는 미지근한 물, 뜨거운 물, 다시 미지근한 물, 마지막으로 차가운 물을 원하는 대로 부분적으로 또는 온몸에 쏟아지게 할 수 있었다. 그는 아직도 얼마간 계속되는 잠을 즐기는 듯 그곳에 누워 눈을 감고, 뚝뚝 떨어지는 마지막 물방울들을 감은 눈 위로 맞으며 얼굴로 흘러내리도록 하는 것을 특히 좋아했다.

승마학교에서는 차체가 높은 외삼촌의 자동차에서 내리면 이미 영어 교수가 그를 기다리고 있었으나, 마크는 예외 없이 지각을 했다. 마크는 자기가 도착한 후에야 비로소 활기 있는 승마가 본격적으로 시작되기 때문에 별 걱정 없이 지각할 수 있었다. 마크가 들어오면 말은 선잠에서 깨어난 듯 뒷발로 몸을 곧추 세웠고, 채찍 소리가 크게 울렸다. 그리고 주위의 회랑에는 갑자기 몇몇 사람들, 구경꾼, 마부, 승마 연습생, 그 밖의 사람들이 나타났다. 그러나 카알은 마크가 도착하기 전의 시간을 이용해서 극히 초보적인 승마 연습을 약간 했다. 거의 팔을 들지 않아도 가장 큰 말의 등에 닿는 장신의 사나이가 있었는데, 그가 카알에게 언제나 십오 분 정도 연습을 시켜주었다. 카알이 여기에서 거둔 성과는 그다지 큰 것은 아니었다. 카알은 영어의 탄성들을 계속해서 많이 배울 수 있었다. 승마 연습 중에 대개는 졸린 듯 문기둥에 기대어 있는 영어 교수에게 카알은 계속 이 탄성들을 토해냈다. 그러나 마크가 오면 승마의 불만은 거의 해소되었다. 장신의 사나이는 쫓겨가고, 곧 아직도 어두컴컴한 승마 연습장에서는 달리는 말발굽 소리밖에 들리지 않았고, 카알에게 명령을 내리는 마크의 들어올린 팔밖에 보이지 않았다. 이러한 삼십 분 동안의 꿈같이 즐거운 시간이 지나면 마크는 말을 세우고 급히 서둘러 카알에게 작별을 하고 카알의 승마에 대해서 만족스러웠을 때는 가끔 카알의 볼을 슬쩍 건드리고 가버렸다. 어찌나 서두르는지 카알과 함께 출입구까지 간 적도 없었다. 카알은 영어 교수와 함께 자동차를 타고, 대개는 길을 우회하여 영어 교습을 받으러 갔다. 그것은 외삼촌의 집에서 직접 승마학교로 통하는 대로의 혼잡을 통과하려면 오히려 시간이 더 걸릴

지도 모르기 때문이었다. 그러나 적어도 영어 교수를 동반하는 일만
은 곧 중지되었다. 카알은 마크와 영어로 의사소통하는 것은 간단한
일이므로 피로한 영어 교수를 무리하게 승마학교까지 번거롭게 데리
고 갈 필요는 없다고 말하면서, 영어 교수에게 이러한 의무를 면제시
키도록 외삼촌에게 부탁했던 것이다. 잠시 깊이 생각한 후 외삼촌은
이 부탁을 들어주었다.

　카알이 종종 간청했지만, 외삼촌이 카알에게 자신의 사업장을 잠시
만이라도 보여주는 것을 허락하기까지는 상당히 오랜 시간이 걸렸다.
그것은 일종의 중개업과 운송업이었는데, 카알의 기억으로는 유럽에
는 아마도 아직 없는 업종인 것 같았다. 즉 그 사업은 중간 거래를 본
업으로 하는 것인데, 상품을 생산자로부터 소비자 또는 상인에게 중
개하는 것이 아니고 모든 상품과 원료를 대규모 공장 연합을 위해서
혹은 그들 상호 간에 조달하는 것이었다. 그래서 매입, 저장, 운반,
판매에서 규모가 매우 컸고, 거래선과는 전화와 전보로 정확하고 끊
임없는 연락을 유지해야만 하는 업무였다. 이곳 전신실은 고향 도시
에 있는 전신국보다도 훨씬 컸다. 예전에 그는 고향에 있을 때 친한
동급생과 손을 잡고 전신국 안을 구경한 일이 있었다. 전화부電話部
안을 들여다보니 많은 전화실의 문이 열렸다 닫혔다 했으며, 전화기
울리는 소리는 혼을 빼는 듯했다. 외삼촌은 여러 문 중에서 제일 가까
운 문을 열었다. 그곳에는 번쩍이는 전깃불 속에서 한 명의 종업원이
문소리에는 신경도 쓰지 않고, 수화기를 귀에 대고 누르는 강철 띠를
머리에 끼고 있었다. 오른팔은 특별히 무겁기라도 한 듯 작은 책상 위
에 올려놓고, 연필을 쥐고 있는 손가락만이 아주 고르고 빠른 속도로
움직이고 있었다. 그가 수화기에 대고 하는 말은 매우 간략했고, 종
종 상대방에게 무엇인가 이의를 제기하고 좀더 정확히 질문하고 있는
것처럼 생각되기도 했으나, 자신의 의도를 말하기도 전에 자신이 듣

고 있는 말들을 눈을 내리깔고 기록해야 했다. 외삼촌이 카알에게 낮은 목소리로 설명해준 바에 의하면 그 종업원은 이야기를 해서는 안 되는 것이었다. 왜냐하면 이 종업원이 수신하는 것과 똑같은 보고가 다른 두 명의 종업원에 의해서 동시에 수신되며, 나중에 될 수 있는 대로 오류를 피하기 위해서 그것이 비교되기 때문이다. 외삼촌과 카알이 문으로 나오는 순간에 한 명의 견습생이 쑥 들어가서 그 동안 기재된 서류를 들고 나갔다. 넓은 방 한가운데에는 바쁘게 왔다갔다 하는 사람들이 끊이질 않았다. 아무도 인사를 나누지 않았다. 인사는 금지되어 있었다. 누구나 앞서가는 사람의 발걸음을 따라 바닥을 보면서 될 수 있는 대로 빨리 앞으로 나가려 하거나, 혹은 걸음을 옮길 때마다 손에 든 펄럭이는 서류에 적힌 말이나 숫자를 눈으로 훔쳐보고 있었다.

"외삼촌께서는 정말로 큰 성공을 거두셨군요." 하고 카알은 사업장의 통로 하나를 걸으면서 말했다. 비록 방금 각 부서를 보았다 할지라도 전체 사업장을 둘러보려면 며칠이 걸릴 것이다.

"이 모든 것은 내가 삼십 년 전에 직접 설립한 것이라는 사실을 너는 알아야 돼. 그 당시 나는 항구에서 조그마한 가게를 하고 있었지. 거기에선 하루 다섯 상자의 하역이 있으면 대단한 것이었고 의기양양해서 집으로 돌아오곤 했단다. 지금은 항구에서 세번째로 큰 창고를 갖고 있지. 그리고 저 가게는 우리 화물 운반인 제65조組의 식당과 장비 보관실이지."

"이건 정말 기적에 가까운 일이군요." 하고 카알은 말했다.

"여기서는 모든 발전이 매우 빠르게 이루어진단다." 하고 외삼촌은 카알의 말을 도중에 끊고 말했다.

어느 날 평소처럼 카알이 혼자서 식사를 하려고 하는데 외삼촌이 식사 직전에 와서 자기가 거래하는 두 사람과 같이 식사를 하게 되었으니, 곧 검은 예복으로 갈아입고 참석하도록 권했다. 카알이 옆방에서 옷을 갈아입고 있는 동안 외삼촌은 책상에 앉아서 조금 전에 끝낸 영어 숙제를 조사해보고 손으로 책상을 치며 큰 소리로 외쳤다. "정말로 훌륭하군." 카알은 이 칭찬의 말을 듣자 옷을 갈아입는 일이 훨씬 더 잘 되었다. 그리고 실제로 영어에 상당한 자신이 생겼다.

이곳에 도착한 첫날 밤부터 이제껏 머릿속에 기억하고 있는 외삼촌의 식당에 들어서니 키가 크고 뚱뚱한 신사 두 사람이 인사를 하기 위해 일어섰다. 한 사람은 그린 씨고 다른 사람은 폴룬더 씨라는 것이 식사 중의 대화에서 밝혀졌다. 외삼촌은 어떤 친지든 간에 그들에 대해서는 극히 사소한 것마저도 얘기해준 적이 없었다. 언제나 카알 자신이 관찰해서 필요한 것이나 흥미 있는 것을 찾아내도록 했다. 식사 중엔 은밀한 업무상의 용건만 논의되었는데, 그것은 카알에게는 상업적인 표현이라는 점에서 유익한 수업이 되었다. 그리고 카알은 마치 무엇보다도 충분히 먹지 않으면 안 될 어린아이인 것처럼 잠자코 식사를 하도록 방치되었다. 그 후에 그린 씨는 카알을 향해서 인사를 하고, 될 수 있는 대로 명확하게 영어로 말하려고 노력하면서 전반적인 미국의 첫인상에 대해 물었다. 주위가 쥐 죽은 듯 조용한 가운데 카알은 외삼촌 쪽으로 몇 번 곁눈질을 하면서 아주 상세하게 대답했고, 감사의 뜻으로 약간의 뉴욕 말씨를 사용해서 환심을 사려고 했다. 어떤 표현을 했을 때 세 사람이 모두 웃음을 터뜨렸고, 카알은 틀림없이 크게 틀린 것이라고 염려했으나, 그런 것은 아니었고, 폴룬더 씨의 설명에 따르면 매우 훌륭했던 것이었다. 폴룬더 씨는 카알에게 특별히 호의를 가진 것처럼 보였다. 그리고 외삼촌과 그린 씨가 다시 사업상의 이야기를 하고 있는 동안 폴룬더 씨는 카알에게 의자를 자기 쪽으로 끌어당기도록 하고서 그의 이름, 나이, 여행에 대해서 여러 가지를 물었고, 카알이 잠시 긴장을 풀도록 하기 위해서 웃기도 하고 기침도 하면서, 서둘러 자신에 관한 이야기며 딸에 대한 이야기를 했다. 그는 딸과 함께 뉴욕 근교에 있는 조그마한 별장에서 살고 있는데, 자기는 은행가이고 직업상 하루 종일 뉴욕에 붙잡혀 있기 때문에 밤에만 별장에서 지낸다고 말했다. 카알은 곧 이 별장에 찾아오도록 진심에서 우러나온 초대를 받았다. 카알과 같은 풋내기 미국인은 때때로 뉴욕을 떠나 휴양할 필요가 확실히 있다는 것이었다. 카알은 곧바로 이 초대에 응해도 좋은지 외삼촌에게 허락을 구했는데, 외삼촌은 표면적으로는 기꺼이 승낙을 했으나 확실한 날짜를 말하지 않고, 카알과 폴룬더 씨의 기대와는 달리 고려할 여지를 주지도 않았다.

그러나 카알은 그 다음 날 외삼촌의 한 사무실로 오라는 명령을 받았다. 외삼촌은 이 집에만 열 개의 사무실을 가지고 있었는데, 그 곳에서 그는 별말 없이 안락의자에 앉아 있는 외삼촌과 폴룬더 씨를 만났다. "폴룬더 씨가" 하고 외삼촌은 입을 열었다. 방 안에 저녁 땅거미가 들어와서 외삼촌을 잘 알아볼 수가 없었다. "폴룬더 씨가 어제 약속한 대로 너를 별장으로 데려가기 위해 오셨다." "그것이 오늘일 줄은 몰랐어요. 알고 있었더라면 준비를 했을 텐데요." 하고 카알은 대답했다. "준비를 해두지 않았다면 방문을 다음 기회로 미루는 것이 좋겠군." 하고 외삼촌은 말했다. "무슨 준비가 필요한가요! 젊은이는 늘 준비가 되어 있지요." 하고 폴룬더 씨가 큰 소리로 말했다. "자기 문제만은 아니지요. 하지만 그는 어쨌든 자기 방에 갔다 오지 않으면 안 될 겁니다. 기다려 주시겠죠?" 하고 외삼촌은 폴룬더 씨 쪽을 향해 말했다. "그 정도의 시간은 충분히 있답니다. 나는 다소 시간이 지체될 것을 예상하고 일찌감치 일을 끝내놓았죠." 하고 폴룬더 씨가 말했다. "네가 방문하는 것이 얼마나 번거로운 일인지 알겠지?" 하고 외삼촌이 말했다. "죄송합니다. 곧 돌아오겠습니다." 하고 말하고 카알은 뛰어가려고 했다. "너무 급히 서두르지는 말게. 조금도 폐가 되는 일이 아니니까. 오히려 와주겠다니 정말 기쁘네."하고 폴룬더 씨는 말했다. "내일 승마 연습은 빠지게 될 텐데. 약속 취소를 통보해 두었느냐?" "아닙니다. 미처 생각을 못 해서."하고 카알은 말했다. 기대했던 이번 방문이 무거운 부담이 되기 시작했다. "그래도 갈 거야?"하고 외삼촌이 또 물었다. 폴룬더 씨, 이 친절한 양반이 편을 들어주었다. "도중에 승마학교에 들러 그 일을 처리해 두겠어요." "그럴듯하군. 하지만 분명 마크는 너를 기다릴 거야."하고 외삼촌은 말했다. "마크가 저를 기다리지는 않을 겁니다. 그러나 그는 틀림없이 거기에 가긴 갈 겁니다."하고 카알이 말했다. "그럼 어떻게 하지?"하고 외삼촌은 카알의 대답이 전혀 온당치 못하다는 듯이 말했다. 다시 폴룬더 씨가 결정적인 말을 했다. "그러나 클라라도," — 그녀는 폴룬더 씨의 딸이었다 — "카알을 기다리고 있어요, 오늘 저녁에 말이에요. 나는 클라라 쪽이 마크보다 중요하다고 생각합니다만." "물론이지요." 하고 외삼촌이 말했다. "그럼 서둘러 네 방에 다녀오너라." 무의식중에 외삼촌은 안락의자의 팔걸이를 툭툭 치고 있었다. 카알이 문 앞까지 갔을 때 외삼촌은 그를 불러 세우고 "내일 영어 시간까지는 돌아오겠지?"하고 물었다. "원, 참!"하고 폴룬더 씨가 큰 소리로 말하고, 어이가 없다는 듯 안락의자에 앉은 채로 뚱뚱한 몸을 최대한 돌려보았다. "최소한 내일 하루만이라도 밖에 머물도록 하면 안될까요? 모래 아침 일찍 데리고 오겠어요." "그것은 절대로 안 돼요. 그의 공부를 그렇게 무질서하게 내버려둘 수는 없지요. 나중에 저 애가 자립하여 일정한 직업을 가지고 규칙적으로 생활할 때가 되면, 이보다 더 오랫동안이더라도 이런 친절하고 영광스런 초대에 응하는 것을 그에게 기꺼이 허락할 겁니다."하고 외삼촌은 대꾸했다. '이 무슨 모순이란 말인가?' 하고 카알은 생각했다. 폴룬더 씨는 언짢아했다. "그렇지만 하룻저녁 하룻밤이라면 정말이지 방문할 가치가 거의 없는 거나 마찬가지지요." "내 생각도 바로 그래요." 하고 외삼촌이 말했다. "수중에 들어온 것은 우선 잡아야지요." 하고 폴룬더 씨는 말하고, 다시 웃으면서 "그럼 기다리고 있겠네." 하고 카알을 향해서 말했다. 카알은 외삼촌이 더 이상 아무 말도 없으므로 서둘러 자기 방으로 갔다. 그가 곧 출발 준비를 마치고 돌아왔을 때 사무실에는 폴룬더 씨만 있었으며, 외삼촌은 가고 없었다. 폴룬더 씨는 카알이 이제야 정말 자기와 동행하게 되었다는 사실을 가능한 한 굳게 확인이라도 하려는 듯이 아주 행복한 표정으로 카알의 두 손을 흔들었다. 서둘렀기 때문에 얼굴이 상기된 채 카알도 역시 폴룬더 씨의 손을 흔들었다. 그는 나들이를 한다는 것이 몹시 기뻤다. "외삼촌께서는 제가 가는 것에 대해 화를 내지 않으셨습니까?" "천만에, 그는 그렇게 심각하게 생각하지는 않았네. 다만 자네의 교육 문제가 염려되어서 그러시는 것이네." "조금 전의 일을 그렇게 심각하게 생각하고 있지 않다고 외삼촌께서 아저씨에게 직접 말씀하시던가요?" "아, 그랬네." 폴룬더 씨는 말끝을 길게 끌면서 말했고, 그것으로 그가 거짓말을 할 줄 모른다는 것을 증명했다. "아저씨가 외삼촌의 친구인데도 제가 방문하는 것을 외삼촌이 마지못해 허락하시는 게 좀 이상해요." 폴룬더 씨도 이렇다 할 분명한 이유는 말하지 않았으나 이 질문에 대답할 수 없는 것 같았다. 두 사람은 폴룬더 씨의 자동차를 타고 따스한 저녁 길을 달리면서, 곧 화제를 다른 데로 돌렸지만, 오랫동안 이 문제가 카알의 염두에서 떠나지 않고 있었다.

그들은 서로 몸을 가까이 하고 앉아 있었다. 폴룬더 씨는 이야기를 하면서 카알의 손을 잡고 있었다. 오랫동안 차를 타는 것에 싫증이 난 것처럼, 또 이야기라도 하면 실제보다도 더 빨리 도착할 수 있을 것처럼 카알은 클라라 양에 대해서 이것저것 듣고 싶어 했다. 카알은 지금까지 한번도 저녁에 뉴욕 거리를 달려본 적이 없었다. 보도와 차도를 횡단하면서 마치 소음을 몰고가는 회오리바람 속에 있기라도 한 듯 차는 매순간 방향을 바꾸면서 달리고 있었다. 그 소음은 마치 인간이 일으키는 것이 아니라 낯선 어떤 것에 의해 일어나는 것처럼 느껴졌다. 이렇게 달리고 있었지만 카알은 폴룬더 씨가 하는 말을 잘 들으려고 애쓰면서도 그의 짙은 색 조끼와 그 위에 비스듬히 걸려 있는 황금 사슬 줄 외에는 아무 것에도 신경이 쓰이지 않았다. 거리에서는 군중들이 늦을까봐 매우 초조한 기색으로 조급히 걸어가기도 했으며, 될 수 있는 대로 차를 급히 몰아 극장으로 몰려들기도 했다. 그 거리에서 카알과 폴룬더 씨는 통과 구역을 빠져나와 교외로 나갔다. 그곳에서 두 사람이 탄 자동차는 기마 경찰로부터 줄곧 옆길로 가라는 지시를 받았다. 파업 중인 금속 노동자들의 시위대가 대로를 점령하고 있어서 꼭 필요한 차량만 교차로 통행이 허용되었기 때문이다. 자동차는 공허한 메아리가 울리는 어두운 골목길을 벗어나 광장같이 큰 거리를 횡단했다. 길 양쪽으로는 끝없이 펼쳐지는 먼 곳에 이르기까지 군중들이 보도를 꽉 메우고 종종걸음으로 걸어가고 있었다. 그들의 노랫소리는 한 사람의 목소리보다 더 통일되어 있었다. 차량 통행이 금지된 차도의 여기저기에서 꼼짝 않고 서 있는 말에 탄 경찰, 깃발이나 거리 위에 현수막을 펼쳐들고 있는 사람들, 동료들과 전령들에 둘러싸인 노동 지도자의 모습이 보였고, 미처 빠져나가지 못하고 텅 비어 전등도 켜지 않은 채, 운전사와 차장이 승강구에 앉아 있는 전차 한 대도 보였다. 호기심 많은 군중들은 시위대에서 멀리 떨어져 있었는데, 그들은 사태의 진상을 정확히 알지도 못하면서 자리를 떠나지 않고 있었다. 그러나 카알은 폴룬더 씨가 카알의 어깨에 걸쳐놓은 팔에 기분 좋게 기대고 있었다. 카알은 이제 곧 울타리로 둘러싸여 있고 개가 지켜주고 불이 켜진 별장의 귀한 손님이 된다는 확신으로 굉장히 기뻤다. 졸음이 오기 시작했기 때문에 폴룬더 씨의 얘기를 정확히 알아듣지 못하고 군데군데밖에 이해할 수 없었으나, 카알은 이따금씩 정신을 차리고 눈을 비비면서 자신이 졸고 있는 것을 폴룬더 씨가 눈치 챘는지 잠시 확인하곤 했다. 어떻게든 그가 눈치 채도록 하고 싶지 않았기 때문이었다.

뉴욕 교외의 별장

　"이제 다 왔네."하고 폴룬더 씨가 말했을 때 카알은 멍하니 정신을 잃은 상태였다. 자동차가 어떤 별장 앞에 멈춰 있었다. 이 별장은 뉴욕 근교에 사는 부호들의 별장 양식으로 지어졌고 한 가족만 사는 별장으로는 필요 이상으로 너무나 넓고 높았다. 단지 아래층에만 불이 켜져 있었기 때문에 몇 층 집인지 도무지 알 수가 없었다. 집 앞에는 밤나무들이 바람에 살랑거리고 있었고, 밤나무 사이로 — 격자 창문이 이미 열려 있었다 — 현관 계단으로 이어지는 짧은 길이 나 있었다. 차에서 내릴 때 이미 무척 피곤했던 카알은 아주 오랫동안 차를 타고 온 것처럼 느껴졌다. 밤나무 가로수 길의 어둠 속에서 그는 옆에서 나는 소녀의 목소리를 들었다. "드디어 야콥 씨가 오셨군요." "나는 로스만이라고 합니다."하고 말하면서 카알은 소녀의 내민 손을 잡았다. 그때 그는 소녀의 형체를 대략 볼 수 있었다. "야콥 씨의 조카인데, 이름은 카알 로스만이라고 한단다."하고 폴룬더 씨는 설명하듯 말했다. "그런 것은 이분을 맞이하는 저의 기쁨에 아무런 영향도 주지 못해요."하고 그녀는 말했다. 그 소녀에게는 이름 같은 것은 그다지 중요한 것이 아니었다. 그렇지만 카알은 폴룬더 씨와 소녀 사이에 서서 집으로 걸어가면서 "클라라 양이시지요?"하고 물었다. "그래요. 하지만 이런 어둠 속에서 내 자신을 소개하고 싶진 않아요."하고 그녀는 말했다. 얼굴 윤곽을 알아볼 수 있을 정도의 빛이 집으로부터 나와 카알 쪽으로 쏠린 소녀의 얼굴에 비쳤다. '그렇다면 이 소녀는 격자 창문 가에서 우리를 기다렸다는 말인가?' 걷는 동안 차차 머리가 맑아진 카알은 이렇게 생각했다.

"오늘 밤엔 손님이 또 한 분 계시지요."하고 클라라가 말했다. "그럴 리가!"하고 폴룬더 씨는 화난 목소리로 외쳤다. "그린 씨예요."하고 클라라가 말했다. "그분은 언제 오셨지요?"하고 카알은 어떤 예감에 사로잡힌 듯 물었다. "조금 전에요. 앞서 온 그의 자동차 소리를 듣지 못하셨단 말이에요?" 카알은 폴룬더 씨가 이 일을 어떻게 판단하고 있는지를 알아보려고 그를 쳐다보았다. 그러나 폴룬더 씨는 두 손을 바지 호주머니 속에 넣고 약간 발을 세게 구르면서 걸어갔다. "뉴욕 근교에 살고 있어도 아무 소용이 없단 말이야. 방해꾼들이 찾아와서 괴롭히기는 마찬가지니까. 우린 집을 더 먼 곳으로 옮겨야 할거야. 귀가하는 데 한밤중까지 차를 타고 와야만 하더라도 말이야." 그들은 현관 계단 가까운 곳에서 멈추었다. "하지만 그린 씨는 아주 오랫동안 여기에 오시지 않았어요."하고 클라라는 말했다. 클라라는 분명 자기 아버지와 의견이 완전히 일치하고 있었지만, 주제넘게도 아버지를 진정시키려 하고 있었다.

"그렇다면 그는 왜 하필이면 오늘 밤에 왔을까?"하고 폴룬더 씨는 말했다. 두꺼운 아랫입술 위로 말이 마구 흘러나왔고, 아랫입술의 느슨해진 무거운 살이 쉽사리 크게 움직였다.

"그러게 말이에요."하고 클라라가 말했다. "아마 곧 돌아가시겠지요."하고 카알은 말하면서도, 어제까지만 해도 전혀 몰랐던 사람들과 어울려 동조하고 있는 자신을 발견하곤 깜짝 놀랐다. "아니에요. 그분은 아빠에게 어떤 중요한 용무가 있는 것 같더군요. 의논하는 데 시간이 오래 걸릴 거예요. 예의범절을 지키는 주부가 되려면 새벽까지 곁에서 경청해야 될 거라고 그분이 농담으로 제게 위협했답니다."

"그러면 다시 그 문제로군. 그럼 그 사람은 밤새도록 머물겠군."하고 폴룬더 씨는 사정이 아주 난처하게 되었다는 듯이 외쳤다. "나에게도 진정 생각이 있는데."하고 폴룬더 씨가 말했다. 그리고 그는 무슨 새로운 생각이 떠오른듯 한결 다정하게 말했다. "나에게도 진정 생각이 있는데. 로스만 군. 자네를 다시 자동차에 태워 외삼촌 댁으로 돌려보내고 싶네. 오늘 저녁은 이미 애초부터 방해를 받았네. 자네 외삼촌이 다음번에 언제 자네를 우리에게 다시 보내줄지는 아무도 모르네. 그렇지만 내가 오늘 자네를 되돌려 보낸다면 그는 다음번에 우리에게 자네를 다시 보내는 것을 거절할 수는 없을 거네." 그리고 나서 그는 카알의 손을 잡았다. 그러나 카알은 움직이지 않았다. 클라라는 적어도 자기와 카알만큼은 그린 씨 때문에 전혀 방해받지 않을 거라고 말하면서 카알이 여기에 머물도록 아버지에게 간청했다. 결국 폴룬더 씨도 또한 자신의 결심이 그다지 굳은 것이 아니라는 것을 깨달았다. 게다가 — 아마도 이것이 어쩌면 결정적인 것이 되었을지도 모르는데 — 갑자기 그린 씨가 계단 꼭대기에서부터 정원을 향해 외치는 소리가 들렸다. "도대체 어디 계셔요?" "자, 갑시다."하고 폴룬더 씨는 말하고 현관 계단 쪽으로 방향을 틀었다. 그 뒤를 카알과 클라라가 따라갔으며, 그들 둘은 지금 불빛 속에서 서로를 살펴보았다. "이 여자는 빨간 입술을 가졌군."하고 카알은 혼잣말을 하면서, 폴룬더 씨의 입술을 떠올리고는 그 입술이 딸에게서는 아주 예쁘게 변했다고 생각했다. "당신이 괜찮으시다면 저녁 식사가 끝나고 나서, 곧장 제 방으로 가요. 아빠가 그분과 사업 이야기에 몰두해야 할 때만이라도 최소한 그린 씨에게서 벗어날 수 있도록 말이죠. 그리고 나에게 피아노를 쳐주세요. 당신이 피아노를 아주 잘 친다는 말을 아빠께서 이미 하셨죠. 그런데 나는 유감스럽게도 음악은 전혀 못해요. 음악을 좋아하지만 피아노에는 손도 대지 않지요."하고 그녀는 말했다. 카알은 폴룬더 씨와 어울리고 싶었지만 클라라가 한 제의를 전부 받아들였다. 그들이 계단을 오를 때 서서히 그린 씨의 거대한 체구가 모습을 드러냈는데, 그린 씨의 거대한 체구 앞에 서자 ─ 카알은 폴룬더 씨의 거구에는 이미 익숙해져 있었는데 ─ 카알은 오늘 밤 이 사나이로부터 폴룬더 씨를 어떻게든 빼내어오겠다는 희망을 완전히 버렸다.

그린 씨는 허비한 시간을 만회하지 않으면 안 된다는 듯 그들을 서둘러 맞이했으며, 폴룬더 씨의 팔을 잡고 카알과 클라라를 앞세워 식당으로 떠밀고 갔다. 식당은 싱싱한 잎 무늬 사이로 반쯤 일어선 식탁 위의 꽃 때문에 매우 화려해 보였고, 그래서 그린 씨가 방해하고 있다는 것이 이중으로 유감스러웠다. 카알은 다른 사람들이 앉을 때까지 식탁에 앉아 기다리면서 커다란 유리문이 정원 쪽으로 열려있어서 마치 정원의 정자 속으로 불어오듯 강한 향기가 흘러들어오는 것을 기뻐했다. 그때 막 그린 씨는 숨을 헐떡이면서 이 유리문을 닫으러 갔고, 맨 아래에 있는 빗장 쪽으로 몸을 구부렸다가 맨 위에 있는 빗장 쪽으로 발돋움했다. 그 모든 일을 젊은이처럼 신속하게 해치웠기 때문에 급히 달려온 하인은 아무것도 할 일이 없었다. 식탁에 앉아 그린 씨가 맨 처음 한 말은 외삼촌이 카알에게 폴룬더 씨의 별장을 방문하도록 허락했다는 것에 대한 놀라움의 표현이었다. 가득 채운 수프 스푼을 계속 입으로 가져가면서 그린 씨는 오른쪽의 클라라와 왼쪽의 폴룬더 씨에게 자신이 왜 그토록 놀랐는지, 외삼촌이 카알에게 얼마나 주의를 기울이고 있는지, 카알에 대한 외삼촌의 애정이 너무나 커서 그것을 외삼촌으로서의 애정이라고 할 수 없을 정도라는 것을 설명했다. '이 사람이 이 자리에 쓸데없이 끼어드는 것으로 부족해 나와 외삼촌 사이에까지 끼어드는구나.' 하고 생각하니 카알은 금빛 수프를 한 모금도 넘길 수가 없었다. 그러나 카알은 자신이 정말로 불쾌한 느낌을 받고 있다는 것을 그린 씨가 눈치 채게 하고 싶지 않았기 때문에 말없이 수프를 퍼넣기 시작했다. 식사 시간은 고통스럽게 느릿느릿 진행되었다. 그린 씨와 기껏해야 클라라만이 쾌활했으며 가끔 기회 있을 때마다 짧게 웃었다. 폴룬더 씨는 그린 씨가 사업상의 얘기를 시작했을 때만 몇 차례 그 대화에 끌려들어갔다. 하지만 그도 그런 대화에서 곧 빠져나왔다. 그러면 그린 씨는 잠시 후 예기치 않게 그런 종류의 이야기를 다시 꺼내 그를 깜짝 놀라게 했다. 하여튼 그린 씨가 중점을 두고 한 이야기는 — 바로 그때 마치 무슨 일이 일어나기라도 한 듯 귀를 기울이고 있던 카알은 스테이크가 자기 앞에 있으며 지금 저녁 식사 중이라는 것을 클라라에게서 주의받지 않으면 안 되었다 — 이처럼 불시에 방문할 의도는 애초부터 없었다는 것이었다. 그린 씨는 논의되어야 할 용건이 아주 긴급한 것이긴 하지만, 적어도 가장 중요한 용건은 오늘 시내에서 이미 상담이 다 끝났고, 그다지 중요치 않은 일은 내일이나 나중으로 미룰 수도 있다고 했다. 그리고 사실 자신은 일이 끝나기 전에 폴룬더 씨의 사무실을 방문했으나 그를 만날 수 없었기 때문에 부득이 집에는 오늘 밤에 들어갈 수 없다는 전화를 걸고 차를 몰고 올 수밖에 없었다는 것이었다. "그렇다면 제가 사과를 해야겠군요. 폴룬더 씨가 오늘 일을 다른 때보다 일찍 마치게 된 데는 저에게 책임이 있기 때문입니다. 죄송합니다."하고 카알은 다른 사람이 대답할 시간도 주지 않고 큰 소리로 말했다. 폴룬더 씨는 얼굴 대부분을 냅킨으로 가렸고, 클라라는 카알에게 미소를 지었으나, 그것은 동정적인 미소가 아니라 어떻게든 카알의 마음을 움직이려는 그런 미소였다. "사과할 필요는 전혀 없네."하고 그린 씨는 막 비둘기 스테이크를 예리하게 칼질하면서 말했다. "완전히 정반대네. 집에서 혼자 저녁 식사를 하는 대신에 오늘 저녁 이렇게 유쾌하게 말동무를 하면서 보내는 것이 정말 기쁘네. 집에서는 늙은 식모가 시중을 드는데, 너무 늙어서 문에서 내 식탁으로 오는 길도 힘들어 할 정도라네. 노파의 걸음걸이를 바라보고 있자면 나는 오랫동안 의자에 앉아 있어야 하네. 나는 최근에 사환이 음식을 식당 문까지 가져오도록 해놓았네. 그리고 그 문에서 내 식탁까지 나르는 것을 노파의 일로 정했네." "어머나, 정말 충실한 하녀군요!" 하고 클라라는 큰 소리로 말했다. "그렇다네. 세상에는 아직 충실한 자들이 있다네." 하고 그린 씨는 말하고 고기 한 점을 입에 넣었다. 우연히 카알의 눈에 띈 일이지만 입 속에서 그린 씨의 혀는 한 차례 원을 그리면서 음식을 낚아챘다. 카알은 속이 메스꺼워 일어났다. 거의 동시에 폴룬더 씨와 클라라가 그의 손을 붙잡았다. "좀더 앉아 있어야 해요." 하고 클라라는 말했다. 그리고 그가 다시 앉았을 때 그녀는 "곧 함께 나가요. 참을 수 있겠죠?" 라고 그에게 소곤거렸다. 그린 씨는 그동안 조용히 식사를 하고 있었다. 카알의 기분을 나쁘게 한 사람이 바로 자신이라면 이것을 진정시키는 일은 당연히 폴룬더 씨와 클라라의 일인 것처럼 말이다.

그린 씨가 한 접시 한 접시 꼼꼼하게 음미했기 때문에 식사 시간은 오래 계속되었다. 그린 씨는 계속해서 새로 나오는 모든 음식을 지치지 않고 기다렸다는 듯이 받아먹었다. 분명 자신의 늙은 식모에게서 얻지 못하는 것을 철저하게 보상받으려 하는 것처럼 보였다. 때때로 그는 클라라 양이 집안 살림을 꾸리는 실력을 칭찬했는데, 그것은 분명 그녀에게 아첨하는 것이었다. 그러나 카알은 그가 마치 클라라 양을 공격하는 것처럼 느껴져서 그를 저지하려 했다. 하지만 그린 씨는 그녀만으로는 절대 만족하지 못하고, 접시에서 눈을 들지도 않은 채 카알이 눈에 띄게 식욕이 없어진 것이 유감이라고 여러 번 말했다. 폴룬더 씨는 주인으로서 카알에게 식사를 권했지만 그것은 도리어 카알의 식욕을 억제시키는 편이었다. 저녁 식사 내내 어쩔 수 없이 고통을 받아야 한다고 느꼈기 때문에 신경이 날카로워진 카알은 평소 자신의 생각과는 달리 폴룬더 씨의 이와 같은 말을 불친절한 것으로 해석했다. 그는 아주 부적절한 정도로 급하게 많이 먹고 나서, 싫증이 난 듯 오랫동안 포크와 나이프를 들지 않았을 뿐만 아니라 이 모임에서 가장 무표정한 얼굴을 하고 있었기 때문에, 요리를 나르는 하인은 카알에게 어떻게 해야할지 도무지 알지 못했다. 이러한 카알의 행동은 그의 싫증난 심정을 잘 드러내고 있었다.

"자네가 먹지 않아서 클라라 양이 얼마나 기분이 상했는지 내일 상원의원님께 말씀드리겠네."라고 그린 씨가 말하면서 포크와 나이프를 장난스럽게 만지작거려 이 말이 농담임을 보여주려 했다. "이 아가씨가 얼마나 슬픈 표정을 하고 있는지 좀 보게나."하고 말하면서 그는 손을 내밀어 클라라의 턱을 만졌다. 그녀는 그렇게 하도록 눈을 감았다. "이봐요, 아가씨."하고 그는 의자에 등을 기대어 얼굴을 빨갛게 하고서 포식한 자답게 힘이 넘쳐서 웃음을 터뜨리면서 말했다. 카알은 폴룬더 씨의 태도를 이해해보려고 애썼으나 허사였다. 폴룬더 씨는 자기 접시 앞에 앉아서, 마치 그 속에서 아주 중요한 일이 일어나고 있기라도 한 듯 그 접시를 들여다보았다. 그는 카알의 의자를 자기 쪽으로 가까이 끌어당기지도 않았으며, 다른 사람들에게는 말을 걸었지만, 카알에게는 특별히 말을 걸지 않았다. 그런데 그는 이 늙고 교활한 뉴욕의 독신자인 그린 씨가 고의로 클라라의 몸에 손을 대고, 자신의 손님인 카알을 모욕하거나 최소한 어린애로 취급하는 것을, 그리고 이토록 무례하게 실컷 먹고 멋대로 행동하는 것을 참고 있었다.

식사가 끝난 후 — 그린 씨는 좌중의 전체 분위기를 알아차리자 제일 먼저 일어났고, 그 때문에 모두 함께 일어섰다 — 카알은 혼자서 희고 가는 살로 나누어진 커다란 창문 곁으로 갔다. 창문은 테라스로 나 있는데, 그가 가까이 가서 보니 사실은 창이 아니고 문이라는 것을 알 수 있었다. 처음에는 폴룬더 씨와 그의 딸이 그린 씨에게 느끼는 혐오가 카알에게 이해할 수 없는 것이었지만, 이제 그들에게 혐오의 감정은 더 남아있지 않았다. 그들은 그린 씨와 함께 서서 그의 말에 고개를 끄덕이고 있었다. 그린 씨는 폴룬더 씨가 선물한 엽궐련을 피웠는데, 이 엽궐련은 고향에 있을 때 아버지가 아마 눈으로 직접 보지는 못했으면서도 종종 말씀하시곤 했던 그 정도의 굵기였다. 넓은 방 안에 엽궐련의 연기가 가득 퍼져, 그린 씨가 직접 밟아보지도 못했을 방의 구석구석에까지 그 영향력이 미쳤다. 아주 멀리 떨어져 있었지만 카알은 그 연기 때문에 코가 간질거렸다. 지금 서 있는 곳에서 카알이 단 한 번 슬쩍 보았지만, 그린 씨의 태도는 비열한 것처럼 느껴졌다. 외삼촌이 폴룬더 씨의 유약한 성격을 잘 알고 있어서 좌우간 이번 방문에서 카알이 모욕을 당할 수도 있다는 것을 간파했기 때문에, 이번 방문을 허락하는 걸 오랫동안 망설였을 수도 있다고 카알은 이제야 생각했다. 그리고 또한 이 미국 소녀도 아주 아름다울 거라고 상상했던 것은 결코 아니었지만, 그래도 어쨌든 그의 마음에 들지 않았다. 그린 씨가 그녀와 상대하고 나서부터 카알은 그녀의 아름다워진 얼굴 표정과 아주 활발히 움직이는 눈빛에 깜짝 놀랐다. 카알은 그녀의 스커트처럼 그렇게 몸에 꼭 끼는 스커트를 아직 본 적이 없다. 연노랑 색의 부드럽고 질긴 옷감의 작은 주름들은 강한 탄력을 보여주고 있었다. 그러나 카알은 그녀에게 전혀 관심을 두지 않았다. 자신이 손잡이를 잡고 있는 이 문을 열고 자동차를 타든지, 운전사가 잠을 잘 경우 혼자서라도 뉴욕으로 산책 삼아 걸어가도 된다면, 카알은 그녀의 방으로 이끌려가는 것을 기꺼이 포기하고 싶은 심정이었다. 그에게 비치는 만월의 청명한 밤은 누구나 즐길 수 있는 것이었다. 카알은 집 밖에서 두려움을 느낀다는 것이 무의미하다고 생각했다. 카알은 — 이 넓은 방에 들어온 후 처음으로 기분이 좋아졌는데, 그가 내일 아침부터 걷기 시작한다면 좀더 빨리 집에 도착하지는 못할 것이다 — 어떻게 외삼촌을 깜짝 놀라게 할 수 없을까 하고 생각해보았다. 그는 외삼촌의 침실에 전혀 가본 적이 없으며, 심지어 그 침실이 어디에 있는지도 몰랐다. 그러나 그는 그것을 알아보고 싶기도 했다. 그러고 나서 그는 노크를 하고, 점잖게 "들어와!"라고 하면 방 안으로 들어가서 — 지금까지 언제나 단정히 차려 입고 단추를 채우고 있는 외삼촌밖에 모르는데 — 침대에 앉아서 깜짝 놀라 문 쪽으로 시선을 돌리고 있을 잠옷 차림의 사랑하는 외삼촌을 놀라게 하고 싶었다. 어쩌면 이 사실 자체로는 대단한 일이 못 되기는 하나, 그 결과가 어떻게 될 것인가 하는 것까지 잘 생각해보아야 했다. 아마 그는 처음으로 외삼촌과 함께 아침 식사를 하게 될 것이다. 그들 두 사람 사이에 작은 식탁을 놓고 외삼촌은 침대에 앉고, 그는 의자에 앉아서 아침 식사를 하게 될 것이다. 또 어쩌면 이처럼 함께 아침 식사를 하는 것이 정례적인 일이 될지도 모른다. 이런 식으로 아침 식사를 계속하게 되면 지금까지 하루에 단 한 번 하는 것보다 더 자주 자리를 함께 하게 될 것이고, 물론 그러면 서로 솔직하게 터놓고 대화를 나눌 수도 있을 것이다. 이것은 피할 수 없는 일일 것이다. 그가 오늘 외삼촌에게 약간 공손치 못했던 것, 더 적절하게 말하면 고집을 부렸던 것도 결국은 이런 허물 없는 대화가 부족했던 데 그 원인이 있었다. 설사 부득이 그가 오늘 밤을 여기서 머물 수밖에 없다고 하더라도 — 유감스럽게도 그럴 수밖에 없는 것처럼 보였는데, 그들이 그를 창가에 세워두고 혼자서 즐기도록 내버려두고 있긴 하지만 말이다 — 어쩌면 이번의 불행한 방문이 외삼촌과의 관계를 개선시킬 수 있는 전환점이 될지도 모를 일이다. 어쩌면 외삼촌도 자기의 침실에서 오늘 밤 나와 비슷한 생각을 하고 계실지 모르겠다.

　다소 위안을 받고 그는 뒤돌아보았다. 클라라가 그의 앞에 서서

"우리 집이 당신 맘에 전혀 들지 않으세요? 여기서 마음 좀 편히 갖지 않으실래요? 이리 오세요. 마지막으로 기회를 드릴까 해요."하고 말했다. 그녀는 홀을 가로질러 그를 문 쪽으로 데리고 갔다. 사이드 테이블에는 폴룬더 씨와 그린 씨가 약간 거품이 이는 음료수가 가득 찬 긴 컵을 앞에 두고 앉아 있었다. 카알은 뭔지 잘 모르는 그 음료수를 한번 마셔보고 싶은 생각이 간절했다. 그린 씨는 테이블에 팔꿈치를 세우고 자신의 얼굴을 가능한 한 폴룬더 씨 가까이로 가져갔다. 그래서 폴룬더 씨를 잘 알지 못하는 사람이라면 여기서 사업 이야기가 아니라 범죄 모의라도 하고 있다고 족히 생각할 수도 있을 것이다. 폴룬더 씨는 카알이 문 쪽으로 가는 것을 다정한 시선으로 바라보았다. 그린 씨는 카알 쪽을 조금도 쳐다보지 않았다. 평소 같으면 무의식적으로 건너편에 앉아 있는 상대방의 시선을 뒤쫓아 그쪽을 보기 마련이지만, 그렇게 하지 않는 그린 씨의 태도에는 일종의 확신이 들어 있는 것처럼 보였다. 카알은 카알대로, 그린 씨는 그린 씨대로, 자신의 능력껏 해나가야 될 것이다. 그들 두 사람 사이에 필요한 사회적 관계는 시간이 지나면서 두 사람 중 어느 한 사람의 승리나 패배를 통해 해결될 것이다. "그가 그런 생각을 하고 있다면 그는 멍청한 사람이야. 나는 진정 그에게서 아무것도 바라지 않아. 그러니 그도 나를 조용히 내버려두어야 해."하고 카알은 혼잣말을 했다. 복도 쪽으로 나오자마자 카알은 자기가 혹시 무례한 행동을 했을지도 모른다는 생각이 들었다. 카알이 노려보듯 그린 씨를 바라보면서 클라라에게 끌려나오다시피 방에서 나왔기 때문이었다. 이제 그는 한층 더 기꺼이 그녀와 나란히 걸어가고 있었다. 그는 복도를 지나가는 도중에 스무 걸음마다 화려한 제복을 입은 하인들이 촛대를 들고 서 있는 것을 보고는 처음에는 자기의 눈을 믿을 수 없었다. 그들은 촛대의 굵은 몸통을 양손으로 움켜쥐고 있었다. "전기 배선을 새로 했지만, 아직까지는 식당에만 전기가 들어와요."하고 클라라가 설명했다. "이 집을 최근에 샀지요. 제멋대로 지은 낡은 집이었는데, 바꿀 수 있는 것은 모조리 바꾸도록 했답니다." "그렇다면 미국에도 오래된 집들이 있는 거로군요."하고 카알이 물었다. "물론이지요, 미국을 특이한 나라라고 생각하시는 모양이군요."하고 클라라는 웃으면서 그를 계속 끌고 갔다. "나를 비웃지 말아요."하고 카알은 화가 난 어조로 말했다. 따지고 보면 그는 유럽과 미국을 알고 있지만 그녀는 미국만 알고 있는 것이었다. 복도를 지나가면서 클라라는 가볍게 손을 뻗어 문을 열더니 걸음을 멈추지도 않고 "당신은 이 방에서 주무시게 될 겁니다."하고 말했다. 카알은 물론 그 방을 잠시 들여다보려고 했다. 그러나 클라라는 아직 시간이 충분히 있으니 우선 따라오기나 하라고 참을성 없이 거의 소리지르듯 말했다. 그들은 복도에서 잠시 왔다갔다 했다. 마침내 카알은 자신이 매사를 클라라의 생각대로 해서는 안 된다고 생각하고, 그녀를 뿌리치고 그 방으로 들어가보았다. 창 밖이 놀랄 만큼 어두운 것은 창문 가득히 흔들거리는 나뭇가지 때문이라는 것을 알았다. 새들의 노랫소리도 들렸다. 달빛이 아직 비치지 않은 방 안은 거의 아무것도 식별할 수가 없었다. 카알은 외삼촌에게서 선물로 받은 회중전등을 가지고 오지 않은 것을 애석하게 생각했다. 이 집에서는 정말 회중전등이 꼭 필요했다. 회중전등 몇 개만 있으면 하인들이 잠을 자도록 돌려보낼 수도 있을 텐데. 그는 창틀에 앉아 밖을 보며 귀를 기울였다. 방해를 받은 새 한 마리가 나이 든 나무의 잎 사이를 뚫고 들어가는 것처럼 보였다. 뉴욕 교외 전차의 기적 소리가 들판 어디에선가 울렸다. 그 외에는 아주 조용했다.

그러나 정적은 오래가지 않았다. 클라라가 급히 들어왔기 때문이었다. 그녀는 분명 몹시 언짢은 듯 "대체 이게 무슨 꼴이죠?"하고 소리치며 자신의 스커트를 손으로 툭툭 쳤다. 처음에 카알은 그녀가 지금보다 공손해진 다음에야 대답을 하려고 했다. 그러나 그녀는 성큼 성큼 그에게로 다가와서 "함께 가시겠어요? 안 가시겠어요?"하고 소리치곤, 고의인지 아니면 단지 흥분한 때문인지 그의 가슴을 쳤기 때문에, 그는 마지막 순간에 창틀에서 미끄러져, 두 발이 방바닥에 닿지 않았더라면 창문 밖으로 추락했을 것이다. "하마터면 떨어질 뻔했어요."하고 그는 비난하는 투로 말했다. "그런 일이 일어나지 않은 게 유감이군요. 당신은 왜 그렇게 무례하게 굴지요? 또 한 번 밀어서 떨어뜨려 볼까요?" 그러고 나서 실제로 그녀는 그를 껴안고 운동으로 단련된 몸으로 그를 거의 창가에까지 밀고 갔다. 카알은 어안이 벙벙해서 처음에는 그것을 저지하는 것도 잊고 있었다. 그러나 그는 창가까지 떠밀리고 난 후에야 정신을 차리고 허리를 비틀어 몸을 빼내고 그녀를 껴안았다. "아야, 아파요."하고 그녀는 곧 말했다. 그러나 그때 카알은 그녀를 놓아주어서는 안 된다고 생각했다. 그는 그녀에게 마음대로 걷는 자유는 허용했지만, 뒤를 따라가며 그녀를 놓아주지는 않았다. 몸에 꼭 끼는 옷을 입고 있는 그녀를 껴안고 있는 것은 쉬운 일이었다. "놓아주세요."하고 그녀는 상기된 얼굴을 그의 얼굴에 바짝 붙이고 속삭였다. 그녀가 너무 가까이 접근해 있었기 때문에 카알은 그녀를 보는 데 애를 먹었다. "놓아주세요. 멋진 것을 드릴 테니." '이 여자는 왜 이렇게 신음하는 걸까? 그렇게 꼭 누르고 있는 것도 아니라서 별로 아프지도 않을 텐데.' 하고 카알은 생각했다. 카알은 아직 그녀를 놓아주지 않았다. 그러나 멍청하게 아무 말없이 서 있던 일순간이 지나자 갑자기 클라라의 솟아나는 힘이 자기의 몸에 가해지는 것을 느꼈다. 그녀는 그에게서 몸을 빼내어, 그의 상체 일부분을 잡고는 어떤 이국적인 무술의 발 자세를 하고 그의 다리를 막아 아주 규칙적으로 크게 호흡하면서 그를 벽 쪽으로 밀고 갔다. 그곳에는 긴 소파가 하나 있었는데, 그녀는 카알을 그 위에 눕히고는 그에게 그다지 몸을 굽히지도 않은 채, "자, 움직일 수 있으면 움직여 봐."하고 말했다. 카알은 분노와 수치심으로 뒤범벅이 된 기분이었기 때문에 "고양이 같군, 미친 고양이."하고 소리치는 것이 고작이었다. "정말 미쳤군. 미친 고양이군." "말 조심해!"하고 그녀는 말하면서 한 손으로 그의 목을 아주 강하게 조르기 시작했기 때문에 카알은 숨을 헐떡이는 것 외엔 달리 어찌할 도리가 없었다. 그 사이 그녀는 다른 손으로 그의 뺨을 시험하듯 만지고, 언제든지 그의 뺨을 내리칠 수 있도록 손을 높이 치켜올렸다. "어때?"하고 그녀가 물으면서 계속 말을 했다. "숙녀를 대하는 너의 무례한 태도를 벌하기 위해 실컷 뺨을 때려 집으로 돌려보내려고 해. 이건 결코 좋은 추억은 될 수 없겠지만 어쩌면 앞으로 네 인생살이에 도움이 될지도 모르지. 나도 물론 유감스럽게 생각해. 너는 비교적 잘생긴 청년이지. 네가 유도를 배웠더라면, 나를 때려눕힐 수 있었을지도 모르지. 하지만 말이야. 네가 지금 그렇게 누워 있으니 정말 네 뺨을 때려보고 싶은 충동이 일어나는군. 그러면 정말 애석한 일이 되겠지. 그러나 내가 만약 그렇게 한다면 그것은 내 의지에 반하는 행동이라는 것을 분명히 알고 있지. 그렇게 되면 물론 나는 뺨 한 대로 만족하지 못하고 너의 볼이 부어오를 때까지 오른쪽 왼쪽 마구 때리게 될 거야. 그런데 너는 명예를 존중하는 신사일지도 모르니 — 그렇게 믿고 싶은데 — 그렇게 뺨을 맞는다면 더 이상 살고 싶은 맘이 생기지 않을 것이고 세상에서 스스로 자취를 감추고 말지도 모르지. 그런데 왜 너는 나에 대해 반감을 갖고 있지? 내가 혹시 너의 맘에 들지 않아? 내 방에 따라올 가치가 없다는 거야? 조심해! 지금 나도 모르게 너의 뺨을 때릴 뻔했어. 네가 오늘은 이렇게 풀려나지만 다음부터는 더 세련되게 행동해. 나는 네가 고집을 피워도 되는 너의 외삼촌이 아니란 말이야. 그리고 또 한 가지 너에게 주의를 주려고 해. 내가 너의 뺨을 때리지 않는다고 해서, 지금 너의 상황과 실제로 뺨을 얻어맞는 것과는 명예라는 관점에서 볼 때 똑같은 것이라고 생각해서는 안 돼. 그렇게 생각한다면 정말 뺨을 때리는 쪽을 택할 거야. 내가 이 모든 이야기를 마크에게 말한다면 그는 무슨 말을 할까." 마크가 머리에 떠오르자 그녀는 카알을 놓아주었다. 몽롱한 생각 속에서 카알은 마크를 구원자처럼 여겼다. 그는 잠시 동안 자신의 목에서 클라라의 손을 느꼈다. 그래서 약간 몸을 비틀고 나서 조용히 누워 있었다.

그녀는 그에게 일어나라고 재촉했다. 그는 대답도 없이 꿈짝하지 않았다. 그녀는 어디에선가 촛불을 켰다. 방이 밝아졌다. 천장에는 지그재그 모양의 푸른 무늬가 나타났다. 그러나 카알은 머리를 소파의 쿠션 위에 대고 클라라가 눕힌 그대로 누워 있었다. 그는 머리를 손가락 폭 하나만큼도 돌리지 않았다. 클라라가 방 안을 이리저리 왔다갔다 하자, 스커트가 그녀의 다리에 스치는 소리가 났다. 아마도 그녀는 창가에 오랫동안 서 있었을 것이다. "이제 반항은 끝난 거지?" 하고 그녀가 묻는 소리가 들렸다. 카알은 폴룬더 씨가 오늘 밤을 위해 내어준 이 방에서 전혀 휴식을 취할 수 없을 거라고 느꼈다. 그녀는 왔다 갔다 하다가 멈춰 서서 말을 걸었다. 그는 이루 말로 할 수 없을 정도로 그녀가 싫었다. 빨리 잠이나 자고 이곳을 떠나는 것이 그의 유일한 소망이었다. 침대에 눕고 싶지도 않았고, 다만 이 긴 소파 위에 그대로 가만히 있고 싶었다. 그는 그녀가 나가기만을 기다리고 있었다. 그러면 그녀 뒤를 따라가서 문에 빗장을 걸고 다시 긴 소파 위에 몸을 던지면 되는 것이다. 그는 몸을 쭉 펴고 하품을 하고 싶은 욕구가 일어났지만, 클라라 앞에서는 그렇게 하고 싶지 않았다. 그래서 그렇게 누워 천장을 응시하고 있었으며, 자신의 얼굴이 점점 무감각해지는 것을 느꼈다. 파리 비슷한 곤충 한 마리가 그의 주변을 날아다니며 눈앞에서 어른거렸으나 그것이 무엇인지는 정확히 알 수 없었다.

클라라는 다시 그에게 걸어와서 그의 시선 쪽으로 몸을 굽혔다. 그가 자신을 억제하지 않았더라면 분명히 그녀를 쳐다보았을 것이다. "이제 갈게. 혹시 나중에 내게 오고 싶은 생각이 들지도 모르지. 내 방 문은 이 문에서부터 세어서 네번째야. 복도의 이쪽이지. 그러니까 문 세 개를 지나면 그곳이 바로 내 방이지. 나는 더 이상 홀에는 내려 가지 않고 내 방에 있을 거야. 너 때문에 정말 지쳤어. 너를 절대 기다리지는 않을 거야. 하지만 오고 싶으면 와. 나에게 피아노를 연주해주겠다고 약속한 것은 잊지 말아. 내가 너를 완전히 지치게 했는지도 모르지. 움직일 수 없다면 그대로 잠이나 푹 자라. 아버지에게는 당분간 우리의 싸움에 대해 아무 말도 하지 않겠어. 네가 걱정할까봐 이 말을 해두는 거야."하고 클라라가 말했다. 이 말이 끝나자 그녀는 곧 자기 입으로 피곤하다고 말했음에도 불구하고 두 번 펄쩍 뛰어서 방 밖으로 나가버렸다.

카알은 곧 일어났다. 이렇게 누워 있는 것은 견딜 수가 없었다. 가볍게 움직이기 위해 그는 문 쪽으로 걸어가 복도 밖을 내다보았다. 그러나 그곳은 암흑이었다. 문을 닫고 빗장을 걸고 다시 책상 옆의 촛불빛 속에 서 있자 기분이 좋아졌다. 그의 결심은 이 집에 더 이상 머무르지 않고 폴룬더 씨에게 내려가 클라라가 자기에게 어떤 대접을 했는지 그에게 솔직히 말하고 — 자신의 패배를 고백하는 것은 그에겐 아무렇지도 않은 것이었다 — 이런 충분한 이유를 들어 자동차를 타거나 걸어서 집으로 가게 해달라는 허락을 구하는 것이었다. 만약 폴룬더 씨가 이렇게 빨리 집으로 돌아가는 것에 반대하는 경우, 카알은 그에게 하인 한 사람을 시켜 자신을 가까운 호텔로 안내해줄 것을 부탁하려고 했다. 카알이 계획하고 있는 것과 같이 친절한 주인을 만나는 것은 일반적인 일이 아니지만, 클라라가 한 것처럼 손님을 대하는 것은 더욱 드문 일이었다. 클라라는 폴룬더 씨에게 이번 싸움에 대해 당분간은 아무 이야기도 하지 않겠다는 약속을 하며 무슨 호의를 베푸는 것처럼 생각하고 있으나, 그것은 정말 잔인한 일이다. 이를테면 카알은 레슬링 시합을 하기 위해 초대된 것이다. 그래서 소녀에 의해 내동댕이쳐진 것은 그에게는 정말 수치스러운 일인 것이다. 그 소녀는 어쩌면 인생의 대부분을 레슬링 기술을 배우는 데 보냈을지도 모른다. 필경 그녀는 마크에게서 지도를 받아왔을 거야. 정말 그녀가 그에게 모든 것을 얘기해버리면 좋겠어. 마크는 확실히 통찰력이 있는 사람이다. 카알은 그것을 알고 있었다. 비록 그것을 세세히 경험할 기회는 결코 없었지만 말이다. 카알은 자신이 마크로부터 배운다면 클라라보다 훨씬 더 많은 발전이 있을 거라는 것도 알고 있었다. 십중팔구 초대받지 않겠지만 혹시나 언젠가 다시 그가 이곳에 오게 되면, 물론 우선 이곳의 지리를 조사해야겠지. 지리를 자세히 알고 있는 것은 클라라의 큰 이점이었다. 그러고 나서 바로 클라라를 붙잡아 오늘 그녀가 자신을 내동댕이친 바로 그 긴 소파의 먼지를 털어주리라.

지금으로선 홀로 되돌아가는 길을 찾는 것만이 급선무다. 당황한 나머지 그곳 홀의 엉뚱한 곳에 자신의 모자를 놓고 왔다. 물론 촛불을 가지고 갈 생각이었으나, 촛불을 가지고 있다고 해서 길을 쉽게 찾을 수 있는 것도 아니다. 예컨대 그는 이 방이 홀과 똑같은 층에 있는지 어떤지도 전혀 알지 못했다. 클라라는 이곳으로 올 때 그를 줄곧 끌고 왔기 때문에 그는 주위를 살펴볼 수조차 없었다. 그린 씨와 촛불을 들고 있는 하인들이 그의 머리에 떠올랐다. 요컨대 계단을 하나 지나왔는지 둘 지나왔는지 아니면 계단을 지나지 않았는지 전혀 알지 못했다. 조망이 가능하다는 것으로 추론해보면 그 홀은 상당히 높은 곳에 있었다. 그러므로 계단을 지나온 것으로 생각하려고 했으나, 이미 현관으로 오려면 계단을 지나와야만 했기 때문에 집의 이쪽도 높게 되어 있지 않을 리 없었다. 하지만 최소한 복도의 어디 한 군데에 있는 문에서 불빛이 보인다든가 멀리서 아주 작은 어떤 목소리라도 들을 수 있다면 좋겠는데….

외삼촌이 선물로 준 회중시계는 열한 시를 가리키고 있었다. 그는 촛불을 들고 복도로 나갔다. 그는 문을 열어두었는데, 그건 자기가 찾는 것이 허사로 돌아갈 경우에 대비해 적어도 자신의 방을 다시 찾고, 그리고 나서 극도의 비상사태에 대비해 클라라의 방 문을 찾기 위해서였다. 문이 저절로 닫히지 않도록 하기 위해 의자를 놓아 문을 막았다. 복도에서는 카알 쪽으로 — 그는 물론 클라라의 방 문에서부터 왼쪽으로 갔다 — 맞바람이 불어와서 불편했다. 그 바람이 아주 약하긴 했으나, 금방 촛불이 꺼질 것 같아서 카알은 손으로 불꽃을 막아야 했다. 게다가 꺼져가는 불꽃이 다시 일어나도록 빈번히 멈춰서야만 했다. 천천히 나아갈 수밖에 없었기 때문에 그 길은 두 배나 오래 걸리는 것 같았다. 카알은 이미 문이 전혀 없는 벽들을 따라 상당한 거리를 지나왔는데, 벽 뒤에는 무엇이 있는지 상상할 수조차 없었다. 그 다음에 다시 계속 문이 이어졌고, 그중 몇 개를 열어보려고 했지만 문이 잠겨 있는 것으로 보아 사람이 기거하지 않는 것이 분명했다. 이것은 정말 어처구니없는 공간 낭비였다. 카알은 외삼촌이 보여주겠다고 약속했던 뉴욕 동부 지역을 생각해냈다. 그곳에서는 작은 방 하나에 여러 가족이 살고 있으며, 한 가족의 거주처가 방 한쪽 구석이고, 그곳에서 아이들이 부모 주위에 모여 있다는 것이었다. 그런데 이곳에는 이토록 많은 방들이 비어 있으며, 문을 두드릴 때 오로지 텅 빈 소리를 내기 위해 존재했다. 카알은 폴룬더 씨가 나쁜 친구들 때문에 나쁜 길로 유혹당했고 딸에 대한 애착 때문에 타락했다고 여겼다. 외삼촌은 그를 정확히 판단했던 것이다. 카알이 인간을 판단하는 데는 아무런 영향력을 행사하지 않겠다는 외삼촌의 원칙 때문에 카알은 이곳을 방문하고 이렇게 복도를 헤매고 돌아다니고 있는 것이다. 카

알은 내일 그것을 외삼촌에게 서슴없이 말하려고 생각했다. 외삼촌
은 자기 원칙에 따라 폴룬더 씨에 대한 조카의 판단을 기꺼이 들어줄
테니까. 카알이 자기의 외삼촌에 대해 생각할 때 마음에 들지 않는 유
일한 점이 어쩌면 이 원칙인지도 모른다. 그러나 이 점도 무조건 마음
에 들지 않는 것은 아니다.

갑자기 복도 한쪽에 있는 벽이 끝나고 그 대신 얼음처럼 차가운 대
리석 난간이 나타났다. 카알은 촛불을 옆에 놓고 조심스럽게 몸을 구
부렸다. 어두운 공허가 그를 향해 불어왔다. 이것이 이 집의 중앙 홀
이라면 — 촛불 빛 속에서 아치형의 천장 일부가 보였다 — 왜 이 홀
을 통해서 들어오지 않았단 말인가? 이 깊숙하고 큰 홀은 무엇에 사용
되는 것일까? 이렇게 높은 곳에 서 있자 마치 교회의 회랑에 서 있는
것 같았다. 카알은 내일까지 여기에 머물지 못하는 것이 유감이었다.
낮에 폴룬더 씨에게 사방으로 끌려 다니면서 갖가지 것들에 대해 설
명을 들었다면 좋을 텐데.

난간은 길지 않았다. 곧 카알은 다시 밀폐된 복도로 접어들게 되었
다. 복도가 갑자기 굽이를 이루는 지점에서 카알은 벽에 꽝 부딪혔
다. 끊임없이 주의를 기울이고 안간힘을 다해 촛불을 들고 있었기 때
문에 다행히 카알은 촛불을 떨어뜨려 꺼뜨리는 것은 면했다. 복도가
끝없이 계속되었고, 어떤 창으로도 밖을 볼 수 없었으며, 위쪽에도
아래쪽에도 아무것도 움직이지 않았기 때문에 카알은 자신이 계속 똑
같은 복도를 빙빙 돌고 있다는 생각이 들었다. 그리고 자기 방의 열린
문을 혹시라도 다시 찾아낼 수 있을까 기대했으나, 그 문도 난간도 다
시는 나오지 않았다. 지금까지 카알은 큰 소리로 외치는 것을 삼가고
있었다. 남의 집에서 이런 한밤중에 소동을 일으키고 싶지는 않았기
때문이었다. 그러나 지금 그는 이처럼 불이 켜져 있지 않은 집에서라
면 그렇게 해도 부당한 일은 아닐 거라고 생각하고, 복도의 양쪽을 향

해 큰 소리로 '여보세요' 하고 막 외치려고 했다. 그때 그가 온 방향에서 작은 불빛이 다가오는 것이 보였다. 그때 비로소 그는 이 곧은 복도의 길이를 어림잡을 수 있었다. 이 집은 성채城砦였지 별장이 아니었다. 이 구원의 불빛이 너무나 기뻤기 때문에, 카알은 조심성을 완전히 잃어버리고 그쪽으로 달려갔다. 처음 몇 번 펄쩍 뛰었을 때 이미 촛불은 꺼져버렸다. 그는 그것에는 신경도 쓰지 않았다. 왜냐하면 이미 촛불이 필요 없어졌으니까 말이다. 등불을 든 한 늙은 하인이 카알 쪽으로 다가왔다. 그가 카알에게 바른 길을 가르쳐줄 것이다.

"누구십니까?" 하고 하인은 묻고 카알의 얼굴에 등불을 들이댔다. 그렇게 함으로써 동시에 자기의 얼굴도 비추어졌다. 그의 얼굴은 크고 흰 턱수염이 가슴 위에 이르러서야 명주실처럼 작은 고리 모양으로 끝나고 있었기 때문에 약간 딱딱해 보였다. 이런 수염을 기르는 것이 허용되는 것을 보면 이 사람은 충실한 하인임이 분명하다고 카알은 생각하며 이 수염의 길이와 넓이에 시선을 고정시킨 채 쳐다보았다. 그러나 자기 자신도 관찰당하고 있다는 것에 대해서는 거북하게 생각하지 않았다. 게다가 카알은 곧바로 자기가 폴룬더 씨의 손님이며 자기 방에서 식당으로 가려고 하는데, 길을 찾지 못하고 있다고 대답했다. "아아, 그렇습니까, 여긴 아직 전깃불이 들어오지 않지요." 하고 하인이 말했다. "나도 알고 있어요." 하고 카알이 말했다. "제 등불로 초에 불을 붙이지 않겠습니까?" 하고 하인이 물었다. "좋아요." 하고 말하고 카알은 불을 붙였다. "이곳 복도에서는 이렇게 바람이 불기 때문에 촛불이 쉽게 꺼지지요, 그래서 저는 등불을 가지고 다니지요." 하고 하인이 말했다. "그래요, 등불이 훨씬 실용적이지요." 하고 카알이 대답했다. "당신 옷에 온통 촛농이 묻어 있군요." 하고 하인이 말하며 촛불로 카알의 옷을 비추었다. "그것을 전혀 몰랐어요." 카알은 소리치며 매우 난처하게 생각했다. 왜냐하면 그 옷은 외삼촌이 카알에게 가장 잘 어울린다고 했던 검은색 옷이기 때문이었다. 클라라와 싸울 때, 이 옷 때문에 불리했을지도 모른다는 생각이 이제서야 들었다. 그 하인은 친절하게도 될 수 있는 대로 신속히 옷을 깨끗하게 손질해주었다. 카알은 하인 앞에서 계속 이리저리 돌면서 여기저기 묻어 있는 얼룩을 가리켰다. 하인은 고분고분 그 얼룩을 떼어주었다. "이 복도에는 왜 이렇게 바람이 많이 통하죠?" 하고 카알은 같이 걸어가면서 물었다. "이곳은 아직 고칠 곳이 많이 있지요. 개축을 시작하긴 했지만 아주 더디게 진행되고 있답니다. 당신도 혹시 아실지 모르지만 지금 건설 노동자들이 파업을 하고 있지요. 이런 건축에는 화가 나는 모양입니다. 지금 두서너 군데 커다란 균열이 생겼는데, 아무도 벽을 막아주지 않고 있어요. 그래서 외풍이 온통 집 안으로 불어오고 있어요. 저는 귀를 솜으로 완전히 틀어막지 않으면 도저히 견딜 수가 없답니다." 하고 하인은 말했다. "그렇다면 좀더 큰 소리로 말해야 되겠군요?" 하고 카알이 물었다. "아니에요, 당신 목소리가 분명하게 들려요." 하고 하인이 대답했다. "그건 그렇고 이 건물 이야기를 하자면, 특히 여기 이 예배실 근처의 외풍은 정말로 참을 수가 없답니다. 이 예배실은 나중에 집과는 무조건 차단되어야만 할 겁니다." "그렇다면 이 복도와 연결되는 난간은 예배실로 나가는 것인가요?" "그렇습니다." "나도 곧 그렇다고 생각했어요." 하고 카알이 말했다. "저 예배실은 꼭 한번 볼 만한 가치가 있지요. 예배실이 없었다면, 마크 씨는 이 집을 사지 않았을 테니까요." 하고 하인이 말했다. "마크 씨라고요? 나는 이 집이 폴룬더 씨의 것이라고 생각했는데요." 하고 카알이 말했다. "물론이지요, 하지만 이 집을 살 때 결정을 한 사람은 마크 씨입니다. 마크 씨를 모른단 말입니까?" 하고 하인이 말했다. "아아, 알지요. 그런데 그는 도대체 폴룬더 씨와 어떤 관계입니까?" 하고 카알이 말했다. "마크 씨는 아가씨의 약혼자예요."하고 하인이 말했다. "그건 정말 몰랐어요."라고 말하고 카알은 멈춰섰다. "그것이 그렇게 놀라운가요?" 하인이 물었다. "그저 그런 것을 잘 기억해두려고 하는 것뿐이에요. 그런 관계를 알지 못하면 정말로 큰 실수를 할 수도 있으니까요."하고 카알이 대답했다. "당신에게 그런 이야기를 하지 않았다니 이상하군요."하고 하인이 말했다. "그래요, 정말입니다."하고 카알은 쑥스러운 표정으로 말했다. "아마 당신이 그 관계를 알고 있다고 생각했을 겁니다. 그건 결코 새로운 뉴스라고는 할 수 없으니까요. 자, 다 왔어요."라고 말하고 하인은 문 하나를 열었다. 그 문 뒤에는 계단이 하나 있었는데, 그 계단은 여기 도착했을 때와 마찬가지로 밝은 식당의 뒷문으로 곧장 이어졌다. 두 시간 전과 마찬가지로 변함없이 폴룬더 씨와 그린 씨의 목소리가 들려오는 식당으로 카알이 들어가기 전에 하인은 "원하신다면 제가 여기서 기다리고 있다가 당신을 방으로 안내해드리겠어요. 첫날 저녁이라서 이곳 길을 잘 알기는 어렵지요."하고 말했다. "나는 내 방으로 돌아가지 않을 겁니다."하고 카알은 말했다. 카알은 이 말을 할 때 왜 자신이 서글퍼지는지 그 이유를 알 수 없었다. "그렇게 하시는 것도 나쁘진 않을 겁니다."하고 하인은 깔보는 듯한 미소를 띠고 말하면서 카알의 팔을 가볍게 토닥거렸다. 아마 하인은 카알의 말을 밤새도록 식당에서 이 사람들과 담소하며 술을 마시겠다는 것으로 해석한 것 같았다. 카알은 지금 어떠한 고백도 하고 싶지 않았다. 게다가 카알은 이 집의 다른 하인들보다도 자신의 마음에 더 든 이 하인이라면 자기에게 뉴욕으로 가는 길의 방향을 가르쳐주리라고 생각했다. 그래서 그는 "여기에서 기다려주신다면 그것은 당신으로선 정말로 큰 호의를 베푸시는 것이 되죠. 그런 호의를 감사한 마음으로 받아들이겠어요. 좌우간 잠시 후 나올 겁니다. 그때 내가 앞으로 어떻게 할 것인지 말씀드리지요. 분명 당신의 도움이 필요하리라고 생각해요."하고 말했다. "좋아요. 그럼 여기서 기다리겠어요."라고 하인은 말하고 등불을 바닥에 놓고 낮은 주각 위에 앉았다. 그 위에 아무것도 놓여 있지 않은 것은 이 집의 개축과 관련이 있는 것 같았다. 하인은 카알이 타고 있는 초를 가지고 홀 안으로 들어가려 하자, "그 촛불도 저에게 맡겨놓으세요."하고 말했다. "정말 제정신이 아닌가봅니다."하고 카알은 말하면서 하인에게 촛불을 건네주었는데, 하인은 고개를 끄덕거리기만 했다. 그러나 하인이 의도적으로 그렇게 했는지 아니면 손으로 수염을 쓰다듬느라고 그랬는지 알 수는 없었다.

   카알은 문을 열었다. 문은 요란하게 삐걱거렸는데, 그것은 카알의 탓이 아니었다. 그 문은 손잡이만 움켜진 채 급하게 열면 거의 휘어지기라도 할 듯한 판유리 한 장으로 되어 있기 때문이었다. 아주 조용히 들어가려고 했으므로 카알은 깜짝 놀라 문을 놓아버렸다. 뒤돌아보지 않았지만 카알은 자기 뒤에서 분명 주각에서 내려온 하인이 조심스럽게 소리가 전혀 나지 않게 문을 닫아주고 있다는 것을 알아차렸다. "방해해서 죄송해요."하고 카알은 깜짝 놀란 얼굴로 자기를 쳐다보는 폴룬더 씨와 그린 씨에게 말했다. 그와 동시에 자기 모자를 어느 곳에서라도 찾아낼 수 없을까 하고 한차례 홀을 둘러보았다. 그러나 모자는 어디에도 보이지 않았다. 식탁은 완전히 치워져 있었다. 아마도 모자는 불쾌하게 여겨져 부엌 어딘가로 옮겨졌을 것이다. "대체 클라라는 어디에 두고 왔는가?"하고 폴룬더 씨가 물었는데, 이렇게 방해자가 끼어든 것이 싫은 것처럼 보이지는 않았다. 그가 곧 안락의자에서 자세를 고쳐 앉아 카알을 정면으로 대했기 때문이었다. 그린 씨는 무관심한 체하면서, 서류가방치고는 굉장히 크고 두꺼운 서류가방을 끄집어냈다. 그는 그 가방 속에서 무슨 서류를 찾는 것처럼 보였으나, 찾는 중에 마침 다른 서류가 손에 잡히자 그것을 읽었다.

"부탁드릴 말씀이 하나 있는데, 오해하시지는 말기 바랍니다."하고 말하면서 카알은 재빨리 폴룬더 씨 쪽으로 가서 안락의자 팔걸이에 손을 얹었다. "무슨 부탁인가?"하고 폴룬더 씨는 물으면서 솔직하고 거리낌없는 시선으로 카알을 응시했다. "물론 꼭 들어주어야지."하고 덧붙여 말하고 그는 카알을 팔로 껴안아서 자기 양쪽 다리 사이로 끌어당겼다. 카알은 평소 같으면 이런 대접을 받기에는 자신이 너무 성숙했다고 생각했겠지만, 이런 대우를 기꺼이 참고 있었다. 그러나 오히려 자신의 부탁을 말하는 것이 훨씬 더 어려워졌다. "우리 집이 맘에 드나?"하고 폴룬더 씨는 물었다. "시내에서 빠져나와 시골에 있으면 이른바 해방감을 맛볼 수 있다고 하는데, 자네는 그렇지 않은 것 같네."카알 때문에 가려지긴 했으나, 분명히 그는 그린 씨를 곁눈질로 보고 있었다. "대체로 나는 그런 감정을 밤마다 새삼스럽게 느끼고 있네." '이 사람은 마치 큰 저택, 끝없이 긴 복도, 예배실, 텅 빈 방, 도처의 어둠에 대해서는 전혀 모르는 것처럼 말하고 있구나.' 하고 카알은 생각했다. "자, 그런데, 청이 있다고 했지?"라고 말하고 폴룬더 씨는 잠자코 서 있는 카알을 다정하게 흔들었다. "제 부탁은."하고 카알은 목소리를 낮추어 말했지만, 옆에 앉아 있는 그린 씨에게 모두 들리는 것은 피할 수 없는 일이었다. 폴룬더 씨를 모욕하는 것으로 생각될 수 있는 그 부탁을 그린 씨 앞에서는 정말로 감추고 싶었다. "부탁입니다. 지금 집으로 돌아가게 해주세요." 이렇게 가장 하기 힘든 말을 해버리자 그 밖의 모든 이야기는 훨씬 쉽게 연달아 나왔다. 카알은 조금도 거짓말을 섞지 않고 이전에는 전혀 생각지도 않았던 것들을 말해버렸다. "저는 무슨 일이 있어도 꼭 집에 돌아가고 싶어요. 기꺼이 다시 올 겁니다. 아저씨가 계시는 곳이라면 저도 기꺼이 오고 싶을 테니까요. 오늘만큼은 여기 머물 수가 없어요. 아시다시피 외삼촌께서는 이번 방문을 쾌히 승낙하시지는 않았지요.

외삼촌은 자신이 하는 모든 일에 대해 그렇듯이 이번에 그렇게 한 것에 대해서도 충분한 이유를 가지고 있었던 것이 분명해요. 그런데 저는 뻔뻔스럽게도 외삼촌의 분별 있는 생각을 어기면서까지 억지 승낙을 받아냈던 것이죠. 외삼촌이 저를 사랑한다는 사실을 남용했던 거예요. 이번에 저의 방문을 외삼촌이 얼마나 주저했는가는 지금으로선 중요한 문제가 아니에요. 저는 외삼촌이 그렇게 주저했다는 점에서 아저씨의 기분을 해칠 만한 것은 아무것도 없었다는 사실만은 분명히 알고 있어요. 아저씨는 제 외삼촌과 가장 친한 친구분이시니까요. 어느 누구도 아저씨와 외삼촌의 우정을 따라갈 수는 없지요. 이 것은 저의 고집에 대한 유일한 변명입니다만, 충분한 변명은 못 되지요. 아저씨는 아마 외삼촌과 저의 관계에 대해 정확히 알고 계시지는 못할 겁니다. 그래서 가장 분명한 점에 대해서만 말씀드릴까 합니다. 제가 영어 공부를 마칠 때까지, 그리고 상업 실무에 충분한 식견을 가질 때까지, 저는 전적으로 외삼촌의 호의에 의지하고 있는 것이죠. 물론 혈육으로서 그 호의를 받아도 좋겠지요. 아저씨는 제가 지금이라도 어떻게 해서든 점잖게 밥벌이를 할 수 있을 거라고 — 그건 당치도 않은 일이에요 — 생각해서는 안 돼요. 유감스럽게도 그렇게 하기엔 제가 받은 교육이 너무나 비실용적인 것이었죠. 저는 유럽의 고등학교 4학년 과정을 중간 정도의 성적으로 수료했을 뿐이죠. 그것은 돈을 버는 데는 아무런 보탬이 되지 않아요. 유럽의 고등학교 학습과정은 매우 뒤떨어져 있으니까요. 제가 배운 것을 말씀드리면 아마 웃으실 겁니다. 학업을 계속해서 고등학교를 마치고 대학에 들어가면 아마 어떻게든 모든 것이 제대로 균형이 잡힐 겁니다. 그러면 마침내 어떤 일을 시작하도록 하고 돈을 벌 결심도 서게 하는 올바른 교양을 가지게 되겠죠. 유감스럽게도 저는 이런 것들과 연관된 학업을 하지 못했어요. 저는 이따금씩 제가 아무것도 모른다는 생각이 들 때도 있

습니다. 결국 제가 알고 있는 모든 것은 미국에서 살아가기에는 아직
도 너무 부족하지요. 지금은 저의 고국에서도 개혁된 고등학교가 여
기저기서 설립되고 있답니다. 거기서는 현대어와 상업 과목들도 배
우지요. 제가 초등학교를 졸업할 때는 그런 것이 없었죠. 저의 아버
지는 저에게 영어를 배우게 하려고 하셨습니다만, 첫째로 그 당시에
는 어떤 불행이 제게 닥쳐올 것인지, 영어를 어떻게 사용할 것인지 예
측할 수가 없었고, 둘째로 고등학교 과정을 열심히 공부해야만 했기
때문에 다른 일에 몰두할 시간이 그다지 많지 않았답니다. 제가 이 모
든 것을 말씀드리는 것은 제가 얼마나 외삼촌에게 의존하고 있으며,
따라서 그에게 얼마나 은혜를 입고 있는지를 보여드리기 위해서죠.
제가 이런 상황에서 아무리 사소한 일이라도 외삼촌의 의지에 어긋나
는 행동을 해서는 안 된다는 점은 분명히 이해하시겠지요. 그래서 외
삼촌에게 저지른 잘못을 절반만큼이라도 보상하기 위해서는 당장 집
으로 가야만 해요." 카알이 이야기를 길게 늘어놓고 있는 동안 폴룬
더 씨는 주의 깊게 경청하고 있었다. 특히 외삼촌 얘기가 나올 때마다
그랬다. 비록 눈에 띄지 않을 정도이기는 했지만 그는 카알을 슬쩍 끌
어안았고, 두서너 번 진지하게 그리고 기대에 부푼 듯 그린 씨 쪽을
쳐다보았다. 그린 씨는 계속 서류가방을 만지작거리고 있었다. 카알
은 자신이 말을 하는 중에 외삼촌에게서 자신의 위치가 좀더 뚜렷하
게 의식될수록 점점 더 불안해졌으며, 무의식적으로 폴룬더 씨의 팔
에서 빠져나오려고 했다. 이곳에서는 모든 것이 그를 구속하고 있었
다. 유리문을 통해 계단을 내려가서 가로수 길을 지나고, 국도를 거
치고 교외를 지나, 교통이 복잡한 도로에 이르기까지 외삼촌에게 가
는 길은 밀접하게 연결되어 있는 어떤 것으로 카알에게 여겨졌으며,
텅 빈 채로 평탄하게 그를 위해 준비된 상태에서 큰 목소리로 그를 부
르고 있었다. 폴룬더 씨에게 품은 호의와 그린 씨에게 품은 혐오는 그

윤곽이 흐릿해졌다. 카알은 담배 연기가 자욱한 이 방에서 작별의 허락을 받는 것 이외에는 아무것도 바라는 것이 없었다. 그는 폴룬더 씨에 대해서는 서먹서먹한 느낌이 들었고, 그린 씨에 대해서는 적의가 느껴졌다. 그러나 주위의 알 수 없는 두려움이 그의 마음을 가득 채우고 있었고, 그 충격이 그의 눈을 흐리게 했다.

그는 한 걸음 물러서서 폴룬더 씨와 그린 씨로부터 각각 똑같은 거리만큼 떨어져 섰다. "그에게 한 말씀 하시지 않겠어요?" 하고 폴룬더 씨는 그린 씨에게 묻고, 부탁이라도 하듯 그린 씨의 손을 잡았다. "그에게 무슨 말을 해야 할지 도무지 모르겠어요." 하고 그린 씨는 말하고 마침내 편지 하나를 서류가방에서 꺼내어 앞의 탁자 위에 놓았다. "그가 자기 외삼촌에게 되돌아가려는 것은 참으로 칭찬할 만해요. 인간적으로 예측해보건대 그렇게 함으로써 외삼촌을 특별히 기쁘게 해줄 것으로 믿어도 좋을 겁니다. 그가 고집을 부려 외삼촌을 매우 노하게 만들었다는 것은 틀림없는 일일 겁니다. 그런 일은 있을 수도 있답니다. 그렇다면 물론 그가 여기에 머무는 편이 더 좋을 겁니다. 확정적인 어떤 말씀을 드리긴 정말 힘들군요. 우리 둘은 외삼촌의 친구인데, 나의 우정과 폴룬더 씨의 우정 사이에서 순위를 정하는 것은 힘든 일이지요. 그러나 외삼촌의 속마음까지 들여다볼 수는 없지요. 그것도 여기 있는 우리와 뉴욕은 수 킬로미터나 떨어져 있으니 말이오." "제발 부탁입니다, 그린 씨. 말씀을 들으니, 아저씨는 제가 집으로 곧 돌아가는 것이 가장 좋다고 생각하시는군요." 하고 카알은 말하고 자제하면서 그린 씨에게 다가갔다. "그런 말은 전혀 하지 않았소." 하고 그린 씨는 말하고 나서 편지를 보는 일에 몰두했으며 편지의 가장자리 여기저기를 두 손가락으로 만지작거리고 있었다. 그렇게 함으로써 그는 자신이 폴룬더 씨의 질문을 받고 그에게 답변을 하고 있는 것이지, 카알과는 전혀 상대하고 있지 않다는 것을 보여주려는 것 같았다.

　그 사이에 폴룬더 씨가 카알 곁으로 걸어와서 그를 살며시 그린 씨에게서 떼어내어 큰 창문 쪽으로 끌고 갔다. "이보게, 로스만 군." 하고 그는 마음의 준비를 하려는 듯 손수건으로 얼굴을 닦고, 그 손수건을 코 언저리에 멈추고 코를 풀더니 카알의 귀에 대고 말했다. "내가 자네의 의지와 달리 자네를 이곳에 붙잡아두려 한다고는 생각하지 말게. 그것이 문제가 되는 게 아니네. 자네에게 자동차를 사용하도록 할 수가 없네. 여기서 멀리 떨어진 공용 차고에 자동차가 있네. 이제야 겨우 개축 중인 이곳에 자가용 차고를 만들 시간이 없었기 때문이네. 게다가 운전사도 이 집에서 잠자는 것이 아니라, 차고 가까이에 숙소가 있다네. 사실 나도 차고가 어디에 있는지도 모른다네. 뿐만 아니라 운전사는 지금 이 시간에 이곳으로 와야 할 의무가 전혀 없고 아침에 제시간에 이곳으로 차를 몰고 오기만 하면 되네. 이런 이유들만이 자네의 귀가에 대한 방해는 아닐 거네. 자네가 집에 갈 고집한다면 내가 곧바로 가까운 시가전철 역까지 데리고 가겠네. 하지만 시가전철이 빠르긴 빠르지만, 역이 너무 멀리 떨어져 있기 때문에 — 우리 아침 일곱 시에 출발하자고 — 내 자동차를 타고 가는 것보다 훨씬 더 일찍 집에 도착하지는 못할 거네." "그렇더라도 폴룬더 씨, 시가전철을 타겠어요. 시가전철은 전혀 생각하지 못했군요. 시가전철이 자동차를 타고 가는 것보다 빠르다고 말씀하셨죠?" 하고 카알이 말했다. "하지만 별로 차이가 나지 않을 텐데." "그래도, 그래도 좋아요, 폴룬더 씨. 저는 아저씨의 호의를 기억해서라도 기꺼이 다시 올 겁니다. 물론 오늘 저의 행동을 보시고도 저를 초대해주신다면 말입니다. 그리고 외삼촌을 좀더 빨리 만나려고 하는 그 일분 일분이 왜 제게 그토록 중요한지는 아마 다음번에 더 잘 설명드릴 수 있을 겁니다." 하고 카알이 말했다. 그리고 마치 이미 가도 된다는 허락을 얻은 듯 이렇게 덧붙였다. "저를 배웅해주시지 않아도 돼요. 전혀 그럴 필요가 없어요. 밖에 하인이 있어요. 그 하인이 기꺼이 저를 역까지 데려다 줄 겁니다. 이제 제 모자만 찾으면 돼요." 마지막 말을 마치자 카알은 자기 모자를 찾을 수 있을지 없을지 서둘러 마지막으로 시도해보기 위해 방을 가로질러 걸어갔다. "차양 없는 모자라도 괜찮아? 아마 이것이 맞을지도 몰라."하고 그린 씨는 말하고 가방에서 차양 없는 모자를 꺼냈다. 카알은 당황하여 멈춰선 채로 말했다. "아저씨의 모자를 빼앗을 수는 없지요. 저는 모자를 쓰지 않은 맨머리로 다녀도 됩니다. 모자는 필요 없어요." "이것은 내 모자가 아니네. 그냥 가지면 되네!" "그렇다면 고맙게 받겠어요."하고 더 이상 머물고 싶지 않았던 카알은 그 모자를 받았다. 그것을 써보자 꼭 맞았기 때문에 처음으로 웃으면서 다시 그것을 손에 들고 살펴보았으나, 모자의 어느 곳을 보아도 트집 잡을 데가 없었다. 그것은 완전히 새 모자였다. "아주 잘 맞는군요."하고 카알은 말했다. "그렇군, 잘 맞는군."하고 그린 씨는 외치면서 탁자를 쳤다.

카알은 하인을 불러오려고 문 쪽으로 걸어갔다. 그때 그린 씨는 일어서서 풍족한 식사와 충분한 휴식 후의 기지개를 켜면서 자기의 가슴을 세게 두드렸고, 충고인지 명령인지 알 수 없는 어조로 말했다. "떠나기 전에 클라라 양과 작별 인사를 해야지." "그렇게 해야지."하고 함께 일어섰던 폴룬더 씨도 말했다. 카알은 폴룬더 씨의 목소리를 듣고 그 말이 진심에서 나온 것이 아니라는 것을 알 수 있었다. 폴룬더 씨는 양손으로 바지 솔기를 가볍게 두드리고 나서 줄곧 웃옷의 단추를 풀었다 채웠다 했다. 그 웃옷은 유행에 따라 아주 짧아서 허리까지 닿지도 않았다. 이런 옷은 폴룬더 씨처럼 뚱뚱한 사람에게는 어울리지 않았다. 더군다나 그가 그린 씨와 나란히 서 있는 것을 보니, 폴룬더 씨가 결코 건강한 비만이 아니라는 명백한 인상을 주었다. 등은 전체적으로 보아 다소 굽어 있었으며, 배는 약하고 지탱하기조차 어려워 짐처럼 보였고, 얼굴은 창백하고 고통받는 듯 보였다. 이와는 달리 여기 있는 그린 씨는 어쩌면 폴룬더 씨보다 조금 더 뚱뚱할지도 모르지만, 그것은 전체적으로 균형을 이룬 비만이었다. 두 발은 군인처럼 꼭 모으고 있었으며, 머리는 똑바로 앞뒤로 흔들고 있었다. 그는 훌륭한 체육인, 아니 체육 교사처럼 보였다.

그린 씨는 말을 계속했다. "그럼 먼저 클라라 양에게 가보게. 그러면 틀림없이 자네에게 재미있는 일들이 있을 것이고, 내가 시간 배분하는 데에도 아주 잘 맞을 거고. 자네가 이곳을 떠나기 전에 사실은 흥미로운 얘기를 해줄 게 있네. 그 얘기는 어쩌면 집으로 돌아가려는 자네의 마음을 결정적으로 움직이게 할지도 모르네. 유감스럽게도 나는 누군가의 명령 때문에 자정이 되기 전에는 아무것도 말할 수가 없네. 자네도 상상할 수 있듯이 그렇게 하는 것 자체가 나의 밤 휴식에 방해가 되기 때문에 나에게 부담이 되기는 하지만, 나는 그 명령을 꼭 지켜야 하네. 지금이 열한 시 십오 분이야. 아직은 폴룬더 씨와 사업 이야기를 끝낼 수 있을 만큼은 시간이 있군. 그런데 자네가 여기 있는 것이 방해가 되니, 잠시 클라라 양과 시간을 같이 보내게. 열두 시 정각에 이리로 오게. 그때 꼭 필요한 이야기를 들려주겠네."

당사자인 폴룬더 씨는 말과 시선을 될 수 있는 한 자제하는데 반해 지금까지 무관심한 태도를 취했던 거친 사나이가 요구한 것은 카알이 폴룬더 씨에 대해 최소한의 예의와 감사를 보여주라는 것인데, 카알이 이러한 요구을 거절할 수 있을까? 그런데 자정이 되어야 들려줄 수 있다는 그 흥미 있는 이야기가 무엇일까? 이렇게 되면 사십오 분 정도 귀가가 늦어지는데, 그의 귀가가 최소한 그만큼 빨라지는 것이 아니라면 그것은 거의 그의 관심 밖의 일이다. 그보다 카알은 자신의 원수가 되어버린 클라라에게 갈 수 있을까 없을까 하는 것이 최대의 의문이었다. 적어도 외삼촌이 문진文鎭으로 선물했던 끌이라도 지니고 있었더라면 좋으련만. 클라라의 방은 아주 위험한 동굴일지도 모른다. 폴룬더 씨의 딸이고, 조금 전에 들었던 바로는 마크의 약혼녀이기 때문에 클라라의 말을 조금이라도 거역하는 것은 완전히 불가능했다. 그렇다면 그녀는 물론 조금이라도 그에게 다르게 행동했어야 했고, 그도 그런 관계를 감안해서 그녀를 공공연하게 칭찬했어야 했는데…. 여전히 그는 이런저런 것들을 곰곰이 생각하고 있었는데 그런 한가한 생각을 할 때가 아니라는 것을 곧 알아차렸다. 왜냐하면 그린 씨가 문을 열고 주각 위에서 뛰어내린 하인에게 "이 젊은이를 클라라 양에게 안내하세요."라고 말했기 때문이다.

'명령은 이런 식으로 실행되는구나.' 하고 카알은 생각했다. 그때 하인은 늙은 탓으로 숨을 헐떡이면서 거의 뛰다시피 달려와 특별히 가까운 지름길을 이용해서 카알을 클라라의 방으로 안내했다. 카알은 아직 문이 열린 채로 있는 자신의 방 앞을 지나갈 때, 마음의 안정을 위해 잠시 들어가려고 했다. 그러나 하인은 그것을 허락하지 않았다. "안 됩니다. 클라라 양한테 가야만 합니다. 당신도 그 말을 직접 들으셨지요?"하고 하인이 말했다. "잠시만 들어가볼까 해요."하고 카알은 말했다. 그는 자정까지 시간이 빨리 지나가도록 하고 또 기분 전환도 할 겸 잠시 긴 소파에 누워볼까 생각했다. "저를 난처하게 만들지 마세요."하고 하인이 말했다. '그는 내가 클라라 양에게 가야 하는 것을 형벌로 생각하고 있는 것 같다.' 라고 카알은 생각하고 두서너 걸음 걸었으나 반항심에서 다시 멈춰섰다. "젊은 양반, 이곳까지 오신 이상 빨리 갑시다. 당신이 이 밤중에 가려고 한다는 것을 저는 알고 있어요. 만사가 뜻대로 되는 것은 아니죠. 그것은 거의 불가능할 거라고 제가 방금 말씀드렸지요."하고 하인이 말했다. "그렇습니다. 떠나고 싶어요. 떠날 겁니다. 그런데 지금은 클라라 양에게 작별 인사를 하려는 것이지요."하고 카알이 말했다.

"그렇군요. 그렇다면 왜 작별 인사 하는 것을 망설입니까? 빨리 갑시다."하고 하인은 말했다. 카알은 그의 표정을 보고 그가 어떤 말도 믿지 않는다는 것을 알았다.

"복도에 있는 사람은 누구죠?" 클라라의 목소리가 들려왔다. 그녀는 빨간 갓을 씌운 커다란 스탠드를 손에 들고 문밖으로 몸을 굽혀 내밀었다. 하인은 서둘러 그녀에게 가서 보고했다. 카알은 천천히 그를 뒤따라갔다. "늦었군요."하고 클라라가 말했다. 그녀에게 대꾸도 하지 않고 카알은 하인에게 나지막한 소리로, 그러나 그의 본성을 이미 알고 있기 때문에 엄격한 명령투로 "이 문 바로 앞에서 나를 기다리시오."라고 말했다. "나는 벌써 자려고 했어요."라고 말하고 클라라는 스탠드를 책상 위에 놓았다. 아래 식당에서 그렇게 한 것처럼 하인은 여기서도 다시 조심스럽게 밖에서 문을 닫았다. "벌써 열한 시 반이 지났어요." "열한 시 반이 지났다고요?"하고 카알은 이 숫자에 놀란 듯 되풀이해서 물었다.

"그렇다면 정말 곧바로 작별을 해야겠군요. 열두 시 정각에 식당에 가 있어야만 하니까요."하고 카알이 말했다. "그렇게 급한 일이 있나 보죠?"하고 클라라는 물으면서 얼빠진 듯 헐렁한 잠옷의 주름을 폈다. 그녀의 얼굴은 화끈거렸으며, 그녀는 줄곧 미소를 짓고 있었다. 카알은 클라라의 표정에서 그녀와 다시 싸움이 벌어질 위험성이 없다는 것을 알 수 있었다. "어제는 아빠가, 오늘은 당신이 직접 약속했던 대로 피아노 연주 좀 해주지 않겠어요?" "하지만 너무 늦지 않았어요?"하고 카알이 물었다. 그는 그녀의 마음에 들도록 행동하고 싶었다. 왜냐하면 그녀가 마치 폴룬더 씨의 세계, 나아가 마크 씨의 세계 속에 들어가 있기라도 한 듯 이전과는 완전히 달라졌기 때문이었다. "그러고 보니 늦기는 늦었군요."하고 그녀는 말했으며, 음악을 듣고 싶은 기분은 이미 사라진 것같이 보였다. "당신이 피아노를 치게 되면 틀림없이 그 소리가 이 집 전체에 울릴 것이고, 위의 다락방에서 자고 있는 하인들이 잠을 깰 겁니다." "그러니 피아노 치는 것은 그만두겠어요. 다시 올 수 있기를 기대하겠어요. 그리고 특별히 어려운 일이 아니라면 나의 외삼촌을 방문해주시고, 그때 나의 방도 구경하세요. 훌륭한 피아노가 있답니다. 외삼촌께서 선물한 것이죠. 좋으시다면 그때 내가 알고 있는 모든 곡들을 연주해드리지요. 유감스럽게도 그런 곡들은 많지가 않답니다. 그리고 그 곡들은 훌륭한 악기에는 전혀 어울리지도 않지요. 그런 악기는 대가들이 연주할 때만 진가를 발휘하지요. 하지만 당신의 방문을 미리 알려주신다면 대가의 연주를 즐길 수 있도록 주선하겠어요. 외삼촌께서 머지않아 저를 위해 유명한 선생님을 고용해주기로 하셨으니 ― 내가 그것을 얼마나 고대하고 있는지 당신은 아실 겁니다 ― 교습 시간 중에 나를 찾아주신다면 그분의 연주가 있을 것입니다. 솔직히 말해서 지금 피아노를 치기에는 너무 늦었다는 것이 다행이에요. 나는 아직 전혀 칠 줄 모르니까요. 내가 얼마나 서투른지 아시면 당신은 깜짝 놀라실 거예요. 그럼 이제 작별을 해도 되겠어요? 벌써 주무실 시간이 됐군요." 클라라가 호의적인 눈초리로 그를 쳐다보았고, 싸운 일에 대해서 그에게 어떤 감정도 갖고 있지 않았으므로 그는 그녀에게 손을 내밀고 웃으면서 이렇게 덧붙였다. "내 고향에서는 '안녕히 주무세요, 그리고 좋은 꿈 꾸십시오.' 라고 말하는 습관이 있지요."

"잠깐 기다려주세요. 그래도 피아노를 쳐주시겠죠?" 하고 그녀는 카알의 악수에는 응하지도 않은 채 말했다. 그리고 그녀는 피아노 옆의 작은 곁문을 통해 사라졌다. '도대체 무슨 일일까? 그녀가 아무리 원해도 나는 오래 기다리고 있을 수 없는데.' 하고 카알은 생각했다. 복도의 문에서 노크 소리가 났다. 하인이 문을 완전히 열지는 않은 채로 문틈으로 소곤거렸다. "죄송합니다만, 막 소환을 받아서 더 이상 기다릴 수가 없군요." "가도 좋아요. 등불은 문 앞에 놓아두세요. 대체 지금 몇 시나 됐지요?"하고 혼자서도 식당으로 가는 길을 찾을 수 있다는 자신이 생긴 카알이 말했다. "열한 시 사십오 분이 다 되어가는군요."라고 하인이 대답했다. "시간이 몹시 더디게 가는군요."하고 카알이 말했다. 하인이 막 문을 닫으려고 했을 때 카알은 아직 팁을 주지 않았다는 생각을 해내고 바지 주머니에서 일 실링을 꺼내어 ─ 이제 그도 미국의 풍습을 따라 동전은 짤랑짤랑 소리를 내면서 바지 호주머니에, 지폐는 조끼 호주머니에 넣고 다녔다 ─ "도와줘서 고마웠어요."라고 말하면서 하인에게 주었다.

　클라라는 두 손으로 머리를 단단히 묶으면서 다시 방 안으로 들어왔다. 그때 카알은 '그 하인을 보내지 말았어야만 했는데, 대체 이제는 누가 나를 시가전철역으로 데려갈 것인가.' 하는 생각이 들었다. '그때는 폴룬더 씨가 하인을 한 명 불러줄 수도 있을 거야. 좌우간 조금 전의 그 하인은 식당으로 불려갔으니 나중에 내게 도움을 줄 거야.' "이렇게 부탁드려요. 연주 좀 해주세요. 여기서는 좀처럼 음악을 듣지 못하지요. 그래서 이런 기회를 놓치고 싶지 않아요." "그렇다면 절호의 기회군요."하고 카알은 깊은 생각 없이 말하고 곧 피아노 곁에 앉았다. "악보가 필요하지요?"하고 클라라가 물었다. "괜찮아요. 악보를 완전하게 읽을 줄도 모르지요."하고 카알은 대답했으며 이미 피아노를 치고 있었다. 그것은 짤막한 가곡이었는데, 카알도 잘 알고 있듯이 그 곡은, 특히 외국인이 이해할 수 있도록 하기 위해서는 천천히 연주하지 않으면 안 되는 것이었다. 그러나 카알은 그것을 아주 빠른 행진곡의 템포로 아무렇게나 쳐내려갔다. 연주가 끝나자 한동안 중단된 이 집의 정적이 다시 찾아왔다. 두 사람은 넋이 나간 듯 거기에 앉아서 꼼짝도 하지 않았다. "정말 훌륭해요."하고 클라라는 말했다. 그것은 연주가 끝난 후 카알의 마음에 들려고 아첨하는 그런 인사치레는 아니었다. "몇 시죠?"하고 그가 물었다. "열한 시 사십오 분입니다."

"그럼 아직 시간이 약간 있군요."하고 그는 말하고서 이렇게 생각했다. '이거 아니면 저거다. 내가 할 수 있는 열 곡 전부를 연주할 필요는 없지. 그중 하나는 아마 잘 칠 수가 있을 거야.' 그러고 나서 그는 자신이 좋아하는 군가를 치기 시작했다. 템포가 너무 느렸기 때문에 클라라는 지루해져서 그 다음 악보를 잡으려고 손을 뻗쳤으나, 카알은 그것을 제지하다가 마지못해서 악보를 넘겨주었다. 사실 그는 어떤 가곡이라 할지라도 필요한 건반을 우선 눈으로 더듬지 않으면 안 되었다. 그뿐만 아니라 카알은 마음속에서 고통을 느꼈다. 그 고통 때문에 가곡이 끝나고 다른 가곡의 끝을 찾으려고 해도 찾을 수가 없었다. "정말로 안 되는군." 카알은 곡이 끝나자 이렇게 말하고, 눈에 눈물을 글썽이며 클라라를 바라보았다.

그때 옆방에서부터 큰 박수 소리가 들려왔다. "누군가가 듣고 있었군!"하고 카알은 깜짝 놀란 듯 소리쳤다. "마크예요."하고 클라라가 조용히 말했다. 그 순간 마크의 외치는 소리가 들렸다. "카알 로스만, 카알 로스만!"

동시에 카알은 두 발로 피아노 의자를 뛰어넘어 문을 열었다. 거기에는 덮개가 달린 큰 침대에 마크가 반쯤 몸을 일으키고 누워 있는 것이 보였다. 이불은 헐렁하게 다리 위에 걸쳐져 있었다. 푸른 비단으로 된 침대의 덮개는 묵직하게 보이는 나무를 모나게 다듬어 만든 간소한 침대에 아담한 정취를 자아내는 유일한 것이었다. 침대 머리에 놓인 작은 탁자에는 단 한 자루의 촛불만 타고 있었으나 침대 시트와 마크의 잠옷이 너무나 희었기 때문에 그 위로 비치는 촛불 빛은 거의 눈이 부실 정도로 반사되고 있었다. 침대의 덮개도 또한 가장자리에서 팽팽

94

하게 당겨져 있지 않고 가볍게 물결치는 비단으로 빛나고 있었다. 그러나 마크의 바로 뒤에 있는 침대와 그 밖의 모든 것들은 완전히 어둠 속에 잠겨 있었다. 클라라는 침대 기둥에 기대어 마크만 바라보았다.

"안녕하세요? 피아노를 정말 잘 치는군요. 지금까지 당신의 승마 기술만 알고 있었는데."하고 마크는 카알에게 손을 내밀었다. "난 이것도 저것도 잘 하지 못해요."하고 카알이 말했다. "당신이 듣고 있다는 것을 알았다면 절대로 피아노를 연주하지 않았을 겁니다. 그런데 당신의 아가씨가." — 카알은 잠시 말을 중단했는데, 마크와 클라라가 분명히 함께 잤기 때문에 '신부'라고 말하려다가 망설였다. — "그러리라 짐작하고 있었어요. 그것 때문에 클라라가 당신을 뉴욕에서 꾀어내지 않을 수가 없었지요. 그렇지 않았더라면 당신의 연주를 들을 수 없었을 겁니다. 물론 당신은 아직 초보 단계군요. 많은 연습을 했을 이 노래에서도, 그것도 아주 낮은 수준인데, 당신은 몇 가지 실수를 했어요. 그렇지만 어쨌든 즐거웠어요. 내가 어떤 사람의 연주라도 경멸하지 않는다는 사실을 도외시할지라도 말입니다. 자, 여기 앉아서 우리와 잠시 함께 있지 않겠어요? 클라라. 그에게 의자 좀 갖다드려." "고마워요. 좀더 있고 싶지만 그럴 수가 없군요. 이 건물 안에 이런 아늑한 방이 있다는 것을 진작 알았으면 좋았을 텐데."하고 카알은 더듬거리며 말했다. "전부 이런 식으로 개조를 할 겁니다."하고 마크는 말했다.

바로 그때 열두 시를 알리는 종소리가 급히 연달아 여운을 끌면서 울렸다. 카알은 이 종소리의 진동이 마치 뺨으로 느껴지는 것 같았다. 이런 종소리가 울리다니, 대체 여기는 어떤 마을일까?

"정말 가야 할 시간입니다." 카알은 이렇게 말하면서 마크와 클라라에게 손을 내밀었지만 악수도 하지 않고 복도로 달려나갔다. 거기에는 등불이 없다는 것을 알고, 하인에게 팁을 너무 빨리 준 것을 후회했다. 그는 벽을 더듬어 문이 열려 있는 자기 방 쪽으로 가려고 했다. 그러나 거의 절반도 가지 못했을 때 그린 씨가 촛불을 치켜들고 급히 이쪽으로 오고 있는 것이 보였다. 그린 씨는 촛불을 든 손에 한 통의 편지를 쥐고 있었다.

"로스만, 왜 오지 않는 건가? 왜 기다리게 만들었나? 대관절 클라라 양의 방에서 무슨 일이 있었나?" '많이도 묻는구나! 이제는 나를 벽에 밀어붙이는구나.' 하고 카알은 생각했다. 실제로 그린 씨는 등을 벽에 기대고 있는 카알 앞에 바짝 붙어 서 있었다. 그린 씨는 이 복도에서는 정말 키가 작아보였다. 카알은 재미 삼아 혹시 그가 선량한 폴룬더 씨를 잡아먹은 것은 아닌지 의문을 가져보기도 했다.

"자네는 정말 약속을 지킬 줄 모르는 사람이군. 열두 시에 내려오겠다고 약속을 해놓고, 약속은 지키지 않고 클라라 양의 방문 주위를 헤매고 돌아다니고 있으니 말이네. 아무튼 내가 자정에 재미있는 것을 전해줄 거라고 약속했기 때문에 그것을 가지고 지금 여기에 왔다네." 이렇게 말하고 그는 카알에게 편지를 건네주었다. 봉투에는 '카알 로스만에게. 어디서든지 만나는 곳에서, 자정에 직접 전할 것.' 이라고 씌어 있었다. "결국은 자네 때문에 내가 뉴욕에서 여기까지 온 것은 인정받을 만하다고 생각하네. 그러니 이제 더 이상 내가 자네 뒤를 쫓아 복도를 뛰어다니도록 해서는 안 되네."라고 그린 씨는 카알이 편지를 뜯는 동안 말했다.

"외삼촌으로부터 온 편지군!"하고 카알은 편지를 들여다보자마자 말하고 나서 "기다리고 있었는데."라고 덧붙이며 그린 씨를 쳐다보았다.

"자네가 기다리고 있었는지 어떤지는 아무래도 좋네. 어서 읽어보기나 하게." 그린 씨는 이렇게 말하면서 촛불을 비춰주었다.

카알은 촛불 빛으로 편지를 읽어내려갔다.

사랑하는 조카에게! 유감스럽게도 우리가 함께 지낸 시간은 너무나 짧았지만, 그동안에 너도 이미 알고 있었겠지만, 나는 철저한 원칙주의자란다. 그것은 내 주변뿐만 아니라 내 자신에게도 정말로 불쾌하고 슬픈 일이지. 그러나 오늘의 내가 존재하는 것은 모두 그 원칙 덕분이며 아무도 나에게 나 자신을 부정하도록 요구해서는 안 되지. 아무도 그렇게 해서는 안 돼. 사랑하는 조카야, 너도 그렇게 해서는 안 돼. 만약 내가 내 자신에 대한 일반적인 공격을 허용할 생각이 들 때, 설사 네가 바로 그 첫번째 순번이라 할지라도 마찬가지야. 그렇게 될 경우엔 지금 종이를 잡고 편지를 쓰고 있는 이 두 손으로 바로 너를 붙잡아 높이 치켜들 것이다. 하지만 당장에는 그런 일이 일어날 가능성이 전혀 없기 때문에 나는 오늘의 사건 후에 너를 무조건 내 집에서 추방하지 않을 수 없구나. 그리고 네가 직접 나를 찾아오거나 편지나 중개인을 통해 나와 연락하지 않기를 간절히 바란다. 너는 내 뜻을 어기고 오늘 밤 내 곁을 떠날 결심을 했지. 그러니 네 일생 동안 너의 결심대로 하도록 해라. 그렇게 하는 것만이 남자다운 결심이라 하겠다. 나는 이 통지를 전하는 사람으로서 나의 가장 친한 친구 그린 씨를 택했다. 그는 분명 너에게 관대한 말을 해줄 것이다. 나로서는 지금, 사실 그런 말을 할 수가 없구나. 그는 감화력이 있는 사람으로서 독립하여 첫걸음을 내딛는 너에게 충고와 행동으로써 도와줄 것이다. 지금 이 편지를 끝내는 마당에 다시금 이해할 수 없는 것처럼 보이는 우리의 이별을 이해시키기 위해 또다시 이런 사실을 말하지 않을 수 없구나. 카알, 너의 가족으로부터는 어떤 좋은 소식도 온 것이 없다는 사실을 말이다. 만약 그린 씨가 너에게 너의 트렁크와 우산을 전해주는 것을 잊을 경우엔 그 사실을 말씀드리도록 해라. 진심으로 네 장래의 행복을 빈다.

　　　　　　　　　　　　　　　　　너의 외삼촌 야콥으로부터

"다 읽었나?" 하고 그린 씨가 물었다. "예, 저의 트렁크와 우산은 가지고 오셨어요?" 하고 카알이 말했다. "여기 있네." 하고 그린 씨는 말하면서 그때까지 왼손에 들고 등 뒤에 감추고 있었던 카알의 낡은 여행용 트렁크를 카알 바로 옆의 복도 마루에 놓았다. "그리고 우산은요?" 하고 카알이 계속 물었다. "모두 여기 있네." 하고 그린 씨는 말하면서 바지 주머니에 걸고 있던 우산을 꺼냈다. "이것들은 함부르크ー아메리카 해운의 일등 기관사 슈발이 갖다 준 것이네. 그가 이것들을 선상에서 발견했다고 하더군. 언제 기회가 있을 때 그에게 고맙다는 인사라도 하게나." "그럼 적어도 저의 옛 물건들은 다시 찾게 된 셈이군요." 하고 말하면서 카알은 우산을 트렁크 위에 놓았다. "앞으론 그 물건들을 더욱 조심해서 간수하라는 상원의원님의 분부도 있었지." 하고 그린 씨는 말한 다음, 분명 개인적인 호기심에서 "대체 이 이상한 트렁크는 뭔가?" 라고 물었다. "우리 고향에서 군에 입대할 때 가지고 가는 트렁크지요. 이것은 저의 부친의 군용 트렁크였습니다. 어쨌든 매우 실용적이지요." 하고 대답한 카알은 미소를 띠며 "잃어버리지만 않는다면 말입니다." 라고 덧붙였다. "이제야 자네가 충분한 교훈을 얻었군." 하고 그린 씨가 말했다. "미국에 외삼촌이 또 한 분 계시지는 않겠지? 자네에게 샌프란시스코행 삼등석 표 한 장을 주겠네. 자네를 위해 내가 직접 이번 여행을 결정했네. 동부에서는 자네가 취직할 가능성이 훨씬 더 많기 때문이기도 하지만, 여기서는 자네가 생각할 수 있는 모든 일에 자네의 외삼촌이 가진 영향력이 미치고 있어서 무조건 서로 만나는 것을 피해야만 하기 때문이네. 샌프란시스코에 가면 아무것에도 구애받는 것 없이 일할 수 있을 거네. 편안한 마음으로 완전히 밑바닥에서 시작해서 한 단계씩 서서히 올라가도록 해보게."

카알은 이 말에서 악의라고는 찾아볼 수가 없었다. 하룻밤 동안 그린 씨의 가슴속에 숨겨져 있었던 나쁜 소식이 카알에게 전달된 것이었다. 이제부터 그린 씨는 위험하지 않은 인물로 보였으며, 어쩌면 다른 어떤 사람보다도 터놓고 이야기할 수 있는 사람으로 보였다. 아무리 선량한 사람이라고 할지라도 이토록 비밀스럽고 고통스런 결정을 전달하는 사자로 결정된 사람이라면, 자신은 아무 죄가 없을지라도 그런 비밀스런 결정을 품고 있는 한 수상쩍게 보일 수밖에 없다. "저는 곧 이 집을 떠나려고 해요."하고 카알은 이 경험 많은 사람의 승인을 기대하면서 말했다. "외삼촌의 조카로서 이곳에 초대된 것이지, 이방인으로서는 아무것도 할 것이 없기 때문이지요. 죄송합니다만 저를 출구로 안내해주시겠어요? 그리고 제일 가까운 여관까지 가는 길도 안내해주시겠어요?" "너무 성급하시군. 꽤 귀찮은 부탁까지 하는군 그래."하고 그린 씨는 말했다. 곧 그린 씨가 성큼 내딛는 발걸음을 본 순간 카알은 주저했다. 바삐 서두르는 것이 어쩐지 수상했다. 그래서 카알은 그린 씨의 웃옷자락을 붙잡고 사태의 진상을 갑자기 깨달은 듯 말했다. "한 가지 해명을 해줘야겠어요. 아저씨가 저에게 전달해야만 했던 봉투에는 저를 어디에서 만나든 자정에 전해주라는 것만 적혀 있어요. 그런데 제가 열한 시 십오 분에 이곳을 떠나려고 했을 때 왜 아저씨는 이 편지를 미끼로 저를 이곳에 붙잡아두었지요? 그렇다면 아저씨는 위임받은 것 이상으로 월권을 했던 것이죠." 그린 씨는 카알의 주장이 쓸데없는 것이라는 점을 과장해서 손동작으로 보여주며 이렇게 말했다. "혹시 봉투에 자네 때문에 내가 죽도록 허둥지둥 쫓아다녀야 한다고 적혀 있나? 혹시 편지 내용으로 그렇게 추론할 수도 있다는 말인가? 내가 자네를 붙잡아두지 않았다면 그 편지를 자정에 도로에서라도 전해주지 않으면 안 되었을 거네." "아닙니다. 꼭 그렇지는 않아요."하고 카알은 서슴없이 말했다. "봉투에는 '자정이 지난 후에 전할 것'이라고 씌어져 있어요. 피곤했다면 아마도 아저씨는 저를 따라오지도 못했을 겁니다. 아니면 폴룬더 씨는 안 된다고 했지만 저는 자정에는 이미 외삼촌 집에 도착했을지도 모르죠. 아니면 제가 그토록 돌아가고 싶어했기 때문에 아저씨 차로 외삼촌 집에까지 저를 데리고 가는 것은 결국 아저씨의 의무였을 겁니다. 아저씨의 차에 대해서는 더 이상 이야기되지 않았죠. 봉투에 씌어진 글의 문맥으로 보아 자정이 저에겐 최후의 기한이라는 것이 아주 분명하지 않아요? 제가 그 기한을 넘긴 데 대한 책임은 아저씨에게 있어요."

카알은 날카로운 시선으로 그린 씨를 응시했다. 카알은 그린 씨에게서 정체가 드러났다는 것에 대한 수치심과 자기 계획을 성공시킨 데 대한 기쁨이 마음속에서 뒤죽박죽 교차하고 있다는 것을 확인할 수 있었다. 마침내 그린 씨는 정신을 가다듬고 이미 오랫동안 흐른 침묵을 거슬러 마치 카알의 말을 가로막기라도 하는 듯한 어조로 말했다. "이제 더 이상 말하지 말게!" 그러고는 작은 문을 열어젖히더니 트렁크와 우산을 집어든 카알을 문밖으로 떠밀어냈다.

카알은 어이없이 밖에 나와 있었다. 그의 앞에는 건물에 붙은 난간 없는 계단이 아래로 이어져 있었다. 그는 계단을 내려가서 국도로 이어지는 약간 오른쪽에 있는 가로수 길로 향하는 수밖에 없었다. 밝은 달빛이 있어서 길을 잃을 염려는 없었다. 정원 아래쪽에는 고삐 풀린 개들이 검은 그림자를 드리운 나무 사이를 이리저리 뛰어다니면서 갖가지로 짖는 소리가 들렸다. 주위가 고요했기 때문에 개들이 펄쩍 뛰어서 수풀 속으로 뛰어들어가는 소리까지 뚜렷이 들렸다.

다행스럽게도 이 개들에게 시달림을 받지 않고 정원을 빠져나왔다. 그는 뉴욕이 어느 방향에 있는지 분명하게 단정할 수가 없었다. 이곳으로 올 때는 지금 도움이 될 만한 것에 세세하게 주의를 기울이지 않았던 것이다. 이윽고 그는 아무도 기다려주는 사람이 없는 뉴욕으로 반드시 갈 필요는 없다고 혼잣말을 했다. 그래서 그는 마음 내키는 대로 방향을 잡아서 길을 걷기 시작했다.

람제스로 향한 행군

한참 걷다가 카알이 들어간 곳은 조그마한 여관이었다. 원래 이 여관은 뉴욕 운수교통회사 소유의 작은 종착역에 불과했기 때문에 숙박하는 사람이 거의 없었다. 이곳에서 카알은 될 수 있는 대로 가장 싼 방을 요구했다. 이제부터 절약하는 생활을 시작해야 한다고 생각했기 때문이다. 그의 요구를 받아들인 주인은 카알이 마치 종업원이기라도 한 듯 계단으로 올라가라고 눈짓했다. 계단에서는 머리카락이 헝클어진 한 노파가 잠을 방해받았기 때문에 화가 난 기색으로 그를 맞이했고, 그가 하는 말은 제대로 듣지도 않고 조용히 걸으라고 줄곧 잔소리를 하면서 그를 방으로 안내했다. 그녀는 미리 '쉿' 하는 소리로 조용히 하라는 경고를 잊지 않고 문을 닫았다.

처음에 카알은 창문의 커튼이 내려진 것인지 아니면 혹시 이 방에는 아예 창문이 없는 것인지 제대로 알지 못했다. 그 정도로 어두웠다. 마침내 커튼이 쳐진 작은 채광창이 있는 것을 깨닫고, 그 천을 걷자 약간의 빛이 들어왔다. 방에는 두 개의 침대가 있었는데, 그 둘 다 이미 누군가가 차지하고 있었다. 카알은 그곳에서 두 명의 젊은 남자가 곯아떨어져 있는 것을 목격했다. 그 둘 다 이렇다 할 이유도 없이 옷을 입고 잤기 때문에 좀 수상해보였다. 그중 한 사람은 장화까지 신고 있었다.

카알이 채광창의 천을 걷었을 때 그중 한 사람이 팔과 다리를 약간 치켜들었다. 이런 광경을 보고 카알은 불안함도 잊어버리고 혼자서 빙그레 웃었다.

거기에는 다른 잠자리, 이를테면 긴 소파도 작은 소파도 없었다. 그건 그렇다 치더라도 도저히 잠을 잘 수가 없다는 것을 곧 깨닫게 되었다. 간신히 되찾은 트렁크와 지니고 있는 돈을 위험하게 둘 수는 없었기 때문이었다. 그렇다고 해서 이곳을 나갈 생각은 없었다. 노파와 주인 옆을 지나 이 집을 다시 빠져나갈 만한 용기가 없었다. 어차피 이곳이 노상에 있는 것보다 덜 불안할지도 모를 일이었다. 물론 희미한 광선 속에서 살펴본 것이긴 하지만 방 어느 구석에도 짐 하나 눈에 띄지 않는 것이 이상했다. 아마도 십중팔구 이 두 명의 젊은 남자들은 여관집 하인이고, 손님이 오면 즉시 일어나야만 하며 그래서 옷을 입은 채로 자고 있는 모양이었다. 그렇다면 이 두 사람과 함께 자는 것은 그다지 명예롭지는 못하지만, 오히려 위험성은 덜할 것 같았다. 어쨌든 이런 의혹이 완전히 풀리지 않는 한 결코 잠을 자서는 안 되었다.

한 침대 밑에 성냥과 함께 초가 있었다. 그는 살금살금 걸어가서 그것을 집어들었다. 그러고는 주저하지 않고 불을 켰다. 주인에게서 함께 사용하도록 지시를 받은 이상 이 두 사람과 마찬가지로 그도 이 방을 사용할 수 있기 때문이었다. 더욱이 이 두 사람은 이미 밤 시간을 절반이나 기분 좋게 자고 있을 뿐더러 침대를 독차지하고 있는 것으로 봐서 자기와는 비교할 수 없을 정도로 덕을 보고 있는 셈이었다. 게다가 그는 방을 돌아다니거나 물건을 만지면서 그들을 깨우지 않으려고 여간 애를 쓰고 있는 것이 아니었다.

우선 그는 자신의 소지품을 점검하려고 트렁크를 열어보고자 했다. 무엇이 들어 있는지 잘 기억도 나지 않았지만, 그것들 중에서 값나가는 것은 분명히 이미 없어졌을지도 모른다. 슈발이 물건에 손을

댔으면 손상되지 않은 채로 되찾을 가능성은 거의 없기 때문이다. 그
럼에도 그는 외삼촌에게 후한 사례금을 기대했을지도 모를 일이며,
다른 한편으로는 몇 가지 물건이 없어졌다고 하더라도 처음부터 트렁
크를 지키고 있었던 부터바움에게 책임을 지을 수도 있었다.

트렁크를 열었을 때, 카알은 깜짝 놀랐다. 항해하는 동안 그는 트
렁크를 정리하고 또 정리하는 데 얼마나 많은 시간을 허비했던가. 그
런데 이제 보니 모든 것이 너무나 뒤죽박죽으로 쑤셔넣어져 있었기
때문에 자물쇠를 열자 뚜껑이 저절로 튀어올랐다. 그러나 이렇게 엉
망이 된 것은 자신이 항해 중에 입고 있었던 옷을 누군가가 나중에 쑤
셔넣었기 때문이라는 것을 깨닫고 카알은 기뻐했다. 물론 그 옷을 트
렁크 속에 넣을 것이라고는 예상하지도 않았었다. 한 가지도 없어진
것이 없었다. 웃옷의 비밀 호주머니에는 여권뿐만 아니라 집에서 가
지고 왔던 돈까지도 그대로 있었다. 그래서 지금 수중에 있는 것과 합
하면 당분간은 충분했다. 도착했을 때 입고 있었던 옷들도 깨끗이 세
탁되어 다림질이 된 채로 들어 있었다. 그는 곧 시계와 돈을 안전한
비밀 호주머니에 넣었다. 단 하나 유감스러운 것은 아직까지 남아 있
는 베로나산 소시지가 모든 소지품에 냄새를 배게 했다는 것이었다.
그 냄새가 어떻게 해서든지 제거되지 않는다면 카알은 몇 달 동안은
이 냄새에 싸여 돌아다녀야만 할 것 같았다.

카알이 트렁크의 밑바닥에 들어 있던 포켓용 성서, 편지지, 부모님
의 사진들 등을 들어낼 때, 그가 쓰고 있던 차양 없는 모자가 벗겨져
트렁크 속으로 떨어졌다. 친숙한 물건들과 함께 있는 모자를 보니 그
것이 어머니가 그에게 여행용으로 선물하셨던 바로 그 모자라는 것을
금방 알 수 있었다. 그러나 그는 항해 도중에 아끼느라고 그 모자를
쓰지 않았던 것이다. 미국에서는 일반적으로 중절모자보다는 차양
없는 모자를 쓰기 때문에 도착하기 전에 그 모자를 써서 낡은 것으로

만들고 싶지 않았던 것이다. 그렇다면 그런 씨는 카알을 핑계로 즐기기 위하여 그 모자를 이용했던 것이다. 혹시 외삼촌께서 그에게 그런 부탁까지 했단 말인가? 카알은 무의식 중에 치밀어 오르는 분노 때문에 트렁크의 뚜껑을 움켜잡았다. 그러자 그것은 찰까닥 닫혀버렸다.

더 이상 어찌할 도리가 없었다. 잠자던 두 명의 남자가 깨어났다. 그중 한 사람이 기지개를 켜며 하품을 하자 다른 한 사람도 이어서 따라 했다. 트렁크의 내용물들이 거의 전부 테이블 위에 흩어져 놓여 있었다. 만일 그들이 도둑이라면 이쪽으로 걸어와서 골라 갖기만 하면 되었을 것이다. 이런 일이 일어나기 전에 선수를 치기 위해서일 뿐만 아니라, 그 밖에도 상황을 명백히 해야 했기 때문에 카알은 촛불을 손에 들고 침대 곁으로 가서 자신이 이 방에서 어떤 권리를 가지고 있는지를 설명했다. 그들은 이런 설명을 전혀 기대하지도 않았던 것처럼 보였다. 말을 할 수도 없을 만큼 너무나 졸린 듯 아무런 놀란 기색도 없이 그저 카알을 바라보고만 있었다. 그 두 사람은 아주 젊지만, 중노동과 가난에 시달려서 그런지 얼굴은 수척했고, 손질하지 않은 수염이 그들의 턱을 덮고 있었으며, 오랫동안 깎지 않은 머리카락이 흐트러져 있었다. 그들은 아직도 잠이 모자라는지 손가락 가운데 마디로 움푹 들어간 눈을 비비고 있었다.

카알은 지금 그들의 약점을 이용하려고 했다. 그래서 그는 이렇게 말을 꺼냈다. "내 이름은 카알 로스만이고 독일인이에요. 어쨌든 우리가 한 방에서 지내게 되었으니 당신들의 이름과 국적도 말해주세요. 아울러 한 가지만 더 말씀드리겠는데, 내가 이렇게 늦게 왔고 잠을 잘 생각은 전혀 없기 때문에 침대를 양보해달라는 요구는 하지 않겠어요. 게다가 내가 좋은 옷을 입었다고 해서 기분 나쁘게 생각하지는 마세요. 나는 완전히 가난뱅이이며 장래도 없는 놈이거든요."

두 사람 중에서 키가 작은 사람은 — 이 자가 바로 장화를 신고 있는 사람이었다 — 팔과 다리와 표정으로 그런 것에는 일체 관심이 없으며 지금은 도대체 그런 얘기를 할 시간이 아니라는 의사를 표시하고 드러누워 곧바로 잠을 잤다. 또 피부가 검은 다른 사람도 다시 드러누웠으나, 잠들기 전에 주의하는 어떤 기색도 없이 손을 뻗으면서 "저기 잠자는 사람은 로빈슨이라고 하며 아일랜드인이고, 나는 들라마르쉬이며 프랑스인이요. 이제 좀 조용히 해주세요."라고 말했다. 이렇게 말을 마치자마자 그는 큰 숨을 내뿜어서 카알의 촛불을 꺼버리고는 베개 위로 벌렁 드러누웠다.

"이제 당분간 위험은 면했어." 카알은 중얼거리며 테이블로 돌아왔다. 만약 그들이 졸리다는 것이 핑계가 아니라면 만사는 잘된 셈이다. 단 한 가지 불유쾌한 것은 그중 한 사람이 아일랜드인이라는 것이었다. 카알은 어느 책에서 읽었는지는 정확히 알지 못했지만 미국에서는 아일랜드인을 조심해야 한다고 믿고 있었다. 외삼촌 댁에 머무는 동안 물론 아일랜드인이 그처럼 위험한가에 관한 문제를 근본적으로 규명할 수 있는 절호의 기회가 있긴 했지만, 그는 영원히 후한 대접을 받을 것으로 믿었기 때문에 이런 것은 일체 소홀하게 생각했다. 그는 다시 초에 불을 붙여 적어도 이 아일랜드인을 보다 똑똑히 봐두어야겠다고 생각했다. 그런데 카알은 이 사람이 프랑스인보다 더 인상이 좋아보인다는 것을 알았다. 카알이 조금 떨어진 곳에서 발끝을 세우고 서서 보았을 때, 이 사람은 아직도 볼이 통통하게 살이 찐 모습이 남아 있었으며, 잠자는 얼굴에는 다정한 미소까지 머금고 있었다.

그렇지만 카알은 잠을 자지 않기로 단단히 다짐하고, 방 안에 오직 하나 있는 안락의자에 앉아 트렁크를 정리하는 일을 당분간 미루어두었다. 그 짐을 꾸리자면 하룻밤을 완전히 써버릴지도 모르기 때문이었다. 그는 성경책을 조금 뒤적거렸으나 거의 읽지는 않았다. 그러고 나서 그는 부모님의 사진을 집어들었다. 그 사진에는 키가 작은 아버지가 꼿꼿이 서 있고 어머니는 아버지 앞에 있는 안락의자에 몸을 약간 파묻은 채 앉아 있었다. 아버지는 안락의자의 등받이 위에 한 손을 얹고, 다른 한 손은 주먹을 꽉 쥐고 옆에 있는 작은 장식용 탁자 위에 펼쳐져 있는 화보책 위에 얹고 있었다. 또 한 장의 사진이 있었는데, 거기에는 카알이 자기 부모와 함께 있는 사진이었다. 아버지와 어머니는 그를 뚫어지게 바라보고 있었고, 카알은 사진사의 요구대로 사진기를 쳐다보고 있어야만 했다. 그런데 그 사진은 이번 여행에 가지고 오지 못했다.

카알은 자기 앞에 놓여 있는 사진을 좀더 자세히 들여다보면서 아버지의 시선을 여러 각도에서 포착해보려고 했다. 그러나 촛불의 위치를 여러 번 바꾸어가면서 그 모습을 바꾸어보기도 했지만 아버지는 더 생생하게 살아나지 않았다. 위엄있게 뻗은 짙은 코밑수염 역시 실제와는 조금도 닮지 않은 것 같았다. 잘 찍은 사진은 아니었다. 반면 어머니는 꽤 잘 찍혔다. 마치 고통을 당하기라도 한 듯, 또 억지로 웃는 듯한 입 모양을 하고 있었다. 이 사진을 보는 사람은 누구나 이러한 사실을 아주 잘 알 수 있는데, 그 다음 순간에 다시 이 인상의 뚜렷함이 너무나 강하고 심지어 거의 불합리한 것으로 보일 거라고 카알은 생각했다. 어떻게 한 장의 사진에 찍힌 사람의 숨겨진 감정에 대해서 이렇게 확고한 믿음을 가질 수 있다는 말인가! 그는 사진에서 잠시 눈을 뗐다. 다시 시선을 돌렸을 때 어머니의 손이 그의 눈에 띄었는데, 어머니의 손은 키스를 할 수 있을 만큼 안락의자의 팔걸이 바로 앞쪽으로 늘어져 있었다. 어쩌면 부모에게 편지를 쓰는 것이 좋겠다고 카알은 생각했다. 사실은 두 분 모두, 특히 아버지는 함부르크에서 마지막으로 아주 엄하게 그것을 요구했다. 어느 무서운 밤 어머니가 창가에서 미국 여행을 알려왔을 그 당시에 그는 절대로 편지를 쓰지 않겠다고 굳게 맹세했다. 그러나 새로운 상황에 처한 이 시점에서 철없는 한 젊은이의 그런 맹세가 무슨 소용이 있겠는가. 그는 그 당시 만 해도 미국에서 두 달만 거주하면 미국 군대의 장군이 될 거라고 맹세할 수도 있었다. 그런데 그는 뉴욕 근교의 한 여관 다락방에서 두 건달과 함께 있으며, 게다가 이곳이 자기에게 알맞은 자리라는 것을 인정하지 않을 수 없는 상황에 처해 있다. 카알은 부모가 아직도 아들의 소식을 바라는지 어떤지 알기라도 한 듯 미소를 띠면서 부모의 얼굴을 들여다보고 있었다.

이렇게 쳐다보고 있으려니까 그는 매우 피곤해서 밤을 새울 수 없다는 것을 곧 깨달았다. 사진이 손에서 떨어졌고, 그는 그 사진 위에 얼굴을 내려놓았다. 사진의 냉기가 그의 뺨에 상쾌하게 전달되었고 그 상쾌한 기분을 간직한 채 그는 잠이 들었다.

그는 누군가가 겨드랑이 밑을 간질이는 바람에 아침 일찍 잠에서 깼다. 이런 뻔뻔스러운 장난을 친 사람은 프랑스인이었다. 그러나 아일랜드인 역시 어느새 카알의 테이블 앞에 서 있었다. 이 두 사람은 어젯밤 카알이 그들에게 대했던 것에 못지 않은 흥미를 가지고 카알을 들여다보고 있었다. 그들이 침대에서 일어나 있는 동안에 자신이 잠을 깨지 않은 것을 카알은 이상하게 생각하지 않았다. 그들은 악의를 품고서 고의적으로 발소리를 죽여가며 다가선 것은 전혀 아니었다. 카알이 깊은 잠에 빠져 있었고, 게다가 그들에게는 옷을 입는다거나 세수를 하는 일이 그다지 힘들지 않았기 때문이었다.

이리하여 그들은 얼마간 예의를 갖추어서 정중하게 서로 인사를 나누었다. 카알은 이 두 사람이 기계공이며, 뉴욕에서 이미 오랫동안 일자리를 얻지 못해서 상당히 몰락해버렸다는 것을 알게 되었다. 로빈슨이 그것을 증명하기 위해 웃옷을 열어보이자 셔츠도 입지 않은 것이 드러났다. 그것은 웃옷 뒤에 꿰매어놓은, 느슨하게 자리잡은 칼라를 보아도 잘 알 수가 있었다. 그들은 뉴욕에서 이틀 걸리는 곳에 있는 버터포드라는 조그마한 도시로 걸어가려는 계획을 갖고 있었다. 그곳에는 일자리가 있다는 것이었다. 그들은 카알이 동행하는 것에 반대하지 않았으며, 카알에게 가끔 트렁크를 들어주겠다고 약속했고, 그리고 그들이 일자리를 얻게 될 경우 카알에게 견습공 자리를 구해주겠다고 약속했다. 그들이 먼저 일자리만 얻게 된다면 그것은 손쉬운 일이라는 것이었다. 카알이 아직 동의하지 않고 있을 때, 그들은 카알에게 일자리를 얻는 데 방해가 될 것이기 때문에 이 멋진 옷을 벗어버리라는 다정한 충고까지 했다. 마침 이 집에서 방 당번 노파가 옷 장사를 하고 있으므로 이 옷을 팔기에는 안성맞춤이라는 것이었다. 그들은 아직 이 옷을 어떻게 하겠다는 결정을 내리지 못하고 있던 카알의 옷을 서로 도와 벗겨가지고 나갔다. 카알은 혼자 남아서 아직도 조금 잠에 취한 채 자신의 낡은 여행복을 천천히 입으면서 그 옷을 팔아버리도록 한 것에 대해 자책을 했다. 그 옷은 견습공 자리를 얻는 데는 불리할지도 모르나, 더 좋은 자리를 얻는 데는 도움이 될 수도 있다. 두 사람을 불러들이기 위해 문을 열자마자 그는 바로 그들과 부딪히고 말았다. 그들은 옷을 판 돈으로 반 달러를 테이블 위에 갖다놓고, 상당히 즐거운 표정들을 짓고 있었다. 그들은 옷을 팔면서 자신들의 벌이를, 그것도 엄청난 큰 벌이를 하지 않았다고는 거의 믿을 수 없을 정도의 표정을 지었다.

어쨌든 그런 얘기를 끄집어낼 시간적 여유도 없었다. 지난밤처럼 잠이 덜 깬 노파가 들어와서, 손님을 새로 맞이하기 위해 방을 정돈해야 한다고 설명하면서 세 사람을 모조리 복도로 내쫓아버렸기 때문이다. 물론 그것은 말도 안 되는 소리였지만 그녀는 악의적으로 그렇게 했다. 자신의 트렁크를 막 정돈하려고 했던 카알은 그 노파가 자신의 소지품들을 두 손으로 움켜잡고 마치 동물들을 우리 속으로 집어넣는 것처럼 힘차게 트렁크 속으로 집어던지는 것을 지켜보고 있어야만 했다. 두 기계공은 그렇게 하지 못하도록 그녀의 스커트를 잡아당기며 등을 가볍게 두드려보기도 했으나, 그렇게 하는 것으로 카알을 돕겠다고 마음먹었다면 그것은 완전히 오산이었다. 그 노파는 트렁크를 쾅 닫더니 손잡이를 카알의 손에 쥐어주고 기계공들의 손을 뿌리치며, 말을 듣지 않으면 아침 커피도 없다고 위협하면서 세 사람을 방에서 내쫓았다. 그들을 같은 패거리로 간주하고 있는 것으로 봐서, 그녀는 분명 카알이 처음부터 기계공들과 동행이 아니었다는 사실을 완전히 잊고 있는 것이 틀림없었다. 하기야 기계공들은 카알의 옷을 그녀에게 팔았기 때문에 그것으로 모종의 공통성을 보인 것이나 다름없었다.

복도에서 그들은 한동안 어슬렁거리지 않으면 안 되었다. 특히 프랑스인은 카알의 팔짱을 긴 채 계속 욕설을 하면서, 만약 주인이 앞에 나타나기만 하면 때려눕히겠다고 위협했다. 움켜진 주먹을 미친 듯이 서로 비벼대는 것은 마치 그렇게 하겠다는 준비인 것으로 보였다. 마침내 순진하게 보이는 한 소년이 왔다. 그는 프랑스인에게 커피 주전자를 내밀고 난 뒤 곧바로 얻어맞고 뻗어버렸다. 유감스럽게도 주전자만 가지고 왔으니 컵이 필요하다는 것을 그 쓰러진 소년에게 알릴 수가 없었다. 그래서 한 사람이 마시는 동안 다른 두 사람은 서서 기다리는 수밖에 없었다. 카알은 마시고 싶은 생각이 없었으나 다른 두 사람의 기분을 상하게 하고 싶지 않았기 때문에 자기 차례가 되었을 때 주전자를 입에 댄 채 가만히 서 있었다.

여관을 떠나면서 아일랜드인은 주전자를 돌로 된 바닥에 내동댕이쳤다. 그들은 아무와도 마주치지 않고 이 집을 빠져나와 짙은 아침 안개 속으로 들어갔다. 그들은 묵묵히 도로의 가장자리를 따라 나란히 걸어갔다. 카알은 자신의 트렁크를 들고 가야만 했다. 아마도 카알이 부탁한다면 그들은 트렁크를 교대로 들어줄 것이다. 이따금씩 자동차가 안개 속에서 튀어나왔다. 세 사람은 거대한 자동차 쪽으로 머리를 돌렸다. 자동차들의 구조가 눈길을 끌었지만 볼 수 있는 시간이 너무 짧아서 승객이 있는지조차 알아볼 시간도 없었다. 얼마 후 뉴욕으로 생필품을 운반하는 차량들의 무리가 시작되었다. 그 차량들이 다섯 줄로 도로 넓이 전체를 차지하고 끝없이 통과하고 있기 때문에 도로를 횡단할 수 없었다. 이따금 도로는 넓어져 광장을 이루고 있었다. 그 광장 중간에 탑처럼 생긴 높은 대 위에서 경찰 한 사람이 이리저리 걸어다니면서 사방을 내려다보며 조그마한 막대기로 주요 도로의 교통과 간선도로에서 흘러들어오는 교통을 정리하고 있었다. 다음 경찰이 있는 광장까지는 교통 감독이 없었으나, 말없이 조심스럽게 운전하는 마부나 운전사들이 자발적으로 질서를 유지하고 있었다. 카알은 전체적으로 조용한 움직임을 보고 매우 놀랐다. 곧 아무 근심없이 태평스러운, 도축될 가축들의 울음소리가 없었더라면, 아마 말발굽 소리와 차량의 굉음 외에는 아무 소리도 들리지 않았을 것이다. 물론 달리는 속도가 항상 같은 것은 아니었다. 몇몇 광장에서는 간선도로에서 너무나 많은 차량이 몰려오기 때문에 대대적인 정리를 하지 않으면 안 될 경우에 행렬 전체가 멈춰서거나 한걸음 한걸음 천천히 지나갔다. 그 다음 얼마 동안은 다시 모든 것이 번개처럼 질주하다가, 제동이 걸린 듯 다시금 속력을 늦춘다. 그러나 도로에서는 먼지 하나 일지 않고, 모든 것은 지극히 맑은 공기 속에서 움직이고 있었다. 보행자는 한 사람도 보이지 않았다. 여기서는 카알의 고향에서처럼 여자 행상들이 시내로 걸어가는 모습도 보이지 않았다. 그러나 납작하게 생긴 큰 자동차가 이따금씩 눈에 띄었는데, 그 자동차에는 아마도 행상임에 틀림없는 스무 명 가량의 여자가 광주리를 등에 짊어지고 서서 목을 쑥 빼고 도로 교통을 내려다보면서 더 빨리 달리기를 바라고 있었다. 그리고 이와 비슷하게 생긴 자동차들에는 몇 명의 남자들이 바지 호주머니에 손을 넣고 서성거리고 있었다. 여러 문구文句를 붙이고 달리는 자동차들 중 하나에서 '야콥 운송회사에서 일할 노동자 모집'이라는 글귀를 읽고 카알은 나지막한 소리를 질렀다. 그 자동차는 마침 아주 천천히 달리고 있었다. 키가 작고 굽은 등을 가진 어떤 사내가 자동차 발판에 서서 이 세 명의 방랑자에게 기운 넘치는 소리로 타라고 권했다. 카알은 마치 그 차에 외삼촌이 타고 있고 자기를 쳐다볼지도 모른다는 듯 기계공 뒤로 몸을 숨겼다. 두 기계공은 거만한 표정을 지으며 그것을 거절했는데, 이들의 표정이 다소 카알을 불쾌하게 만들었지만 그 제의를 거절한 것은 카알에게 기쁜 일이었다. 그렇지만 그들이 스스로 외삼촌의 회사에서 일하기에는 너무 아깝다고 믿어서는 절대로 안 되었다. 물론 확실하지는 않지만, 카알은 그들에게 곧 이런 사실을 이해시키려 했다. 그러자 들라마르쉬는 카알에게 알지 못하는 일에는 참견하지 말라고 했다. 이런 방식으로 사람들을 채용하는 것은 파렴치한 사기 행위이고, 야콥 회사는 미국 어디에서도 평판이 좋지 못하다는 것이었다. 카알은 아무 대답도 하지 않았으나 이제부터는 아일랜드인을 한층 더 신뢰하게 되었다. 그에게 트렁크를 좀 들어달라고 부탁까지 했다. 그는 카알이 거듭 부탁을 하고 난 후에야 트렁크를 들어주었다. 그는 계속 트렁크가 무겁다고 호소했는데, 여관에 있을 때부터 저 베로나산 소시지에 눈독을 들여서, 그 무게만큼 트렁크를 가볍게 하려는 속셈을 가지고 있었다는 것이 드러났다. 카알은 그 소시지를 끄집어내지 않을 수 없었다. 프랑스인은 그것을 손에 잡고 단도 같은 칼로 잘라서 혼자서 거의 다 먹어버렸다. 로빈슨은 가끔 한 점씩 얻어먹었으나, 카알은 반대로 자신의 몫을 미리 받아먹은 것처럼 한 점도 받아먹지 못했다. 그 트렁크를 국도에 내버릴 생각이 없다면 카알이 그것을 다시 들고 갈 수밖에 없었다. 한 점 달라고 구걸한다는 것은 너무나 한심하게 생각되었으나, 속으로는 화가 치밀었다.

안개는 말끔히 걷혔고, 멀리 떨어져 있는 높은 산은 반짝이고 있었으며, 산등성이가 물결치며 멀리 태양이 비치는 아지랑이 속으로 이어졌다. 길 옆에는 허술하게 경작된 밭들이 검게 그을린 채 넓은 들판에 서 있는 큰 공장을 둘러싸면서 펼쳐져 있었다. 무질서하게 세워진 임대 아파트 단지들의 수많은 창문들은 온갖 움직임과 조명 속에서 떨고 있었다. 작고 약한 발코니에서 여인들과 아이들이 분주히 움직이고 있었는데, 줄에 걸려 있는 수건들과 세탁물들이 아침 바람에 펄럭여서 크게 부풀었기 때문에 그들의 모습이 숨겨졌다가 내보였다. 그 집들에서 눈을 돌리자 하늘 높이 날아가는 종달새가 보이고, 다시 그 밑으로 제비가 행인들의 머리 위로 낮게 날아갔다.

여러 가지 일들이 카알에게 고향을 생각하게 했다. 뉴욕을 떠나 내륙 깊숙한 곳으로 들어가는 것이 현명한 일인지 카알 자신도 알지 못했다. 뉴욕에는 바다가 있어서 언제든지 고향으로 돌아갈 수 있는 가능성이 있었다. 그래서 그는 걸음을 멈추고 자신은 정말 뉴욕에 남고 싶다고 두 동반자에게 말했다. 그러자 들라마르쉬가 그를 앞으로 내몰려고 했고, 그는 내몰리지 않으려고 버티고 서서 자기 일은 자기가 결정할 권리를 가지고 있다고 말했다. 아일랜드인은 비로소 중재를 하고 나서서 버터포드가 뉴욕보다 훨씬 아름답다고 설명했다. 두 사람이 거듭 간곡히 부탁을 해서 비로소 그는 다시 걷기 시작했다. 쉽사리 고향으로 돌아갈 수 없는 곳으로 가는 것이 오히려 더 좋을지도 모른다고 자기 자신에게 타이르지 않았더라면, 그는 아마도 걷지 않았을런지도 모른다. 그곳에 가면 쓸데없는 생각으로 방해를 받지 않을 것이기 때문에 틀림없이 일도 더 잘될 것이고 성과도 거둘 수 있을 것이라고 자신을 타일렀다.

이제는 카알이 두 사람을 끌고 갔다. 그 두 사람은 카알이 열심히 걷는 것을 기뻐했기 때문에 부탁하지 않았는데도 트렁크를 교대로 들어주었다. 카알은 그들이 도대체 무엇 때문에 이토록 기뻐하는지 도무지 이해할 수 없었다. 그들은 오르막길에 이르게 되었다. 이따금씩 멈춰 서서 뒤를 돌아보니 뉴욕의 시가지와 항구의 파노라마가 점점 넓게 시야로 들어왔다. 뉴욕과 보스턴을 연결하는 다리가 허드슨 강 위에 걸쳐져 있었는데, 눈을 가늘게 뜨고 보면 그 다리가 미세하게 떨리는 것처럼 보였다. 다리 위에는 왕래하는 차량이 없는 것처럼 보였으며, 다리 아래에는 잔잔하고 매끄러운 물줄기가 펼쳐져 있었다. 두 개의 거대 도시에는 모든 것이 공허하게 아무 쓸데없이 진열되어 있는 것 같았다. 크고 작은 집들도 거의 차이가 없는 것 같았다. 보이지 않는 깊숙한 거리에서는 나름대로의 생활이 이어지고 있겠지만, 보이는 것은 시가지를 덮고 있는 엷은 안개뿐이었다. 그 안개는 조금도 움직이지 않았지만, 몰아내기에는 아무런 힘도 들지 않을 것처럼 보였다. 세계에서 가장 큰 이 항구에도 평온함이 깃들어 있었다. 지난번에 가까이에서 본 기억 때문인지는 모르겠지만 짧은 구간을 왕래하는 것으로 생각되는 배 한 척을 보았다. 그러나 눈으로 오랫동안 그 배를 쫓아가지 못했고, 그 배는 시야에서 벗어나서 더 이상 찾을 수 없었다.

하지만 들라마르쉬와 로빈슨은 분명 카알보다 더 많은 것을 보았다. 그들은 손가락으로 좌우를 가리켰고, 손을 뻗어 광장과 공원 위로 아치 모양을 만들어보였고 그 이름을 댔다. 카알이 두 달 이상이나 뉴욕에 살았으면서도 시가지 한 군데밖엔 모르는 것이 그들에게는 이해가 되지 않았다. 그리고 그들은 버터포드에서 돈을 충분히 벌면 그와 함께 뉴욕으로 와서 볼 만한 곳은 전부 보여줄 것이며 물론 아주 특별히 천당에 올라갈 정도로까지 재미있는 곳도 구경시켜주겠다고 약속했다. 로빈슨은 이런 말에 이어 큰 목소리로 노래를 부르기 시작했고, 들라마르쉬는 손뼉을 치면서 장단을 맞추었다. 이 노래는 카알이 고향에 있을 때 오페레타의 멜로디로 알고 있었던 것이었다. 여기에다 영어 가사를 붙여 부르니 고향에서 듣던 것보다 훨씬 더 마음에 들었다. 이렇게 해서 모두가 참여하는 조촐한 공연이 야외에서 벌어졌다. 이런 종류의 멜로디를 즐긴다고들 하는 발 밑의 도시는 이 공연을 전혀 알지 못하고 있는 것 같았다.

한번은 카알이 도대체 야콥 운송회사가 어디에 있는지 물어보았다. 그러자 곧바로 들라마르쉬와 로빈슨이 뻗은 집게손가락은 동시에 동일한 지점을 또는 수 마일 떨어진 두 지점을 가리켰다. 그리고 다시 걷기 시작했을 때 카알은 그들이 큰돈을 벌어 뉴욕으로 돌아올 수 있는 시기가 빠르면 언제쯤이나 되겠느냐고 물었다. 그러자 들라마르쉬는 버터포드에서는 노동자가 부족해서 노임이 비싸기 때문에 한 달이면 족할 것이라고 대답했다. 물론 그들은 자신들의 돈을 공동 금고에 넣을 것인데, 그것은 본의 아니게 자신들의 벌이에 차이가 있어도 동료로서 똑같이 나누기 위해서라는 것이었다. 카알은 물론 견습공으로서 두 숙련공보다 벌이가 적을지라도 이 공동 금고는 마음에 들지 않았다. 게다가 로빈슨은 자신들이 버터포드에서 일자리를 얻지 못하면 여기저기 돌아다니다가 어디든 시골에서 농장 일꾼으로 들어가거나, 캘리포니아에 있는 금광의 세광소에 들어가야만 할 것이라고 말했다. 로빈슨의 자세한 이야기로 추론해보면 후자가 그의 최선의 계획인 것 같았다. "지금 세광소에 들어가려고 한다면 도대체 왜 기계공이 되었어요?" 하고 카알이 물었다. 그는 이토록 불확실한 먼 여행의 필연성에 대해 귀를 기울이고 싶지 않았다. "내가 왜 기계공이 되었냐고요? 우리 어머니 아들이 굶주리지 않기 위해서지요. 하지만 세광소에서는 벌이가 괜찮을 거요." 하고 로빈슨이 말했다. "한

때는 　했지."하고 들라마르쉬가 말했다. "지금도 마찬가지지." 라
고 　하고서 로빈슨은 그곳에서 부자가 된 사람들을 많이 알고 있다
　했다. 그들은 아직도 그곳에 있는데, 물론 손가락 하나 까딱 하지
않고도 옛 우정을 생각해서 자신은 물론 동료들까지 부자가 되도록
도와줄 거라고 했다. "우리는 무리해서라도 버터포드에서 일자리를
구해야 해."하고 들라마르쉬가 말했다. 바로 이 말은 카알이 하고 싶
은 말이었다. 그러나 어딘지 모르게 미덥지가 않았다.

　　그들은 낮 동안에 단 한 번 어떤 음식점에 들렀으며 식당 앞 야외에
있는, 카알이 생각하기에는 철제로 된 식탁에서 거의 날고기나 다름
없는 것을 먹었다. 나이프나 포크로는 자를 수가 없어서 찢어서 먹었
다. 빵은 원통형이었고 덩어리마다 길다란 나이프가 꽂혀 있었다. 이
음식에 곁들여 검은 액체 같은 것이 나왔는데, 조금 마셔보니 목이 타
오르는 것 같았다. 들라마르쉬와 로빈슨에게는 그것이 입에 맞는 모
양이었다. 그들은 여러 가지 소망이 이루어지기를 기원하며 자주 술
잔을 높이 치켜들고 서로 건배했고, 잠시 동안 잔을 높이 치켜들고 있
었다. 옆 테이블에는 석회 가루투성이의 노동자들이 앉아 있었고 모
두 똑같은 액체를 마시고 있었다. 떼를 지어 지나가는 자동차들이 흙
먼지를 식탁 위에까지 뿌리고 있었다. 그들은 커다란 신문을 서로 돌
려읽으면서 건설 노동자들의 파업에 대해 흥분된 어조로 지껄이고 있
었다. 마크라는 이름도 가끔 화제에 올랐다. 카알이 마크란 인물에
대해 물어보았다. 카알은 바로 그가 자기 친구 마크의 아버지이며 뉴
욕 최고의 건설 사업자라는 것을 알았다. 이 파업으로 마크의 아버지
는 수백만 달러의 손해를 입었으며 사업이 위협을 당하고 있다는 것
이었다. 카알은 악의에 차 있는 무식한 이들의 말을 한 마디도 믿지
않았다.

　　식사 비용을 어떻게 지불할 것인지가 매우 의심스러웠기 때문에 카

알은 이 식사가 매우 불쾌했다. 각자 자기의 몫을 내는 것이 자연스럽지만, 들라마르쉬와 로빈슨은 이따금씩 지난밤의 숙박비로 돈이 다 떨어졌다고 말했다. 시계, 반지, 그 밖에 돈이 될 만한 물건은 두 사람에게서 보이지 않았다. 그래도 카알은 그들이 자신의 양복을 팔아서 얼마간 착복했을 거라고 추궁할 수가 없었다. 그렇게 하는 것은 모욕이며 영원히 헤어지는 길이 될 것이다. 그런데 놀랍게도 들라마르쉬도 로빈슨도 계산하는 것에는 조금도 걱정하지 않았으며, 오히려 거만한 표정으로 느릿느릿 테이블 사이를 왔다갔다 하는 여급사에게 될 수 있는 대로 자주 접근해보려고 할 만큼 기분이 좋았다. 그녀는 양쪽으로 약간 흐트러져서 이마와 뺨까지 내려온 머리카락을 두 손으로 밑에서부터 끌어올려 계속해서 뒤로 쓰다듬어 넘기고 있었다. 마침내 그녀에게서 어쩌면 다정스런 첫마디를 기대해도 좋을 때쯤 그녀는 테이블로 와서 두 손을 테이블에 짚고 "누가 계산하시겠어요?" 하고 물었다. 들라마르쉬와 로빈슨의 손은 카알을 가리켰다. 이때보다 더 빨리 두 사람의 손이 올라간 적은 없었다. 그것을 이미 예감하고 있었기 때문에 카알은 그다지 놀라지는 않았다. 그도 그들에게 이득을 기대하고 있기 때문에 그들이 그에게 사소한 기대를 몇 가지 하는 것은 전혀 나쁜 것이 아니라고 카알은 생각했다. 비록 결정적인 순간이 오기 전에 이런 일을 상세하게 얘기하는 것이 더 좋았을 테지만 말이다. 다만 고통스러운 일은 그 돈을 비밀 호주머니에서 꺼내야 한다는 것이었다. 그의 원래 의도는 이 돈을 최악의 경우에 대비하여 남겨두고, 당분간은 자신의 동료들과 어느 정도 보조를 맞추는 것이었다.

동료들이 어린 시절부터 미국에 있었다는 사실, 돈벌이에 대해 많은 지식과 경험을 갖고 있다는 사실, 마지막으로 그들이 현재보다 더 나은 생활에 익숙해 있지 않다는 사실 때문에, 카알이 얼마 안 되는 이 돈과 특히 그것을 가지고 있다는 것을 동료들에게 말하지 않는 것으로 얻는 이점은 많은 돈보다 훨씬 더 크고도 남았다. 카알이 돈과 관련해서 가지고 있었던 종래의 의도는 이번 지불 때문에 크게 방해받지는 않았다. 결국 이십오센트 정도는 없어도 되니까, 이십오센트 동전을 테이블에 놓고 이것이 자기가 가진 유일한 재산이며 버터포드까지 함께 여행하기 위해 이것을 기꺼이 제공하겠다고 설명하면 되니까 말이다. 도보 여행에는 이 정도의 액수면 충분했다. 그런데 문제는 계산하기에 충분한 잔돈이 있는지 알 수가 없다는 점이다. 게다가 그 돈이 비밀 호주머니 깊숙이 어디엔가 접은 지폐와 함께 들어 있었다. 비밀 호주머니에서 그것을 가장 잘 찾아낼 수 있는 방법은 그 속의 것들을 모조리 테이블 위에 펼쳐놓는 것이었다. 하지만 이 비밀 호주머니에 대해 동료들에게 어떤 것이라도 알게 할 필요는 없다. 다행히도 두 동료는 카알이 지불할 돈을 어떻게 조달할 것인가 하는 것보다는 여급사에게 계속해서 더 많은 관심이 있는 듯 보였다. 들라마르쉬는 계산서를 보여달라고 하면서 여급사를 자신과 로빈슨 사이로 유인했으나 그녀는 그 두 사내 중에서 어떤 한 사람의 얼굴을 손으로 밀쳐버리는 것으로 간단히 두 사내의 뻔뻔스러운 행동을 제지할 수 있었다. 그 동안 카알은 긴장한 나머지 얼굴에 열이 나는 것을 느끼며 한 손으로 비밀 호주머니 속의 동전을 하나하나 더듬어 꺼내어 다른 손으로 테이블 아래에서 그 돈을 모으고 있었다. 미국 화폐에 대해 아직 잘 알지는 못하지만, 마침내 그는 적어도 동전의 개수로 볼 때 충분한 액수라고 생각하고 그것을 테이블 위에 놓았다. 그 돈 소리가 금방 그들의 농담을 중단시켰다. 거의 일 달러에 가까운 금액이 거기 놓여 있었기 때문에 카알은 화가 치밀었으나, 두 사내는 깜짝 놀랐다. 왜 카알이 버터포드까지 편안하게 기차 여행을 할 만큼 충분한 돈이 있다는 것을 숨겼는지 아무도 묻지는 않았으나, 카알은 몹시 당황했다. 식사비를 지불하고 난 후 그는 천천히 돈을 다시 주머니 속에 집

어 넣었으나, 들라마르쉬는 여급사에게 팁으로 필요하다며 동전 한
닢을 카알의 손에서 낚아채더니 여급사를 끌어안고 자신의 몸에 밀착
시킨 다음 다른 쪽에서부터 그 돈을 그녀에게 건네주었다.

또다시 계속 여행을 하는 중에 그들이 그 돈에 대해 아무런 언급도
하지 않았기 때문에 카알은 고맙기까지 했다. 심지어 카알은 그들에
게 자신의 전 재산에 대해 털어놓을까 하는 생각까지 잠시 했으나 적
당한 기회가 없어서 그만두었다. 저녁 무렵이 되어 그들은 한층 시골
스럽고 풍요로운 지방에 오게 되었다. 주위에는 구획도 없는 들판이
연한 녹색을 띤 채 경사가 완만한 언덕 위로 뻗어 있었으며, 부호의
별장들이 도로와 경계를 이루고 있었다. 몇 시간 동안이나 도금한 정
원의 격자 울타리 사이를 걸었다. 그들은 한결같이 천천히 흐르는 냇
물을 여러 차례 건넜으며, 높이 매달려 있는 철교를 달리는 기차의 굉
음을 몇 번인가 들었다.

그들이 피로를 풀기 위해 언덕 위에 있는 작은 수림의 한복판 풀밭
으로 몸을 던졌을 때는 태양이 저 멀리 숲의 가장자리에서 막 지고 있
었다. 들라마르쉬와 로빈슨은 거기에 누워 힘껏 기지개를 켰으며, 카
알은 꼿꼿이 앉아서 불과 이삼 미터 아래로 통하고 있는 도로 쪽을 바
라보았다. 도로에는 낮 동안과 마찬가지로 줄곧 자동차가 경쾌하게
서로 스치며 질주하고 있었다. 그것은 마치 자동차들이 한쪽 먼 곳에
서 계속해서 보내지고 또 같은 수만큼 다른 반대편의 먼 곳에서 기다
리는 것과도 같았다. 이른 아침부터 하루 종일 카알은 아직 한 대의
자동차도 서는 것을 보지 못했으며, 한 사람의 승객도 내리는 것을 보
지 못했다.

로빈슨은 모두 지칠 대로 지쳤으니 오늘 밤을 여기서 지내자고 했
다. 그러면 아침에 일찍 출발할 수 있을 것이며, 완전히 어두워지기
전에 이곳보다 더 값싸고 좋은 위치에 있는 숙소를 좀처럼 찾을 수 있

을 것 같지도 않았기 때문이었다. 들라마르쉬는 찬성했다. 다만 카알은 모두가 호텔에서 숙박을 하더라도 숙박비를 댈 수 있을 만큼 충분한 돈을 가지고 있다는 고백을 해야만 할 것 같았다. 들라마르쉬는 앞으로도 돈이 필요하니 돈을 잘 보관해야 한다고 카알에게 말했다. 그는 카알의 돈에 의지하고 있음을 조금도 숨기지 않았다. 자신의 첫번째 제의가 받아들여지자 이제 로빈슨은 내일을 위해서 기운을 돋우기 위해 잠자리에 들기 전에 맛있는 것을 먹어야 하며, 누군가 한 사람이 국도에 가장 가까이 있는 '옥시덴탈 호텔'이라는 간판으로 불을 밝힌 호텔에서 자신들이 먹을 음식을 사와야 하지 않겠느냐고 계속 의견을 말했다. 카알은 나이가 가장 적은 사람으로서, 또 자기 외에는 나서는 사람이 아무도 없었기 때문에 서슴없이 일을 자청했으며, 베이컨, 빵, 맥주 주문을 받고 호텔로 향했다.

카알이 발을 들여놓은 호텔의 첫번째 홀이 시끄럽게 떠드는 군중들로 가득 찬 것으로 봐서 이 근처에 큰 도시가 있음이 분명했다. 기다랗게 세로로 뻗은 벽과 양쪽의 측면 벽에 나란히 이어져 있는 뷔페 테이블 옆을 가슴에 흰 앞치마를 두른 많은 웨이터들이 쉴새없이 뛰어다녔고, 기다리다 못해 연신 사방에서 욕설이 나오고 주먹으로 테이블을 치는 소리가 나는 것으로 봐서 성미 급한 손님들은 만족하지 못하는 기색이었다. 카알에게 주목하는 사람은 아무도 없었다. 이 홀 안에서는 서비스를 해주는 사람도 없었으며, 세 사람만 앉아도 이미 보이지 않을 정도로 아주 작은 테이블을 차지한 손님들이 뷔페 테이블에 가서 각자가 원하는 것을 가지고 왔다. 모든 테이블 위엔 기름, 식초 등을 담은 큰 병이 놓여 있어서 뷔페 테이블에서 들고 온 모든 요리를 먹기 전에 이것들을 뿌렸다. 카알이 우선 주문을 하는 데 어려움이 있을지도 모르는 뷔페 테이블로 가려면 많은 테이블 사이를 뚫고 가지 않으면 안 되었다. 물론 아무리 조심해서 지나간다 하더라도 손님들에게 심한 번거로움을 끼치지 않을 수 없었다. 그러나 손님들은 모두 무감각한 것처럼 태연했다. 한번은 카알이 어떤 손님에 의해 테이블로 밀려 하마터면 테이블을 뒤집어엎을 뻔했을 때도 그랬다. 물론 카알은 사과를 했으나 분명히 이해받지 못했으며, 또 카알도 자신을 향해 소리친 상대의 말을 전혀 이해하지 못했다.

뷔페 테이블 곁에서 그는 어렵사리 자그마한 빈자리 하나를 발견했다. 그 자리에서는 양쪽 손님이 팔꿈치를 괴고 있었기 때문에 오랫동안 앞을 볼 수가 없었다. 여기서는 양쪽 팔꿈치를 괴고 주먹을 관자놀이에 갖다 대는 것이 풍습으로 보였다. 카알은 라틴어 교수였던 크룸팔 박사가 이 자세를 정말로 싫어하여 언제나 불시에 다가와서 갑자기 어디선가 잣대를 꺼내 아플 정도로 밀침으로써 팔꿈치를 책상에서 내려놓게 한 일을 생각하지 않을 수 없었다.

카알은 뷔페 테이블로 바짝 떠밀려 서 있었다. 그가 줄을 서서 차례를 기다리자마자 그의 뒤에 테이블이 하나 놓였고, 거기에 앉은 손님 중의 한 사람이 이야기를 하면서 몸을 약간 뒤로 젖힐 때 큰 모자로 카알의 등을 심하게 스쳤다. 양쪽의 무례한 두 손님이 만족하며 떠날 때까지도 카알은 웨이터로부터 음식을 받을 희망이 거의 없었다. 몇 차례 카알이 테이블 너머로 웨이터의 앞치마를 붙잡았으나, 그때마다 웨이터는 얼굴을 찌푸리며 뿌리쳐버렸다. 웨이터들은 계속해서 이리저리 뛰어다녔다. 어느 누구도 그들을 붙잡을 수가 없었다. 카알은 자기 근처에 먹을 만한 적당한 음식과 음료수가 있었다면 그것을 집어들고, 값을 묻고, 돈을 놓고, 즐거운 마음으로 가버렸을 것이다. 그러나 그의 바로 앞에는 검은 비늘의 가장자리가 금빛으로 빛나는 청어처럼 생긴 생선을 담아 놓은 접시뿐이었다. 그것은 아주 비쌀지는 모르나 누가 먹어도 배부를 것 같지는 않았다. 그 밖에 카알의 손에 닿을 만한 곳에 럼주가 든 작은 항아리가 있었으나 그들에게 럼주를 갖다주고 싶진 않았다. 그들은 기회가 있을 때마다 도수가 높은 독한 술만 노리고 있는 것처럼 보였기 때문에 카알은 그것까지 그들을 도와주고 싶지는 않았다.

그래서 카알은 다른 곳을 찾아보지 않을 수 없었고 노력을 들여서라도 처음부터 시작하지 않을 수 없었다. 그러나 이미 시간이 꽤 지났다. 홀의 반대편 끝에 있는 시계는 시선을 집중해서 자욱한 연기를 뚫고 쳐다보아야만 바늘을 볼 수 있었다. 벌써 아홉 시가 지났다. 그러나 다른 곳에 있는 뷔페 테이블은 이전의 장소보다도 한층 더 혼잡했다. 더욱이 시간이 늦어질수록 홀에는 더 많은 사람이 몰려왔다. 현관문을 통해 '어이'를 외치며 새로운 손님들이 계속 밀고 들어왔다. 여기저기서 손님들은 자기들 나름대로 뷔페 테이블을 치우고, 그 위에 걸터앉아 건배를 하고 있었다. 그곳은 홀 전체를 내다볼 수 있어서 특등석이라고 할 수 있었다.

카알은 계속 사람들을 헤치고 나아갔으나, 무엇을 얻어보고자 하는 본래의 희망은 이미 갖고 있지 않았다. 그는 이곳의 사정을 알지도 못하면서 음식을 구하러 나온 자신을 책망했다. 자신의 동료들은 그를 당연히 욕할 것이고, 또 돈을 아끼기 위해 아무것도 사지 않고 돌아왔다고 생각할 것이다. 지금 그가 서 있는 주위의 식탁에서는 사람들이 노란 감자를 곁들인 따뜻하고 근사한 고기 요리를 먹고 있었다. 어떻게 그런 요리를 구해왔는지 카알은 알 수가 없었다.

그때 몇 걸음 앞에 분명 호텔 종업원임이 틀림없는 중년의 한 여자가 어떤 손님과 미소를 머금은 채 이야기를 나누고 있는 것을 보았다. 이야기를 하면서 이 여자는 계속해서 머리 손질을 하며 머리핀을 만지고 있었다. 카알은 곧바로 이 여자에게 주문을 해야겠다고 결심했다. 그것은 이곳 사람들이 온통 소란을 떨고 뛰어다니는데 반해서 이 식당의 유일한 여성인 그녀는 달라보였기 때문이었다. 그가 첫마디를 던질 때 그녀는 바쁘다고 도망가지 않을, 유일하게 접근할 수 있는 호텔 종업원으로 생각되었다. 그러나 정반대의 일이 일어났다. 카알이 곧바로 말을 붙이지 않고 단지 동정만 살피고 있을 때였다. 사람들이 대화하는 중에 이따금씩 주위를 둘러보듯이 그녀는 카알 쪽을 쳐다보다가 대화를 잠시 중단하고 친절하게 그리고 문법에 나와 있는 것과 같은 명료한 영어로 그에게 무엇을 찾는지 물었다. "그렇습니다, 아무것도 살 수가 없어서요."하고 카알이 말했다. "젊은 양반, 나와 함께 갑시다."하고 말하고서 그녀가 상대방 남자에게 인사를 하니, 그 남자는 모자를 벗어 인사했다. 이곳에서는 믿을 수 없을 정도로 정중한 인사로 보였다. 그녀는 카알의 손을 붙잡고 뷔페 테이블 쪽으로 가서, 한 명의 손님을 옆으로 밀치고 뷔페 테이블의 들창문을 연후, 뷔페 테이블 뒤의 통로를 가로질러갔다. 여기서는 지칠 줄 모르고 뛰어다니는 웨이터들에게 부딪히지 않도록 조심하지 않으면 안 되었다. 벽지를 바른 이중문을 열고 들어가면 넓고 시원한 식품저장실이 있었다. "정말이지 이런 구조를 알지 않으면 안 되겠군."하고 카알은 혼잣말을 했다.

"자, 그러면 무엇을 드릴까요?"하고 그녀가 묻더니, 언제라도 준비가 되어 있는 듯 카알 쪽으로 허리를 굽혔다. 그녀는 피둥피둥 살이 쪄서 살덩어리가 흔들리고 있었으나, 얼굴은 비교적 부드러운 용모였다. 이곳의 선반과 테이블 위에 겹겹이 쌓여 있는 많은 먹거리들을 보자 카알은 성급히 근사한 야식을 주문해야겠다는 유혹에 빠졌다. 특히 이처럼 영향력이 있는 여자에게라면 싸게 서비스를 받을 수 있을 것만 같았기 때문이다. 그러나 적당한 요리가 생각나지 않아서 결국 그가 주문한 것은 베이컨, 빵, 맥주뿐이었다. "더 주문할 것은 없나요?"하고 그 여자가 물었다. "예, 그것이면 족합니다. 세 사람이 먹을 거니까요."하고 카알이 대답했다. 다른 두 사람에 대해 그 여자가 물었기 때문에 카알은 아주 간단히 자기 동료에 대해 이야기했다. 많은 것을 캐묻지 않아서 그는 기뻤다.

"하지만 그건 죄수들이나 먹는 음식이에요." 이것은 그 여자가 카알이 또 다른 것을 주문할 거라고 기대하고서 한 말이었다. 그러나 카알은 그 여자가 자기에게 음식물을 주고 돈을 받지 않을 작정이 아닌가 하고 생각했기 때문에 아무 말도 하지 않았다. "그 정도면 금방 꾸릴 수 있을 거예요." 하고 말하더니 그 여자는, 뚱뚱한 몸인데도 놀랄 정도로 민첩하게 테이블로 달려가, 길고 예리한 톱니 모양의 칼로 살코기가 듬뿍 붙은 베이컨을 큼직하게 자르고는 이어 선반에서 빵 한 덩어리와 바닥에서 맥주 세 병을 집어내 짚으로 만든 가벼운 바구니에 담아 카알에게 내밀었다. 그러면서 그녀는 바깥에 있는 뷔페 테이블에서는 아무리 빨리 소비한다고 해도 담배 연기와 사람들의 입김으로 음식물이 신선함을 잃기 때문에 카알을 이쪽으로 데리고 왔다고 설명했다. 또 그녀는 바깥의 사람들에게는 그것으로 충분할 거라고 설명했다. 카알은 이런 특별한 대우에 대해 어떻게 보답해야 할지 몰랐기 때문에 이젠 아무 말도 하지 않았다. 그는 자기 동료들을 생각했다. 그들은 아무리 미국 사정에 밝다고 하더라도 아마 이런 식품 저장실까지 들어온 적은 없을 것이며, 언제나 뷔페 테이블 위의 부패된 음식을 먹고 만족하지 않으면 안 되었을 것이다. 여기서는 홀에서 나는 소음이 전혀 들리지 않았다. 이 아치형의 식품 저장실을 이처럼 충분히 시원하게 유지하기 위해서는 틀림없이 벽이 매우 두꺼울 것이다. 카알은 계산할 생각은 하지 않고 바구니를 손에 든 채 한동안 꼼짝도 하지 않고 서 있었다. 그 여자가 덤으로 바깥의 테이블에 있던 것과 비슷한 병을 하나 바구니에 담으려고 했을 때에야 비로소 카알은 떨면서 고마워했다.

"아직 멀리까지 가야 되나보죠?" 하고 여자가 물었다. "버터포드까지 갑니다."하고 카알이 대답했다. "아직 많이 남았군요."그녀가 말했다. "하루 더 가야만 하죠."그가 말했다. "더 오래 걸리지 않을까요?"그녀가 물었다. "아니에요. 그렇게 멀지는 않습니다."카알이 대답했다.

그 여자는 테이블 위의 물건을 제자리에 잘 정돈했다. 그때 웨이터가 한 명 들어와서 무언가 찾는 듯 주위를 살피더니, 그 여자가 파슬리를 곁들인 정어리가 가득 담긴 큰 접시를 가리키자 두 손으로 그것을 높이 들고 홀로 나갔다.

"도대체 당신은 왜 야숙을 하려고 하지요? 이 호텔에도 방이 충분히 있는데. 우리 호텔에서 주무세요."하고 그 여자가 말했다. 특히 어젯밤에 잠을 잘 자지 못했기 때문에 그 말은 카알에게는 정말로 유혹적이었다. "짐이 밖에 있어요."하고 카알은 주저하면서 말했지만 자존심을 완전히 버리지는 않았다. "그것을 이리로 가져오세요. 그것은 아무 방해도 되지 않으니까요."하고 그 여자는 말했다. "그런데 동료들이 있답니다."이렇게 말하고서 카알은 확실히 그들이 방해가 된다고 생각했다. "그들도 물론 여기서 주무시면 돼요. 그냥 오시면 됩니다. 이렇게 여러 번 부탁드리지 않도록 해주세요."하고 그 여자가 말했다. "내 동료들은 얌전하기는 하지만 좀 깨끗하지가 못해요." 카알이 말했다. "홀에도 더러운 사람들이 있는 것을 보셨겠지요?"하고 여자는 얼굴을 찌푸리면서 말했다. "사실 정말 고약한 사람도 이호텔에 오지요. 그러니까 곧 침대를 세 개 준비해놓겠어요. 호텔이 만원이라서 다락방밖에 없어요. 나도 다락방으로 옮겼답니다. 하지만 야숙하는 것보다는 낫지요." "내 친구들을 데려올 수는 없어요." 하고 카알은 말했다. 그는 이 멋진 호텔 복도에서 그 두 사람이 무슨 소동을 피울지 상상해보았다. 로빈슨은 무엇이든 더럽힐 것이며, 들라마르쉬는 틀림없이 이 여자를 괴롭힐 것이다. "왜 안 되는지 알 수는 없습니다만, 정 그러시다면 동료들은 밖에서 자도록 하고 당신만이라도 오세요."하고 여자가 말했다. "그것은 더욱 안 돼요. 그 사람들은 저의 동료들입니다. 저는 그들 곁에 있지 않으면 안 돼요."하고 카알은 말했다. "당신은 정말 고집불통이시군요."하고 그 여자는 말하고 그에게서 시선을 돌렸다. "나는 당신에게 호의를 가지고 기꺼이 도와주고 싶은데, 당신은 한사코 거절을 하시는군요." 카알은 모든 것을 알았으나 어떻게 할 도리가 없어서, "당신이 베풀어주신 친절에 진심으로 감사를 드려요."하고 말할 수밖에 없었다. 이때 그는 아직 계산을 하지 않았던 것이 생각나서 금액을 물었다. "그 바구니를 돌려주실 때 계산하세요, 늦어도 내일 아침까지는 돌려주셔야 됩니다."하고 그녀는 말했다. "알겠습니다."하고 카알은 말했다. 그 여자는 곧장 밖으로 통하는 문을 열었다. 그가 인사를 하면서 나갈 때 그녀는 "안녕히 주무세요. 하지만 밖에서 자는 것은 좋지 않아요."하고 말했다. 그가 이미 몇 걸음 발을 떼어놓은 다음에도 그녀는 "내일 또 봅시다."하고 그의 등 뒤에서 외쳤다.

밖으로 나오자 홀에서 나오는 소란스러운 소리가 줄어들지 않고 여전히 들려왔다. 이번에는 취주악단의 소리가 섞여 있었다. 카알은 홀 안을 거치지 않고 밖으로 나올 수 있었던 것을 다행으로 생각했다. 호텔은 이제 오층까지 모두 불이 밝혀져 있었고, 호텔 앞 거리 전체를 밝게 비추고 있었다. 밖은 자동차들이 약간씩 끊기긴 했지만 여전히 계속 그 수가 증가하면서 낮보다 속력을 내었고, 헤드라이트의 흰 빛으로 도로의 바닥을 더듬으며 멀리 달려가 희미해지는 불빛으로 호텔의 밝은 지대와 교차하면서 계속 어둠 속으로 빛을 던졌다.

동료들은 이미 깊은 잠에 빠져 있었다. 카알이 너무 오래 지체했던 것이다. 카알은 준비가 다 되면 동료들을 깨우기 위해 바구니 속에 넣어가지고 온 음식을 정갈하게 종이 위에 펼쳐놓으려 했을 때, 놀랍게도 자물쇠를 채우고 열쇠는 호주머니에 넣고 그곳에 두었던 트렁크가 완전히 열려 있었고 물건들이 절반쯤 풀밭 여기저기에 흩어져 있었다. "일어나! 너희들이 자는 동안 도둑이 들었어."하고 그는 외쳤다. "없어진 물건이라도 있단 말인가?"하고 들라마르쉬가 물었다. 로빈슨은 아직 잠이 완전히 깨지 않았는데도 벌써 맥주병으로 손을 뻗었다. "모르겠어. 하지만 트렁크가 열려 있어. 트렁크를 이처럼 멋대로 놔두고 자다니 정말 너무 부주의하단 말이야." 들라마르쉬와 로빈슨은 웃었다. "다음번에는 이렇게 오랫동안 나가서 돌아오지 않으면 안 돼. 호텔이 엎어지면 코 닿을 곳인데, 너는 갔다가 오는데 세 시간이나 걸렸어. 우리는 배가 고파서 트렁크 속에 먹을 것이 있을지도 모른다고 생각하고 자물쇠를 흔들어보니 마침 트렁크가 열렸던 거야. 어쨌든 안에는 아무것도 없더군. 조용히 물건을 모두 집어넣어."하고 들라마르쉬가 말했다. "그랬군."하고 카알은 말하고 순식간에 비어가는 바구니 속을 바라보며 로빈슨이 맥주를 마시면서 내는 독특한 소리를 들었다. 이 소리는 맥주가 우선 그의 목구멍으로 흘러들어가서, 피리 소리와 같은 소리를 내면서 다시 입 안으로 되돌아나와서 비로소 꿀꺽꿀꺽 깊숙이 흘러들어가는 소리였다. "이제 다 먹었나?"하고 카알은 그들이 잠시 쉴 때 물었다. "호텔에서 벌써 식사를 다 끝내고 온 게 아닌가?"하고 들라마르쉬가 카알이 자기 몫을 요구할 거라고 생각하며 물었다. "더 먹으려면 빨리 먹기나 해."하고 말하고 카알은 트렁크 곁으로 다가갔다. "저 친구는 변덕쟁이인 것 같아."하고 들라마르쉬가 로빈슨에게 말했다. "나는 변덕쟁이가 아니야. 하지만 내가 없는 동안에 트렁크를 열어젖히고 내 물건들을 마구 끄집어내는 것이 옳은 일인가? 동료끼리니까 많이 참아야 한다는 것쯤은 나도 알고 있어. 그리고 그 정도 각오는 하고 있어. 하지만 이건 너무 심해. 나는 호텔에 가서 자겠어. 버터포드에도 가지 않겠어. 빨리 먹기나

해. 그 바구니를 돌려주어야 해."라고 카알이 말했다. "이봐 로빈슨, 저 말하는 것 좀 들어봐. 꽤나 멋진 말을 하는군. 틀림없는 독일인이야. 오늘 아침 너는 나에게 저 친구를 조심하라고 했지. 하지만 내가 멍청하게도 저 친구를 데려왔단 말이야. 우리는 저 친구를 믿고 하루종일 끌고 다녔단 말이야. 적어도 반나절은 손해를 봤어. 그런데 이제 헤어지겠다고 하는군. 저기 호텔에 가서 누군가의 유혹에 빠져서는 이제 깨끗이 헤어지자는 거야. 그런데 저 친구는 돼먹지 않은 독일인이니까 솔직하게 말하지 못하고 트렁크를 핑계로 삼으려고 하는군. 저 친구는 뻔뻔스런 독일인이니까 우리가 자기의 트렁크에 장난 좀 쳤다고 해서 우리의 명예를 모욕하고 우리를 도둑으로 몰아세우고 떠나가겠다는군."하고 들라마르쉬가 말했다. 자기의 물건들을 정리하고 있던 카알은 돌아보지도 않고 말했다. "계속 말해봐. 그러면 마음 편하게 떠날 수 있어. 동지애가 어떤 것인지를 나는 잘 알고 있어. 나는 유럽에서도 친구가 있었어. 어느 친구도 내가 자기에게 나쁜 짓이나 비열한 짓을 했다고 비난하지는 않았어. 지금은 물론 연락이 끊겼지만, 내가 언젠가 유럽으로 되돌아가면 모두들 나를 기분 좋게 맞이할 것이며, 곧 친구로 인정해줄 거야. 들라마르쉬, 그리고 로빈슨, 솔직히 말하면, 너희들이 친절하게도 나를 보살피고 버터포드에서 견습공 자리를 알선해주겠다고 약속했어. 그런데 내가 당신들을 배반했다고 말하는 거야? 하지만 그것은 좀 다른 이야기야. 당신들은 돈 한푼 가진 것이 없어. 그렇다고 나는 당신들을 조금도 무시하지 않아. 하지만 당신네들이 보잘것없는 내 소지품을 탐내고, 나를 모욕했으니 참을 수가 없어. 그리고 트렁크를 열어젖혀놓고도 한 마디 사과도 하지 않고 오히려 내게 욕설을 퍼붓고 또다시 우리 민족을 욕하고 있어. 이것으로 내게는 당신들에게 머물 수 있는 가능성이 완전히 없어져버렸어. 로빈슨, 내 말이 모두 당신에게도 해당되는 것은 아니야. 하지만 들라마르쉬에게 지나치게 의존하는 당신의 성격에 대해서는 반대야." "이제 알게 되었군."하고 들라마르쉬는 주의를 환기시키려는 듯이 카알에게 다가와서 가볍게 찌르면서 말했다. "우리는 네가 네 정체를 어떻게 드러내는지 알았어. 하루 종일 내 뒤를 따라다니고 내 웃옷에 매달려서, 나의 모든 행동을 따라 하고 생쥐처럼 조용히 있었지. 그런데 지금 너는 호텔에 어떤 든든한 빽이 있는지 큰소리를 치고 있군. 너는 교활해. 우리가 이대로 넘어갈지, 오늘 하루 동안 우리에게 배운 것에 대해서 너에게 수업료를 요구할지는 나도 전혀 몰라. 이봐, 로빈슨. 듣자 하니, 우리가 저 친구의 소지품을 탐내고 있다는군 그래. 캘리포니아는 말할 것도 없이 버터포드에서 하루만 일하면 우리는 네가 보여주었던 것보다, 그리고 외투 주머니에 감추어둔 것보다 열 배는 더 벌 수 있어. 그러니 주둥이는 항상 조심해서 놀리라구!" 카알이 트렁크에서 몸을 떼고 일어섰을 때 잠이 덜 깬 얼굴을 한 로빈슨이 맥주로 기운을 얻었는지 이쪽으로 다가오는 것이 보였다. "여기에 더 오래 머물다간 더 놀라운 꼴을 당할지도 모르겠군. 당신들은 나를 때릴 생각인 것 같군."하고 카알이 말했다. "참는 데도 한계가 있는 법이야."하고 로빈슨이 말했다. "로빈슨, 당신은 잠자코 있는 게 좋아. 속으론 내 말이 정당하다는 것을 알면서 겉으로는 들라마르쉬의 편을 들고 있는 게 틀림없어." 카알은 들라마르쉬에게서 눈을 떼지 않고 말했다. "그 친구를 매수할 작정인가?"하고 들라마르쉬가 물었다. "천만의 말씀."하고 카알이 말했다. "나는 떠난다는 것이 즐거울 따름이야. 나는 둘 중 어느 누구와도 더 이상 관계하고 싶지 않아. 다만 내가 한 가지 하고 싶은 말은 내가 돈을 가지고 있으면서 당신들에게 감추었다고 비난한 사실이야. 설령 그것이 사실이라고 가정하더라도, 친구가 된 지 불과 몇 시간도 되지 않는 사람들에게라면 그것은 당연한 거지. 당신들이 지금 보여주는 태도로 볼 때 그렇게 행동한 것이 타당했다는 게 증명되지 않았어?" "넌 잠자코 있어." 하고 들라마르쉬는 로빈슨이 몸을 움직이지도 않았는데 로빈슨에게 소리쳤다. 그러고 나서 카알에게 물었다. "네가 그렇게 솔직하다면, 우리가 이렇게 기분 좋게 함께 있으니 그 솔직함을 발휘해서, 대체 무슨 이유로 호텔로 가려고 하는지 말해봐!" 카알은 트렁크를 넘어 한 걸음 물러서지 않으면 안 되었다. 들라마르쉬는 그만큼 가까이 다가와 있었던 것이다. 그러나 들라마르쉬는 카알의 이런 동작에 개의치 않고 트렁크를 구석으로 밀어붙이고 한 발 앞으로 나와 풀숲 속에 떨어져 있는 흰 셔츠의 가슴 장식 부분을 발로 짓밟으면서 질문을 되풀이했다.

때마침 그 질문에 대답이라도 하듯이 강렬한 빛을 내는 회중전등을 든 한 남자가 도로 쪽에서 이쪽으로 올라오고 있었다. 호텔의 웨이터였다. 카알의 모습을 보자마자 그는 이렇게 말했다. "당신을 거의 삼십 분 동안이나 찾았어요. 이 도로 양쪽 경사면을 모두 샅샅이 뒤졌죠. 여주방장님이 당신에게 빌려드린 짚으로 된 바구니가 급히 필요하다고 전하라 하셨어요." "여기 있어요." 하고 카알은 흥분한 나머지 불안한 목소리로 말했다. 들라마르쉬와 로빈슨은 낯설고 지체 높은 사람들 앞에서는 언제나 그렇듯이 겉으로는 겸손한 태도를 취하고 옆으로 비켜 서 있었다. 웨이터는 바구니를 받아들고 말했다. "그리고 당신이 잘 생각해보았는지 그리고 호텔에 숙박하실 마음이 있는지 당신에게 여쭈어보라고 하셨어요. 또 친구분도 당신께서 모시고 오실 의향이 계시다면 기꺼이 환영하겠다고 하셨어요. 침대 준비도 다 되어 있어요. 오늘 밤은 따뜻하기는 합니다만, 이런 경사진 곳에서 잠을 자는 것은 전혀 위험이 없는 것도 아닙니다. 뱀도 자주 나오죠." "여주방장님께서 그토록 친절을 베풀어주시니 나는 초대를 받아들이겠어요." 하고 말하고 카알은 자기 동료들이 어떤 입장을 밝힐지 기다렸다. 그러나 로빈슨은 그 자리에 멍하니 서 있었고 들라마르쉬는 두 손을 바지의 호주머니 속에 넣고 별을 쳐다보고 있었다. 그 두 사람은 분명 카알이 자신들을 선뜻 데려가줄 거라고 믿고 있는 것 같았다. "당신이 호텔로 가신다면 당신을 호텔로 안내하고 짐도 운반하도록 명령을 받았어요." 하고 웨이터가 말했다. "잠깐만 기다려주세요." 하고 말한 카알은 몸을 굽혀 아직도 주위에 흩어져 있는 몇 가지 소지품들을 주워 트렁크에 넣으려 했다.

갑자기 카알은 몸을 일으켰다. 사진이 없어졌다. 그 사진은 트렁크의 맨 위에 있었는데 도무지 찾을 수가 없었다. 다른 물건들은 전부 있는데, 사진만 보이지 않았다. "사진이 없어." 하고 그는 들라마르쉬에게 간청하듯 말했다. "무슨 사진인데?" 하고 들라마르쉬는 물었다. "부모님의 사진이야." 하고 카알이 대답했다. "사진은 보지 못했는데." 하고 들라마르쉬가 말했다. "트렁크 안에 사진은 없었어, 로스만." 하고 로빈슨도 들라마르쉬를 편드는 증언을 했다. "그럴 리가 없는데." 하고 카알은 말했고, 도움을 요청하는 듯한 그의 시선은 웨이터를 가까이 오도록 했다. "사진은 맨 위에 있었어. 그런데 지금은 사라져버렸어. 당신들이 트렁크에 장난질을 하지 않았더라면 이런 일도 없었을 거야." "틀림없어, 트렁크에는 사진이 없었어." 하고 들라마르쉬가 말했다. "그 사진은 내게는 트렁크 안에 있는 그 무엇보다 중요한 거예요." 하고 카알은 풀밭을 이리저리 맴돌며 찾고 있던 웨이터에게 말했다. "그 사진은 다른 어떤 것과도 바꿀 수 없는 거예요. 하나밖에 없는 거예요." 웨이터가 찾는 일에 가망이 없어 중단했을 때, "부모님에게서 받은 유일한 사진이었어요."라고 카알은 다시 말했다. 그러자 웨이터는 큰 소리로 "저분들의 호주머니를 조사하는 수밖에 없군요."라고 노골적으로 말했다. "그래요." 하고 카알은 즉각 말했다. "그 사진을 꼭 찾아야만 해. 그러나 호주머니를 조사하기 전에 한 마디 하겠는데, 지금 자진해서 사진을 내놓는 사람에게는 트렁크를 통째로 주겠어." 잠시 동안 모두 침묵을 지키고 있었다. 드디어 카알이 웨이터에게 말했다. "그렇다면 내 동료들은 분명 호주머니 조사를 원하고 있는 겁니다. 그러나 지금이라도 호주머니 속에 사진을 가지고 있는 사람에게는 트렁크를 통째로 주겠다고 약속하겠어요. 그 이상은 할 수가 없어요." 곧장 카알은 로빈슨을 조사하고, 웨이터는 그보다 더 다루기 어려운 것같이 보이는 들라마르쉬를 조사하기 시작했다. 웨이터는 카알에게 두 사람을 동시에 조사해야만 하며, 그렇지 않으면 한 사람이 몰래 사진을 치워버릴 수도 있다고 주의를 환기시켰다. 카알이 로빈슨의 호주머니에 손을 넣자 자기의 넥타이가 나왔으나 그것을 챙기려고 하지 않았고, 웨이터를 향해 외쳤다. "들라마르쉬의 호주머니 속에서 어떤 물건이 나오더라도 전부 그에게 돌려줘요. 나는 사진 이외에는 아무것도 원하지 않아요. 사진만 찾으면 돼요." 카알의 손이 로빈슨의 가슴에 달린 호주머니를 뒤지다가 손이 미끄러져 그의 뜨겁고 살찐 가슴에 닿았다. 그 순간 카알은 자신이 동료들에게 부당한 일을 저지르고 있다는 생각이 들었다. 그는 될 수 있는 한 서둘렀다. 결국 모든 일은 허사로 돌아갔다. 로빈슨에게서도 들라마르쉬에게서도 사진은 나오지 않았다.

"아무런 소용이 없군요."하고 웨이터가 말했다. "아마 사진을 갈기갈기 찢어서 그 조각을 버린 것 같군요. 나는 그들을 친구라고 생각했는데, 그들은 몰래 나에게 해를 입히려고 했어요. 이것은 로빈슨에게보다는 들라마르쉬를 두고 하는 소리예요. 로빈슨은 이 사진이 내게 그토록 중요하다는 생각은 전혀 하지 못했을 겁니다. 들라마르쉬는 그 이상입니다."하고 카알은 말했다. 카알은 자기 앞에 회중전등으로 조그마한 동그라미를 만들고 있는 웨이터밖에 볼 수 없었다. 그 외의 모든 것은, 들라마르쉬도 로빈슨도, 깊은 어둠 속에 있었다.

이 두 사람을 호텔로 데리고 간다는 것은 물론 더 이상 고려의 대상이 되지 못했다. 트렁크를 어깨에 멘 웨이터와 바구니를 손에 든 카알은 걷기 시작했다. 거리로 나서자 카알은 깊은 생각에 잠긴 듯 가던 길을 잠시 멈추고 서서 어둠 속을 향해 소리쳤다. "잘 들어요. 두 사람 중 누구든지 사진을 갖고 있는 사람이 호텔에 있는 나에게 갖다주면 언제든지 트렁크를 줄 용의가 있어요. 맹세하건대, 고발은 하지 않겠어." 그러나 대답이라고는 없었다. 다만 띄엄띄엄 몇 마디 말이 들릴 뿐이었다. 로빈슨이 무슨 말을 하려고 했는데, 들라마르쉬가 곧바로 로빈슨의 입을 막았음에 틀림없었다. 그들의 생각이 달라지지 않을까 하고 카알은 잠시 동안 더 기다렸다. 얼마간의 간격을 두고 두 차례나 "나는 아직 여기 있어."라고 외쳤다. 그러나 아무 대답도 없었다. 단 한 번 돌 하나가 비탈에서 굴러떨어졌을 뿐이었다. 그것은 우연이거나 잘못 던진 것인지도 몰랐다.

옥시덴탈 호텔에서

　호텔에서 카알은 사무실 비슷한 곳으로 안내되었다. 그곳에서 여주방장은 수첩을 손에 들고 젊은 타이피스트에게 편지를 구술하고 있었다. 지극히 정확한 구술이었다. 솜씨 있고 탄력적인 자판 두드리는 소리는 이따금씩 들려오는 벽걸이 시계의 똑딱거리는 소리를 뒤쫓았다. 시계는 이미 거의 열한 시 반을 가리키고 있었다. "여기까지!"라고 말하고 여주방장은 수첩을 탁 덮었다. 타이피스트는 벌떡 일어나서 나무로 된 덮개로 타자기를 덮었다. 그런 기계적인 일을 하면서도 카알에게서 눈을 떼지 않았다. 그녀는 아직도 여학생처럼 보였다. 앞치마는 어깨 위의 주름까지 아주 조심스럽게 다림질이 되어 있고 머리는 높이 빗어 올렸다. 이런 세세한 것들을 보고 난 후에 그녀의 얼굴을 보면 누구나 약간 놀랄 것이다. 그녀는 먼저 여주방장에게 그리고 다음엔 카알에게 머리를 숙여 인사를 한 후 물러갔다. 카알은 자신도 모르게 묻고 싶은 시선으로 여주방장을 쳐다보았다.
　"오시길 정말 잘했어요. 그런데 당신의 친구들은?"하고 여주방장이 물었다. "그들을 데리고 오지 않았어요."하고 카알이 말했다. "그들은 아침 일찍 출발하겠군요."하고 여주방장은 마치 자기 자신에게 그 일을 설명하려는 듯이 말했다. '이 여자는 나도 그들과 함께 출발한다고 생각하는 것이 아닐까?'하고 자문한 카알은 모든 의혹을 풀기 위해 "우리들은 서로 싸워서 헤어지고 말았어요."라고 덧붙였다. 여주방장은 이것을 기분 좋은 뉴스로 생각하고 있는 것 같았다. "그렇다면 당신은 혼자지요?"하고 그녀는 물었다. "그렇습니다. 저는 혼자입니다."하고 카알은 대답했다. 그러나 그에겐 이 말만큼 시시한 말은 없는 것 같았다. "그렇다면 혹 당신은 이 호텔에서 일하고 싶은 마음은 없나요?"라고 여주방장이 물었다. "기꺼이 해보고 싶습니다만, 저는 정말로 아는 것이 별로 없습니다. 이를테면 저는 타자도 전혀 치지 못합니다."하고 카알이 말했다. "그건 중요치 않아요, 우선은 대단치 않은 일을 맡게 될 겁니다. 그 다음부터는 부지런하고 세심하게 일하여 지위가 높아지도록 해야만 돼요. 좌우간 세상을 방황하고 돌아다니는 것보다는 어디엔가 정착하는 것이 당신에게 더 좋고 또 더 적합할 것 같군요. 내 생각엔 당신은 세상을 떠돌아다닐 체질도 아닌 것 같아요."하고 여주방장이 말했다. '그렇게 하는 것을 외삼촌께서도 찬성하실 거야.' 하고 카알은 생각하고 동의한다는 듯 고개를 끄덕였다. 이와 동시에 여주방장이 이렇게 걱정해주고 있는데도 아직 자기 소개도 하지 않았다는 생각이 나서 "죄송합니다. 아직도 제 소개를 드리지 못했군요. 저는 카알 로스만입니다."하고 말했다. "독일인이군요. 그렇죠?" "그렇습니다. 미국에 온 지 아직 오래 되지 않았어요."라고 카알이 말했다. "출생지는 어디죠?" "보헤미아의 프라하 출신입니다."라고 카알이 말했다. "그것 봐요."하고 여주방장은 영어식 발음이 강한 독일어로 외치고 양팔을 쳐들고 반가워했다. "그러고 보니 우린 같은 고향 사람이에요. 내 이름은 그레테 미첼바흐이고 비엔나 출신입니다. 그리고 프라하는 아주 잘 알아요. 벤첼 광장의 골데네 간스에서 반 년 정도 근무한 적이 있어요. 잘 생각해봐요." "언제쯤이었어요?"하고 카알이 물었다. "이미 수년 전의 일이지요." "옛 골데네 간스는 이 년 전에 헐려버렸지요."라고 카알이 말했다. "물론 그럴 거예요."하고 여주방장은 지난날의 추억에 잠긴 듯 말했다.

그러나 갑자기 다시 기운을 차린 듯 큰 소리로 외치며 카알의 두 손을 움켜잡았다. "이제 당신이 같은 고향 사람이라는 것이 밝혀졌으니까 절대로 여기서 떠나가면 안 돼요. 그렇게 해서는 안 돼요. 엘리베이터 보이가 될 생각은 없어요? '예'라고만 말하면 시켜드리겠어요. 당신이 세상 물정을 조금만 알면 이런 자리를 얻는 것도 결코 쉬운 일이 아니라는 것을 알게 되지요. 아무리 생각해봐도 첫 일자리로서는 제일 좋다고 할 수 있어요. 당신은 모든 손님과 만날 수 있고, 사람들이 언제나 당신을 보고 있죠. 사소한 부탁을 받기도 하죠. 간단히 말해서 당신은 매일 더욱 좋은 자리를 얻을 가능성을 가지고 있는 것이죠. 그 밖의 모든 일은 내게 맡겨줘요." "엘리베이터 보이가 되고 싶어요." 하고 카알은 잠시 쉬었다가 말했다. 이제 오 년 동안의 고등학교 교육에 구애되어서 엘리베이터 보이가 되는 것을 망설인다면 어리석기 짝이 없다고 생각했다. 오히려 오 년간의 고등학교 교육이란 미국에서는 부끄러운 것일지도 모른다. 여하튼 엘리베이터 보이는 카알의 마음에 들었다. 엘리베이터 보이는 그에게 호텔의 장식처럼 생각되었다. "어학 실력이 필요치는 않습니까?"라고 카알이 물었다.

"당신은 독일어도 말하고 영어도 잘하던데요, 그것으로 충분해요." "영어는 미국에서 겨우 두 달 반 동안 배웠어요." 하고 카알은 말하면서, 자신의 유일한 장점을 숨겨둘 필요는 없다고 생각했다. "그것으로 충분해요." 라고 여주방장이 말했다. "내가 영어 때문에 얼마나 고생을 했는지 생각하면. 물론 이미 삼십 년 전의 일이지요. 바로 어제 그 이야기를 했지요. 어제는 내 쉰 번째 생일이었거든요." 그리고 그녀는 미소를 지어보이면서 카알의 표정에서 쉰이란 나이의 위엄이 어떤 인상을 주었는지 읽어내려 했다. "그렇습니까? 축하드립니다." 하고 카알은 독일식으로 말했다. "그 말은 언제나 쓸 수 있어요."하고 그녀는 말하고 카알의 손을 흔들었다. 그리고 독일어를 말하면서 고향의 옛 말투가 머릿속에 떠올라서 조금 슬퍼졌다.

"어쨌든 나는 당신을 이곳에 붙잡아두겠어요."라고 그녀는 외쳤다. "당신은 확실히 매우 지쳐 있어요. 우린 낮에 모든 것을 상의하는 것이 훨씬 더 좋을 거예요. 고국 사람을 만난 기쁨으로 난 아무것도 생각할 수 없게 되었나봐요. 따라오세요. 당신 방으로 안내하겠어요." "주방장님, 한 가지 부탁이 있어요."하고 카알은 책상 위의 전화기를 보면서 말했다. "내일 아침 일찍 내 동료들이 저에게 꼭 필요한 사진 한 장을 가지고 올지도 몰라요. 죄송합니다만 수위에게 전화를 걸어 그 친구를 나에게 보내주든지, 아니면 저를 그곳으로 데려다달라고 부탁 좀 해주세요." "잘 알겠어요. 그런데 수위가 그들에게서 사진을 받아두기만 하면 되지 않을까요?" "아닙니다. 사진을 가지고 온 사람과 직접 해야 할 이야기도 있답니다." "실례지만 무슨 사진이죠?" "제 부모님 사진이에요."라고 카알은 말했다. 여주방장은 그 이상 아무 말도 하지 않고 전화로 수위실에 그 명령을 했다. 그때 그녀는 카알의 방을 536호실이라고 말했다.

그후 그들은 입구 맞은편 문을 통해서 작은 복도로 나갔다. 거기에는 졸린 듯한 어린 엘리베이터 보이가 엘리베이터 난간에 기대어 서 있었다. "우리가 직접 버튼을 누릅시다."하고 여주방장은 낮은 목소리로 말하고 카알을 엘리베이터 안으로 들어오게 했다. 그리고 위로 올라가는 동안 그녀는 이렇게 말했다. "열 시간 내지 열두 시간의 노동은 이런 어린 소년에게는 약간 무리예요. 그러나 이런 것이 미국의 특징이지요. 이를테면 이 어린 소년도 겨우 반 년 전에 부모와 함께 이곳에 왔어요. 이탈리아인이지요. 지금 그는 이 일을 견뎌낼 수 없는 것처럼 보이지요. 얼굴에 살도 빠지고, 원래는 일에 매우 충실한데도 지금 근무 중에 졸고 있어요. 그러나 그는 앞으로 반 년쯤 이곳이나, 미국의 다른 어떤 곳에서 일을 하면 모든 일을 쉽게 견디어낼 수 있게 되어, 오 년쯤 지나면 강한 남자가 될 겁니다. 그런 예에 대해서라면 몇 시간이라도 얘기할 수 있어요. 그러나 당신을 염두에 두고 하는 말은 아니에요. 당신은 힘이 넘치는 젊은이니까요. 열 일곱 살이지요?" "다음 달에 열여섯 살이 됩니다."하고 카알은 대답했다. "겨우 열여섯 살밖에 안 됐어요! 그럼 용기를 내세요!" 하고 여주방장은 말했다.

위로 올라가자 그녀는 카알을 방으로 안내했다. 물론 다락방으로서 벽이 좀 경사져 있었으나 그것 외에는 두 개의 백열등이 환하게 빛나는 꽤 아늑한 방으로 보였다. "이 방의 가구를 보고 놀라지 마세요. 호텔 방이 아니고 내가 거처하는 방이에요. 그런데 이 거처는 세 칸으로 되어 있어서 당신은 전혀 나에게 방해가 되지 않아요. 각 방을 연결하는 문을 잠글 테니 방해받지 않고 머물 수 있을 겁니다. 내일은 호텔의 새 종업원으로서 방을 배당받을 거예요. 동료들과 함께 왔다면 보이들이 사용하는 호텔의 공동 침실에 당신 일행들의 침대를 마련하도록 했을 텐데. 그런데 당신 혼자 왔기에 오늘 밤은 소파에서 주무셔야겠어요. 그래도 이 방이 당신에게 더 적당하리라 생각해요. 그럼 내일 근무 때 힘이 나도록 편히 자요. 내일의 근무는 그다지 힘든 일은 아닐 거예요." "친절에 거듭 감사를 드립니다." "잠깐." 그녀는 나가던 발걸음을 멈추고 서서 말했다. "금방 잠을 깨게 될지도 모르니까."라고 말하고는 바로 옆문으로 가서 노크를 하고 큰 소리로 말했다. "테레제!" "예, 주방장님."하고 나이 어린 타이피스트의 목소리가 들렸다. "아침에 나를 깨우러 올 때는 복도로 오도록 해. 이 방에선 손님이 쉬고 계시니까. 이 손님은 굉장히 피곤해." 그녀는 이런 말을 하면서 카알에게 미소를 지어보였다. "알았어?" "알겠습니다. 주방장님." "그럼 잘 자!" "안녕히 주무세요."

여주방장은 설명하기 시작했다. "사실 나는 몇 년 전부터 잠을 잘 자지 못해요. 지금은 그래도 현재의 지위에 만족하고 있으며 전혀 걱정거리도 없어요. 그러나 내게 이처럼 불면증이 있게 된 것은 이전에 내가 많은 걱정을 했기 때문임에 틀림없어요. 새벽 세 시에 잠이 들면 다행이지요. 다섯 시나, 늦어도 다섯 시 반에는 다시 일터에 나와 있어야 하기 때문에 누군가가 나를 깨워야만 하는데, 그것도 내가 더 신경질적으로 되지 않도록 특히 조심스럽게 깨워야만 하죠. 그런데 테레제가 나를 깨워주지요. 자, 이제 당신은 무엇이든 다 알게 됐어요. 언제나 당신 곁에 있게 될 거예요. 잘 자요." 그러고는 그녀는 육중한 몸매에도 불구하고 재빨리 방을 빠져나갔다.

카알은 낮부터 몹시 지쳐 있었기 때문에 잠을 잘 수 있다는 것이 무엇보다 기뻤다. 오랜 시간 방해받지 않고 잠자기에는 이곳보다 더 쾌적한 환경은 없을 것으로 생각했다. 이 방은 침실용으로 꾸며졌다기보다는 차라리 거실, 더 정확히 말하자면 여주방장의 응접실이라고 부르는 편이 더 좋을 것 같았다. 세면대는 카알을 위해 오늘 밤에 특별히 마련된 것이었다. 그래도 카알은 자신이 침입자가 아니라 극진한 대우를 받고 있는 것처럼 느꼈다. 그의 트렁크는 제자리에 놓여 있어서, 지금처럼 안전하게 보관된 적이 없었다. 서랍이 달린 낮은 장롱에는 털로 얼기설기 짠 커버가 덮여 있었는데, 그 위에는 사진틀에 넣어서 유리를 끼운 많은 사진이 세워져 있었다. 카알은 방 안을 둘러보며 사진 앞에 선 채 그것들을 구경했다. 대부분이 오래된 사진이었다. 대부분 소녀들이 찍혀 있었다. 그들은 구식의 거북스런 옷을 입고, 작지만 높은 모자를 단정치 못하게 쓰고 오른손을 양산에 기댄 채 보는 사람 쪽을 향하고 있었으나 시선은 피하고 있었다. 남자들의 사진 중에서는 특히 젊은 병사 하나를 찍은 사진이 카알의 눈에 띄었다. 군모를 작은 탁자 위에 벗어놓고 더부룩한 검은 머리에 자랑스럽게,

그러나 웃음을 애써 참으면서 부동자세로 서 있는 젊은 병사의 사진이었다. 군복의 단추는 사진을 찍은 후에 금빛으로 칠해져 있었다. 이 사진들은 모두 유럽에서 가지고 온 것 같았다. 사진 뒷면을 보면 그것을 분명히 알 수 있을 것이다. 그러나 카알은 그 사진들을 손에 집어들 생각은 없었다. 이 방에 이렇게 사진이 진열되어 있는 것처럼 자신도 언젠가는 부모의 사진을 자기 방에 진열하고 싶었다.

옆방의 소녀 때문에 되도록 소리를 내지 않도록 애쓰면서 온몸을 깨끗이 씻은 다음 잠들기 직전의 감미로운 기분으로 막 긴 소파에 몸을 길게 뻗으려는 순간이었다. 노크를 하는 희미한 소리가 들리는 것 같았다. 어떤 문인지 판단할 수가 없었다. 그저 우연한 소리인지도 몰랐다. 곧바로 반복되지도 않았다. 카알이 거의 잠이 들려고 했을 때 다시 노크 소리가 났다. 그러나 그것이 노크 소리이며, 타이피스트의 방에서 나는 소리라는 것은 의심의 여지가 없었다. 카알은 발끝으로 문으로 달려갔다. 그래도 옆방에서 사람이 자고 있으니까, 잠을 깨우지 않도록 나지막한 소리로 "무슨 일이십니까?"라고 물었다. 곧바로 똑같이 나지막한 소리로 응답이 왔다. "문 좀 열어주시겠어요? 열쇠가 그쪽에 꽂혀 있어서요." "예. 잠깐 우선 옷을 입어야 되겠어요."하고 카알은 말했다. 그러자 잠시 후 대답이 들려왔다. "그럴 필요 없어요, 문을 열고 바로 침대로 들어가세요. 내가 잠시 기다리겠으니." "좋습니다."하고 카알은 말하고서, 시킨 대로 한 다음 전등을 켜는 일만 했을 뿐이다. "이제 침대에 누웠어요."하고 그는 좀더 큰 소리로 말했다. 그러자 키가 작은 타이피스트가 그녀의 어두운 방에서부터 나왔다. 아래 사무실에 있을 때와 똑같은 복장이었다. 밤새 잠을 자지 않을 생각인 것 같았다.

"정말 미안해요."하고 그녀는 말하고, 약간 몸을 구부린 채 카알의 잠자리 앞에 섰다. "부탁이에요. 이 일을 누구에게도 말하지 마세요.

오래 방해하지는 않겠어요. 당신이 매우 피곤하다는 것을 알고 있으니까." "이대로도 상관없지만, 그래도 역시 옷을 입는 편이 훨씬 더 좋을 것 같군요."하고 카알이 말했다. 그는 잠옷이 없기 때문에 턱까지 담요를 뒤집어쓰고 있으려면 몸을 똑바로 하고 누워 있어야만 했다. "잠시 동안만 머물겠어요. 긴 소파에 좀 앉아도 될까요?"라고 그녀는 말하고 소파에 손을 뻗쳤다. 카알은 고개를 끄덕였다. 너무 바짝 붙어 앉았기 때문에 그 여자의 얼굴을 쳐다보려면 카알은 벽 쪽으로 몸을 움직이지 않으면 안 되었다. 그녀는 균형이 잡힌 둥근 얼굴이었으며, 이마가 보통 이상으로 높았는데 그것은 그녀에게 어울리지 않는 머리 모양 탓인지도 몰랐다. 청결한 그녀의 옷은 주의해서 정성껏 만든 것이었다. 왼손에는 손수건을 가만히 쥐고 있었다.

"여기 오래 머무실 작정인가요?"하고 그녀는 물었다. "아직 결정은 되지 않았지만, 아마 계속 있게 될 거예요."하고 카알이 대답했다. "그렇게 하는 것이 좋을 거예요. 나는 이곳에서는 혼자서 외로운 몸이에요."그녀는 말하고 나서 손수건으로 얼굴을 문질렀다. "이상하군요. 여주방장님께서 당신에게 꽤 친절하게 대해 주시던데. 당신을 일반 종업원처럼 취급하고 있지 않잖아요. 나는 친척이라고 생각했어요."라고 카알이 말했다. "아니에요. 나는 테레제 베르히톨트고 포메른 출신이에요."라고 그녀는 말했다. 카알도 자기 소개를 했다. 그녀는 카알의 이름을 듣더니 갑자기 그가 자신과는 관계가 먼 사람처럼 생각됐는지 비로소 정면에서 그의 얼굴을 뚫어지게 바라보았다. 두 사람은 한동안 침묵했다. 그리고 그녀가 말했다. "내가 은혜를 모르는 사람이라고 생각해서는 안 돼요. 여주방장님이 계시지 않았다면 나는 훨씬 더 비참했을 거예요. 이전에 저는 여기 호텔의 주방 하녀였어요. 나는 힘든 일은 할 수 없었기 때문에 하마터면 쫓겨날 뻔했어요. 이 호텔은 일이 많은 곳이에요. 한 달 전에도 주방

하녀가 과로 때문에 졸도해서 이 주일이나 병원에 입원했던 일도 있었어요. 나도 튼튼한 몸이 아니어서 전에는 자주 병을 앓았어요. 그래서 발육이 좀 늦었어요. 나는 벌써 열여덟 살인데도 당신은 그렇게 보지 않을 거예요. 하지만 요즈음은 좀더 건강해졌죠." "이곳 일은 정말로 힘들 거예요. 아까 아래에서 엘리베이터 보이가 졸고 있는 것을 보았어요." 하고 카알이 말했다. "그래도 엘리베이터 보이가 제일 좋은 편이에요. 손님이 주는 팁은 상당한 돈벌이가 되죠. 그리고 주방 사람들보다는 훨씬 편해요. 그렇지만 나는 운이 좋았어요. 여주방장께서는 연회용 냅킨을 접는데 하녀 한 명이 필요해서 우리 주방 하녀들이 있는 곳으로 사람을 보내셨죠. 이곳에는 오십여 명의 하녀들이 있답니다. 그런데 내가 바로 그 일을 맡게 되었던 거예요. 나는 냅킨을 접는 데는 자신이 있었기 때문에 주방장님을 아주 만족하게 해드렸어요. 그때부터 여주방장님께서는 나를 자기 옆에 두고 비서가 되도록 교육을 시키셨어요. 그렇게 해서 많은 일을 배웠어요."라고 그녀는 말했다. "그렇게 글을 쓰는 일이 많아요?" 하고 카알은 물었다. "예, 아주 많아요, 아마 당신이 상상도 할 수 없을 정도일 거예요. 오늘은 특별한 날이 아닌데도 열한 시 반까지 일한 것을 당신도 보셨지요? 물론 늘 글만 쓰는 것이 아니고 시내에 나갈 일도 있거든요." 하고 그녀가 대답했다. "이 도시 이름이 무엇이지요?" 하고 카알이 물었다. "모르셨군요? 람제스예요." 하고 그녀가 말했다. "큰 도시입니까?" 하고 카알이 물었다. "아주 커요. 내 방으로 가고 싶지 않은데. 그런데 이제 당신은 주무셔야겠죠?"라고 그녀가 말했다. "아니, 괜찮아요. 나는 당신이 왜 이 방에 들어오셨는지 전연 알지 못하겠군요." 하고 카알이 말했다. "말할 상대가 없어서 그랬어요. 나는 그렇게 엄살이 심한 여자는 아니지요. 하지만 상대할 사람이 없다가, 누군가 상대가 있다는 것은 행복한 일이죠. 나는 아래 홀에서 당신을 보았어요. 내가 여주방장님을 부르러 갔을 때 막 여주방장님께서는 당신을 식품 저장실로 안내하고 계셨죠.""무서운 홀이더군요."하고 카얄이 말했다. "나는 이제는 그렇게 생각하지 않아요."라고 그녀는 말했다. "내가 얘기하고 싶은 것은 여주방장님께서 나에게 돌아가신 친어머니처럼 친절하게 대해주신다는 겁니다. 하지만 내가 그분과 자유롭게 얘기할 수 없을 정도로 우리의 신분에는 너무나 큰 차이가 있어요. 옛날에는 주방 하녀들 중에서도 좋은 친구들이 있었는데, 그들은 이미 오래 전에 다 떠나버렸어요. 새로 들어온 하녀들과는 거의 사귀지도 않아요. 가끔 나는 지금 일이 이전 일보다더 힘드는 것이 아닌가, 또 나는 전만큼 일을 잘하지 못하는 것이 아닌가, 여주방장님께서는 단순히 동정심에서 나를 이 지위에 두고 있는 것이 아닌가 하고 생각해 본답니다. 비서가 되려면 사실은 더 나은 학교 교육을 받았어야만 하죠. 이런 말을 하는 것은 죄악이에요. 하지만 종종 미칠 것만 같아서 무서워요. 원 참!"하고 그녀는 갑자기말을 훨씬 빨리 하며, 카얄이 손을 담요 아래로 넣고 있었기 때문에카얄의 어깨를 살며시 잡았다. "내가 지금 한 얘기는 주방장님께 절대로 해서는 안 돼요. 그렇게 되면 나는 정말 끝장이에요. 내가 하는업무 때문에 걱정을 끼치고 있는 데다 지금 또다시 여주방장님에게걱정을 더 끼친다면 그것은 정말 너무 심한 짓이 될 거예요.""물론아무 얘기도 하지 않을게요."하고 카얄이 대답했다. "그렇다면 좋아요. 계속 이곳에 있어요. 이곳에 있어준다면 정말 기쁠 거예요. 당신만 좋다면 함께 있을 수 있어요. 당신을 처음 봤을 때 곧바로 당신을믿었답니다. 그렇지만 생각해보세요, 나는 정말 나쁜 사람이에요.여주방장님이 당신을 나 대신 비서로 앉히고 나를 해고하지 않을까하고 걱정했다니까요. 당신이 아래층 사무실에 있는 동안 나는 줄곧내 방에서 홀로 우두커니 앉아 있다가 당신이 나의 일을 맡아 한다면 아주 좋을 거라고 생각하고 있었어요. 차라리 그렇게 되는 게 좋겠다고까지 생각했어요. 그리고 당신이 시내에 나가서 일을 보는 것이 싫으면 그 일을 내가 맡아도 좋아요. 그렇지 않을 때는 주방에서 일하는 편이 훨씬 도움이 되리라고 생각해요. 나도 전보다는 훨씬 튼튼한 몸이 되었으니까요."라고 그녀가 말했다. "그 일이라면 이미 결정되었어요. 나는 엘리베이터 보이가 되는 것이고 당신은 비서 그대로죠. 그러나 만일 당신이 여주방장에게 그런 계획을 조금이라도 비치기만 한다면 나도 싫기는 하지만 오늘 당신이 말한 내용을 전부 누설하고 말겠어요."라고 카알이 말했다. 이러한 어조에 테레제는 흥분하여 침대 곁에 엎드려 울면서 침구에 얼굴을 파묻었다. "나는 절대로 아무것도 누설하지 않겠어요. 그러니 당신도 어떤 말도 해서는 안 돼요."하고 카알이 말했다. 카알은 이제 담요 밑에 더 이상 파묻혀 있을 수가 없어서 그 여자의 팔을 가볍게 쓰다듬었으나 그 여자에게 할 수 있는 적절한 말이 떠오르지 않았다. 단지 여기에 비참한 한 인생이 있다고만 생각되었다. 마침내 그녀는 자신의 눈물을 부끄러워할 만큼 진정되었다. 그녀는 고맙다는 듯 카알을 쳐다보면서 푹 자라고 말하고는, 시간을 내어 여덟 시경에 올라와 그를 깨워주겠다고 약속했다. "잠을 깨우는 데는 특별한 재능이 있는 모양이군요."라고 카알이 말했다. "예, 나도 몇 가지 재주는 있죠."하면서 그녀는 작별의 표시로 한 손으로 그의 담요를 부드럽게 어루만지고 나서 자기 방으로 뛰어들어갔다.

다음 날 여주방장이 람제스를 구경하도록 카알에게 시간을 내주려고 했으나, 카알은 곧바로 자신의 업무를 시작하겠노라고 고집했다. 앞으로 구경할 기회는 있을 것이며, 지금은 일을 시작하는 것이 가장 중요하다고 카알은 당당하게 말했다. 그리고 다른 목적으로 유럽에서 일해본 적이 있었으나 전망이 어두웠기 때문에 중도에서 포기한 경험도 있었다. 적어도 유능한 소년이라면 지금쯤은 당연히 좀더 높은 수준의 일을 해야 할 나이인데도 자신은 엘리베이터 보이 일을 이제야 시작하는 것이다. 엘리베이터 보이로 시작하는 것은 지극히 당연한 일이지만, 그러나 빨리 서둘러야 한다는 것도 마찬가지로 당연하다. 이런 상황에서 시내 구경을 하더라도 그에게는 전혀 재미가 없을 것이다. 그는 테레제가 가르쳐준 지름길도 택할 결심을 할 수 없었다. 그리고 부지런히 일하지 않으면 결국 들라마르쉬나 로빈슨과 같은 꼴이 될지도 모른다는 생각이 항상 그의 눈앞을 맴돌고 있었던 것이다.

카알은 호텔의 재봉사에게 가서 엘리베이터 보이의 제복을 입어보았다. 제복은 금단추와 금줄이 달려 겉보기엔 매우 화려했으나, 입어보았을 때 카알은 약간 몸서리를 쳤다. 그것은 특히 웃옷의 겨드랑이 부분이 차갑고 딱딱했기 때문이었으며, 또한 자기보다 먼저 이 옷을 입었던 엘리베이터 보이들의 땀이 마르지 않은 채 젖어 있었기 때문이었다. 거기 있는 옷 열 벌이 모두 카알의 몸에 전혀 맞지 않았는데, 특히 제복의 가슴 폭이 좁아서 폭을 넓혀야만 했다. 따라서 바느질이 꼭 필요했는데 재봉사가 매우 꼼꼼한 사람처럼 보였으나 — 이미 만들어져 나온 제복들이 그의 손에서 공장으로 두 번이나 되돌려 보내졌다 — 오 분도 채 안 되어 모든 손질이 끝났다. 카알은 꼭 맞는 바지를 입고, 재봉사가 절대로 그럴 리가 없다고 보증했는데도 역시 대단히 거북한 짧은 웃옷을 입고 엘리베이터 보이가 되어서 재봉사의 작업장을 나왔다. 이 웃옷 때문에 호흡을 할 수 있을까 알고 싶어서 몇 번씩이나 호흡 연습을 반복해보고 싶어졌다.

그리고 나서 카알은 자신이 앞으로 명령을 받기로 되어 있는 웨이터장에게 신고를 했다. 웨이터장은 코가 크고 날씬한 미남이었으며, 나이는 사십대로 보였다. 그는 대단히 바빠서 이야기할 틈도 없었기 때문에, 엘리베이터 보이 한 명을 전화로 불러주었을 뿐이었다. 그는 어제 우연히 카알이 본 그 보이였다. 웨이터장은 그를 세례명으로 쟈코모라고 불렀지만 영어식 발음으로는 그의 이름을 알아들을 수 없어서 카알은 나중에야 겨우 그의 이름을 알았다. 이 소년은 엘리베이터 근무에 필요한 사항을 카알에게 가르치도록 되어 있었다. 그러나 그는 대단히 수줍은 데다 너무 서두르고 있었기 때문에 조금밖에 가르쳐주지 못했지만, 카알은 그것조차 거의 알 수가 없었다. 쟈코모는 분명 카알 때문에 엘리베이터 근무를 그만두고 객실 당번 하녀를 돕는 일을 할당받았기 때문에 확실히 기분이 상해 있었다. 이 일은 그가 입 밖에 낼 수 없는 어떤 경험에 의하면 그에게는 대단히 불명예스러운 것으로 느껴졌다. 무엇보다도 카알은 엘리베이터 보이가 단순히 작동 단추를 눌러 엘리베이터를 움직이는 정도로만 기계장치와 관계하고 있다는 데에 실망했다. 동력장치의 수리는 오직 호텔의 기계 담당 기사만이 취급하고 있었다. 이를테면 쟈코모는 엘리베이터에 반년이나 근무했는데도 지하실의 동력장치도, 내부의 기계장치도 자신의 눈으로 본 적이 없었다. 그가 분명히 말한 바와 같이 그 장치를 자기 스스로 볼 수 있다면 얼마나 기쁠 것인가. 이 일은 정말로 단조로운 일이었으며, 주야 교대로 열두 시간씩 근무하기 때문에 매우 힘들어서 쟈코모의 말에 의하면 몇 분이건 선 채로 잘 수 없으면 제대로 근무할 수 없는 것이었다. 이 점에 대해서 카알은 아무 말도 하지 않았으나, 바로 이런 요령 때문에 쟈코모가 그 자리를 잃은 것이라고 카알은 이해했다.

그가 맡아야 하는 엘리베이터는 최상층에만 운행되기 때문에 이것저것 요구가 많은 부유층 사람들을 대하지 않으리라는 것은 정말로 다행스런 일이었다. 물론 여기서는 다른 곳에서만큼 많이 배울 수는 없었지만 그래도 시작으로서는 좋은 편이었다.

카알은 처음 일주일을 근무한 후 자기가 완전히 근무에 익숙해진 것을 깨달았다. 자기가 담당한 엘리베이터의 놋쇠가 제일 잘 닦여져 있었다. 서른 대의 엘리베이터 중 그 어느 것과도 비교가 되지 않았다. 만일 같은 엘리베이터를 맡고 있는 보이가 그와 비슷한 정도로 일을 열심히 했더라면, 또 자신의 게으름이 카알의 부지런함으로 해서 보충되고 있다고 생각하지 않았더라면, 그 놋쇠 장식은 더욱더 번쩍거렸을 것이다. 이 보이는 레널이라고 불리는 본토박이 미국인인데, 검은 눈에 약간 오목하고 매끄러운 볼을 가진 멋쟁이 청년이었다. 그는 우아한 사복 한 벌을 가지고 있었는데, 비번인 날 밤엔 그 옷으로 갈아입고 향수를 뿌리고 시내로 나갔다. 이따금씩 집안일로 나가지 않으면 안 되므로 밤에 대리 근무를 해달라고 카알에게 부탁했다. 그의 옷차림이 집안일 때문에 외출한다는 그의 핑계와 맞지 않아도 카알은 별로 개의치 않았다. 그렇지만 카알은 그를 좋아했다. 레널이 밤 외출을 하기 전에 사복 차림으로 아래층의 엘리베이터 곁에서 그의 앞에 서서 장갑을 끼면서 얼마간의 변명을 한 후 복도를 걸어나가는 것도 카알은 좋아했다. 어쨌든 카알은 이런 대리 근무를 해서라도 그의 호감을 사려고 했다. 고참 동료에 대해서 처음엔 이렇게 대하는 것이 당연한 것으로 생각했으나 그렇다고 언제까지나 계속되는 습관이 되어서는 안 되었다. 엘리베이터를 타고 오르내리는 일은 상당히 피곤한 일이며 특히 저녁때면 손님이 거의 그칠 새가 없었다.

곧 카알은 엘리베이터 보이에게 요구되는, 허리를 굽혀 짧게 인사하는 법을 배웠다. 손님들이 주는 팁은 재빨리 받아 조끼 호주머니에 챙겼다. 아무도 그의 얼굴 표정으로는 그것이 많은지 적은지를 알 수 없었다. 여자 손님들 앞에서는 약간 친절하게 덧붙여서 애교를 부리는 듯하면서 문을 열고, 여자 손님들의 뒤를 따라서 천천히 자신도 엘리베이터에 올라탔다. 그들은 언제나 스커트, 모자, 치장품에 신경을 쓰면서 남자들보다 더 머뭇거리며 엘리베이터 안으로 들어가곤 했다. 운행 중에 그는 눈에 띄지 않도록 손님들을 등지고 문에 바짝 붙어 서서 도착하는 순간 잽싸게, 하지만 승객을 놀라게 하지 않고 문을 옆으로 젖힐 수 있도록 항상 엘리베이터의 문손잡이에서 손을 떼지 않고 있었다. 그리고 운전 중에 그리 흔치는 않지만 승객 중에서 간단한 것을 물어보기 위해 그의 어깨를 가볍게 두드리면 그는 마치 기다리고 있었다는 듯이 잽싸게 몸을 돌려 큰 소리로 대답했다. 엘리베이터가 많이 있으나, 극장이 파한 후라든지 혹은 특급열차가 도착했을 경우 위층에 손님을 내려놓자마자 숨돌릴 틈도 없이 급강하해서 아래층 손님을 태우지 않으면 안 될 만큼 분주할 때도 있었다. 엘리베이터 내부를 관통하고 있는 철사줄을 잡아당겨서 보통 때보다 속도를 높일 수도 있었다. 하지만 이것은 엘리베이터 규칙에 따라 금지되어 있었으며, 위험할 수도 있었다. 승객과 함께 있을 때 카알은 절대로 그런 짓을 하지 않았다. 그러나 위층에서 승객이 내리고 아래층에서 다른 사람들이 기다리고 있을 때, 그는 조금도 망설이지 않고 선원처럼 박자를 맞추어 강하게 철사줄을 잡아당겼다. 게다가 그는 다른 엘리베이터 보이들도 이런 짓을 하는 것을 알고 있었다. 그러니 자기 손님을 다른 보이들에게 빼앗기고 싶지 않았다. 이 호텔에서는 흔히 있는 경우인데, 오랫동안 묵고 있는 몇몇 손님들은 가끔 카알에게 미소를 띠며, 그를 자기네들의 엘리베이터 보이로 인정하고 있다는 눈치를 보였다. 카알은 이런 호의를 진지한 표정으로 받아들이기는 했지만 즐거워했던 것은 아니었다. 때로는 왕래가 다소 적을 때, 특별히 사소한 부탁을 떠맡는 일이 있었다. 예를 들면 방에 다시 들어가기를 싫어하는 손님에게 잊고 온 작은 물건을 갖다주는 일이었다. 이럴 때는 익숙한 자기 엘리베이터에 혼자 타고 올라가서 낯선 다른 사람 방에 발을 들여놓게 된다. 그곳에는 대개 자기가 아직도 본 일이 없는 진기한 물건이 여기저기 놓여 있거나 옷걸이에 걸려 있기도 했다. 거기에서는 외국 비누, 향수, 치약의 독특한 냄새를 맡으면서 부탁받은 말이 애매하더라도 대개는 그럭저럭 그 물건을 찾아낸 다음 당장에 그것을 가지고 빨리 돌아오게 된다. 종종 그는 더 큰 부탁을 받지 못하는 것을 유감스럽게 생각했다. 이런 일을 하기 위해서 특별한 하인이나 심부름하는 소년이 정해져 있어, 그들이 자전거나 오토바이를 타고 용무를 수행하고 있었다. 형편이 좋을 때는 방에서 식당이나 유희장으로 심부름 가는 정도의 일에는 카알도 이용되었다.

카알이 열두 시간 근무를 마치고 사흘간은 저녁 여섯 시에 그 다음 사흘간은 아침 여섯 시에 퇴근할 때, 너무나 피곤해서 다른 사람에게 상관할 겨를도 없이 곧장 자기 침대로 들어갔다. 그의 침대는 엘리베이터 보이의 공동 침실 안에 있었다. 여주방장은 카알이 첫날 밤에 믿었던 것만큼 영향력이 크지는 않은 모양이었다. 여주방장은 카알에게 작은 독방을 마련해주려고 많은 노력을 했으며, 그 결과 어쩌면 그렇게 될 수도 있을 것 같았다. 그러나 카알은 상당히 바쁜 상관인 웨이터장과 이 일 때문에 자주 전화 통화를 하는 여주방장을 보고는 독방을 단념했다. 그는 스스로 획득하지도 않은 특권 때문에 다른 보이들의 질투를 받고 싶지 않다고 주장하면서 자신이 독방을 포기하는 것은 진심이라고 여주방장을 설득했다.

물론 이 공동 침실은 결코 조용한 침실이 아니었다. 제각기 열두 시간 근무를 마친 후 남은 시간을 식사, 수면, 오락, 부업 등에 사용하고 있었기 때문에, 이 침실에는 항상 사람들의 움직임이 그칠 새가 없었다. 두서너 명이 자고 있었는데 아무 소리도 듣지 않으려고 이불을 귀 위까지 뒤집어쓰고 있었다. 그런데 그중 한 사람이 잠을 깨면 다른 사람들이 피우는 소란에 너무나 화가 나서 소리를 질러대기 때문에 나머지 사람들도 충분한 수면을 취할 수가 없었다. 거의 대부분의 보이들은 파이프를 갖고 있었다. 그것으로 일종의 사치를 하는 것이었다. 카알도 파이프 하나를 마련했는데, 그것에 곧 취미를 붙이게 되었다. 그러나 근무 중에는 담배를 피워서는 안 되었다. 그 결과로 이 공동 침실에서는 각자 완전히 잠이 들지 않는 한 담배를 피웠다. 따라서 침대란 침대는 모조리 담배 연기에 싸여 있었으며, 넓은 방 전체가 자욱한 연무로 덮여 있기도 했다. 그리고 다수가 원칙적으로 찬성한 일, 즉 밤에 공동 침실의 한쪽 모서리에만 불을 켜기로 한 결정은 실현 불가능했다. 만약 이 결정이 그대로 실행되었다면 잠을 자려는 사람들은 전체 침실의 반을 차지하게 될 어둠 속에서 ― 이 침실은 사십 개의 침대가 들어 있는 큰 방이었다 ― 조용히 수면을 취할 수 있었을 것이다. 그렇지 않은 나머지 사람들은 밝은 곳에서 주사위나 카드놀이를 하거나, 불이 필요한 그 밖의 어떤 일이든 할 수 있었다. 밝은 쪽에 침대를 갖고 있는 사람도 잠을 자고 싶을 때는 어두운 쪽의 빈 침대에 누울 수가 있었다. 언제나 침대는 충분히 비어 있었으며, 다른 사람이 잠시 자기 침대를 이용해도 아무도 불평을 하지 않았다. 그러나 이러한 구분이 지켜지는 밤은 없었다. 예를 들면 어둠을 이용해서 약간의 잠을 자고 난 후 침대 사이에 판자를 걸치고 카드놀이를 하고 싶어하는 사람이 언제나 발견되었다. 물론 그들은 적당한 전등을 켰다. 그러면 번쩍이는 광선이 그쪽을 향해 자고 있는 사람들을 깜짝 놀라 일어나게 만들었다. 얼마간 몸을 이리저리 뒤척이긴 하지만, 결국은 마찬가지로 잠을 깬 옆 사람과 새 조명을 켜고 카드놀이를 할 수밖에 없다는 것을 깨닫게 되었다. 그리고 물론 다시금 모든 파이프들이 연기를 뿜어댔다. 그래도 어떻게든 잠을 꼭 자려는 사람들도 몇 명 있었는데 ― 카알도 대개 그중 한 사람이었다 ― 그들은 머리를 베개에 올려놓지 않고, 베개로 머리를 가리든지 아니면 머리를 베개 속에 묻어버린다. 그러나 바로 옆 사람이 근무하러 가기 전에 잠깐 시내에 나가서 즐기려고 한밤중에 일어나 침대 머리에 설치되어 있는 세면대에서 시끄럽게 물을 튀기면서 세수를 하고, 장화를 툭툭 치면서 신거나 혹은 잘 들어가도록 발을 쿵쿵 구르고 — 거의 모든 보이들은 미국형임에도 불구하고 지나치게 조이는 장화를 신고 있었다 — 그러고 나서 마침내 몸치장을 하는 이런 난장판에서 누가 편안하게 잠을 잘 수 있겠는가. 그 베개 밑에서는 이미 오래 전에 잠을 깬 사람이 상대방을 공격할 틈을 기다리고 있었다. 그런데 이 방의 모든 이들은 스포츠맨이기도 했다. 젊고 튼튼했으며 운동 연습의 기회가 있으면 결코 놓치려 하지 않는 사내들이었다. 밤에 잠든 사이에 큰 소동이 일어나서 눈을 번쩍 뜨고 일어날 때는 침대 옆 바닥에서 권투하는 두 사람을 확실히 발견할 수 있었다. 그리고 밝은 불빛 속에서 셔츠와 팬티 바람으로 모든 침대 위에 올라가서 원을 그리고 똑바로 서 있는 구경꾼들은 권투 전문가들이었다. 한번은 이런 식으로 권투 시합이 벌어졌을 때, 권투 시합을 하던 한 사람이 잠을 자고 있는 카알 위로 넘어진 일이 있었다. 카알이 눈을 뜨고 처음으로 목격한 것은 그 젊은이의 코에서 흘러나오는 피였다. 어떻게 응급 치료를 해볼 겨를도 없이 완전히 침구 위에 피가 흘러내리고 말았다. 가끔 카알은 다른 사람들과 함께 오락을 해보고 싶은 유혹을 느꼈지만, 그래도 두서너 시간은 잠을 자겠다고 시도하는 사이에 거의 열두 시간을 뜬눈으로 보내버린 적도 있었다. 그러나 카알은 다른 사람들이 자신보다 생활을 잘하고 있으므로, 자신은 부지런히 일하고 약간은 단념하는 것으로 그 균형을 맞추어나가지 않으면 안 된다고 항상 생각했다. 물론 그는 일 때문에 수면이 제일 중요했지만 여주방장에게도, 테레제에게도 공동 침실의 이런 상황에 대해 불만을 표시하는 일은 없었다. 왜냐하면, 첫째로 대체로 모든 엘리베이터 보이가 그것으로 고통을 당하고 있는데도 진지하게 불평을 표시하는 사람이 없었기 때문이며, 둘째로 이 공동 침실에서 받는 고통은 엘리베이터 보이로서 자기 임무의 필수적인 한 부분이며, 그는 여주방장이 주선해준 이 임무를 고마운 마음으로 받았기 때문이었다.

일주일에 한 번씩 교대할 때, 카알에게는 스물네 시간의 자유가 있었다. 이때 그는 여주방장을 두 번 정도 방문했다. 그리고 테레제의 빠듯한 자유 시간을 기다렸다가 한쪽 구석이나 복도, 때로는 그녀의 방에서 이야기를 나누기도 했다. 그는 가끔 그녀가 시내에 일을 보러 갈 때 같이 갔다. 그 일들은 모두 매우 서둘러 해야만 했다. 카알은 그 여자의 가방을 들어주었고, 두 사람은 가장 가까운 지하철역으로 달려갔다. 열차가 아무런 저항도 없이 미끄러지듯 달려갔으므로 열차를 타는 시간은 순식간에 지나갔고, 그들은 지하철에서 내려 느릿느릿 움직이는 엘리베이터를 기다리는 대신 계단으로 성급하게 올라갔다. 도로가 별 모양으로 이리저리 뻗어 있는 커다란 광장이 나타났고, 사방에서 일직선으로 흘러들어오는 많은 차량들이 혼잡을 이루고 있었다. 그러나 카알과 테레제는 함께 몸을 바짝 붙이고 각종 사무실, 세탁소, 창고, 상점들을 바삐 돌아다녔다. 그렇게 해서 전화로는 일을 처리하기 어려운, 또는 그다지 큰 책임을 지지 않아도 좋은 주문이라든지 불평을 말하고 돌아다니는 것이었다. 테레제는 곧 카알의 도움이 결코 무시할 수 없는 것일 뿐더러 오히려 많은 일에 커다란 촉진제 역할을 하고 있다는 것을 깨달았다. 그와 같이 갈 때는 이전에 자주 그랬듯이 눈코 뜰 새 없이 바쁜 장사꾼들이 자신의 말을 들어주기를 기다리지 않아도 되었다. 카알은 진열대 옆으로 가서 상대가 눈을 돌려줄 때까지 손가락 가운데 마디로 진열대 위를 두드렸다. 그는 사람들의 머리 위로 백 명의 목소리 중에서도 쉽게 알아들을 수 있는, 약간 날카로운 영어로 외쳐댔다. 사람들이 상점에서 가장 깊숙한 곳에 거만하게 앉아 있을지라도 그는 주저하지 않고 그들에게 다가갔다. 그것은 그가 거만해서가 아니었다. 그는 모든 저항을 감수했다. 그러나 자신이 그렇게 할 만한 확실한 지위에 있다고 느꼈다. 옥시덴탈 호텔은 무시 못할 단골이었다. 테레제는 비록 거래상의 경험은 많았지만 이런 도움이 필요했던 것이다. 일을 순조롭게 끝내고 밖으로 나올 때마다 그 여자는 때때로 행복스러운 미소를 지으며 "늘 동행해주세요."라고 몇 번이고 말했다.

카알이 람제스에 체류한 후 한 달 반 동안, 두서너 시간이 넘는 비교적 긴 시간 동안 테레제의 작은 방에 있었던 것은 단지 세 번뿐이었다. 테레제의 방은 물론 여주방장의 방보다 작았고, 물건도 몇 개 안 되었으며, 그것도 거의 창문 근처에 놓여 있는 정도였다. 그러나 카알은 공동 침실에서의 경험에 비추어볼 때, 자기만 사용할 수 있는 조용한 방이 얼마나 가치가 있는지 이해하고 있었다. 카알은 그런 생각을 확실하게 말하지는 않았지만, 테레제는 그가 얼마나 이 방을 좋아하고 있는지 깨닫고 있었다. 그녀는 카알 앞에서 아무런 비밀도 숨기려고 하지 않았다. 처음 테레제의 방을 방문했던 밤 이후 그녀는 카알에게 비밀을 갖는다는 것은 생각조차 하지 못했다. 그녀는 사생아였다. 그녀의 아버지는 건설 작업반장이었고, 나중에 부인과 아이를 포메른에서 불러왔던 것이다. 그러나 그가 그것으로써 자신의 임무를 다 했다는 듯, 아니면 마치 상륙지에서 맞이하려 했던 사람이 일에 지친 부인과 허약한 딸이 아니라 다른 사람이었던 것처럼, 부인과 딸이 온 후 곧바로 충분한 설명도 없이 캐나다로 이주했고, 뒤에 남은 부인과 딸은 편지는 고사하고 아무런 소식도 받지 못했다. 어쩌면 그것도 놀랄 만한 일은 아니었다. 모녀가 뉴욕 동부 지구의 집단 거주지에 숨어들어 찾을 수 없었으니까.

언젠가 카알이 테레제와 나란히 창가에 서서 거리를 내다보고 있었을 때, 그녀는 자기 어머니의 죽음에 대해 얘기했다. 그녀가 대략 다섯 살 되던 무렵 어머니와 테레제는 어느 겨울 밤 각자 보따리를 들고 잠자리를 구하기 위해 거리를 급히 걸어가고 있었다. 어머니는 처음에는 그녀의 손을 끌어주었으나 폭설이 내리고 앞으로 나아가는 일도 쉽지 않게 되자, 손이 마비된 어머니는 테레제를 돌아보지도 않고 손을 놓아버렸으니, 테레제는 기를 쓰고 어머니의 옷에 매달리지 않으면 안 되었다. 테레제는 자주 비틀거렸으며 넘어지기까지 했다. 그러나 어머니는 미친 사람처럼 걸음을 멈추지 않았다. 뉴욕의 길고 곧은 도로에 쌓인 이 무시무시한 폭설! 카알은 아직 뉴욕의 겨울을 겪어보지 못했다. 바람을 안고 걸어가면 바람은 소용돌이치고, 한순간도 눈을 뜰 수가 없으며, 끊임없이 바람이 눈을 얼굴에 퍼붓는다. 달려봐도 앞으로 나가지 못한다. 이것이야말로 절망적인 것이다. 이럴 때에도 어린애는 어른에 비하면 물론 유리했다. 어린애는 바람 밑을 뚫고 달리면서 어떤 일에 대해서든 아직도 즐거움을 가질 수 있었다. 그러니까 그 당시 테레제는 자기 어머니를 완전히 이해할 수 없었다. 그날 밤 아직 어린아이였던 테레제가 어머니에게 좀더 현명하게 행동했더라면, 어머니는 그처럼 비참한 죽음을 당하지 않아도 되었을 거라고 그녀는 확신하고 있었다. 그 당시 어머니는 이틀 동안이나 일거리가 없었고 돈도 한 푼 남아 있지 않았다. 낮 동안 빵 한 조각도 못 먹고 추운 바깥에서 보내면서, 그들은 쓸데없는 누더기가 든 보따리를 이리저리 끌고 다녔다. 아마도 미신 때문에 그것을 버리지 못했을 것이다. 어머니는 그 다음 날 아침에 어느 공사장에서 일거리를 구할 희망이 있었다. 그러나 어머니는 테레제에게 이 좋은 기회를 이용할 수 없다는 것을 어떻게 설명해야 할지 걱정하고 있었다. 왜냐하면 그녀는 죽음과도 같은 피로를 느끼고 있었기 때문이다. 그날 아침도 거리에서 굉장히 많은 피를 토해 통행인들을 놀라게 했다. 그녀는 어디든 따뜻한 곳에 가서 쉬는 것을 간절히 소원했다. 그런데 바로 그날 밤 그런 장소를 구하지 못했다. 어찌되었든 그런 날씨에 조금 쉬어갈 수 있도록 대문 현관으로부터 문지기가 그들을 쫓아내지 않는 곳으로 들어가, 그들은 좁고 얼음처럼 차가운 복도를 급히 지나 고층 건물로 올라갔고, 건물의 좁은 테라스를 빙 돌아서 닥치는 대로 문을 노크했으며, 처음에는 아무에게도 감히 말을 잘 걸지 못했지만, 나중에는 마주치는 모든 사람에게 간청을 했다. 한두 차례 어머니는 조용한 계단의 층계 위에서 숨가쁜 나머지 웅크리고 앉아, 싫다고 하는 테레제를 끌어당겨 아플 정도로 입술을 누르며 키스를 했다. 나중에 알고 보니 그것은 마지막 키스였다. 아무리 작은 어린애였다고 하지만 그것을 모를 만큼 맹꽁이였다는 것은 이해할 수가 없다. 그들이 지나갔던 많은 방의 문은 숨막힐 듯한 공기를 내보내기 위해 열려 있었다. 화재가 난 것이 아닌가 할 정도로 연기가 가득 찬 방 안에서 누군가의 모습이 나타나 문틀 가운데 서서, 아무 소리 없는 몸짓이나 짧은 말로 그 방에서는 숙박할 수 없다는 것을 알렸다. 지금 회상해보면 어머니는 처음 몇 시간 동안만 진실로 잠자리를 구했던 것처럼 보였다. 대략 자정이 지나면서 어머니는 잠시 쉬면서 날이 샐 때까지 바삐 돌아다니는 것을 멈추지 않았고, 대문도 현관문도 열려 있는 이러한 집들에서는 언제나 활기가 넘쳐흘렀지만, 어머니는 가는 곳마다 사람을 만나면서도 더 이상 아무에게도 말을 걸지 않았다. 물론 어머니는 계속해서 급히 갔지만 달린 것이 아니라 그녀가 할 수 있었던 극단적인 노력으로 사실상 기어다닌 것에 불과했다. 테레제도 역시 자신들이 자정부터 새벽 다섯 시까지 찾아간 것이 사실 스무 집인지, 두 집인지, 아니면 한 집인지 알지 못했다. 이런 집들은 공간을 최대로 이용하자는 약삭빠른 계획 하에서 만들어졌기 때문에 방향을 쉽게 알 수 없었다. 그들이 똑같은 통로를 얼마나 자주 지나갔는지! 테레제는 자신들이 계속해서 샅샅이 찾아다녔던 어떤

154

집의 대문을 다시 지나갔다는 기억이 어렴풋이 났다. 그들이 곧 골목 쪽으로 방향을 틀었는데도 다시 그 집으로 빠져든 것 같은 생각도 들었다. 어느 때는 어머니에게 붙잡힌 채, 어느 때는 어머니를 꽉 붙잡은 채 어머니로부터 한 마디 위로의 말도 듣지 못하고 함께 헤매는 것은, 어린 그녀로서는 이해할 수 없는 고통이었다. 분별력이 없는 테레제에게는 모든 것이 어머니가 자기로부터 도망치고 싶다는 것을 의미하는 것으로 생각되었다. 그래서 테레제는 어머니가 한쪽 손을 쥐고 있을 때조차도 안전을 위해 다른 손으로 어머니의 옷을 더욱더 단단히 붙잡고 이따금씩 울부짖었다. 테레제는 이런 곳에 홀로 버려지고 싶지 않았다. 계단을 터벅터벅 올라간 사람들, 아직 보이지는 않지만 모녀 뒤의 계단 모퉁이 뒤에서 다가오는 사람들, 문 앞 통로에서 싸움을 하면서 상대방을 서로 방 안으로 밀어넣었던 사람들, 이런 사람들 가운데 홀로 버려지고 싶지 않았다. 술에 취한 사람들은 낮은 목소리로 노래 부르며 집 안을 어슬렁거리고 있었다. 어머니는 테레제를 데리고 계속 이어지는 무리들을 용케 빠져나갔다. 밤이 늦었으므로 사람들이 그다지 주의하지 않고, 무조건 자기들의 권리를 주장하지 않았기 때문에 적어도 모녀는 사업가가 세놓고 있는 공동 숙소 중의 한 곳으로 들어갈 수도 있었을 것이다. 그런 몇 개의 공동 숙소 옆을 그냥 지나가버렸다. 그러나 테레제는 그 이유를 이해할 수 없었다. 어머니는 휴식을 취하려고 하지 않았다. 화창한 겨울의 하루가 시작되는 아침에 모녀는 어느 집 담벼락에 기대어 있었는데 그곳에서 약간 잤는지, 눈을 뜬 채로 주위를 살피고 있었는지도 알지 못한다. 테레제는 자기 보따리를 잃어버렸다는 것을 깨달았다. 어머니가 테레제의 부주의를 벌하기 위해 때리려고 했으나, 테레제는 때리는 소리도 듣지 못했고 맞았다는 감각도 없었다. 그러고 나서 그들은 활기를 띠고 있는 골목길을 통해 계속 걸었는데, 어머니는 벽을 붙잡고 걸었다. 어떤 다리 위에 도착하자, 거기서 어머니는 손으로 난간의 서리를 털었다. 마침내 그들이 도착한 곳은 어머니가 그날 아침에 오도록 예약된 바로 그 공사장이었다. 그 당시에 테레제는 그것을 당연한 것으로 받아들였으나 지금으로서는 그것이 전혀 이해가 가지 않는다. 어머니는 테레제가 기다려야 하는지 떠나야 하는지 아무 말도 하지 않았다. 테레제는 그것을 기다리라는 명령으로 이해했다. 그것이 그녀가 가장 바라는 바였기 때문이다. 그래서 그녀는 벽돌 더미 뒤에 앉아서 어머니가 보따리를 풀고 여러 가지 색깔의 누더기를 꺼내어 그것을 밤새껏 쓰고 있던 두건에다 감는 것을 바라보았다. 테레제는 너무나 지쳐 있었기 때문에 어머니를 도와야겠다는 생각조차 떠오르지 않았다. 보통 공사장 사무실에 먼저 신고부터 해야 하지만, 어머니는 그것도 하지 않고, 또 누구에게 물으려고도 하지 않고, 마치 자신이 맡은 일이 무엇인지 알고 있는 것처럼 사다리로 올라갔다. 테레제는 공사장 여자 인부들은 대개 아래에서 석회 반죽이나, 벽돌을 건네주거나, 그 밖의 단순한 일에 종사하기 때문에 어머니의 거동을 보고 깜짝 놀랐다. 그래서 그녀는 어머니가 오늘은 보수가 더 좋은 일을 하려 한다고 생각하고 졸린 표정으로 어머니 쪽을 쳐다보며 미소를 지었다. 건물은 아직 일층까지도 다 완성되지 않았다. 하지만 앞으로 건물을 더 높이는 데 필요한 발판을 짜는 높은 지주가 아직 널빤지를 걸치지 않은 채 하늘 높이 솟아 있었다. 위에서 어머니는, 영문을 몰라 어머니에게 물어보지도 않고 벽돌을 쌓고 있는 미장공들을 교묘하게 피해갔다. 어머니는 난간으로 사용되는 판자벽을 부드러운 손으로 조심스럽게 붙잡고 있었다. 테레제는 아래에서 현기증을 느끼면서 어머니의 능숙함을 놀란 시선으로 쳐다보았고 어머니의 다정한 시선을 받았다고 생각했다. 그러나 어머니는 그대로 걸어가 조그마한 벽돌 더미로 다가갔다. 그 벽돌 더미 앞에서 난간은 끝이 났고, 아마 발판도 끝이었을 것이다. 그러나 어머니는 난간을 붙잡지 않고 벽돌 더미 쪽으로 돌진했다. 어머니의 능숙함도 거기서 끝난 것 같았다. 어머니는 벽돌 더미를 넘어뜨리면서 그것을 넘어서 아래로 떨어지고 말았다. 많은 벽돌들이 뒤를 이어 연달아서 떨어지더니, 잠시 후 마침내 어디선가 무거운 널빤지 하나가 풀려 그녀 위로 쾅 하고 떨어졌다. 테레제의 기억에 남아 있는 어머니의 마지막 모습은 고향 포메른에서 만든 바둑판 줄무늬 스커트를 입고 양쪽 다리를 벌린 채 쓰러져 있던 광경이었다. 또 어머니 위에 얹힌 거친 널빤지가 거의 어머니의 몸 전체를 덮고 있었으며, 사방에서는 사람들이 모여들고, 공사장 위에서는 어떤 한 남자가 화가 나서 아래쪽으로 소리를 지르던 광경이었다.

테레제가 이야기를 마쳤을 때는 이미 시간이 꽤 늦어 있었다. 평소의 그녀에게 어울리지 않게 그녀는 자세하게 얘기했다. 특히 하늘을 찌를 듯 솟아 있는 발판의 지주를 묘사할 땐 그게 직접적으로 어머니의 죽음과 관계가 없었는데도 눈물을 글썽이면서 한동안 말을 잇지 못했다. 지금으로부터 정확히 십 년이 지났는데도 그녀는 그 당시에 일어났던 사소한 일들을 모두 알고 있었다. 그리고 반쯤 완공된 일층 위에 있던 어머니의 모습이 생전의 마지막 모습이었고, 그것을 카알에게 충분히 명료하게 전할 수 없었기 때문에 테레제는 이야기가 끝난 후에도 다시 한 번 그 이야기로 되돌아가려 했다. 그러나 말을 중단하고 두 손으로 얼굴을 가린 채 한 마디도 하지 못했다.

그러나 테레제의 방에서 비교적 즐거운 시간을 보낸 적도 있었다. 카알이 처음으로 그녀의 방을 방문했을 때 그는 그녀의 책상에 상업 통신 교본이 놓여 있는 것을 보고 그녀의 양해를 얻어 빌려왔다. 동시에 이런 약속도 했다. 즉 카알은 이 책에 나오는 문제를 풀고, 자기의 업무에 필요한 범위 내에서는 이 책의 공부를 마쳤던 테레제에게 검사를 받도록 하는 것이었다. 그래서 카알은 밤새 귀를 솜으로 틀어막고 공동 침실에 있는 자기 침대에 누워, 또 기분 전환을 위해 여러 가지 자세를 취하면서, 교본을 읽고 연습 문제의 해답을 만년필로 수첩에 적어나갔다. 이 만년필은 여주방장의 부탁으로 그가 재고품 목록을 깨끗이 작성했던 일의 보답으로 여주방장이 그에게 선물로 준 것이었다. 카알은 동료들이 지쳐 그를 조용히 내버려둘 때까지 그들에게 계속 영어로 도움을 청하는 방식으로 그들의 방해를 자기에게 유리하게 전환시킬 수 있었다. 카알이 자주 놀란 것은, 그는 열심히 일하고 있는데도 다른 동료들은 현재 자신의 지위에 완전히 만족하여 그것이 일시적인 직업임을 — 이십 세 이상의 엘리베이터 보이는 고용하지 않았다 — 전혀 느끼지 못했고 또 장래에는 다른 직업을 결정할 필요성도 깨닫지 못한 채, 침대에서 침대로 전해지고 있는 더러운 누더기에 쌓인 탐정소설 외에는 아무것도 읽으려고 하지 않는다는 사실이었다.

두 사람이 만날 때는 테레제가 지나칠 정도로 세세하게 고쳐주었다. 두 사람의 의견에 차이가 있을 경우 카알은 그 위대한 뉴욕의 교수를 증인으로 끌어댔으나, 그 교수도 테레제에게는 엘리베이터 보이의 문법상의 의견처럼 별 가치가 없었다. 그녀는 카알의 손에서 만년필을 빼앗아서 자기가 틀렸다고 확신하는 부분을 지웠다. 그러나 그런 의심스러운 경우에는 테레제보다도 더 권위 있는 사람이 이 문제를 보는 것도 아닌데, 카알은 꼼꼼한 성격 때문에 테레제가 지운 부분을 다시 한 번 지웠다. 가끔 여주방장이 나타나서 테레제에게 유리한 결정을 내렸다. 테레제가 자기 비서이기 때문에 여주방장의 결정은 아직 확정적인 결정은 아니었다. 때때로 그녀는 두 사람을 화해시켜주기도 했다. 차를 끓이기도 하고 구운 과자를 내놓기도 했다. 그리고 카알은 유럽 이야기를 해야 했다. 물론 이야기하는 중에 여주방장 때문에 말이 여러 번 중단되기도 했다. 그녀는 몇 번이고 질문을 하고 놀라곤 했다. 그 동안 카알은 유럽이 비교적 짧은 기간에 많은 것들이 근본적으로 변해버린 것과, 자기가 그곳을 떠난 이후로도 많은 것이 변했을 것이며, 앞으로도 계속해서 변할 것이라는 사실을 깨달을 수 있었다.

　카알이 람제스에 머문 지 한 달 가량 되었을 무렵이었다. 어느 날 밤 레널이 지나가면서, 호텔 앞에서 들라마르쉬라는 이름을 가진 사람이 말을 걸어와 카알에 대해 물어보더라고 말했다. 레널은 비밀로 할 아무런 이유도 없었으므로 사실대로 카알이 엘리베이터 보이이지만, 여주방장의 도움으로 다른 일자리를 구할 희망이 보인다고 얘기했다는 것이다. 들라마르쉬가 레널을 오늘 밤 저녁 식사에 초대한 걸 보면, 레널이 들라마르쉬에게 얼마나 정중하게 대우를 받았는지 카알은 알 수 있었다. "나는 들라마르쉬와는 더 이상 아무 관계도 없어. 너, 그 친구를 조심해!" 하고 카알은 말했다. "내가?" 하고 레널은 말하고 기지개를 켜고서 서둘러 자리를 떠났다. 그는 호텔에서 가장 깨끗하게 생긴 보이였다. 누가 퍼뜨렸는지 모르나 엘리베이터 보이들 사이에 소문이 떠돌고 있었다. 레널이 벌써 상당히 오랫동안 이 호텔에 묵고 있는 귀부인에게 엘리베이터 안에서 적어도 키스쯤은 당했을 거라는 소문이었다. 언뜻 보기엔 그런 짓을 할 것 같지 않은 자부심이 강한 귀부인이 얇은 베일을 쓰고 코르셋으로 허리를 날씬하게 동여매고 태연하고도 가벼운 걸음으로 지나가는 모습을 보는 일은 이 소문을 알고 있는 사람에게는 커다란 매력이었다. 그녀는 이층에 투숙하고 있었으므로 레널이 담당하는 엘리베이터는 그녀가 이용하는 엘리베이터가 아니었다. 물론 다른 엘리베이터가 만원이 된 경우에는 손님들이 다른 엘리베이터에 타는 것을 거부할 수는 없었다. 그래서 이 부인도 이따금씩 카알과 레널이 담당하는 엘리베이터에 타게 되었는데, 사실 레널이 근무할 때만 그런 일이 있었다. 그것은 우연이었는지도 모른다. 그러나 아무도 우연이라고 믿는 사람은 없었다. 이 두 사람이 탄 엘리베이터가 움직이기 시작하면 엘리베이터 보이들 사이에는 누를 길 없는 마음의 동요가 일어나, 웨이터장이 참견을 하게 된 일까지 있었다. 그 귀부인이 원인이 됐든, 아니면 그 소문이 원인이 됐든, 좌우간 레널은 사람이 달라졌다. 이전보다 훨씬 자부심이 강해졌다. 청소하는 일은 완전히 카알에게 떠맡겼으며, 공동 침실에는 전혀 모습을 보이지도 않았다. 카알은 이 문제에 대해 언젠가 철저한 토론의 기회를 갖고자 기다리고 있었다. 어떤 엘리베이터 보이도 레널처럼 이렇게 완전히 엘리베이터 보이의 공동 생활에서 이탈한 적은 없었다. 적어도 근무하는 문제에서는 그들 모두 굳게 단결하여, 호텔 간부에게 인정받은 단체 조직을 가지고 있었다.

카알은 이 모든 일들을 곰곰히 생각하면서 들라마르쉬 문제도 생각했다. 자신은 평소처럼 근무를 수행했다. 자정 무렵 그는 약간의 기분 전환을 할 수 있었다. 가끔 조그마한 선물을 가지고 와서 그를 깜짝 놀라게 했던 테레제가 오늘은 커다란 사과 하나와 초콜릿 한 개를 그에게 가져왔기 때문이었다. 두 사람은 엘리베이터 운전으로 말미암아 도중에 대화가 끊어지는 것에 아무런 방해도 받지 않고 한동안 즐겁게 이야기를 나누었다. 들라마르쉬도 화제에 올랐다. 카알은 최근에 들라마르쉬를 위험 인물로 생각하게 된 것은 근본적으로 자신의 이야기를 듣고 난 후 테레제가 그를 나쁜 인물로 보았기 때문이라는 것을 깨달았다. 그렇지만 물론 카알은 그가 운이 나빠서 타락하긴 했으나, 사이좋게 지낼 수도 있는 건달로 생각했다. 그러나 테레제는 그의 의견에 맹렬히 반대하며, 앞으로는 들라마르쉬와 한 마디도 하지 않겠다는 약속을 해달라고 오래도록 설교하며 요청했다. 그러나 카알은 그런 약속은 하지 않았고, 이미 자정이 지난 지 오래 되었으니 그녀가 잠을 자러 가도록 거듭 재촉했다. 그래도 그녀는 가려 하지 않았기 때문에 카알은 근무지를 떠나서라도 그녀를 방으로 데리고 가겠다고 위협했다. 드디어 그녀가 갈 준비를 하고 있을 때 카알은 "당신은 왜 그렇게 쓸데없는 걱정을 하세요? 그렇게 해서 당신이 잠을 더잘 잘 수 있다면 부득이한 경우에만 들라마르쉬와 말을 하겠다고 약속하겠어요."하고 말했다. 그때 승객들이 몰려왔다. 옆의 엘리베이터 보이가 심부름을 나갔기 때문에 카알이 양쪽의 엘리베이터를 맡아보지 않으면 안 되었다. 무질서하다고 말하는 손님들도 있었다. 부인을 데리고 가는 한 신사는 지팡이로 카알의 몸을 살짝 건드려보았다. 카알을 재촉하기 위한 수단인 것 같았는데, 그것은 정말로 불필요한재촉이었다. 한쪽 엘리베이터에 보이가 없다는 것을 알았다면, 손님들은 곧바로 카알의 엘리베이터로 왔어야 할 것인데, 그렇게 하지 않고 옆의 엘리베이터로 가서 핸들을 손으로 잡고 서 있거나 심지어는 그 안으로 들어가기까지 했다. 그것은 엘리베이터 보이가 엄격한 근무 규칙에 따라 절대로 막아야만 하는 것이었다. 이런 식으로 카알은 자신의 의무를 정확히 수행해야 한다는 것을 의식하지도 못한 채, 계속 왔다갔다 하느라고 완전히 지쳐버렸다. 게다가 새벽 세 시경에는 친하게 지내는 늙은 짐꾼이 카알의 도움을 바랐지만, 도저히 그렇게할 수가 없었다. 바로 그때 손님들이 양쪽 엘리베이터 앞에 서 있었기때문이었다. 곧바로 성큼성큼 다가가서 어느 한쪽의 손님을 태우기로 결정하는 데는 침착성이 필요했다. 그래서 또 다른 보이가 다시 모습을 나타냈을 때 카알은 매우 기뻤고, 아마도 그의 책임이 아니었는지도 모르지만, 그가 오랫동안 자리를 비운 것을 비난했다. 새벽 네시가 되어서야 겨우 약간의 여가가 생겼다. 카알은 휴식이 절실하게필요했다. 그는 엘리베이터 옆의 난간에 나른한 몸을 기대고 서서 천천히 사과를 먹었다. 첫 한 입을 물자 사과에서 강렬한 향기가 풍겨나

왔다. 그리고 식품 저장실의 큰 창문으로 둘러싸인 채광갱을 들여다
보았다. 창문들의 뒤쪽에는 많은 바나나가 걸려 어둠 속에서 희미하
게 빛나고 있었다.

로빈슨 사건

바로 그때 누군가가 그의 어깨를 툭 쳤다. 손님일 거라고 생각한 카알은 급히 사과를 호주머니 속에 집어넣고, 그 사람을 제대로 보지도 않고 엘리베이터 쪽으로 서둘러 갔다. "안녕, 로스만! 나야. 로빈슨."하고 그 사람은 말했다. "많이 변했군."하고 카알은 머리를 흔들었다. "그럭저럭 잘 지내고 있었지."하고 로빈슨은 말하고 나서 자신의 옷을 위에서 아래로 훑어보았다. 그 옷은 꽤 고급 천으로 만들어진 것 같기는 하나, 천의 배합이 너무 뒤죽박죽이어서 천박한 옷처럼 보였다. 가장 눈에 띄는 것은 그가 오늘 처음 입었음이 분명한, 검은 선을 두른 작은 호주머니가 네 개 달린 흰색의 조끼였다. 로빈슨은 그것에 시선을 끌려고 가슴을 내밀었다. "비싼 옷을 입고 있네."하고 카알은 말했고, 그 순간 자신의 훌륭하고도 간편한 옷에 대한 생각이 떠올랐다. 그 옷이라면 심지어 레널과도 견주어볼 수 있을 텐데. 그 옷을 나쁜 두 친구가 팔아버렸다. "암, 나는 거의 매일 이것저것을 사. 이 조끼 마음에 드니?"하고 로빈슨이 물었다. "정말 좋은데."하고 카알이 대답했다. "그런데 이건 진짜 호주머니가 아니고 호주머니처럼 보이게 만들었을 뿐이야."하고 로빈슨은 카알이 직접 확인할 수 있도록 그의 손을 잡으면서 말했다. 그러나 카알은 로빈슨의 입에서 참을 수 없는 강한 브랜디 냄새가 풍겼기 때문에 뒷걸음질쳤다. "또 많이 마셨군."하고 카알은 다시 난간에 기대어 섰다. "아니야. 별로 마시지 않았어."하고 로빈슨은 조금 전의 만족스런 모습과는 달리 이렇게 덧붙였다. "이 세상에 술 이외에 무슨 낙이 있겠어." 엘리베이터가 한 차례 운행되었기 때문에 대화가 잠시 중단되었다. 그리고 카알이 아래로 다시 내려가자마자 전화가 걸려왔다. 팔층에 투숙 중인 어떤 부인이 실신을 했으니 호텔 전속 의사를 불러오라는 전갈이었다. 카알은 의사를 부르러 가면서 로빈슨이 그 사이에 사라져버렸으면 하고 남몰래 기대했다. 로빈슨과 같이 있는 꼴을 사람들에게 보이고 싶지 않았으며, 테레제의 경고를 생각해서 들라마르쉬의 소식을 듣고 싶지 않았기 때문이다. 그러나 로빈슨은 만취한 사람 특유의 뻣뻣한 자세로 아직 기다리고 있었다. 그리고 마침 그때 검은 프록코트에 실크 해트 차림의 호텔 간부 한 사람이 옆으로 지나갔으나, 다행히도 로빈슨에게 그다지 주의를 기울이지는 않는 것 같았다. "로스만. 우리가 있는 곳에 한번 와보지 않겠어? 우리는 지금 아주 멋지게 생활하고 있지."하고 로빈슨은 유혹하듯 카알을 쳐다보았다. "지금 네가 나를 초대하는 거야? 아니면 들라마르쉬가 초대하는 거야?"하고 카알이 물었다. "나와 들라마르쉬 둘 다야. 그 점에 관해선 우리 둘의 의견이 일치해."하고 로빈슨이 말했다. "그럼 너에게 말하겠어. 그리고 들라마르쉬에게도 똑같은 말을 전해주기 바래. 우리가 헤어진 것은 그 자체가 분명치 못한 점이 없긴 않으나 완전히 헤어진 거야. 당신들은 누구보다도 나를 괴롭혔어. 혹시 나를 또다시 괴롭히려고 생각하는 것은 아니겠지?" "우린 자네 동료였어."하고 로빈슨이 말했다. 술주정꾼의 역겨운 눈물이 그의 눈에서 흘렀다. "들라마르쉬는 너에게 지난번에 있었던 일을 변상하고 싶다는 말을 전하라고 했어. 우리는 지금 정말로 근사한 여가수인 브루넬다와 함께 살고 있지." 만일 카알이 그때 미리 앞질러 '쉿' 하면서 "잠깐 조용히 해줘. 도대체 자네가 지금 어디에 와 있는지 모른단 말인가?"하고 말리지 않았더라면 로빈슨

164

은 큰 소리로 노래 한 곡을 막 부를 뻔했다. "로스만. 나는 자네 동료야. 생각대로 말해봐. 자네는 이곳에서 상당한 지위인 모양인데, 나에게 돈 좀 빌려줄 수 없겠어?"하고 로빈슨은 그 노래를 부르려던 일 때문에 당황해 조심하면서 말했다. "자네는 그 돈으로 틀림없이 또다시 술을 마시려는 거겠지. 호주머니 속에 술병이 보이는군. 내가 저쪽으로 간 동안 그것을 한잔 했겠지. 처음에 자네는 지금보다 훨씬 제정신이었으니까!"라고 카알이 말했다. "이것은 내가 외출 중에 단지 기운을 차리려고 사용하는 것일 뿐이야."하고 로빈슨은 변명을 했다. "나는 더 이상 자네를 올바른 사람으로 개심시킬 생각이 없어!"하고 카알이 말했다. "그런데 돈은!"하고 로빈슨은 눈을 크게 뜨고 말했다. "자네는 아마도 들라마르쉐에게 돈을 가지고 오라는 명령을 받았겠지. 좋아, 돈을 주겠어. 하지만 자네가 여기를 곧 떠나 앞으로는 절대로 나를 찾아오지 않는다는 조건 하에서 말이야. 만일 내게 알릴 일이 있으면 편지를 보내. 옥시덴탈 호텔, 엘리베이터 보이, 카알 로스만, 주소는 이것으로 충분하지. 하지만 다시 한 번 반복하겠는데, 앞으로는 이곳에 나를 찾아와서는 안 돼. 나는 여기서 근무를 하고 있으니까 사람을 만날 틈이 없어. 그럼 이 조건부로 돈을 받겠나?"하고 카알은 물었다. 그리고 조끼 호주머니를 더듬었다. 오늘 저녁에 받은 팁을 주려고 결심했기 때문이었다. 로빈슨은 질문에 대하여 고개만 끄덕였을 뿐 가쁘게 숨을 몰아쉬고 있었다. 카알은 로빈슨이 한 행동을 정확하게 이해하지 못했기 때문에 재차 물었다. "'예'란 말인가, '아니오'란 말인가?"

그때 로빈슨은 손짓으로 카알을 자기 쪽으로 불러, 아주 확실하게 무엇을 삼키는 동작을 하면서 "로스만. 나 지금 속이 몹시 좋지 않아."하고 속삭였다. "제기랄."하고 카알 자신도 모르게 내뱉었다. 그리고 양손으로 그를 난간 쪽으로 끌고 갔다.

그러자 로빈슨은 바닥에 토했다. 그는 구역질이 멈출 때마다 힘없이 카알에게 맹목적으로 더듬거렸다. "자네는 정말로 좋은 청년이야."라고 말하는가 하면, "이젠 됐어."하고 말했다. 그러나 구역질이 아직 완전히 그치지는 않았다. "개새끼들, 그놈들이 거기서 내게 무슨 술을 먹였어!"하고 말하기도 했다. 카알은 불안과 메스꺼움 때문에 그의 곁에 서 있을 수가 없어서 이리저리 왔다갔다 하기 시작했다. 로빈슨은 엘리베이터의 옆 구석에 어느 정도 몸을 숨길 수는 있었으나, 만일 누군가가 그를 본다면, 이를테면 뛰면서 지나가는 호텔 사무원에게 불평할 기회만 노리고 있는, 신경질적인 어떤 부자 손님이 그를 본다면 어떻게 될 것인가. 그러한 불평을 들은 사무원은 나중에 격분해서 가는 곳마다 분풀이를 할 것이다. 또는 계속 교대하는 호텔 탐정 중의 한 사람이 지나간다면 어떻게 될 것인가. 탐정을 알고 있는 사람은 호텔 간부밖에 없으며, 단지 눈이 근시이기 때문에 살피는 것 같은 눈초리를 가진 사람은 누구나 탐정이라고 오해를 받기도 한다. 그리고 아래층에서는 밤새도록 쉬지 않고 식당을 운영하고 있기 때문에 누군가가 식품 저장실로 들어가기만 하면 채광갱 속의 구역질나는 오물을 발견하곤 깜짝 놀랄 것이며, 카알에게 도대체 위에서 무슨 일이 있었나 하고 전화 문의가 올 것이다. 그런 경우 카알은 로빈슨이 아니라고 부인할 수 있을까? 설령 카알이 그렇게 하더라도 로빈슨은 어리석고 절망한 나머지 사과를 하는 대신에 곧바로 카알을 끌어델 것이다. 그리고 그렇게 되면 카알은 당장 해고되지 않으면 안 될 것이다. 왜냐하면 엘리베이터 보이는 많은 호텔 종업원의 계급 중에서도 제일 낮을 뿐만 아니라, 있으나마나 한 종업원인 엘리베이터 보이의 친구가 호텔을 더럽히고 손님들을 놀라게 하거나 심지어 쫓아버리게 했다는 전대미문의 사건이 될 것이기 때문이다. 그런 친구를 가지고 있으며, 게다가 근무 시간 중에 그 친구의 방문을 받는 엘리베이터 보이를 사람들이 도대체 계속 용인할 수 있을까? 그런 엘리베이터 보이 자신이 술주정뱅이거나 아주 나쁜 사람처럼 보이지는 않을까? 왜냐하면 그가 호텔의 식품저장실에서 자기의 친구들을 배가 터지게 먹이고 마침내는 지금의 로빈슨처럼, 깨끗하게 유지되고 있는 호텔의 아무 곳에나 토한 거라고 명백하게 추측할 수 있기 때문이었다. 그리고 그런 보이라면 당연히 그런 생필품만을 훔치는 것은 아닐 것이다. 훔치려고 마음먹기만 하면 손님들이 부주의할 때, 도처에 열려있는 장롱, 테이블 위에 여기저기 놓여 있는 귀중품, 열려 있는 작은 상자들, 아무렇게나 팽개쳐 놓은 열쇠 등등 얼마든지 훔칠 수 있는 가능성이 있었다.

그때 막 카알은 멀리서 손님들이 지하 술집에서부터 올라오는 것을 보았다. 거기서 막 버라이어티 쇼가 끝난 것이었다. 카알은 자기 담당 엘리베이터 쪽에 서 있었다. 그는 감히 로빈슨 쪽을 돌아다볼 엄두를 내지 못했다. 자신이 보게 되는 그 모습이 두렵기 때문이었다. 거기서 한 마디 말도, 한숨 소리도 들리지 않았으나, 그것이 그의 마음을 진정시키지는 못했다. 그는 여전히 손님들 시중을 들면서 그들을 태우고 오르락내리락했지만, 자신의 산만함을 완전히 숨길 수는 없었다. 그리고 아래로 내려갈 때마다 아래에서 예기치 않은 나쁜 일을 당하지 않을까 마음을 졸이고 있었다.

마침내 그는 다시 로빈슨 쪽을 쳐다볼 틈이 생겼다. 로빈슨은 구석에 조그맣게 웅크리고 앉아서 얼굴을 무릎 위에 처박고 있었다. 둥글고 딱딱한 그의 모자는 이마 위로 치켜올려져 있었다. "그럼 이제 돌아가게. 돈은 여기 있으니. 서두르면 내가 지름길을 안내해줄 수도 있어."하고 카알은 나지막한 목소리로 단호하게 말했다. "갈 수가 없을 것 같아."하고 로빈슨은 작은 손수건으로 이마를 훔치면서 말했다. "여기서 죽을 것만 같아. 내 몸이 얼마나 안 좋은지 상상할 수 없을 거야. 들라마르쉬는 이곳저곳 근사한 술집으로 나를 데리고 다니는데, 나는 고급 술을 소화시킬 수가 없어. 나는 그것을 들라마르쉬에게 매일 말하지." "자네는 절대 여기 있어서는 안 돼. 여기가 어딘지 생각해보라구. 여기에 있는 것이 발각되면 자네는 처벌을 받을 것이고 나는 해고될 거야. 그렇게 되길 원해?"라고 카알이 말했다. "나는 지금 나갈 수가 없어. 차라리 저 아래로 뛰어내리려고 싶어."하고 로빈슨은 말하면서 난간 기둥 사이의 채광갱을 가리켰다. "이곳에 앉아 있는 것은 견디겠는데, 일어설 수가 없어. 네가 저쪽에 가 있는 동안 벌써 일어서려고 시도해봤어." "그럼 내가 자동차를 부르겠어. 병원으로 가봐."하고 카알은 말하고 금방이라도 완전히 무감각 상태로 빠져들 것처럼 보이는 로빈슨의 다리를 약간 흔들어보았다. 그러나 그는 병원이라는 말을 듣자 끔찍한 것들을 상상하게 되었는지 큰 소리로 울기 시작했고, 살려달라고 애원하는 것처럼 카알을 향해 두 손을 내밀었다.

"조용히 해!"하고 카알은 로빈슨의 두 손을 탁 내리치면서 말하고, 밤에 근무를 대신해준 엘리베이터 보이에게 달려가서 그에게 잠시 동안 전과 같이 일을 잘 봐달라고 부탁하고 로빈슨 쪽으로 급히 돌아왔다. 아직도 흐느끼고 있는 로빈슨을 힘껏 껴안아 일으켜 세우면서 그에게 이렇게 속삭였다. "로빈슨, 나의 도움을 받기를 원한다면 이제 아주 짧은 거리니까 똑바로 서서 걷도록 힘써봐. 내 침대로 데리고 갈 테니, 몸이 좋아질 때까지 거기에 있어도 돼. 깜짝 놀랄 정도로 빨리 원기를 회복하게 될 거야. 그러나 지금은 정신을 똑바로 차리고 행동해야 해. 복도 도처에 사람들이 있을 것이고 침대가 공동 침실에 있으니까 말이야. 누구라도 자네를 알아본다면 나는 자네를 위해 아무것도 할 수가 없어. 그리고 눈을 똑바로 뜨고 있어야 해. 내가 너를 중병 환자 다루듯이 안내할 수는 없으니까." "물론 네가 옳다는 것은 무엇이든 하겠어. 하지만 혼자서는 나를 데려갈 수 없을 거야. 레널을 데리고 올 수는 없을까?"하고 로빈슨이 물었다.

"레널은 여기에 없어."하고 카알이 말했다. "아, 그렇지. 레널은 들라마르쉬와 함께 있지. 사실은 그 두 사람이 너를 데려오라고 나를 보냈어. 나는 지금 제정신이 아니야."하고 로빈슨이 말했다. 로빈슨이 이것저것 알 수 없는 이야기를 혼자 늘어놓고 있는 틈을 타서, 카알은 그를 앞으로 떠다밀어 다행히 모퉁이 근처까지 이르렀다. 거기서부터 약간 희미하게 비추어진 복도가 엘리베이터 보이들의 공동 침실까지 뻗어 있었다. 마침 이때 엘리베이터 보이 하나가 전속력으로 달려오더니 두 사람 옆을 지나갔다. 지금까지는 만난다 해도 크게 문제될 것이 없는 사람들만 지나갔다. 네 시에서 다섯 시 사이가 가장 조용한 시간이었다. 따라서 지금 로빈슨을 다른 곳으로 옮기는 데 성공하지 못하면 날이 샐 무렵 사람들의 왕래가 점점 더 많아지면 그 일을 도저히 할 수 없게 된다는 사실을 카알은 너무나 잘 알고 있었다.

공동 침실의 저쪽 끝에서 큰 싸움이 있거나 그 밖의 시합 같은 것이 진행되고 있는 모양이었다. 리듬에 맞춘 박수 소리, 흥분해서 발을 구르는 소리, 스포츠 경기에서와 같은 함성이 들렸다. 방의 입구 쪽 절반에는 침대 속에 들어가서 제대로 잠을 자는 사람이 몇 명 되지 않았다. 그들 대부분은 등을 대고 드러누워서 허공을 쳐다보고 있는데, 가끔 옷을 입거나 아예 옷을 벗고 있는 누군가가 침대에서 뛰어내려 홀 끝에서 진행되는 사건이 어떻게 되었는가 살펴보기도 했다. 카알은 그동안 걷는데 약간 익숙해진 로빈슨을 그럭저럭 사람들의 눈에 띄지 않고 레널의 침대로 데리고 왔다. 그 침대는 입구 바로 가까이에 있고 다행히 비어 있었다. 그런데 멀리서 본 바로는 카알의 침대에서 전혀 알지 못하는 어떤 보이가 편안하게 잠을 자고 있었다. 로빈슨은 침대 위에 눕혀졌다는 것을 깨닫자마자 한쪽 다리를 침대 밖으로 내려뜨린 채 금방 잠들어버렸다. 카알은 로빈슨의 얼굴이 완전히 가려지도록 이불로 덮어주고는 이제 당분간은 별일 없으려니 생각했다. 그는 아침 여섯 시 이전에 깰 리가 없기 때문이었다. 그가 잠을 깰 때쯤 또다시 여기에 와서 이번에는 레널과 함께 로빈슨을 밖으로 데리고 나가는 수단을 강구하면 될 것이다. 상급 기관이 침실을 검사하는 일은 아주 특별한 경우에만 있었다. 이전에 흔히 있었던 일제 검사는 이미 수년 전에 엘리베이터 보이들의 주장으로 폐지된 지 오래되었다. 따라서 이 문제에 대해서는 걱정할 것이 전혀 없었다.

카알이 다시 자기의 담당 엘리베이터에 돌아와보니 때마침 자기의 엘리베이터와 옆 엘리베이터가 모두 올라가고 있는 중이었다. 그는 불안한 마음으로 어떻게 된 것인지 궁금해서 기다리고 있었다. 자기의 담당 엘리베이터가 먼저 내려왔다. 안에서 나온 사람은 조금 전에 복도를 달려갔던 그 보이였다. "이봐, 로스만, 너 도대체 어디에 있었어?"하고 그는 물었다. "왜 자리를 떴지? 그리고 왜 그것을 신고하지 않았어?" "하지만 나는 저 애에게 잠시 나를 대신해달라고 말해놓았어." 카알은 대답하면서 막 도착한 옆의 엘리베이터 보이를 가리켰다. "나도 제일 왕래가 많을 때 두 시간 동안 그를 대신해준 적이 있어." "물론 그건 잘한 일이야. 그러나 그것으론 부족해. 근무 중 자리를 비울 때는 아무리 짧은 시간이라도 웨이터장에게 신고해야만 한다는 사실을 너는 몰라? 바로 그것 때문에 여기에 전화가 있는 거야. 나도 너를 기꺼이 대신해주고 싶었어. 하지만 그것이 그렇게 쉽지는 않다는 것을 너도 알 거야. 때마침 양쪽 엘리베이터 앞에는 네 시 반 특급 열차로 온 손님들이 새로 몰려왔어. 처음부터 너의 엘리베이터를 운전하고 내 손님을 기다리게 할 수는 없었지. 그래서 우선 내 엘리베이터를 운전하고 위로 올라갔던 거야."라고 상대방이 말했다. "그래서?" 다른 두 웨이터가 잠자코 있었기 때문에 카알은 긴장하여

170

물었다. "그런데 그때 공교롭게도 웨이터장이 지나간 거야. 그는 너의 엘리베이터 앞에서 서비스를 받지 못하고 있는 손님들을 보고 화가 나서 그때 마침 옆으로 뛰어가고 있던 나에게 네가 어디에 있는지 물었어. 네가 어디로 가는지 나에게 전혀 얘기해주지 않았으니 그것을 알 도리가 없지. 그러자 곧 그는 공동 침실에 전화를 걸어 다른 보이를 오도록 한 거야."하고 옆 엘리베이터 보이가 입을 열었다. "나는 물론 복도에서 너를 만났지."하고 카알을 대신해준 보이가 말했다. 카알은 고개를 끄덕였다. "물론 난 네가 내게 대리 근무를 부탁하고 갔다고 말했어. 하지만 그자가 그런 변명을 들어주나? 너는 아직 그를 잘 모르는 것 같군. 그리고 우리는 네가 곧 사무실로 오도록 전하라는 지시를 받았어. 그러니 지체하지 말고 곧 달려가는 것이 좋을 거야. 어쩌면 그는 너를 용서해줄지도 몰라. 사실 너는 이 분간 자리를 비웠을 뿐이야. 나에게 대리 근무를 부탁했다고 나를 증인으로 차분하게 끌어대봐. 충고 한 가지 할게. 네가 나를 위해 대리 근무를 했다는 것은 말하지 않는 게 좋을 것 같애. 나에게는 아무 일도 일어나지 않을 거야. 나는 허락을 받았지. 하지만 그 말을 해서 이 일을 아무런 관계 없는 그 사건과 혼동시키는 것은 좋지 않아." "근무지를 이탈한 것은 이번이 처음이었어."하고 카알이 말했다. "일이라는 것이 언제나 그렇지. 하지만 사람들은 그렇다고 믿지 않지."하고 옆의 보이는 말하고서 손님들이 오고 있었기 때문에 자기 엘리베이터 쪽으로 뛰어갔다. 카알을 대신해서 근무해준 대리인인, 대략 열네 살 정도의 소년은 카알을 동정하면서 이렇게 말했다. "지금까지 이미 많은 사건들이 있었으나, 그런 일은 용서를 받았어. 일반적으로 다른 일자리로 가게 되지. 그런 일 때문에 해고된 사람은 내가 아는 한 한 사람밖에 없어. 너는 적당한 구실을 생각해두지 않으면 안 돼. 절대로 갑자기 몸이 나빠졌다는 말은 해서는 안 돼. 그러면 그는 너를 바보 취급할 거야. 어떤 손님이 다른 손님에게 급한 소식을 전해달라고 너에게 부탁했는데, 부탁을 한 손님이 누구인지 모르며, 또 부탁을 전해야 할 손님도 찾지 못했다고 말하는 것이 좋을 거야." "설마, 그렇게 나쁘게는 되지 않겠지."하고 카알은 말했으나, 지금까지 들은 소리로 판단해본다면 결코 좋은 결과가 있을 것으로는 생각하지 않았다. 설사 이 직무 태만이 용서받는다 하더라도, 아직도 로빈슨이라는 사람이 공동 침실에 누워 있다는 사실은 더 큰 잘못이었다. 웨이터장의 고약한 성격으로 볼 때 표면적인 조사로는 만족하지 않을 테고, 결국에는 로빈슨이 발견될 것이 너무나 분명했다. 낯선 사람을 침실로 데리고 와서는 안 된다는 어떤 상세한 금지 사항은 없었다. 그런 금지 사항이 없는 것은 상상조차 할 수 없는 일까지 금지할 필요는 없기 때문이다. 카알이 웨이터장의 사무실로 들어갔을 때, 그는 아침 커피를 마시며 앉아 있었다. 한 모금 마시고 나서, 마찬가지로 이곳에 와 있는 호텔 수위장이 건네준 명세서를 다시 들여다보았다. 이 수위장은 몸집이 굉장히 큰 사람이었다. 장식이 많이 달린 호화스러운 제복 ― 어깨와 팔에서 밑으로 걸쳐 금색의 사슬과 끈이 감겨 있었다 ― 은 실제보다도 그의 어깨 폭을 더 넓어보이게 했다. 헝가리인이 기르는 것처럼 끝이 뾰족하게 뻗은 코밑수염은 검은색으로 빛났는데, 머리를 갑자기 돌려도 움직이지 않았다. 더욱이 복장의 무게 때문에 동작이 대단히 둔할 뿐만 아니라, 섰을 때도 체중을 정확히 배분하기 위하여 다리를 양쪽으로 벌려서 지탱할 수밖에 없었다.

카알은 이 호텔에서 늘 그랬듯이 서슴지 않고 빨리 안으로 들어갔다. 왜냐하면 보통 사람의 경우에 맞는 예절 바른 느린 동작이나 신중한 태도는 엘리베이터 보이에게는 오히려 반대로 게으르다는 평을 받기 때문이었다. 게다가 방에 들어서자마자 자기가 저지른 죄를 스스로 의식하고 있는 것처럼 보이고 싶지 않았기 때문이었다. 웨이터장은 열리는 문 쪽을 힐끔 쳐다보았으나, 곧 다시 커피를 마시면서 명세서를 읽는 일로 되돌아갔다. 이미 카알에 대해서는 더 이상 신경을 쓰지 않았다. 그러나 수위장은 카알 때문에 방해를 받는 눈치였다. 그는 아마도 비밀 정보를 제공하거나 탄원하러 온 것 같았다. 어쨌든 그는 줄곧 성난 눈초리로 부자연스럽게 머리를 기울인 채 카알 쪽을 바라보았다. 그는 카알의 시선과 마주치면 고의적으로 곧 웨이터장에게 시선을 돌렸다. 그러나 카알은 일단 이 사무실에 들어온 이상 웨이터장에게 명령도 받지 않고 다시 이 사무실을 떠나는 것은 좋게 보이지 않을 거라고 생각했다. 웨이터장은 계속해서 명세서를 검열하면서 가끔 케이크 한 개를 조금씩 먹었다. 그는 이따금 읽는 것을 중지하고 설탕을 털었다. 명세서 한 장이 바닥에 떨어졌는데 수위장은 그것을 주우려고도 하지 않았다. 그는 그것을 집을 수 없을 거라는 것을 알고 있었다. 또 그렇게 할 필요도 없었다. 카알이 그 자리에 벌써 대기하고 있다가 그 종이를 웨이터장에게 내밀었기 때문이다. 웨이터장은 그 종이가 마치 바닥에서 저절로 날아오르기라도 한 듯 손을 움직여 그것을 받았을 뿐이다. 수위장이 아직도 계속 성난 시선을 거두지 않고 있는 것을 보면, 결국 이 사소한 친절도 아무런 소용이 없는 것이 되고 말았다.

그렇지만 카알은 전보다 한층 침착해졌다. 이미 그의 문제가 웨이터장에게 있어서 별로 중요하지 않게 보이는 것은 하나의 좋은 징조인 것 같았다. 결국 이것은 이해될 수 있는 일이기도 했다. 물론 엘리베이터 보이는 아주 하찮은 존재이고, 그래서 무슨 일이든 제멋대로 하는 것이 허용되지 않는다. 그는 하찮은 존재이기 때문에 터무니없는 어떤 일도 행할 수 없는 것이다. 사실 웨이터장 자신도 젊었을 때 엘리베이터 보이였다. 이 일은 아직도 지금 세대의 엘리베이터 보이들에게 자랑이었다. 그는 엘리베이터 보이들을 처음으로 조직한 사

람이었다. 틀림없이 그도 허락을 받지 않고 자신의 자리를 비운 일이
있었을 것이다. 물론 지금은 어떤 사람도 그에게 그 일을 회상하도록
강요할 수는 없으며, 또한 한때 엘리베이터 보이였던 그가 때때로 엄
격하게 엘리베이터 보이들의 질서를 잡는 것이 자신의 의무라고 여긴
다는 사실을 무시해서는 안 되었다. 그러나 카알은 이 시간이 빨리 흘
러가기를 바랐다. 사무실 시계로는 벌써 다섯 시 십오 분이 지났다.
지금이라도 레널이 돌아올지 모른다. 틀림없이 로빈슨이 돌아오지
않았다는 것을 알아차렸을 것이기 때문에 아마도 그는 벌써 와 있을
수도 있었다. 그런데 들라마르쉬와 레널이 옥시텐탈 호텔로부터 멀
지 않은 곳에 있다는 생각이 카알에게 떠올랐다. 그렇지 않다면 로빈
슨이 비참한 상태로 여기까지 오는 길을 찾지도 못했을 것이기 때문
이다. 레널이 자신의 침대에 누워 있는 로빈슨을 보았다면 ─ 틀림없
이 그랬을 것이다 ─ 모든 일이 잘된 것이다. 왜냐하면 레널은 아주
수완이 좋기 때문이다. 특히 자신의 이해관계에 관련되면 그는 로빈
슨을 어찌되었든 바로 호텔에서 몰아낼 것이기 때문이다. 이 일은 훨
씬 쉬울 것이다. 왜냐하면 로빈슨은 그동안 약간 기운을 차렸고 게다
가 아마 들라마르쉬가 그를 맞이하기 위해 호텔 앞에서 기다릴 것이
기 때문이다. 로빈슨이 내쫓기고 나면 카알은 훨씬 더 여유있게 웨이
터장을 대할 수 있고 아마도 이번에는 다소 심할지라도 비난만 받고
피해나갈 수 있을지도 모른다. 그러면 그는 여주방장에게 진실을 이
야기해도 되는지 테레제와 상의할 것이다. 그는 자신이 해야 할 일에
있어서 아무런 장애가 없다고 생각했다. 이대로만 될 수 있다면 이 일
은 특별한 피해 없이 해결될 것이다.

  카알은 이런 생각을 하면서 조금은 안정을 찾았고, 그날 밤 벌어들
인 팁이 아주 많았다는 느낌이 들었기 때문에 눈에 띄지 않게 다시 세
어보기 시작했다. 그때 웨이터장이 "잠시 기다려주세요, 페오도르

174

씨."라고 말하고서 명세서를 테이블 위에 놓고 튕기듯이 벌떡 일어나 카알을 큰 소리로 불렀기 때문에 카알은 놀라 웨이터장의 크고 검은 입만을 쳐다보았다.

"너는 허락도 받지 않고 자리를 이탈했어. 그게 무엇을 의미하는지 알아? 바로 해고야. 나는 어떤 변명도 듣지 않겠어. 네가 꾸며낼 변명에는 관심이 없어. 네가 그 자리에 없었다는 사실만으로 충분해. 내가 그 일을 참고 용서한다면 다음에는 사십 명의 모든 엘리베이터 보이들이 근무 중에 자리를 이탈할 거야. 나는 오천 명의 손님들을 혼자서 계단으로 들어날라야 할 거야."

카알은 입을 열지 못했다. 수위장이 다가와서 약간 구겨진 카알의 웃옷을 조금 더 아래로 잡아당겼다. 의심할 여지없이 이러한 수위장의 행동은 카알이 입은 제복의 사소한 실수조차 웨이터장이 알아차리도록 하기 위해서였다.

"너 갑자기 몸이 좋지 않았어?"라고 웨이터장이 교활하게 물었다. 카알은 그를 세밀하게 바라보면서 대답했다. "아닙니다." "전혀 몸이 좋지 않은 것도 아니었어?"라고 웨이터장이 더 큰 소리로 고함을 질렀다. "그러면 너는 그럴싸한 거짓말을 꾸며낼 것이 틀림없어. 말해봐. 어떤 변명을 하려고 하지?" "전화로 허락을 받아야 한다는 사실을 몰랐어요."라고 카알이 말했다. "그건 물론 근사한 거짓말이야."라고 웨이터장이 말하고 나서 카알의 웃옷 깃을 잡고 공중에 띄우다시피 해서 벽에 박혀 있는 엘리베이터 근무 규칙 앞으로 데리고 갔다. 수위장도 그들 뒤를 따라 벽으로 갔다. "저기! 읽어!"라고 웨이터장이 말하면서 한 조항을 가리켰다. 카알은 묵독해야 한다고 생각했다. 그러나 "큰 소리로!"라고 웨이터장이 명령했다. 카알은 큰 소리로 읽지 않고 다음과 같이 말함으로써 웨이터장을 진정시킬 수 있다는 희망을 가졌다. "저는 그 조항을 알고 있어요. 저는 또한 근무 규칙을 받았고 정확하게 읽었습니다. 그러나 전혀 필요치 않은 바로 그런 규칙은 잊어버려요. 저는 벌써 두 달째 일을 하고 있으면서 저의 자리를 이탈한 적이 결코 없어요."

"그 대가로 너는 지금 너의 일자리를 떠나게 될 거야."라고 웨이터 장은 말하고서 테이블 쪽으로 가서 계속 읽으려는 듯 명세서를 다시 손에 쥐었다. 그러나 그는 쓸모 없는 종이 조각인 양 그 명세서를 테이블에 내리치고 난 후, 이마와 뺨이 상기된 채 방을 이리저리 돌아다녔다. "저런 녀석 때문에 이게 필요해. 야간 근무 중에 이런 소란을 피우다니!"라고 그는 여러 번 내뱉었다. "여기 있는 이 녀석이 엘리베이터에 없었을 때 누가 엘리베이터를 타려고 했는지 당신은 아세요?"라고 그는 수위장 쪽을 향해 말했다. 그는 그 사람의 이름을 말했다. 그러자 모든 손님들을 알 뿐만 아니라 어떤 사람인지 평가까지 할 수 있는 수위장은 몸을 떨면서 재빨리 카알 쪽을 쳐다보았다. 마치 카알의 존재가, 그 손님이 보이가 없는 엘리베이터에서 헛되이 한참 동안 기다려야 했던 사실을 증명하는 장본인인 양 카알 쪽을 쳐다보았다. "이거 큰일이구먼!"이라고 말하고서 수위장은 상당히 불안을 느끼며 카알 쪽을 보고 천천히 머리를 흔들었다. 카알은 수위장을 애처롭게 바라보면서, 자신은 이 남자의 우둔함 때문에라도 벌을 받게 될 거라고 생각했다. "게다가 나는 너를 잘 알고 있어." 수위장은 통통하고 큰 집게손가락을 빳빳이 펴서 뻗으면서 말했다. "너는 내게 인사를 하지 않은 유일한 보이야. 너는 자만하고 있어! 수위실을 지나는 모든 사람은 나에게 인사해야 해. 너는 다른 수위들에겐 네가 하고 싶은 대로 할 수 있지만 나에게는 아냐. 나에겐 인사를 해야 해. 내가 가끔은 신경을 쓰지 않는 것처럼 행동하지만 — 너는 태연할 수 있지만 — 나는 누가 내게 인사하고 누가 인사를 하지 않는지 아주 정확하게 알고 있어, 이 녀석아." 그러고 나서 수위장은 카알에게서 등을 돌려 몸을 똑바로 세워 웨이터장에게 걸어갔다. 그러나 웨이터장은 수위장의 말에 대해 한 마디도 하지 않고 아침 식사를 끝내고서 사환이 방금 방으로 가져온 조간 신문을 대강 훑어보았다.

"수위장님."하고 카알이 말하면서 웨이터장이 신경을 쓰지 않는 사이에 적어도 수위장과의 문제를 해결하려고 했다. 왜냐하면 카알은 수위장의 비난이 자신을 해치지는 않지만 그의 적개심이 자신을 해칠 수 있다고 파악했기 때문이다. "저는 당신에게 확실히 인사했어요. 저는 미국에 온 지 아직 얼마 되지 않았어요. 저는 유럽에서 왔어요. 거기서는 아시다시피 필요 이상으로 인사를 해요. 이러한 습관을 저는 물론 버릴 수 없었어요. 두 달 전만 해도 제가 우연히 상류사회와 접촉하게 된 뉴욕에서 사람들은 기회가 있으면 저에게 지나치게 공손하게 행동하지 말라고 충고했지요. 그런데 제가 바로 당신에게 인사하지 않았단 말입니까? 저는 당신에게 매일 몇 번씩 인사를 했어요. 물론 제가 당신을 볼 때마다 인사를 한 건 아니예요. 왜냐하면 저는 매일 수백 번쯤 당신 곁을 지나가기 때문이에요." "너는 나에게 매번 인사를 해야 해. 매번 예외 없이. 나와 이야기하는 동안에는 모자를 손에 들고 있어야 해. 나를 항상 수위장이라고 불러야지 당신이라고 불러서는 안 돼. 그리고 내가 말한 모든 것을 매번 하도록 해." "매번이라고요?"라고 카알이 조용히 그리고 질문하듯이 되풀이했다. 카알은 자신이 여기서 근무한 기간 내내 수위장으로부터 항상 엄하고 비난에 찬 눈초리를 받았다는 사실을 지금 기억해냈다. 수위장의 이런 태도는 카알이 근무한 첫날 아침부터 그랬다. 그때는 자신이 하는 일에 아직 적응하지 못했고 조금은 너무 대담했던 때라 카알이 이 수위장에게 남자 두 명이 자신에 대해 물었는지 그리고 자신에게 줄 사진 한 장을 남겨놓았는지 번거롭고도 화급하게 물은 적이 있었다. 다시 카알 가까이 다가온 수위장은 "그런 행동이 어떤 결과를 가져오는

지 너는 이제 알겠지?."라고 말했다. 수위장은 아직 신문을 읽고 있는 웨이터장이 자기 복수의 대리인인 것처럼 그를 가리켰다. "다음 직장이 아마도 형편없는 싸구려 술집이 될지도 모르지만 너는 다음 일자리에서는 수위에게 인사하는 법을 알게 될 거야."

카알은 자신이 이미 이 일자리를 잃었다는 사실을 알아차렸다. 왜냐하면 웨이터장이 이미 그 말을 했고, 수위장도 끝난 사실이라고 다시 언급했을 뿐만 아니라 엘리베이터 보이 한 명 때문에 호텔 간부가 해고를 확증해줄 필요는 없기 때문이다. 물론 이 일은 그가 생각했던 것보다 훨씬 더 빨리 진행되었다. 잘 생각해보면 카알은 두 달 동안 자신이 할 수 있는 한 일을 잘했으며 확실히 많은 다른 보이들보다 더 잘했다. 그러나 그러한 것들은 결정적인 순간에는 지구 어느 곳에서도, 유럽에서든 미국에서든, 분명히 고려되지 않는다. 오히려 첫 분노를 터뜨리는 사람의 입에서 판결이 나오는 대로 결정된다. 카알이 곧장 이별을 하고 떠나가는 것이 아마도 지금으로서는 최상일 것이다. 여주방장과 테레제는 아마도 아직 잠을 자고 있을 것이고, 카알은 만나서 이별할 때에 적어도 그들에게 자신의 행동에 대한 실망과 슬픔을 주지 않기 위해서 서신으로 이별하는 것이 좋을지도 모른다. 그는 재빨리 짐을 꾸려서 조용히 떠나는 것이 좋을지도 모른다. 그가 하루 더 머무를지라도 — 물론 그는 잠을 조금 잘 수는 있을 것이다 — 자신의 일이 스캔들이 되고, 사방팔방에서 비난의 목소리가 들리고, 견디기 어렵지만 테레제와 여주방장의 눈물을 보고, 아마도 결국 벌을 받는 것 이외에는 기다리는 것이 없을 것이다. 그러나 또 다른 한편으론 그가 여기서 두 명의 적과 마주 대하고 있고, 자신이 하는 말에 대해 한 명은 아닐지라도 적어도 다른 한 명이 비난하고 나쁘게 해석할 거라는 생각에 그는 당혹했다. 이 때문에 그는 입을 다물었다. 웨이터장은 여전히 신문을 읽었고, 수위장은 테이블 위에 흐트러져 있는 명세서를 페이지 수에 따라 정리하고 있었기 때문에 카알은 방 안에 흐르는 고요함을 일시적으로 즐겼다. 수위장이 명세서를 정리하는 일은 그의 근시안 때문에 쉬운 일이 아니었다.

마침내 웨이터장이 하품을 하면서 신문을 내려놓고, 카알 쪽을 바라보면서 카알이 아직 그 자리에 있다는 것을 확인했다. 그는 탁상 전화기의 벨을 돌렸다. 그는 여러 번 "여보세요"라고 외쳤다. 그러나 아무도 대답하지 않았다. "아무도 대답하지 않는구먼." 그는 수위장에게 말했다. 전화 거는 일에 특별한 관심을 가지고 보고 있던 ─ 카알에게는 그렇게 비쳤다 ─ 수위장은 "벌써 다섯 시 사십오 분이에요. 그녀는 분명히 깨어 있을 겁니다. 좀더 세게 울리세요."라고 말했다. 이 순간 더 이상 벨을 울리지 않았는데 전화기의 대답 신호가 왔다. "웨이터장 이즈배리예요."라고 웨이터장이 말했다. "안녕하세요, 여주방장님. 내가 결국 당신을 깨웠군요. 미안해요. 그래요. 그래요. 벌써 다섯 시 사십오 분이에요. 하지만 당신을 놀라게 해서 정말 죄송해요. 주무시는 동안 전화기를 내려놓았으면 좋을 텐데. 아니에요. 아니에요. 어떻게 용서를 빌어야 할지. 내가 말하려고 하는 것은 사소한 것인데. 하지만 물론 나는 시간이 있어요. 괜찮으시다면 전화기 옆에서 기다리겠어요." "여주방장이 잠옷 바람으로 전화기로 달려왔음에 틀림없어요."라고 웨이터장이, 통화 내내 긴장된 얼굴 표정으로 전화기 쪽으로 몸을 굽히고 있었던 수위장에게 미소 지으며 말했다. "내가 그녀를 깨웠어요. 평상시에는 그녀 곁에서 타자를 치는 작은 소녀가 그녀를 깨우죠. 오늘 그 소녀가 예외적으로 그렇게 하지 못했음에 틀림없어요. 내가 그녀를 깨워서 유감이에요. 그녀는 어찌되었든 신경질적이에요." "왜 그녀가 계속 말을 하지 않죠?" 웨이터장은 벨이 다시 울렸기 때문에 "그녀는 그 소녀에게 무슨 일이 있는지 살펴보러 갔어요."라고 귀에 수화기를 대고 대답했다. "그 애는 다시 나타날 겁니다."라고 그는 전화기에 대고 계속 말했다. "당신은 어떤 일에도 놀라서는 안 돼요. 당신은 근본적인 휴양이 필요해요. 예, 사소한 질문이 있어요. 엘리베이터 보이가 한 명 있는데, 이름이." ― 그는 카알 쪽으로 몸을 돌리면서 물었다. 카알은 정확하게 주의를 기울이고 있었기 때문에 곧바로 자신의 이름을 댐으로써 도울 수 있었다 ― "이름이 카알 로스만이에요. 나의 기억으로는 당신이 그에게 약간의 관심이 있었다고 알고 있어요. 유감스럽게도 그는 당신의 호의에 대해 올바로 보답하고 있지 못해요. 그는 허락 없이 자기 자리를 비웠어요. 그래서 그는 지금으로선 아직 짐작할 수 없는 중대한 불상사를 야기했어요. 그래서 나는 그를 방금 해고했어요. 나는 당신이 이 일로 슬퍼하지 않기를 바래요. 어떻게 생각하세요? 해고, 예, 해고예요. 그러나 그가 자기 자리를 비웠다고 내가 당신께 말했잖아요. 아니에요. 나는 당신 때문에 물러설 수는 없어요. 여주방장님. 나의 권위에 대한 문제예요. 거기에는 많은 것이 걸려 있어요. 저런 보이는 조직 전체를 엉망으로 만들어요. 엘리베이터 보이들에게는 특별히 신경을 써야 해요. 아니에요. 아니에요. 내가 당신의 마음에 들려고 항상 노력할지라도 이 경우에 나는 당신에게 호의를 베풀 수 없어요. 그 모든 일에도 불구하고 내가 그를 여기 있도록 한다면 나의 울화통을 터뜨리게 하는 목적 이외에는 어떤 도움도 되지 않아요. 당신을 위해서. 예, 당신을 위해서. 여주방장님, 그는 여기 머무를 수가 없습니다. 당신은 그에 대해 동정심을 갖고 있지만, 그는 당신의 동정심을 받을 만한 자격이 전혀 없습니다. 나만 그를 알고 있는 것이 아니라 당신도 알고 있기 때문에, 그렇게 되면 당신이 아주 큰 실망을 맛보게 되리라는 것을 나는 분명히 압니다. 어떤 대가를 치러서라도 나는 당신이 실망을 맛보지 않도록 할 겁니다. 고집불통인 보이가 나의 몇 걸음 앞에 서 있습니다만 나는 이런 말을 탁 털어놓고 있습니다. 그를 해고하겠어요. 아니에요. 아니에요. 여주방장님. 그는 완전히 해고예요. 아니에요. 아니에요. 그를 어떤 다른 일자리로도 보내지 않을 겁니다. 그는 완전히 필요 없어요. 게다가 그에 대한 불평들이 내 귀에 들어오고 있어요. 예를 들면 수위장은 — 뭐라고요, 페오도르 씨. 예 — 이 보이의 무례함과 뻔뻔함에 대해 불평하거든요. 네? 그걸로는 충분하지 않다고요? 여주방장님, 당신은 이 보이 때문에 당신의 인격을 손상시키고 계셔요. 아니에요. 당신은 나를 그렇게 몰아세워서는 안 돼요."

그 순간 수위장이 몸을 숙여 웨이터장의 귀에 대고 무언가를 속삭였다. 웨이터장은 놀란 눈으로 그를 바라보다가 전화기에 대고 빠르게 말했다. 그 말이 너무 빨라 카알은 처음에는 거의 정확하게 이해하지 못해서 발끝으로 두 걸음 더 다가갔다.

"여주방장님." 하고 웨이터장이 말했다. "솔직히 말해서 나는 당신이 그렇게 사람을 볼 줄 모르는 분이라고는 생각하지 않아요. 방금 나는 당신의 천사와도 같은 젊은이에 대해 무언가를 듣게 되었어요. 그것을 들으시면 당신은 그 젊은이에 대한 생각을 완전히 바꾸시게 될 거예요. 바로 내가 당신에게 이 말을 해야 하다니 유감이군요. 당신이 예의 바른 모범적인 인간이라고 부르는 이 점잖은 젊은이는 시내로 가지 않고는 근무가 없는 밤을 보내지 않아요. 시내에 갔다가 아침에야 비로소 돌아오죠. 그래요, 그래요. 여주방장님, 이 사실은 증인들, 말하자면 의심할 여지 없는 증인들에 의해 입증되었어요. 그렇죠. 그가 어디서 유흥에 필요한 돈을 마련하는지 당신은 내게 말씀해 주실 수 있나요? 그가 자신의 근무에 어떻게 주의해야 하는지 말씀해 주실 수 있나요? 그가 시내에서 무슨 짓을 하는지 내가 당신에게 이야기하기를 원하세요? 나는 이런 젊은이는 특별히 서둘러서 내보내려해요. 당신은 이 문제를 우리가 떠돌이 젊은이에 대해서 얼마나 주의해야 하는가에 대한 하나의 경고로 받아들이세요."

"하지만 웨이터장님."하고 카알이 외쳤다. 여기서 나타난 듯한 커다란 오해로 인해 카알은 마음이 정말로 가벼워졌다. 이 오해로 인해아마도 가장 빨리 모든 것이 예상 외로 호전될 수도 있었다. "분명히혼동하고 계신 것 같아요. 제가 매일 밤 외출한다고 수위장님께서 당신에게 말씀한 것으로 생각됩니다. 이건 전혀 사실무근이에요. 오히려 저는 매일 밤 공동 침실에 있었어요. 이 사실은 모든 보이들이 증명할 수 있어요. 제가 잠을 자지 않을 경우에는 상업 통신문을 배워요. 하지만 저는 하룻밤도 공동 침실에서 나가지 않았어요. 이 사실을 증명하는 일은 어렵지 않아요. 수위장님께서 저를 다른 사람과 혼동하는 것이 분명해요. 왜 수위장님이 제가 인사하지 않는다고 생각하시는지를, 저는 이제 이해해요."

"당장 조용히 해."라고 수위장이 고함을 지르며 주먹을 휘둘렀다.다른 사람이라면 손가락을 움직였을 텐데 말이다. "내가 너를 다른사람과 혼동한다고? 그래, 내가 사람들을 혼동한다면 더 이상 수위장이 될 수 없어. 들어보세요, 이즈배리 씨. 내가 사람들을 혼동한다면 나는 더 이상 수위장일 수 없어요. 나는 삼십 년 동안 근무하면서혼동한 적이 없어요. 그 당시부터 근무했던 수백 명의 웨이터장님들이 이 사실을 분명히 증명해줄 겁니다. 너같은 하찮은 놈 일로 내가사람을 혼동하기 시작했다는 거야? 낯짝 두꺼운 너같은 놈을 혼동했단 말이야? 혼동할 게 뭐가 있어? 너는 매일 밤 나 몰래 시내로 나갔을 수도 있어. 나는 너의 얼굴만 보고도 네가 썩어빠진 건달이라는것을 알아."

"그만하세요. 페오도르 씨!"하고 웨이터장이 말했다. 여주방장과의 전화 통화가 갑자기 끊겨버린 듯했다. "이 일은 아주 간단해요. 그의 밤 유흥은 우선은 전혀 중요하지가 않아요. 그는 해고되기 전에 자신의 밤 일에 대해 광범위한 조사가 이루어지기를 원하고 있어요. 아마도 사십 명의 엘리베이터 보이들을 모두 소환하여 증인으로 심문할 겁니다. 그는 그런 일까지도 할 수 있는 자라는 것을 나는 충분히 짐작할 수 있습니다. 물론 그들도 모두 그를 혼동하고 있을지도 몰라요. 전 종업원이 점차적으로 증인으로 소환되어야 할 거예요. 물론 호텔 영업은 잠시 중단될 겁니다. 그 결과로 그가 쫓겨난다고 하더라도 그는 적어도 재미를 본 셈이 되지요. 그러니 우리는 차라리 그런 일을 하지 않는 것이 좋아요. 그는 이 착한 여주방장을 벌써 바보로 여겼어요. 이제 이 일은 끝나야 해요. 나는 더 이상 어떤 말도 듣지 않겠어. 너는 근무 태만으로 이 자리에서 해고되었어. 오늘까지 일한 임금이 지불되도록 경리실에 줄 지불 전표를 너에게 주겠어. 지금까지의 네 행동에 비추어봤을 때 — 우리끼리만 하는 이야기지만 — 이것은 선물이야. 이 선물은 내가 여주방장을 생각해서 너에게 주는 거야."

전화가 걸려와서 웨이터장은 지불 전표에 당장 서명할 수 없었다. 첫 몇 마디를 들어보고서 "오늘은 엘리베이터 보이들이 나를 괴롭히는구먼!"이라고 외쳤다. "이건 들어보지도 못한 일이야!"라고 그는 얼마 후 또 외쳤다. 그는 수화기를 귀에서 떼고 호텔 수위장 쪽으로 몸을 돌려 이렇게 말했다. "페오도르 씨, 저 녀석을 잠시 붙잡아두세요. 우리는 저 녀석과 아직 이야기할 것이 있어요." 그는 수화기에 대고 명령했다. "당장 올라와!"

이제야 수위장은 적어도 실컷 분을 풀 수 있었다. 그것은 말로 할 수 없는 것이었다. 그는 카알의 팔 위쪽을 꽉 붙잡았다. 그러나 그는 견딜 수 있도록 느슨하게 붙잡은 것이 아니라 때때로 힘을 느슨하게 했다가 점점 더 세게 죄었다. 그의 강한 체력을 생각할 때, 이러한 그의 행동은 쉽게 끝날 것 같지 않았다. 그래서 카알의 눈앞은 캄캄해졌다. 그러나 수위장은 카알을 붙잡고 있었을 뿐만 아니라 마치 카알을 넘어뜨리라는 명령을 받은 것처럼 그를 때때로 높이 당겨올려서 흔들었다. 그러면서 그는 계속해서 반 질문조로 웨이터장에게 말했다. "내가 지금 이 녀석을 혼동하고 있지 않나요? 내가 지금 이 녀석을 혼동하고 있지 않나요?"

뚱뚱하고 항상 씩씩 소리를 내는, 엘리베이터 보이장인 베스라는 젊은 애가 들어와 수위장의 관심을 잠깐 자기 쪽으로 끌었을 때, 카알에게 있어서 그것은 구원이었다. 놀랍게도 엘리베이터 보이장의 뒤에 테레제가 창백한 얼굴로 단정치 못한 복장과 머리를 하고 들어오는 것을 보았을 때 카알은 거의 인사도 못할 정도로 지쳐 있었다. 그녀는 금방 카알에게 다가가서 속삭였다. "여주방장님이 이 사실을 알고 계셔?" "웨이터장이 그분에게 전화를 했어."라고 카알이 대답했다. "그러면 잘 됐어, 그러면 잘 됐어."라고 그녀는 활기찬 눈으로 재빨리 말했다. "아냐."라고 카알이 말했다. "너는 그들이 나에게 얼마나 나쁜 감정을 갖고 있는지 몰라. 나는 떠나야 해. 여주방장님 또한 이 사실에 대해 납득했어. 제발 여기 있지 마. 올라 가. 그러면 내가 작별 인사하러 갈게." "하지만 로스만, 너 무슨 생각하는 거니? 원한다면 너는 우리와 함께 있을 거야. 웨이터장은 여주방장님이 원하는 모든 것을 할 거야. 그는 그녀를 사랑해. 이 사실을 나는 최근에 우연히 알게 되었어. 그러니 안심하고 있어." "제발 테레제, 지금 가줘. 네가 여기 있으면 나는 나를 변호할 수 없어. 그리고 나에 대한 거짓말을 들었기 때문에 나는 정확하게 변호해야 해. 내가 정신을 차려 더 잘 변호하면 할수록 내가 여기에 머무를 수 있는 희망은 더 커져. 그러니, 테레제." ─ 유감스럽게도 그는 갑작스러운 고통으로 인해 낮

184

은 목소리로 다음과 같은 말을 덧붙였다. "수위장이 나를 놓아주면 좋을 텐데! 나는 그가 나의 적이라는 사실을 전혀 몰랐어. 하지만 그가 나를 계속 누르고 당길지라도." — '내가 왜 이런 말을 하지? 어떤 여자도 이런 말을 침착하게 들을 수는 없어.'라고 그는 생각했다. — 실제로 테레제는 카알이 말릴 틈도 없이 수위장 쪽을 향해 말했다. "수위장님, 제발 로스만을 당장 풀어주세요. 당신은 그에게 고통을 주고 있어요. 여주방장님은 몸소 곧 오실 거고, 그러면 그가 부당한 일을 당하고 있다는 것을 알게 될 겁니다. 그를 놓아주세요. 그를 괴롭혀서 당신은 어떤 즐거움을 가질 수 있나요?" 그녀는 수위장의 손을 잡았다. "명령이야. 아가씨, 명령이야."하고 수위장이 말하고 빈 손으로 테레제를 다정하게 끌어당겼다. 마치 그가 카알에게 고통을 주려고 할 뿐만 아니라 자신의 손아귀에 카알의 팔을 붙들고 보니 마치 오랫동안 이루지 못했던 특별한 목표라도 잡은 듯 다른 손으로 온 힘을 다해 카알을 눌렀다.

한참 후에야 테레제는 수위장의 포옹에서 해방되었다. 그리고 웨이터장이 말 많은 베스로부터 여전히 이야기를 듣고 있는 동안, 그녀가 카알을 위해 힘써보려는 순간, 여주방장이 재빠른 걸음으로 들어왔다. "다행이야."라고 테레제가 외쳤다. 한순간 방 안에는 이 큰 소리 외에 아무 소리도 들리지 않았다. 곧장 웨이터장이 벌떡 일어나 베스를 옆으로 밀었다. "여주방장님, 당신께서 직접 오시다니? 이런 하찮은 일로? 우리가 전화 통화를 한 후에 당신이 오시리라고 나는 예상했어요. 그러나 믿지는 않았죠. 그런데 당신이 돌봐주는 사람의 일이 더 나쁘게 되어가고 있어요. 내가 걱정하는 건, 내가 그를 실제로 해고하지 않고 그 대신에 감금하도록 해야 할 것 같다는 점이에요. 직접 들어보시죠!" 그리고 그는 손짓으로 베스를 불렀다. "우선 로스만과 몇 마디 이야기를 나누고 싶어요."라고 여주방장이 말하고서 웨이터

장이 하라는 대로 안락의자에 앉았다. "카알, 가까이 와봐."라고 그
녀는 말했다. 카알은 그녀의 말에 따랐다. 아니 오히려 수위장에 의
해 끌려왔다.

"그를 놓아주세요." 여주방장은 화를 내면서 말했다. "그는 강도
살인범이 아니에요." 수위장이 그를 풀어주었다. 그러나 그전에 다
시 한 번 그를 세게 눌렀다. 그래서 너무 힘을 써서 카알의 눈에는 눈
물이 흘렀다.

"카알."하고 여주방장이 말하면서 손을 조용히 무릎에 놓고 머리
를 비스듬히 기울여 카알을 바라보았다. ─ 그것은 전혀 심문 같은 것
이 아니었다 .─ "무엇보다도 내가 너를 완전히 신뢰하고 있다는 것
을 너에게 말하려 해. 웨이터장님도 공정한 사람이야. 이걸 나는 보
증한다. 우리 둘은 근본적으로 네가 여기 있어주길 원해." 이 말을
하면서 그녀는 자신의 말을 가로막지 않도록 청하듯이 힐끔 웨이터장
쪽을 보았다. 그는 말을 가로막지 않았다. "사람들이 지금까지 여기
서 너에게 말한 것을 잊어라. 특히 수위장님이 너에게 말한 것을 너는
심각하게 받아들일 필요가 없어. 그는 흥분 잘하는 사람이고 또 그것
은 그의 직무상 이상한 것도 아니지만, 그에겐 부인과 자식들이 있
어. 그리고 자기 자신밖엔 의지할 곳 없는 젊은이를 불필요하게 괴롭
혀서는 안 된다는 것과 세상이 그것을 충분히 배려하고 있다는 것을
그는 알고 있어."

방 안은 아주 조용했다. 수위장은 해명을 요구하면서 웨이터장을
보았고, 웨이터장은 여주방장을 보면서 머리를 흔들었다. 엘리베이
터 보이장인 베스는 웨이터장의 등 뒤에서 아주 의미 없이 히죽히죽
웃었다. 기쁨과 고통 때문에 속으로 흐느껴 울었던 테레제는 그 소리
를 어느 누구에게도 들리지 않게 하기 위해 안간힘을 다했다.

그러나 카알은 비록 이것이 나쁜 표시로 받아들여질지 모르나 그의

186

시선을 기대하고 있는 여주방장 쪽으로 향하지 않고 자기 앞의 방바닥에 던지고 있었다. 그의 팔에서 통증이 사방팔방으로 퍼졌다. 셔츠는 붙잡혔던 팔 부분에 붙어 있었다. 그는 웃옷을 벗고 실태를 조사해 보고 싶었다. 여주방장이 말한 것은 물론 아주 호의적이었다. 그러나 그는 자신이 친절을 받을 가치가 없으며, 두 달 동안이나 여주방장의 호의를 부당하게 받았고, 더군다나 자기가 수위장의 손아귀에 붙잡히는 것 이외에는 다른 어떤 것도 받을 가치가 없다는 것이 여주방장의 행동을 통해서 분명하게 보여지고 있다고 느꼈다.

여주방장은 계속 말했다. "내가 이렇게 말하는 것은 네가 그 밖에 했을지도 모를 일에 대해 지금 주저 없이 대답하도록 하기 위해서야. 나는 네가 그렇게 할 수 있는 사람이라고 믿고 있어."

"제가 그동안 의사를 데리고 와도 됩니까? 그러는 사이에 저 사람은 출혈 때문에 죽을 수도 있을 것입니다."라고 갑자기 엘리베이터 보이장인 베스가 아주 공손하게 그러나 방해하듯이 말했다.

"가봐." 웨이터장이 베스에게 말했다. 베스는 곧장 달려나갔다. 그후 웨이터장은 여주방장에게 말했다. "이 일은 이렇습니다. 수위장이 재미로 그 젊은이를 붙잡은 것이 아니에요. 말하자면 아래 엘리베이터 보이들의 공동 침실에 만취한 낯선 남자가 침대 위에서 이불에 덮인 채 발견되었어요. 물론 그 남자를 깨워서 내쫓으려 했어요. 그러자 그는 소란을 피우기 시작했지요. 공동 침실이 카알 로스만의 것이고, 자기가 로스만의 손님이며 로스만이 자기를 여기에 데리고 왔고, 자기를 건드리는 사람에게는 로스만이 벌을 줄 거라며 계속 고래고래 소리를 질렀어요. 더욱이 로스만이 자기에게 돈을 주겠다고 약속했고, 로스만이 돈을 가지러 갔기 때문에 자기는 카알 로스만을 기다려야 한다고 말했어요. 여주방장님, 부디 이 점에 주의해주세요. 돈을 주겠다고 약속하고 돈을 가지러 갔다는 점을 말이에요. 로스만, 너도 유념해서 들어."라고 웨이터장이 마침 테레제 쪽으로 머리를 돌린 카알에게 말했다. 테레제는 홀린 듯이 웨이터장을 뚫어지게 바라보면서 이마로부터 흘러내린 머리카락을 손으로 쓰다듬거나 혹은 이 손동작을 동작 그 자체를 위해서 계속했다. "그러나 나는 너에게 그 어떤 의무들을 촉구하고 있는 거야. 아래에 있는 그 남자는 네가 돌아온 후에 너희 둘이 밤에 어떤 여자 가수의 집을 방문할 거라고 말했어. 그 여자 가수의 이름은 물론 아무도 이해 못했어. 왜냐하면 그 남자는 줄곧 노래를 부르면서 그 이름을 말했기 때문이지."

여기서 웨이터장은 이야기를 중단했다. 왜냐하면 안색이 창백해진 여주방장이 안락의자에서 일어나서 의자를 뒤로 약간 밀쳤기 때문이었다. "나는 계속되는 이야기로 당신을 귀찮게 하지 않겠어요."라고 웨이터장이 말했다. "아니에요, 아니에요."라고 여주방장이 말하고서 그의 손을 잡았다. "계속 이야기하세요. 나는 모든 것을 듣겠어요. 그 때문에 내가 여기에 왔으니까요." 수위장은 앞으로 걸어나와서, 처음부터 모든 것을 꿰뚫어보았다는 표시로 소리내어 자신의 가슴을 두드렸다. 그것을 본 웨이터장은 "그래요, 페오도르 씨, 당신이 옳았어요!"라고 말하면서 수위장을 진정시킴과 동시에 뒤로 물러가도록 지시했다.

"더 이야기할 것이 없어요."라고 웨이터장이 말했다. "보이들이 언제나 그렇듯이, 그들은 그 사나이를 처음에는 놀려대었고, 그리고 나서 그와 싸움이 벌어졌어요. 거기에는 항상 훌륭한 권투 선수들이 있었기 때문에 그 사나이는 간단하게 넉 다운 되었어요. 나는 그가 신체의 어느 부분에 그리고 얼마나 많은 부분에서 피를 흘렸는지 전혀 묻지 않았습니다. 왜냐하면 이 보이들은 사나운 권투 선수들이고, 그들에겐 술 취한 한 사람 정도는 식은 죽 먹기이기 때문이죠."

"그래요."라고 여주방장이 말했다. 그녀는 안락의자의 팔걸이를 잡고 방금 일어났던 자리를 바라보았다. "자, 제발 한 마디만 해줘, 로스만!"하고 그녀는 말했다. 테레제는 지금까지 앉아 있던 자리를 떠나 여주방장 쪽으로 가서 여주방장과 팔짱을 끼었다. 테레제가 이런 짓을 하는 것을 카알은 평상시에 한번도 본 적이 없었다. 웨이터장은 바로 여주방장 뒤에 서서 약간 구겨진 여주방장의 작고 검소한 레이스 깃을 천천히 폈다. 카알 옆에 있던 수위장이 말했다. "자, 이제 이야기하겠는가?" 수위장이 이 말을 한 것은 말하는 사이에 그가 카알의 등을 찌른 것을 숨기기 위한 행동이었다.

"제가 그 남자를 공동 침실로 데리고 온 것은 사실이에요."라고 카알은 등을 찔렸기 때문에 원래보다 더 자신 없게 말했다.

"우리는 더 이상 알고 싶지 않아."라고 수위장이 거기에 있는 모든 사람들을 대신하여 말했다. 여주방장은 말없이 웨이터장 쪽을 보고 나서 테레제 쪽을 보았다.

"저는 달리 방법이 없었습니다."라고 카알이 계속 말했다. "그 남자는 예전부터 저의 친구죠. 저희들은 두 달 동안 서로 만나지 못했는데 그가 저를 방문하기 위해 여기에 왔어요. 그런데 그는 혼자 갈 수 없을 정도로 취해 있었어요."

웨이터장이 여주방장 옆에서 낮은 목소리로 "그 남자가 방문하고 나서 술에 취했군. 그래서 그는 갈 수가 없었군."하고 혼잣말을 했다. 여주방장은 어깨 너머로 웨이터장에게 무엇인가를 속삭였다. 웨이터장은 분명히 이 일과 관계 없는 미소를 지음으로써 반대 의견을 갖고 있는 것 같았다. 테레제는 — 카알이 그녀 쪽을 바라보았다 — 완전히 속수무책으로 자신의 얼굴을 여주방장에게 기대고 더 이상 아무것도 보려 하지 않았다. 카알의 해명에 완전히 만족한 유일한 사람은 수위장이었다. 그는 여러 번 "당연하지. 술친구를 도와야지."라고 되풀이하여 말하면서 눈짓과 손짓으로 이 설명에 대해 그 자리에 있는 모든 사람을 감동시키려고 했다.

"저의 잘못이에요."라고 카알이 말했다. 그리고 나서 그는 마치 변호할 용기를 주는 재판관들의 우호적인 말을 기다리는 것처럼 말을 중단했다. 그러나 그런 우호적인 말은 나오지 않았다. "제가 아일랜드에서 온 로빈슨이라는 그 남자를 공동 침실로 데리고 온 것은 저의 잘못이죠. 그가 말한 다른 모든 것은 그가 취중에 한 것이에요. 그리고 그 말은 맞지 않아요."

"네가 그 남자에게 돈을 주겠다고 약속하지 않았어?"라고 웨이터장이 물었다.

"예, 했어요."라고 카알이 말했다. 그리고 그는 그런 사실을 잊고 있었다는 것을 후회했다. 그는 경솔하기 때문인지 아니면 부주의해서인지 간에 자신이 결백하다고 아주 명백히 말했다. "저는 그 남자에게 돈을 주겠다고 약속했어요. 그가 저에게 부탁했기 때문이에요. 하지만 저는 돈을 가져오려 한 것이 아니라 제가 오늘 밤에 받은 팁을 그에게 주려 했어요." 그리고 카알은 증거로 돈을 주머니에서 꺼내었고 손을 펴서 몇 개의 동전을 보여주었다.

"너는 점점 더 나쁜 방향으로 빠지고 있어."라고 웨이터장이 말했다.

"우리가 너의 말을 믿으려면 네가 이전에 한 말을 잊어야 할 거야. 나는 네가 말하는 로빈슨이라는 이름을 믿지 못하겠어. 아일랜드가 생긴 이래로 어떤 아일랜드인도 그런 이름을 가진 적이 없어. 먼저 너는 그 남자를 공동 침실로 데리고 왔단 말이지. 그것만으로도 너는 쫓겨날 수 있어. 너는 처음에는 그 남자에게 돈을 주기로 약속하지 않았다고 했지. 우리가 너에게 갑작스럽게 질문하자 너는 그에게 돈을 주기로 했다고 했어. 하지만 우리는 여기서 문답 게임을 하는 것이 아니라 너의 해명을 들으려는 거야. 처음에 너는 돈을 가지러 가려고 하지 않고 그 남자에게 오늘 받은 너의 팁을 주려고 했겠지. 그러나 그 다음에는 네가 이 팁을 아직 갖고 있는 걸로 봐서 분명히 다른 돈을 가지러 가려고 했다는 것이 분명해. 그것에 대한 증거가 바로 네가 오랫동안 자리를 비웠다는 거야. 결국에 네가 그 남자를 위해 너의 트렁크에서 돈을 꺼내오려 했다면 그것은 이상한 일이 아닐 거야. 그러나 네가 혼신을 다해 그 사실을 부정하는 것이 어딘가 이상한 일이야. 네가 그 남자를 여기 호텔에서 술 취하게 했다는 사실을 숨기려는 것도 이상한 일이야. 거기에 대해선 의심할 여지가 없어. 왜냐하면 그 남자가 혼자 와서 혼자 갈 수 없었다는 것을 너 스스로가 인정했고, 그 남자도 자기가 너의 손님이라고 고래고래 소리를 쳤기 때문이야. 그러니까 지금 두 가지 문제가 아직 의심스러워. 네가 이 일을 간단하게 처리하고 싶으면 이 두 가지 문제에 대해 직접 대답해야 해. 물론 너의 도움 없이도 이 두 가지는 확인할 수 있어. 너는 어떻게 식품 저장실로 들어갈 수 있었으며 그리고 둘째로 어떻게 너는 써버릴 수도 있는 돈을 모았느냐 하는 것이지."

"선의가 없다면 변호하는 일이 불가능하지."라고 카알이 자신에게 말했다. 테레제가 아마도 그 때문에 괴로워할지라도 카알은 웨이터장에게 더 이상 대답하지 않았다. 카알은 그가 했던 모든 말이 나중에 본뜻과는 전혀 다르게 받아들여진다는 것과 선으로 보느냐 악으로 보느냐 하는 것도 판단의 방법에 달려 있다는 것을 알았다.

"그가 대답하지 않아요."라고 여주방장이 말했다.

"이것이 그가 할 수 있는 가장 현명한 행동이에요."라고 웨이터장이 말했다.

"그는 무언가를 생각해낼 겁니다."라고 수위장이 말하고서, 조금 전에는 잔인했던 그 손으로 조심스럽게 자신의 수염을 쓰다듬었다.

"조용히 해."라고 여주방장이 곁에서 훌쩍이기 시작한 테레제에게 말했다. "그가 대답하지 않는다는 걸 너도 보고 있잖아. 그런데 어떻게 내가 그를 도울 수 있겠어? 결국에 웨이터장님 앞에서 지는 것은 바로 나야. 테레제, 말해봐. 내가 그를 위해 무언가 해야 할 일을 하지 않고 있다고 생각하는 거야, 너는?" 어떻게 테레제가 그것을 알 수 있겠는가? 여주방장이 공개적으로 귀여운 소녀에게 던진 이 질문과 부탁으로 두 사람 앞에서 자신의 체면을 손상시키는 것이 무슨 소용이 있겠는가?

테레제에게 대답하지 못하게 하려는 목적에서 카알은 다시 정신을 가다듬고 말했다. "여주방장님, 저는 제가 당신에게 어떤 수치스러운 일을 했다고 생각하지 않아요. 정확하게 조사하고 나면 다른 사람들도 이 사실을 분명히 알게 될 거예요."

"다른 사람들이라니."하고 수위장은 손가락으로 웨이터장을 가리켰다. "이즈배리 씨, 이건 당신에 대해 빈정대는 말입니다."

"자, 여주방장님. 여섯시 반이에요. 이제 때가 되었어요. 아주 참을성 있게 생각해온 이 문제에 있어서 당신이 나에게 결론을 내려주는 것이 최선이라고 생각해요."라고 웨이터장이 말했다.

키 작은 쟈코모가 들어와서 카알 쪽으로 가려고 했다. 그러나 그는 방 안에 흐르는 정적에 놀라 그렇게 하지 않고 기다렸다.

여주방장은 카알이 마지막으로 말을 한 후로 그에게서 눈을 떼지 않았다. 그녀는 웨이터장의 말에 동요하는 흔적을 전혀 보여주지 않았다. 그녀는 나이와 고생으로 인해 약간 흐려진, 크고 파란 눈을 들어 카알을 향했다. 그녀는 자기 앞에 있는 안락의자를 약하게 흔들며 서 있었는데, 다음 순간 우리는 그녀가 다음과 같이 말하리라고 기대할 수 있었다. '자, 카알. 내가 생각하기로는 이 일은 아직 해명되지 않았고, 네가 분명히 말했듯이 정확한 조사가 필요해. 정의가 있으므

192

로, 사람들이 동의하든 하지 않든 간에 우리는 지금 이 조사를 실행할 거야.'

그러나 그녀는 그렇게 말하지 않았고 누구도 깨뜨리려고 하지 않는 약간의 침묵이 흐른 후 다음과 같이 말했다. 시계만이 웨이터장의 말을 증명하듯 여섯 시 반을 쳤고, 모든 사람들이 알고 있듯이 호텔에 있는 시계들이 동시에 여섯 시 반을 쳤다. 그것은 마치 단 하나의 커다란 초조함이 두 번 경련하듯 귓속과 머릿속에 반복해서 울렸다. '안 돼, 카알. 안 돼, 안 돼! 우리는 그렇게 믿고 싶지 않아. 정당한 일은 특별한 모양을 하고 있는 거야. 너의 일은 그렇지 않아. 나는 이걸 시인해야 해. 나는 이런 말을 해도 되고, 또 해야 해. 왜냐하면 나는 너에 대해 가장 좋은 선입견을 가져온 사람이기 때문이야. 테레제도 입을 다물고 있는 것을 너도 보고 있지.' (그러나 테레제는 입을 다물고 있는 것이 아니라 울고 있었다.)

여주방장은 갑자기 그녀를 엄습해오는 결심에 말을 더듬으며 "카알. 이리 와봐."하고 말했다. 카알이 그녀에게 왔을 때 — 곧장 그의 등 뒤에서 웨이터장과 수위장이 활기찬 대화를 시작했다 — 그녀는 왼손으로 그를 껴안았다. 그녀는 오라는 대로 따라오는 테레제와 카알을 방 안쪽으로 데리고 가서 거기서 여러 번 이리저리 왔다갔다 했다. 그러면서 그녀는 말했다. "카알, 그것은 있을 수 있는 일이야. 조사가 이루어지면 네가 세세한 일에 있어서도 정당하다는 것을 인정받을 수 있고, 또 너는 그것을 확신하는 것처럼 보여. 그렇지 않다면 나는 너를 도무지 이해하지 못할 거야. 왜 아니겠어? 너는 아마도 수위장에게 정말로 인사를 했을 거야. 나는 확실히 그렇게 믿어. 나는 내가 수위장을 어떻게 평가해야 할지 알아. 네가 보다시피 나는 지금 마음을 열고 너에게 이야기하고 있어. 그러나 그런 하찮은 변명들은 너에게 전혀 도움이 되지 않아. 나는 여러 해 동안 웨이터장의 인간

평가에 대해 감탄했고 웨이터장은 내가 아는 사람들 중에서 가장 믿을 만한 사람이야. 웨이터장이 너의 죄를 명백하게 이야기했어. 나는 너의 죄에 대해서 물론 반박할 수 없다고 생각해. 너는 아마도 단지 경솔하게 행동했을 거야. 그러나 너는 아무래도 내가 평가했던 그런 사람이 아니야. 하지만." 하고 말하면서 그녀는 말을 중단하고 두 신사들을 힐끗 돌아보았다. "나는 네가 근본적으로 진실한 젊은이라는 생각은 바꿀 수가 없어."

"주방장님! 주방장님!" 하고 그녀의 시선을 받고 있던 웨이터장이 주의를 환기시켰다.

"곧 끝날 겁니다." 라고 여주방장이 말하면서 한층 서둘러 카알에게 권고했다. "들어봐. 카알. 내가 이 일을 살펴본 바로는 웨이터장이 조사를 시작하지 않겠다는 것에 대해 나는 기쁘게 생각하고 있어. 만약 그가 조사를 시작한다면 나는 너를 위해서 그것을 방해해야 할 것이기 때문이야. 네가 그 남자를 어떻게 무엇으로 재웠는지에 대해 아무도 알면 안 돼. 그 남자는 네 말처럼 너의 옛 친구들 중의 한 명일 수가 없어. 왜냐하면 너는 헤어질 때 옛 친구들과 몹시 싸웠기 때문에 지금 그들 중의 어느 한 명이라도 대접하지 않을 것이기 때문이지. 그 남자는 네가 밤에 어떤 시내 술집에서 경솔하게 알게 된 사람일 뿐이야. 카알, 어떻게 너는 나에게 이 모든 것을 숨길 수 있었어? 공동 침실이 견딜 수 없어서? 그런 순진한 이유 때문에 밤 나들이를 시작했다면, 왜 그것에 대해 한 마디도 하지 않았어? 너도 알다시피 내가 너에게 방 하나를 구해주려 했지만 너의 부탁으로 그 일을 포기했어. 지금 보니까 네가 공동 침실에서 더 마음 편하게 느꼈기 때문에 공동 침실을 선호한 것으로 보여. 너는 돈을 나의 금고에 보관했고 매주 받은 팁을 나에게 가져왔잖아. 너는 도대체 유흥비를 어디에서 조달했지? 너는 너의 친구에게 줄 돈을 어디에서 가져오려 했어?

194

이런 일은 적어도 내가 웨이터장에게 비쳐서는 안 되는 일이야. 왜냐하면 그렇게 되면 피할 수 없이 조사가 이루어지기 때문이지. 무조건 가능한 한 빨리 호텔을 나가야 해. 곧장 브레너 하숙집으로 가라. — 너는 여러 번 테레제와 거기에 갔었지. — 이 추천서를 가지고 가면 거기서는 돈을 받지 않고도 너를 받아줄 거야." — 그리고 여주방장은 블라우스에서 꺼낸 금색 크레용으로 명함에다 몇 줄 적었다. 그러면서도 그녀는 이야기를 중단하지 않았다. —"내가 너의 트렁크를 곧장 뒤따라 보낼게. 테레제, 엘리베이터 보이들의 옷장으로 가서 카알의 트렁크를 챙겨라."(그러나 테레제는 움직이지 않았다. 여주방장의 호의 덕택으로 카알의 일이 좋은 쪽으로 바뀌었는데, 이런 전환점을 그녀는 모든 어려움을 참아냈듯이 함께 경험하고 싶었다.)

누군가가 모습을 드러내지 않고 문을 조금 열었다가 금방 다시 닫았다. 그것은 분명히 쟈코모였음에 틀림없다. 왜냐하면 쟈코모가 다시 앞으로 나와서 이렇게 말했기 때문이다. "로스만, 내가 너에게 전해야 할 말이 있어." "금방 끝날 거야."라고 여주방장이 말하고서 고개를 숙이고 그녀의 말을 경청하고 있던 카알의 주머니에 명함을 꽂아넣었다. "너의 돈을 잠시 내가 보관할게. 너도 알다시피 나를 믿고 그 돈을 나에게 맡긴 게 아니니? 오늘 집에서 머무르면서 너의 일을 곰곰이 생각해봐라. 나는 오늘 시간이 없는 데다가 여기에 너무 오랫동안 머물렀어. 내일 내가 브레너로 가려고 해. 우리가 앞으로 너를 위해 무엇을 할 수 있는지 신경 쓰도록 하겠어. 나는 너를 버리지는 않아. 어찌되었든 너는 오늘 이 사실을 알아야 해. 너의 미래에 대해서는 걱정하지 않아도 좋아. 오히려 최근에 일어난 일에 대해 걱정해라." 그리고 나서 그녀는 가볍게 그의 어깨를 두드리고서 웨이터장 쪽으로 갔다. 카알은 머리를 들고 위풍당당한 그녀의 모습을 뒤에서 바라보았다. 그녀는 조용한 걸음걸이와 자유로운 몸가짐으로 걸어갔다.

"모든 일이 잘 되었는데 너는 전혀 기쁘지 않아?"라고 카알의 곁에 있던 테레제가 말했다. "물론 기쁘지."하고 말하고서 카알은 그녀를 향해 미소를 지었다. 그러나 그는 사람들이 자기를 도둑으로 취급하여 떠나보내려는데 왜 기뻐해야 하는지 몰랐다. 사람들이 그가 도망칠 수 있도록 해준다면 그것이 수치든 명예든, 그가 범죄를 저질렀든 어떻든, 그가 공정하게 판정을 받았든 아니든 간에 그녀에게는 그런 것은 중요하지 않은 듯 눈에서 기쁨이 넘쳐흘렀다. 그리고 테레제는 그렇게 행동했다. 그러나 그녀는 자신의 일에 있어서는 아주 주도면밀해서 여주방장의 분명치 않은 말 한 마디를 몇 주일 동안 머릿속에서 굴리면서 분석했다. 카알은 일부러 "내 트렁크를 곧장 챙겨서 보내줄래?"라고 물었다. 그는 그의 본의와는 반대로 놀라움 때문에 머리를 흔들어야 했다. 그만큼 빨리 테레제는 그의 질문에 응했다. 모든 사람들 앞에서 비밀로 해야 하는 물건들이 트렁크 속에 있다는 확신 때문에 그녀는 카알 쪽을 전혀 쳐다볼 수가 없었고, 그에게 악수조차 할 수 없었다. 그녀는 단지 "물론, 카알. 내가 곧장 트렁크를 챙길게."하고 속삭였다. 그러고는 그녀는 그 자리를 떠났다.

그러나 쟈코모는 더 이상 참을 수가 없었다. 그는 오래 기다린 것 때문에 흥분하여 크게 고함을 질렀다. "로스만, 그 남자가 아래 복도에서 뒹굴고 있어. 내보낼 수가 없어. 사람들이 그를 병원으로 보내려고 해. 하지만 그 남자는 저항하면서 자기를 병원으로 보내는 것을 네가 결코 용납하지 않을 거라고 말했어. 자동차를 불러 그를 태워 집으로 보내야 해. 네가 자동차 요금을 지불해야 해. 그렇게 할래?"

"그 남자는 너를 믿고 있어."라고 웨이터장이 말했다. 카알은 어깨를 움츠리고 쟈코모에게 돈을 세어 주었다. "나는 더 이상 가진 게 없어."라고 그는 말했다.

"네가 함께 타고 갈 건지 알아야 하는 걸." 하고 쟈코모가 돈을 짤랑거리며 물었다.

"그는 같이 타고 가지 않을 거야."라고 여주방장이 말했다.

"자, 로스만. 너는 당장 해고야."라고 웨이터장이 쟈코모가 나갈 때까지 기다리지 않고 재빨리 말했다.

수위장은 마치 자신의 말을 웨이터장이 흉내내고 있다는 듯이 여러 번 고개를 끄덕였다.

"너의 해고 이유는 내가 큰 소리로 말할 수가 없어. 왜냐하면 그렇지 않은 경우에 나는 너를 감금시키도록 해야 하니까."

수위장은 아주 차갑게 여주방장 쪽을 바라보았다. 왜냐하면 그는 그녀로 인해 이 일이 아주 관대하게 처리되었다는 것을 잘 알고 있었기 때문이다.

"지금 베스에게 가라. 옷을 갈아입고 베스에게 너의 제복을 넘겨주고 즉시 떠나라. 즉시 호텔을 떠나라."

여주방장은 눈을 감았다. 그녀는 그렇게 해서 카알을 진정시키려 했다. 그가 작별 인사를 하는 동안, 그는 웨이터장이 여주방장의 손을 몰래 감싸서 만지고 있는 것을 언뜻 보았다. 수위장은 카알을 무거운 걸음으로 문까지 배웅했다. 그는 카알이 그 문을 닫지 못하게 하고 열어놓고서 카알의 뒤에다 대고 소리쳤다. "십오 초 후에 나는 네가 정문에서 내 옆을 지나가는 것을 보겠어. 명심해라."

카알은 정문에서 성가신 일을 피하려고 가능한 한 서둘렀다. 그러나 모든 것이 그가 원하던 것보다 훨씬 느리게 진행되었다. 먼저 그는 베스를 금방 찾을 수가 없었다. 아침 식사 시간이어서 사람들로 가득 차 있었다. 그리고 보이 한 명이 카알의 낡은 바지 몇 벌을 빌려갔다는 사실을 알게 되었다. 그래서 카알은 바지를 찾기 위해 거의 모든 침대 옆에 있는 옷걸이를 뒤져야 했다. 그래서 오 분이 지난 후에야 카알은 정문에 도착할 수 있었다. 바로 앞에 네 명의 신사들 중간에 숙녀 한 사람이 걸어갔다. 그들은 모두 자기들을 기다리고 있는 큰 자동차 쪽으로 걸어갔다. 제복을 입은 한 하인이 벌써 그 자동차의 문을 열어놓고 있었고 쉬고 있는 왼팔을 옆으로 올려 수평으로 빳빳하게 뻗었다. 이 모습은 아주 엄숙하게 보였다. 카알은 점잖은 사람들 뒤에 숨어서 들키지 않고 빠져나가기를 바랐으나 그렇지 못했다. 이미 수위장이 그의 손을 잡았다. 그리고 그는 미안하다는 말을 하면서 두 신사 사이로부터 카알을 자기 쪽으로 잡아당겼다. "십오 초라고 하지 않았던가." 수위장이 말하고서 틀린 시계를 관찰하듯이 카알을 측면에서 보았다. "이리 와."하고 말하고서 카알을 넓은 수위실로 데리고 갔다. 카알은 수위실을 한번 보고 싶어 했는데, 지금 그는 수위장에게 떠밀려서 의심스러운 생각을 하면서 안으로 들어갔다. 그가 몸을 돌려 수위장을 밀치고 달아나려고 시도했을 때 그는 이미 문 안에 들어가 있었다. "안 돼, 안 돼. 여기 들어가."라고 수위장이 말하고 카알의 등을 돌려세웠다. "나는 벌써 해고되었어요."라고 카알이 말했다. 카알은 호텔에 있는 어느 누구도 자신에게 명령해서는 안 된다는 의미로 이 말을 내뱉었다. "내가 너를 붙잡고 있는 한 너는 해고된 것이 아니야."라고 수위장이 말했다. 물론 이 말도 틀린 말은 아니었다.

결국 카알은 자기가 왜 수위장에게 저항해야 하는지에 대한 이유를 알지 못했다. 도대체 그에게 무슨 일이 일어날 수 있단 말인가? 더욱이 수위실의 벽들은 순전히 커다란 유리로 되어 있었다. 사람들은 이 유리를 통해 입구 홀을 지나가는 사람들의 무리를 마치 자신이 그들 한가운데 있는 것처럼 똑똑히 보았다. 그렇다, 수위실에는 사람들의 눈을 피해 숨을 수 있는 구석이 하나도 없는 것 같았다. 바깥 사람들은 팔을 뻗고, 머리를 숙이고, 무엇인가를 찾는 듯한 눈으로,

짐을 높이 쳐들면서 가야 할 길을 찾고 있었기 때문에 모두 바삐 움직이는 것처럼 보이지만, 수위실을 쳐다보지 않고 가는 사람은 없었다. 왜냐하면 호텔 손님들뿐만 아니라 호텔 직원들에게 중요한 안내문과 통지문이 수위실 유리창 뒤에 항상 게시되어 있기 때문이었다. 그 외에도 수위실과 입구 홀은 직접 통해 있었다. 왜냐하면 커다란 두 개의 미닫이창에는 두 명의 수위보가 앉아서 끊임없이 여러 문제들에 대해서 안내를 해주고 있었기 때문이다. 그들이야말로 과중한 업무에 시달리는 사람들이었다. 수위장은 카알에게 이러한 자리를 거쳐서 경력을 쌓아 승진했다는 것을 말하려고 했다. 안내하는 이 두 사람은 — 바깥에서는 이러한 사실을 옳게 상상조차 할 수 없었다 — 열린 창문으로 항상 적어도 열 명 정도의 질문자들을 상대하고 있었다. 끊임없이 바뀌는 이 열 명의 질문자들에게는 종종 언어의 혼란이 있었다. 마치 각각의 질문자들이 다른 나라에서 보내진 것처럼 말이다. 몇 명은 항상 동시에 질문을 했고, 뿐만 아니라 그들은 자기네들끼리도 항상 뒤섞여서 이야기했다. 대부분의 사람들은 수위실로부터 무언가를 받아가려 하거나 그곳에 무언가를 맡기려 했다. 그래서 항상 참지 못하고 인파 속으로부터 손을 흔들어대는 광경이 보였다. 한번은 어떤 사람이 뜻밖에 높은 곳에서 떨어진 신문을 주워달라고 했는데, 순간적으로 이 신문이 사람들의 얼굴을 덮쳤다. 이 두 수위들이 이 모든 일을 감당해내야 했다. 단순히 말만으로는 그들의 임무를 수행하기에 충분하지 않았다. 그래서 그들은 항상 수다를 떨었다. 특히 그중 한 사람은 얼굴 전체에 검은 수염이 덮여 있는 우울해보이는 수위인데 그는 조금도 쉬지 않고 안내를 했다. 그는 끊임없이 테이블 판에서 도움을 줄 수 있는 일을 했다. 그런데 그는 테이블 판을 보지도 않고, 이런저런 질문자들의 얼굴도 보지 않고, 단지 자기 앞만 꼼짝 않고 바라보았다. 분명히 그건 그가 힘을 저장하고 모으기 위해서였다. 더욱이 수염으로 인해 그의 말은 약간 알아듣기 어려웠다. 비록 영어식 음을 사용했음에도 불구하고, 그가 사용했던 언어들이 외국어였기 때문이기도 했지만 카알은 그의 옆에 서 있었던 짧은 시간 동안 그가 말한 것 중에서 아주 일부만을 이해할 수 있었다. 더욱이 하나의 안내가 쉼 없이 다른 안내와 연결되어 곧바로 다음의 안내로 넘어가기 때문에, 질문자가 아직 자기의 안내라고 생각하여 긴장한 표정으로 경청하다가는 잠시 후에 자기 용건이 끝났다는 것을 알게 된다. 이것이 사람들을 혼란케 했다. 설사 질문이 대략적으로밖에는 이해가 되지 않고 다소 불확실한 질문을 했을 경우라도, 사람들은 이 수위보가 절대로 질문을 반복해달라고 말하는 법이 없다는 것에 익숙해야 했다. 그런 경우에 거의 눈에 띄지 않게 머리를 흔드는 것은 이 질문에 대해 대답할 의도가 없다는 것을 말한다. 그래서 질문자는 수위보의 결점을 인식하고 질문을 좀더 잘 할 필요가 있다. 특히 이 문제로 많은 사람들이 창구 앞에서 오랜 시간을 보냈다. 수위보들의 일을 지원하기 위해서 각자에게 사환이 한 명씩 딸려 있었다. 사환은 수위보가 필요로 하는 모든 것을, 서가나 여러 상자로 달려가서 가져와야 했다. 이 일은 가장 힘들기는 하지만, 젊은 사람들이 호텔에서 많은 보수를 받을 수 있는 가장 좋은 일자리였다. 어떤 의미에선 이 일이 수위보다도 더 힘들었다. 왜냐하면 수위보는 단지 깊이 생각하고 말해야 하지만, 이들 젊은 사환들은 깊이 생각하고 동시에 달려야 했기 때문이었다. 사환들이 틀린 것을 가져왔을지라도 수위보는 물론 바빠서 그들을 오랫동안 훈계할 수 없었다. 수위보는 오히려 사환들이 테이블 위에 올려놓은 것을 단숨에 내팽개쳐서 테이블에서 치웠다. 수위들의 근무 교대는 아주 흥미로웠다. 카알이 수위실에 들어온 직후 근무 교대가 있었다. 이런 근무 교대는 물론 적어도 낮 동안 자주 있어야 했다. 왜냐

200

하면 한 시간 이상 창구 뒤에서 기다릴 수 있는 사람이 아마도 거의 없었기 때문이었다. 근무 교대 시간을 알리는 종이 울렸다. 동시에 옆문으로부터 근무를 시작하는 두 명의 수위보가 등장했다. 그들 뒤에는 사환이 뒤따랐다. 그들은 잠시 동안 아무 일도 하지 않고 창구 옆에 서서, 바로 지금 이루어지고 있는 질문에 대한 대답이 어느 단계에 있는지를 확인하기 위해 밖에 있는 사람들을 관찰했다. 교대하기에 적당한 시간이 왔다고 생각되면 그들은 교대해야 하는 수위보의 어깨를 두드렸다. 교대해야 하는 수위보는 지금까지 신경을 쓰지 않았지만 자신의 등 뒤에서 무슨 일이 일어났는지 바로 이해하고 자기 자리를 비워주는 것이다. 이 모든 것이 신속하게 진행되었기 때문에 창구 바깥에 있는 사람들은 그렇게 갑자기 자신들 앞에 나타나는 새로운 얼굴을 보고 놀라서 뒤로 물러났다. 교대된 두 사람은 기지개를 켜고 나서 준비된 두 개의 세면대에서 열이 난 머리에 물을 끼얹었다. 그러나 교대된 사환은 아직 기지개를 켜서는 안 되었고 잠시 동안 자신들의 근무 시간 중에 바닥에 버려진 물건들을 주워서 제자리에 갖다 놓아야 했다.

카알은 집중력을 가지고 짧은 순간에 이 모든 것을 이해했다. 그는 약간의 두통을 느끼면서 자신을 데리고 가는 수위장을 조용히 따라갔다. 수위장은 이런 안내 방법이 카알에게 준 강한 인상을 분명히 관찰하고 있었다. 그리고 수위장은 갑자기 카알의 손을 잡아당기며 "이것봐, 여기서는 이렇게 일을 해."라고 말했다. 물론 카알은 이 호텔에서 게으름을 피우지 않았다. 하지만 저런 일에 대해서는 전혀 몰랐다. 수위장이 자신의 큰 적이라는 사실을 거의 완전히 잊고서 그는 수위장 쪽을 보면서 잠자코 긍정적으로 고개를 끄덕였다. 카알의 이러한 행동은 수위장의 눈에는 그 수위보들을 과대평가함으로써 수위장 자신의 인격에 대해 무례하게 행동하는 것으로 보였다. 이것은 다른 사람들이 그의 목소리를 들으면 마치 그가 카알을 바보 취급하는 것처럼 생각할지도 모른다는 것에는 아랑곳하지 않고 고함을 지른 것을 보면 알 수 있었다. "물론 여기서의 일은 호텔 전체로 봐서는 가장 하찮은 일이야. 한 시간 동안 귀 기울여 들었다면 거의 모든 질문을 알수 있지. 그 이외의 질문에 대해서는 대답할 필요가 없어. 네가 만약 무례하지 않고 버릇없이 행동하지 않았다면, 그리고 거짓말하거나 방탕한 생활을 하지 않고, 또 술을 마시지 않고 훔치지 않았다면, 나는 너를 저런 창구에 배치할 수 있었을 텐데. 왜냐하면 그런 자리를 위해서 나는 우둔한 머리를 가진 놈만을 필요로 하기 때문이지." 카알은 자신과 관계되는 한, 모욕을 완전히 한 귀로 흘려버렸다. 어려우면서도 존경받을 만한 수위보의 일이 인정받지 못하고 경멸받는 것에 그는 아주 분개했다. 더욱이 그런 창구에 앉으면 몇 분 후에 모든 질문자들의 웃음거리가 되어 물러나야 하는 그런 사람으로부터 수위보가 경멸을 당하는 것에 대해 아주 분개했다. "저를 놓아주세요."라고 카알이 말했다. 수위실과 관련된 그의 호기심은 이제 진정되었다. "저는 당신과 더 이상 관계하고 싶지 않습니다." "그걸로는 달아나기에 충분하지 않아." 수위장이 카알의 양팔을 누르면서 말했다. 그래서 카알은 자기 팔을 전혀 움직일 수 없었다. 수위장은 거드름을 피우며 카알을 수위실 반대쪽 끝으로 데리고 갔다. 바깥에 있는 사람들은 이런 수위장의 폭력 행위를 못 보았는가? 또는 그들이 폭력 행위를 보았다면, 그들은 이 폭력 행위를 어떻게 이해했을까? 누군가 수위장을 관찰해서 그가 카알을 마음대로 대해서는 안 된다는 것을 보여주기 위해 적어도 유리창만이라도 두드리지 않았다는 사실을 그 누구도 비난하지 않았다.

그러나 카알은 곧 현관으로부터 누군가의 도움을 받을 거라는 희망조차 잃어버렸다. 왜냐하면 수위장이 줄 하나를 잡아서 반으로 나누어진 수위실의 유리창 위의 천정까지 순식간에 검은 커튼을 쳤기 때문이었다. 이곳 수위실에도 사람들이 있었다. 그러나 모두들 일을 하느라 바빠서 자신의 일과 관련이 없는 모든 것에 대해서 듣지도 보지도 않았다. 더욱이 그들은 모두 수위장의 손아귀에 들어가 있었다. 또 그들은 카알을 돕기는커녕 오히려 수위장이 저지르는 모든 행동을 숨기는 일을 도왔을 것이다. 예를 들면 거기에는 여섯 명의 수위보가 여섯 대의 전화기 옆에 있었다. 곧 알게 되겠지만, 지시는 다음과 같이 수행되었다. 항상 한 명이 전화를 받고, 옆의 사람이 첫번째 사람이 받은 메모에 따라 그 용건을 전화로 전달했다. 이건 전화박스가 필요 없는 최신식 전화였다. 왜냐하면 벨소리는 귀뚜라미 울음소리보다 더 크지 않았기 때문이다. 사람들은 속삭이는 소리로 전화기에 대고 말할 수 있었다. 그러나 특별한 전력 강화를 통해 말은 커다란 음향이 되어 상대방에게 도달되었다. 그 때문에 세 명의 통화자가 자기 전화기에 대고 이야기하는 것은 거의 들리지 않았고, 그들 세 명은 중얼거리면서 수화기에 대고 어떤 사건의 진행을 감독한다고 생각할 정도였다. 반면에 다른 세 명의 통화자는 자신들에게 밀려오는 소음에 의해 마비된 듯 머리를 종이 위에 대다시피 하고 그것을 기록하는 것이 그들의 임무였다. 여기에서도 각각 세 명의 통화자 옆에는 한 명씩의 보이가 일을 돕기 위해 배치되어 있었다. 이 세 명의 보이들은 교대로 머리를 통화자 쪽으로 기울여 경청하고, 마치 찔리기라도 한 듯이 재빠르게 커다란 노란 책에서 — 책장을 넘기는 소리가 전화의 모든 잡음을 훨씬 능가했다 — 전화 번호를 찾아내는 일에 열중했다.

수위장이 앉아서 카알을 자기 앞에 움켜잡다시피 붙들고 있었을지라도 카알은 실제로 그 모든 것을 정확하게 추적하지 않을 수 없었다. 수위장은 마치 카알의 얼굴을 자기 쪽으로 돌리도록 하려는 듯이 그를 흔들면서 이렇게 말했다. "웨이터장이 어떤 이유에서라도 하지 못한 것을 적어도 호텔 관리부의 이름으로 약간 원상회복하는 것이 항상 나의 의무야. 이렇게 여기에서는 항상 각자가 다른 사람을 대신하게 되지. 그렇지 않고는 이같이 거대한 호텔 경영은 불가능해. 너는 아마도 내가 너의 직속상관이 아니라고 말하고 싶겠지. 내가 방치되었던 이 일을 떠맡게 된 것은 더 잘 된 일이지. 어떤 의미에선 수위장으로서 나는 모든 사람들의 상관이야. 왜냐하면 수많은 작은 문들과 문이 없는 출구들은 말할 것도 없고, 이 정문, 세 개의 중간문, 열 개의 옆문, 말하자면 이 호텔의 모든 문들이 내 관할 하에 있거든. 물론 모든 종업원들은 나에게 무조건 복종해야 해. 또 다른 한편으로는 호텔 관리부가 내게 준 이런 커다란 명예에 부응하여 나는 조금이라도 수상한 자를 보내지 못하게 할 의무를 지고 있어. 그런데 바로 네가 아주 수상하게 여겨진단 말이야. 그게 내 마음에 들어." 그리고 수위장은 그것이 기뻐서 두 손을 올렸다가 찰싹 소리가 날 정도로 아프게 강하게 밑으로 내려쳤다. 그는 다음과 같이 덧붙이면서 근엄하게 이야기했다. "너는 다른 출구로 들키지 않고 달아날 수 있었을 거야. 왜냐하면 너는 너의 일 때문에 나에게서 특별한 명령을 받을 책임을 지고 있지 않기 때문이지. 그러나 네가 여기 있기 때문에 나는 너를 위안거리로 삼겠다. 게다가 우리가 정문에서 만났던 것처럼 네가 또 그렇게 하리라고 생각했다. 왜냐하면 무례하고 삐뚤어진 놈은 자기에게 불리한 바로 그런 장소와 시간에 자신의 악습을 그만두게 되는 것이 통례이기 때문이지. 너는 종종 너 자신에게서 그런 것을 직접 관찰할 수 있을 거야."

"내가 완전히 당신의 수중에 있다고 생각하지 마세요."라고 카알이 말했다. 그는 수위장이 내뱉은 독특한 답답한 냄새를 들이마셨다. 그는 그렇게 오랫동안 그의 곁에 서 있으면서도 비로소 여기에서 그 냄새를 맡았다. "나는 소리를 지를 수도 있어요." "그러면 나는 너의 입을 틀어막을 수 있어."라고 수위장이 부득이한 경우에는 그렇게 할 생각이란 듯이 침착하고도 재빨리 말했다. "누군가가 너를 위해 이곳에 들어온다면, 수위장인 나에게 네가 한 말이 옳다고 말할 사람이 있을 거라고 생각하느냐? 너는 너의 희망이 터무니없다는 것을 알게 될 거야. 이봐, 네가 제복을 입고 있었을 때엔 조금은 주목을 끌 수 있었어. 그러나 유럽에서나 입을 수 있는 이런 복장으론." 그리고 그는 카알이 입은 옷을 여러 군데 잡아당겼다. 물론 이 옷은 오 개월 전에는 거의 새 것이었지만 지금은 낡았고, 주름이 졌고, 특히 얼룩이 져 있었다. 카알의 옷 상태가 이렇게 된 것은 엘리베이터 보이들의 분별 없는 장난 때문이었다. 말하자면 그들은 일반적인 지시에 따라 홀 바닥을 매끄럽고 먼지 없이 유지하기 위해 매일 청소해야 하는데, 게을러서 정식으로 청소를 하지 않고 기름을 바닥에 뿌렸고, 그때 옷걸이에 걸려 있는 모든 옷에도 기름이 튀었다. 어떤 사람은 옷을 보관하고 싶은 다른 곳에 보관할 수도 있었다. 그러나 당장 입을 옷이 없어서 다른 사람이 숨겨놓은 옷을 어렵지 않게 찾아내어서 빌려 입는 사람도 늘 있었다. 아마도 그런 사람이 그날 홀 청소를 하면서 옷에 기름을 튀게 했을 뿐만 아니라 위에서 아래로 기름을 완전히 들이부었던 것이다. 레널만이 자신의 비싼 옷을 어딘가 비밀 장소에 숨겨두었다. 어떤 사람도 그곳에서 옷을 꺼내어 입지는 못했다. 어떤 사람도 악의가 있거나 인색해서 남의 옷을 빌려 입은 것이 아니라 단순히 바쁘거나 경솔해서 보이는 대로 남의 옷을 주워 입었다. 그러나 레널의 옷에 조차도 등 쪽에 그 둥글고 붉은 기름 얼룩이 묻어 있었다. 시내에서 알 만한 사람은 이 얼룩만 보고도 이 고상한 젊은이가 엘리베이터 보이라는 것을 알 수 있었을 것이다.

그래서 카알은 이런 기억들을 더듬으며 자신이 엘리베이터 보이로

서 충분히 많은 일을 겪어왔으나, 그런 모든 것이 허사였다고 혼잣말을 했다. 왜냐하면 엘리베이터 보이라는 직책은 그가 기대했던 것처럼 더 나은 직책으로 올라갈 수 있는 전 단계가 아니었기 때문이다. 오히려 그의 지위는 지금 훨씬 더 추락했고, 더욱이 자칫하면 구금까지 당할 뻔했다. 게다가 그는 지금 아직도 수위장에게 붙잡혀 있다. 아마도 수위장은 어떻게 하면 카알에게 더 수치를 줄 수 있을까 곰곰이 생각하는 듯하다. 수위장이라는 사람은 전혀 설득될 수 없는 위인이라는 것을 완전히 잊어버리고 카알은 한 손으로 여러 번 이마를 치면서 외쳤다. "제가 실제로 당신에게 인사를 하지 않았다 손 치더라도 어떻게 어른이 인사를 하지 않았다고 해서 상대에게 이렇게 복수할 수 있나요!" "나는 복수심에 차 있는 사람이 아니야."라고 수위장이 말했다. "나는 단지 너의 주머니를 조사하려고 해. 나는 내가 아무것도 발견할 수 없을 거라고 확신하고 있어. 왜냐하면 너는 아주 조심스러웠을 게 분명하고, 그래서 너의 친구로 하여금 모든 것을 매일 조금씩 가져나가도록 했기 때문이지. 그러나 너는 샅샅이 검사를 받아야 해." 벌써 수위장은 카알의 웃옷 주머니에 손을 억지로 집어넣었다. 그래서 옆 바느질이 터졌다. "여기에는 아무것도 없어."라고 그는 말하고 자신의 손에 들고 있는 주머니 속에서 나온 내용물을 구분했다. 그것은 호텔의 광고용 달력, 상업 통신문의 문제가 적힌 종이, 몇 개의 웃옷 단추와 바지 단추, 여주방장의 명함, 한 손님이 트렁크를 챙길 때 던져준 손톱 다듬기, 레닐이 자신을 대신해서 열 번 정도 근무를 해준 것에 대한 고마움의 표시로 선물한 낡은 손거울 그리고 몇 개의 사소한 물건들이 들어 있었다. "이건 쓸데없는 것이야."라고 수위장이 되풀이하여 말하고 모든 물건을 의자 밑으로 던져버렸다. 마치 그것들이 훔친 것이 아닌 이상 의자 밑에 두는 것이 당연한 것처럼 그는 그 물건을 의자 밑으로 던졌다. "그러나 이건 너무해."라고 카알이 혼잣말을 했다. 그의 얼굴이 붉게 달아올랐다. 수위장이 탐욕에 눈이 멀어 주의를 기울이지 않으면서 카알의 두번째 주머니를 뒤질 때 카알은 단숨에 소매를 뿌리치고 누구에게도 제지당하지 않고 단숨에 펄쩍 뛰어 수위보 한 명을 상당히 강하게 전화기 쪽으로 밀어붙였다. 그러고 나서 그는 후텁지근한 공기를 가로질러 그가 의도했던 것보다 더 느리게 문 쪽으로 달려갔다. 그리고 다행스럽게도 무거운 외투를 입은 수위장이 일어나기도 전에 카알은 운 좋게 밖으로 빠져나왔다. 경비 근무 조직이 아주 모범적으로 되어 있지는 못했음이 틀림없다. 여러 곳에서 벨이 울렸지만 무엇 때문에 벨이 울렸는지 아무도 몰랐다. 눈에 띄지 않는 호텔 출입을 불가능하게 만들려고 한다고 — 이 이외의 의미가 호텔 종업원들의 왕래에 있을 수 없다고 생각되었기 때문이다 — 생각할 수 있을 정도로 많은 수의 호텔 종업원들이 정문 복도에서 사방팔방으로 돌아다니고 있었다. 어찌되었든 카알은 곧장 밖으로 나왔지만, 호텔 보도를 따라 가야했다. 왜냐하면 끝없는 자동차 행렬이 정체하면서 호텔 정문을 지나고 있었기 때문에 차도로 갈 수 없었던 것이다. 이 자동차들은 가능한 한 빨리 자유롭게 되기 위해서 완전히 뒤섞여 달리고 있었다. 모든 자동차들은 뒤따라오는 자동차에 의해 앞으로 밀리고 있었다. 아주 급하게 차도로 가야 하는 보행자들은 여기저기서 마치 공공 통로인 양 자동차 사이를 지나갔다. 자동차 속에 운전사와 하인만 타고 있는지 아니면 점잖은 사람들이 타고 있는지 그들은 신경을 쓰지 않았다. 그러나 카알에게 그러한 행동은 지나친 것으로 생각되었다. 그런 행동을 하기 위해서 사람들은 그 상황에 익숙해 있음에 틀림없었다. 만약 그가 그렇게 행동했다면 쉽사리 자동차에 부딪혔을 것이다. 그 자동차에 탄 사람들은 이런 일을 나쁘게 받아들여서, 그를 내팽겨쳐서 스캔들을 만들었을 것이다. 그래서 그는 셔츠만 걸친 채로 도망친, 의심쩍은 호텔 종업원으로서 아무것도 두려워할 것이 없었다. 결국 자동차의 행렬이 영원히 계속될 수는 없었다. 그가 호텔과 접하여 걸어가는 한 의심을 받지 않았다. 마침내 카알은 자동차 행렬이 끊기지는 않았지만, 차도로 꺾여진 교통이 느슨해진 곳에 이르렀다. 여기서 그는 자기보다 훨씬 더 의심쩍어 보이는 사람들이 자유로이 활보하고 있는 거리의 인파 속으로 흘러들어가려고 했다. 그때 그는 근처에서 자신의 이름을 부르는 소리를 들었다. 그는 주위를 둘러보았다. 그리고 카알은 잘 아는 엘리베이터 보이 두 명이 납골당의 입구처럼 보이는 작고 낮은 문에서 안간힘을 다해 들것을 끄집어내는 것을 보았다. 그 들것에 로빈슨이 누워 있는 것이 보였다. 머리, 얼굴, 팔이 붕대로 이리저리 감겨 있었다. 로빈슨이 통증 때문인지 아니면 그 밖의 고통 때문인지 또는 카알과의 재회에 대한 기쁨 때문인지 알 수 없이 흘린 눈물을 붕대로 닦기 위해 팔을 눈 쪽으로 가져가는 모습은 보기에 흉했다. "로스만."이라고 그는 비난 섞인 어조로 외쳤다. "너는 왜 나를 그렇게 오랫동안 기다리게 했어? 네가 오기 전에 쫓겨나지 않기 위해 나는 벌써 한 시간 동안 저항하고 있었어. 이 자식들." — 그러고 나서 그는 마치 자신이 붕대 때문에 보호받고 있는 것처럼 엘리베이터 보이 한 명의 머리를 때렸다. — "진짜 악마들이야. 아아, 로스만. 너를 방문한 대가는 비싸게 치렀어." "도대체 무슨 짓을 당했어?"라고 카알이 말하고서 엘리베이터 보이들이 쉬기 위해 웃으면서 내려놓은 들것에 다가갔다. 로빈슨이 한숨을 쉬면서 말했다. "아직도 그걸 질문이라고 해? 내가 어떤 모습인지 보이지? 생각해봐! 나는 아마 평생 병신이 될 정도로 맞았어. 나는 여기서부터 여기까지 엄청나게 아파." 그러고 나서 그는 먼저 머리를 가리켰고 다음에 발가락을 가리켰다. "나의 소원인데 말이야, 내가 얼마나 코피를 흘렸는지 네가 보았으면 좋았을 텐데. 내 조끼는 완전히 엉망이 되어서 거기에 두고 왔어. 내 바지는 갈기갈기 찢어졌어. 나는 팬티 바람이야." 그러고 나서 그는 이불을 약간 들추어서 카알로 하여금 그 속을 보도록 했다. "나는 어떻게 될까? 나는 적어도 몇 달 동안 누워 있어야 할 거야. 나는 이걸 너에게 말해두고 싶다. 너 외에는 나를 간호해줄 사람이 아무도 없어. 들라마르쉬는 너무 인내심이 없어. 로스만, 로스만!" 그러고 나서 로빈슨은 카알을 어루만져 자기 편으로 만들기 위해 약간 뒤로 물러나는 그를 향해 손을 뻗었다. 로빈슨은 자신의 불행에 대한 공동 책임을 카알이 잊지 않도록 하기 위해 "내가 왜 너를 방문해야 했는가!"라고 여러 번 되풀이했다. 로빈슨의 한탄은 상처 때문이 아니라 양심의 가책 때문이었다는 것을 카알은 금방 알았다. 로빈슨이 만취 상태에서 거의 잠들기도 전에 갑자기 얻어터져 피투성이가 되었고, 그리고 정신이 든 후 생각해보니 어찌된 일인지 전혀 알 수가 없었다. 로빈슨의 상처가 대단하지 않다는 것은 낡은 천 조각으로 된 볼품 없는 붕대를 보면 알 수 있었다. 엘리베이터 보이들은 분명히 재미로 이 붕대를 로빈슨에게 감아놓았다. 들것 양쪽 끝에 있는 두 명의 엘리베이터 보이가 이따금 웃음을 터뜨렸다. 행인들이 들것 옆에 있는 사람들을 전혀 신경 쓰지 않고 황급히 지나갔기 때문에 여기는 로빈슨이 제정신을 차리도록 할 수 있는 장소가 아니었다. 종종 사람들은 정말 체조 선수처럼 로빈슨을 뛰어넘었다. 카알의 돈으로 요금을 받은 운전사는 "갑시다, 갑시다."라고 외쳤다. 엘리베이터 보이들은 젖 먹은 힘까지 다 하여 들것을 들어올렸다. 로빈슨은 카알의 손을 잡고서 아첨을 떨며 "자, 따라오려면 따라와."라고 말했다. 카알의 복장으로는 자동차의 어둠 속이 가장 안전하지 않은가? 그래서 카알은 로빈슨 옆에 앉았다. 로빈슨은 그에게 머리를 기대었다. 타지 않고 남아 있는 엘리베이터 보이들은 차창 너머로 자신들의 동료였던 카얄에게 손을 흔들었다. 자동차는 차도로 급회전했다. 마치 틀림없이 사고가 날 수 밖에 없는 것처럼 보였다. 그러나 모든 것을 받아들이는 거리의 교통은 이 자동차의 직진 또한 조용히 받아들였다.

주위가 조용한 것으로 보아 자동차가 멈춘 곳은 외진 교외의 길이었음에 틀림없다. 보도 가장자리에서 아이들이 웅크리고 앉아 놀고 있었다. 어깨에 낡은 옷을 많이 짊어진 한 남자가 집들의 창문 쪽을 바라보면서 소리를 질렀다. 카알이 자동차에서 내려 오전의 태양이 따뜻하고 밝게 비추는 아스팔트 위에 발을 내디뎠을 때 피로에 지쳐 불쾌감을 느꼈다. "너 정말 여기에 살고 있어?"라고 그는 자동차 안을 향해 소리쳤다. 자동차를 타고 오는 동안 편안히 잠을 잤던 로빈슨은 이 물음에 대해 투덜대며 긍정했으나 불분명한 태도였다. 그는 카알이 자신을 밖으로 내려주기를 기다리는 것처럼 보였다. "그러면 나는 여기서 더 이상 할 일이 없어. 잘 있어."라고 말하고 나서 카알은 내리막길을 걸어 내려가기 시작했다. "그런데 카알, 너 무슨 생각하는 거야?"라고 로빈슨이 소리쳤다. 그는 걱정이 되어 이미 차 안에서부터 어느 정도는 똑바로 서 있었으나 무릎이 아직 조금 불안한 상태였다. "나는 가야 해."라고 로빈슨의 빠른 회복을 본 카알이 말했다. "셔츠만 입은 채로?"라고 로빈슨이 물었다. "곧 웃옷을 구할 거야."라고 카알은 로빈슨을 향해 자신 있게 고개를 끄덕이고 손을 들어 인사했다. "잠깐만 기다려요. 젊은이."라고 운전사가 외치지 않았다면 카알은 정말 떠나가버렸을 것이다. 불쾌하게도 운전사가 추가 요금을 요구했다. 왜냐하면 운전사가 호텔 앞에서 기다린 시간에 대한 요금을 받지 못했기 때문이다. "그렇지. 내가 거기에서 아주 오랫동안 너를 기다렸지. 너는 운전사에게 돈을 좀 줘야 할 거야."라고 로빈슨이 자동차 안에서 외치면서 운전사의 요구가 정당하다는 것을 확인해 주었다. "그렇고 말고요."라고 운전사는 말했다. "만약 내가 단 얼마라도 갖고 있다면, 물론 그렇게 해야죠."라고 카알이 말하고 바지 주머니를 뒤졌다. 물론 바지 주머니를 뒤지는 일이 소용 없다는 것을 그도 알고 있었지만 말이다. "나는 저 환자에게 요금을 달라고 할 수 없으니, 당신에게만 매달릴 수 밖에는."이라고 운전사는 말하고 다리를 벌리고 서 있었다. 찌그러진 코를 가진 젊은 청년 하나가 문 쪽에서 다가와 몇 발자국 떨어진 위치에서 엿듣고 있었다. 바로 그때 경찰한 명이 거리 순찰을 하다가, 얼굴을 숙이고 셔츠만 입은 사람을 주시하면서 멈추어 섰다. 경찰이라는 것을 알아차린 로빈슨은 경찰을 마치 파리 한 마리처럼 쫓아낼 수 있다는 듯 다른 쪽 창문을 통해, "아무것도 아니에요. 아무것도 아니라니까요."라고 소리치는 바보짓을 하고 말았다. 경찰을 보고 있던 어린이들은 경찰이 걸음을 멈추었기 때문에, 카알과 운전사를 주의 깊게 살피면서 빠른 걸음으로 달려왔다. 건너편 문 안에서는 늙은 아주머니 한 분이 뚫어지게 이쪽을 건너다보고 있었다.

위쪽에서 "로스만."하고 부르는 목소리가 들렸다. 그건 들라마르쉬였다. 그는 맨 위층의 발코니에서 외친 것이다. 흰빛으로 변해가는 푸른 하늘을 등지고 있어 그는 잘 보이지 않았다. 그는 분명히 잠옷을 입은 채로 오페라 망원경을 가지고 거리를 관찰하고 있었다. 그의 옆에는 붉은 파라솔이 펼쳐져 있었고 그 아래에는 한 여자가 앉아 있는 것 같았다. "어이."하고 그는 자기 말을 잘 들을 수 있게 하기 위해 최대로 긴장하면서 소리쳤다. "로빈슨도 거기 있어?" "그래."라고 카알이 대답했다. 로빈슨이 차 안에서 "그래."라고 더 큰 소리로 외치면서 카알의 대답을 힘차게 응원했다. "어이. 내 곧 갈게."라고 위에서 소리쳤다. 로빈슨은 차에서 몸을 구부린 채 "저 사람은 진짜 사나이야."라고 말했다. 그가 들라마르쉬를 이렇게 칭찬하는 것은 카알, 운전사, 경찰 그리고 모든 사람이 듣도록 하기 위해서였다. 들라마르쉬는 발코니를 떠났지만, 사람들이 아직 넋을 잃고 바라보는 발코니의 파라솔 아래에는 붉은 옷을 입은 건장한 여인이 일어서서 난간에 걸려 있던 오페라 망원경을 들고 그 아래에 있는 사람들을 내려다보고 있었다. 그러자 이 사람들은 점점 그녀에게서 눈길을 돌렸다. 카알은 들라마르쉬를 기다리면서 집의 문 너머로 안뜰을 들여다보았다. 거기에는 상점 종업원들이 거의 끊임없이 줄지어 왔다갔다 했는데, 그들은 작지만 아주 무거운 상자를 어깨에 메고 날랐다. 운전사는 그동안 자기 차 쪽으로 걸어가서 천 조각으로 자동차 라이트를 닦았다. 로빈슨은 자신의 팔과 다리를 더듬어보았다. 그는 매우 주의해서 느껴보려 했지만, 통증이 너무 미미해서 상당히 놀라는 것처럼 보였다. 그는 고개를 깊이 숙이고는 조심스럽게 다리에 두껍게 감겨 있는 붕대 하나를 풀기 시작했다. 경찰은 검은 경찰봉을 눈앞에 받들어 들고 경찰들이 일상 근무 중이거나 잠복 근무를 할 때 가져야 하는 대단한 인내심을 갖고 조용히 기다렸다. 찌그러진 코를 가진 청년이 문 입구의 돌 위에 앉아서 다리를 쭉 뻗었다. 어린이들은 작은 걸음으로 조금씩 카알에게 다가왔다. 왜냐하면 카알이 어린이들에게 전혀 신경 쓰지 않았다고 하더라도 그의 푸른 셔츠 때문에 어린이들에게는 가장 중요한 사람으로 보였기 때문이다.

들라마르쉬가 도착할 때까지 걸린 시간으로 보아 이 집이 상당히 높다는 것을 추측할 수 있었다. 더욱이 들라마르쉬는 얼른 걸칠 수 있는 잠옷 가운만을 걸치고 아주 서둘러 왔다. 그는 "자, 너희들이 왔구나!"라고 기뻐하면서도 근엄하게 외쳤다. 그가 큰 걸음걸이로 걸을 때 잠시나마 그의 색깔 있는 속옷이 보였다. 카알은 왜 들라마르쉬가 여기 도시에서, 큰 임대 아파트에서, 그것도 공공연한 거리에서 마치 자기 개인 빌라에 있는 것처럼 이렇게 태평스레 돌아다니고 있는지 전혀 이해하지 못했다. 로빈슨과 마찬가지로 들라마르쉬도 아주 많이 변했다. 매끄럽게 면도하여 아주 깨끗하면서도, 거칠게 형성된 근육으로 된 그의 검은 얼굴은 자랑스럽고 또 존경을 불러일으킬 정도로 보였다. 항상 약간 집중된 듯한 그 눈의 광채는 사람들을 놀라게 했다. 그가 입은 보라색 잠옷 가운은 낡고 얼룩져 있었다. 그가 입기에는 너무 큰 가운이었음에도 불구하고, 이 보기 흉한 옷 위쪽에는 무거운 천으로 만든 커다란 검은 넥타이 같은 것이 불룩 올라와 있었다. "무슨 일이야?"라고 그는 모두에게 물었다. 경찰은 더 가까이 다가와서 자동차의 엔진 보네트에 기대었다. 카알이 짧게 설명했다. "로빈슨이 움직일 수가 없어. 하지만 그가 노력한다면 계단을 올라갈 수는 있을 거야. 여기 운전사는 내가 이미 지불한 요금 외에 또 추가 요금을 받으려고 하고 있어. 자, 이제 나는 간다. 안녕." "가지 마."라고 들라마르쉬가 말했다. "나도 벌써 그에게 그렇게 말했어."라고 차 안에서 로빈슨이 말했다. "하지만 나는 가야겠어."라고 카알이 말하고서 몇 발자국 걸어갔다. 그러나 들라마르쉬는 벌써 그의 뒤를 따라와서 억지로 그를 뒤로 밀었다. "너는 여기 있어야 해."라고 그는 외쳤다. "하지만 나를 놓아줘."라고 카알이 말했다. 그리고 그는 들라마르쉬와 같은 사람을 상대하는 것은 별 승산이 없지만 필요할 경우에 주먹을 써서라도 자유를 얻을 각오를 하고 있었다. 그러나 거기에는 경찰관이 서 있었다. 또한 운전사도 있었고, 때때로 노동자 무리들이 평상시에는 한가한 이 거리를 지나다니고 있었다. 들라마르쉬가 카알에게 부당한 짓을 하는 것을 사람들은 보고만 있을까? 카알은 그와 단둘이 한 방에 있으려고 하지 않을 것이다. 그러나 지금은? 들라마

214

르쉬는 지금 조용히 운전사에게 돈을 지불했다. 운전사는 몇 번이나 인사를 하며 아주 많은 돈을 받아넣었고, 감사의 표시로 로빈슨에게 가서, 그를 어떻게 하면 안전하게 옮길 수 있을까 하고 상의했다. 카알은 자신이 감시받지 않는다는 것을 알게 되었다. 조용히 달아난다면 아마도 들라마르쉬는 그것을 더 잘 참을 수 있을 것이다. 싸우지 않는다면 물론 그것이 최상이었다. 그래서 카알은 가능한 한 빨리 달아나기 위해 차도로 들어갔다. 어린이들은 들라마르쉬 쪽으로 몰려가서 카알이 달아났다는 것을 알렸다. 그러나 그가 직접 관여하지 않아도 되었다. 왜냐하면 경찰이 경찰봉을 들고 "멈춰!"라고 말했기 때문이었다.

"너의 이름이 뭐야?"하고 묻고 나서 그는 경찰봉을 겨드랑이에 끼고 천천히 수첩을 꺼냈다. 카알은 지금 처음으로 그를 정확하게 보았다. 그는 건장한 남자였지만 그의 머리는 거의 완전히 백발이었다. "카알 로스만."이라고 카알은 말했다. "로스만."이라고 경찰관은 의심할 여지없이 반복해서 말했다. 이는 그가 조용하고 철저한 인간이었기 때문이다. 그러나 카알은 여기서 처음으로 미국 관리를 상대하고 있는데 자기 이름이 반복되는 것은 어떤 혐의의 표현이라고 생각했다. 실제로 사태가 좋지는 않았다. 왜냐하면 자신의 근심거리에 몰두해 있던 로빈슨조차도 자동차 안에서 입을 다물고 활발한 손짓을 하면서 카알을 도와달라고 들라마르쉬에게 부탁했기 때문이다. 그러나 들라마르쉬는 재빨리 머리를 흔들며 거절했다. 그는 큰 주머니에 손을 꽂고서 아무런 행동도 하지 않으며 방관했다. 문 입구의 돌에 앉아 있던 청년이 지금 문에서 나오는 어떤 여자에게 모든 사태를 처음부터 설명했다. 어린이들은 반원을 그리며 카알 뒤에 서서 조용히 경찰을 쳐다보았다.

"신분증을 내놓아봐."라고 경찰이 말했다. 이건 단지 형식적인 질문이었다. 왜냐하면 누구나 웃옷을 입고 있지 않으면 신분증을 지니고 있지 않을 것이기 때문이다. 이 때문에 차라리 다음 질문에 상세히 대답하기로 하고 신분증이 없다는 사실을 감추기 위해, 카알은 입을 열지 않았다. 그러나 다음 질문은 "너는 신분증도 안 갖고 있느냐" 였다. 카알은 "몸에 지니고 있지 않아요."라고 대답할 수밖에 없었다. "그건 곤란한데."라고 경찰이 말하고서 한참 생각하며 주위를 둘러보더니 두 손가락으로 수첩의 표지를 두드렸다. 마침내 경찰은 "수입이 조금이라도 있나?"라고 물었다. "저는 엘리베이터 보이였어요."라고 카알이 말했다. "예전에 엘리베이터 보이였지만, 지금은 아니란 말이지. 그럼 너는 도대체 어떻게 생활하고 있나?" "저는 이제 새로운 일자리를 찾을 겁니다." "그래. 너는 지금 해고당했구나?" "예, 한 시간 전에." "갑자기?" "그렇습니다."라고 카알이 말하고는 변명하려는 것처럼 손을 쳐들었다. 그는 사건의 전모를 여기서 이야기할 수 없었다. 그리고 그것이 가능할지라도, 그가 겪었던 일의 부당함을 이야기함으로써 앞으로 닥쳐올 부당함을 막는다는 것은 전혀 가망이 없어보였다. 카알이 여주방장의 호의와 웨이터장의 이해에도 불구하고 자신의 정당함을 인정받지 못했는데, 여기 길거리에 있는 사람들로부터 그것을 기대해서는 안 되었다.

"너는 웃옷도 없이 해고되었나?"라고 경찰이 물었다. "글쎄요."라고 카알이 말했다. 실제로 본 것을 유달리 더 물어보는 것이 미국에서도 관공서의 수법에 속했다. (그의 아버지가 여권을 만들 때 관공서의 쓸데없는 질문들에 얼마나 화가 났던가?) 카알은 도망쳐 아무 곳에나 숨어서 더 이상 어떤 질문도 듣고 싶지 않았다. 경찰은 카알이 가장 두려워했던 질문마저 던졌다. 이 질문이 나올 거라는 불안한 예상 때문에 카알은 그때까지 평상시보다 더 분별없게 행동했다. "너는 어느 호텔에서 근무했나?" 그는 고개를 숙이고 대답하지 않았다. 그는 이 질문에 무조건 대답하지 않으려 했다. 그는 경찰관의 호위 속에 다시 옥시덴탈 호텔로 돌아가서는 안 되었다. 거기서 그의 친구들과 적들이 소환된 자리에서 심문이 이루어져서도 안 되었다. 아마 웨이터장은 이해하면서 고개를 끄덕일 테지만 수위장은 '이 녀석을 마침내 발견한 신의 손길'에 대해 이야기할 것이다. 반면에 여주방장은 브레너 하숙집에 있어야 할 카알이 경찰에 붙잡혀 셔츠 바람으로 명함도 없이 돌아온 것을 볼 경우, 카알에 대해 이미 아주 약해진 호의마저 완전히 버릴 것이다. 그런 일은 일어나서는 안 되었다.

"그는 옥시덴탈 호텔에 근무했습니다."라고 들라마르쉬가 말하고 경찰 쪽으로 다가갔다. "아닙니다."라고 카알이 외치면서 발을 굴렀다. "그렇지 않습니다." 들라마르쉬는 마치 다른 사실도 누설할 수 있다는 듯 비웃듯이 입을 뾰족하게 하고 쳐다보았다. 카알이 뜻하지 않게 흥분하자, 어린이들은 상당히 동요했다. 그래서 그들은 들라마르쉬 쪽으로 가서 오히려 거기서 카알을 정확하게 바라보려고 했다. 로빈슨은 머리를 완전히 차 밖으로 내밀고는 긴장한 채 아주 조용히 있었다. 그는 때때로 눈을 깜박거리기만 했다. 문에 있던 청년은 재미있다는 듯 손뼉을 쳤고, 그의 옆에 있던 여자는 그가 조용하도록 팔꿈치로 쳤다. 짐꾼들은 아침 휴식 시간이었다. 그들 모두가 진한 커피가 담긴 커다란 컵을 들고 나타나서, 막대기 빵으로 커피를 저었다. 몇 명은 보도 가장자리에 앉았다. 모두들 아주 시끄럽게 소리내면서 커피를 마셨다.

"당신은 아마도 이 젊은이를 알고 있는 모양이죠?"라고 경찰이 들라마르쉬에게 물었다. "좋아했던 것 이상으로 더 잘 압니다."라고 들라마르쉬가 말했다. "나는 전에 그에게 좋은 일을 많이 해주었습니다. 그러나 그는 배은망덕한 행동을 했습니다. 당신이 그에게 간단한 심문을 하시면 이러한 사실을 쉽게 이해하실 수 있을 겁니다." "그래요."라고 경찰이 말했다. "고집이 센 젊은이인 것 같습니다." "그렇습니다."라고 들라마르쉬가 말했다. "그러나 그것뿐만이 아닙니다." "그래요?"라고 경찰이 말했다. "예." 하고 들라마르쉬는 손을 주머니에 꽂아넣고서 자기의 잠옷 가운을 흔들면서 말했다. "저 녀석은 빈틈없는 놈입니다. 나와 저기 자동차 안에 있는 친구는 불행 속에 있는 그를 우연히 건져주었습니다. 그때 그는 미국 생활을 전혀 몰랐습니다. 그는 유럽에서 온 지 얼마 되지 않았죠. 유럽에서도 그는 쓸모가 없었습니다. 우리는 그를 집으로 데려와 우리와 함께 살도록 했어요. 우리는 그에게 모든 것을 설명해주었고, 그에게 일자리도 구해주려고 했어요. 그렇게 해줄 필요가 없다는 징후들이 있었지만 우리는 그를 쓸모 있는 인간으로 만들려고 생각했어요. 그때 그가 갑자기 밤에 사라졌어요. 그냥 사라졌어요. 거기에는 사정이 있었습니다. 나는 차라리 입을 다물고 싶어요. 그랬어? 안 그랬어?"라고 들라마르쉬가 결론적으로 물으면서 카알의 셔츠 소매를 잡아당겼다. "얘들아, 물러서거라."라고 경찰이 외쳤다. 왜냐하면 어린이들이 너무 가까이 다가와서 들라마르쉬가 한 어린이한테 걸려 넘어질 뻔했기 때문이었다. 지금까지 이 심문에 별로 흥미가 없었던 짐꾼들이 관심을 가지고 몰려들어 카알의 뒤를 두텁게 에워쌌다. 카알은 한 발자국도 물러날 수 없었으며, 짐꾼들이 웅성거리는 소리가 끊임없이 들려왔다. 짐꾼들은 전혀 이해할 수 없는, 아마도 슬라브어와 뒤섞인 영어로, 이야기한다기보다는 와자지껄 떠들었다.

"정보를 주셔서 고맙습니다."라고 경찰이 말하고서 들라마르쉬에게 거수경례를 했다. "어찌되었든 나는 그를 데리고 가서 옥시덴탈 호텔에 인계하도록 하겠어요." 그러자 들라마르쉬는 "나에게 저 젊은이를 잠시 맡겨주시길 청합니다. 나는 그와 해결해야 할 몇 가지 문제가 있습니다. 내가 책임지고 그를 호텔로 데리고 가겠습니다."

라고 말했다. "그렇게는 할 수 없습니다."라고 경찰이 말했다. 들라마르쉬는 "여기 나의 명함이 있습니다."고 말하면서 경찰에게 명함을 건네주었다. 경찰은 명함을 보면서 인정하는 표정을 지었다. 그러나 그는 상냥하게 미소지으며 "안 됩니다. 소용 없어요."라고 말했다. 카알은 지금까지 들라마르쉬를 조심했지만, 이제는 그가 유일한 구세주라는 것을 알았다. 들라마르쉬가 카알을 경찰에게 넘기지 않고 자신이 책임지려는 것은 의심스러웠으나 어찌되었든 들라마르쉬는 경찰보다 더 쉽게 설득될 테니까, 카알을 호텔로 데리고 가지는 않을 것이다. 비록 카알이 들라마르쉬의 손에 이끌려 호텔로 돌아간다 하더라도, 그것은 경찰이 데리고 가는 것보다는 훨씬 나았다. 하지만 일단 카알은 자기가 들라마르쉬에게 가고 싶다는 것을 내색해서는 안 되었다. 그렇지 않으면 모든 일은 망치게 된다. 카알은 언제라도 자신을 붙잡기 위해 들어올릴 수 있는 경찰의 손을 불안하게 바라보았다.

"나는 적어도 그가 왜 갑자기 해고되었는지를 알아야 합니다."라고 경찰이 마침내 말했다. 한편 들라마르쉬는 불쾌한 얼굴로 옆을 보며 명함을 손끝으로 구겼다. "하지만 그는 해고되지 않았어요."라고 로빈슨이 외쳐서 모두가 놀랐다. 그는 운전사에 의지하여 가능한 한 몸을 차 밖으로 내밀었다. "정반대입니다. 그는 거기서 좋은 일자리를 갖고 있어요. 그는 공동 침실에서 최상급자이고 그가 원하는 사람을 데리고 들어갈 수 있어요. 하지만 그는 매우 바쁘거든요. 사람들이 그에게 부탁할 것이 있으면 오랫동안 기다려야 해요. 줄곧 그는 웨이터장이나 여주방장에게 가 있어요. 그는 신임을 받고 있는 사람이에요. 그는 해고되지 않았어요. 나는 왜 그가 그렇게 말했는지 모르겠어요. 어떻게 그가 해고될 수 있나요? 나는 호텔에서 중상을 입었어요. 그때 그는 나를 집으로 데려다주라는 명령을 받았어요. 그가 그때 웃옷을 입고 있지 않았기 때문에 웃옷을 입지 않고 함께 왔어요. 나는 그가 웃옷을 가지고 올 때까지 기다릴 수 없었어요." "자, 그렇다면." 하고 들라마르쉬는 팔을 벌리고서 경찰이 사람을 보는 안목이 없는 것에 대해 비난하려는 듯한 목소리로 말했다. 들라마르쉬의 이 두 마디가 로빈슨이 한 말 중에서 불확실했던 것을 이론의 여지없이 명백하게 만들어주는 것처럼 보였다.

"그것이 사실입니까?" 라고 경찰이 훨씬 더 약한 목소리로 물었다. "그것이 사실이라면 왜 저 젊은이가 해고되었다고 주장합니까?" "너는 대답해야 돼." 라고 들라마르쉬가 말했다. 카알은 경찰을 보았다. 여기서 경찰은 자신들의 일에만 신경을 쓰는 낯선 사람들 사이에 질서를 잡아야 했다. 그리고 경찰관의 일반적인 걱정들 중의 일부가 카알에게 옮겨갔다. 카알은 거짓말을 하고 싶지 않았다. 그래서 두 손을 등 뒤로 꼭 깍지 끼고 있었다.

문에 경비원 한 명이 나타나서 짐꾼들이 다시 일을 해야 한다는 신호로 손뼉을 쳤다. 그들은 커피 잔으로부터 찌꺼기를 쏟아버리고 나서 입을 꾹 다물고 비틀거리는 걸음으로 집 안에 들어갔다. "이렇게 되면 우리는 결말을 낼 수 없어." 라고 경찰관이 말하고 나서 카알의 팔을 잡았다. 카알은 무의식적으로 약간 뒤로 물러나서, 짐꾼들이 가고 난 뒤에 생긴 텅 빈 공간을 느꼈다. 그러고 나서 그는 휙 돌아서서 몇 걸음 크게 도약하여 달려가기 시작했다. 어린이들은 일제히 소리를 지르며 팔을 벌리고 몇 발자국 함께 달렸다. "저놈 잡아라!" 라고 경찰관이 사람이 거의 다니지 않는 길다란 골목길을 향해 외쳤다. 그는 이 소리를 계속 일정하게 외치면서, 힘과 연습량을 보여주는 소리 없는 주법으로 카알의 뒤를 따라 달렸다. 이 추적이 노동자 지역에서 펼쳐지는 것이 카알에게는 행운이었다. 노동자들은 관헌의 편을 들지 않았다. 카알은 차도 한복판을 달렸다. 왜냐하면 거기에는 장애물이 적었기 때문이다. 그는 보도 가장자리 여기저기에 노동자들이 서서 자신을 조용히 지켜보고 있다는 것을 알았다. 한편 경찰관은 그들에게 "저놈 잡아라!"라고 외쳤다. 그는 영리하게도 매끈한 보도를 달리면서 쉬지 않고 카알 쪽으로 경찰봉을 내뻗었다. 분명히 순찰이 행해지고 있을 교차로에 두 사람이 다가가는 순간 경찰관은 귀가 먹을 정도로 호루라기를 불었다. 그때 카알은 희망을 거의 완전히 잃어버렸다. 카알에게 유리한 점이라고는 오직 가볍게 입은 옷뿐이었다. 그는 날아가듯이 달렸고, 점점 더 심해지는 내리막길을 추락하듯이 내려갔다. 그러나 그는 잠에 취하듯 멍해져서는 종종 너무 높고 시간만 빼앗기는 쓸데없는 도약을 했다. 게다가 경찰관은 깊이 생각할 필요도 없이 자신의 목표를 항상 눈앞에 갖고 있었다. 그와는 반대로 카알에게 있어서 달리는 일은 지엽적인 것이었다. 그는 여러 가능성들 중에서 선택하기 위해 깊이 생각해야 했고, 항상 새로운 결심을 해야 했다. 그의 다소 절망적인 계획은 일단 교차로를 피하는 것이었다. 왜냐하면 이 교차로에는 무엇이 숨어 있는지를 알 수 없었기 때문이었다. 자칫하면 거기에서 파출소로 직행하는 결과가 될지도 몰랐기 때문이다. 그는 가능한 한 확 트인 이 길을 달리려고 했다. 이 길은 훨씬 아래쪽에서 다리로 이어졌다. 이 다리는 시작된 지 얼마 되지 않은 지점부터 수증기와 태양의 증기 때문에 보이지 않게 되어 있었다. 이렇게 결심하고 난 후 그는 처음의 교차로를 빨리 지나가기 위해 온 정신을 집중했다. 그때 그는 얼마 멀지 않은 전방에서 한 경찰관이 잠복하고 있는 것을 보았다. 그 경찰은 그늘져 있는 한 집의 검은 벽에 몸을 붙여 적절한 순간에 카알을 덮칠 준비를 하고 있었다. 지금은 이 교차로 길 이외에는 도움이 될 만한 길이 없었다. 이 교차로에서 누군가가 악의 없이 그의 이름을 불렀을 때 — 그것이 처음에는 그에게 착각이 아닌가 하는 생각이 들었는데, 왜냐하면 그는 자신의 귀에서 내내 윙윙 하는 소리를 들었기 때문이다 — 그는 주저하지 않고, 경찰을 가능한 한 놀라게 하려고 한쪽 다리로 몸을 흔들면서 직각으로 이 교차로 안으로 꺾어들어갔다.

그가 두 번 껑충 뛰자마자 — 그는 누군가가 자기의 이름을 불렀다는 것을 벌써 잊었다 — 두번째의 경찰관이 호루라기를 불었다. 이 경찰은 아직 힘을 쓰지 않았으므로 원기가 남아돈다는 것을 알 수 있었다. 멀리 이 교차로에서 걷고 있는 보행자들은 걸음을 재촉하는 듯했다. 그때 한 작은 집의 현관에서 손이 나오더니 카알을 붙잡고 "조용!"하는 말과 함께 어두운 현관으로 끌어당겼다. 그건 숨이 차서 헐떡이고 있는, 뺨이 빨갛게 달아오른 들라마르쉬였다. 그의 머리카락은 이마에 착 달라붙어 있었다. 그는 잠옷 가운을 겨드랑이에 끼고 셔츠와 팬티만을 입고 있었다. 원래 진짜 문이 아니라 눈에 띄지 않는 샛문을 그가 금방 닫아 잠가버렸다. "잠깐!"하고 말하고서 그는 머리를 높이 쳐들어 벽에 기대고 힘들게 숨을 쉬었다. 카알은 그의 팔 안에 누워서 반쯤 의식을 잃은 상태로 얼굴을 그의 가슴에 묻었다. "저기 저 양반들이 달려가고 있다."라고 들라마르쉬가 말하고 귀를 기울이면서 손가락으로 문 쪽을 가리켰다. 지금 실제로 두 명의 경찰관이 지나갔다. 그들의 구보 소리는 텅 빈 골목에서 마치 쇳덩이를 돌에 두들기는 소리와 같았다. "진짜 너는 안전하게 이곳에 있게 되었다."라고 들라마르쉬가 카알에게 말했다. 카알은 여전히 숨이 차서 한 마디도 내뱉을 수 없었다. 들라마르쉬는 그를 조심해서 바닥에 앉혔고, 그의 옆에 무릎을 꿇고 앉았다. 그리고 그는 여러 번 이마를 쓰다듬으면서 그를 관찰했다. "이제 괜찮아."라고 카알이 겨우 말했다. 그는 애써서 일어났다. 들라마르쉬가 다시 잠옷 가운을 입고 "그럼, 자 어서."라고 말하고서 체력이 약해져서 머리를 들 수 없는 카알을 자기 앞으로 당겼다. 그는 카알이 기운을 차리도록 때때로 흔들었다. "넌 완전히 지쳐버렸어?"라고 그가 말했다. "집 밖에 나가서 너는 말처럼 달릴 수 있었어. 그러나 나는 여기 이 빌어먹을 복도며 마당을 소리 없이 가로질러야 했어. 그러나 다행히 나도 달리기 선수가 아닌가." 그는 자긍심에 가득 차서 손을 높이 들어올려 카알의 등을 쳤다. "때 때로 경찰과의 이런 경주는 좋은 연습이야." "달리기를 시작할 때 벌 써 나는 지쳐 있었어요."라고 카알이 말했다. "달리기를 잘 못한 것 에 대해서는 변명이 필요 없어."라고 들라마르쉬가 말했다. "내가 없 었다면 그들이 벌써 너를 붙잡았을 거야." "나도 그렇게 생각해."라 고 카알이 말했다. "정말 고마워요." "당연히 그래야지."라고 들라 마르쉬가 말했다.

그들은 좁고 긴 복도를 걸어갔다. 그 복도는 새까맣고 매끈한 돌로 포장되어 있었다. 때때로 오른쪽이나 왼쪽으로 계단 승강구가 열렸 다. 또는 더 큰 다른 복도 쪽을 볼 수 있는 곳도 있었다. 어른들은 보 이지 않았고, 어린이들만이 텅 빈 계단에서 놀았다. 한 난간에 어린 소녀가 서서 울고 있었는데 눈물 때문에 얼굴 전체가 번쩍거렸다. 그 소녀는 들라마르쉬를 보자마자 입을 벌리고 숨을 헐떡이며 계단을 뛰 어 올라갔다. 몇 번이나 돌아보고 난 뒤에 아무도 자기를 쫓아오려는 사람이 없음을 확인했을 때 그 소녀는 비로소 안심했다. "내가 조금 전에 달리다가 저 소녀를 넘어뜨렸어."라고 들라마르쉬가 웃으면서 말하고서 주먹으로 그녀를 위협했다. 그러자 그 소녀는 소리를 지르 며 계속 위로 뛰어올라갔다.

그들이 지나가는 마당에도 거의 사람들이 없었다. 때때로 상점 종 업원 하나가 바퀴 두 개 달린 수레를 밀고 갔고, 여자 하나가 펌프로 양철통에 물을 채웠고, 집배원 하나가 조용히 마당을 가로질러 걸어 갔고, 허연 콧수염을 달고 있는 늙은 남자가 다리를 꼬고서 유리문 앞 에 앉아 파이프를 피웠고, 운송 상점 앞에 상자들이 내려져 있었고,

할 일이 없는 말들은 무심하게 머리를 돌렸고, 작업복을 입고 있는 남자 하나는 종이를 손에 들고 작업을 감시했고, 한 사무실의 창문이 열려 있었고, 책상에 앉아 있는 사무원이 책상에서 몸을 돌려 생각에 잠긴 듯한 표정으로 그때 막 카알과 들라마르쉬가 지나간 밖을 내다보고 있었다.

"이보다 더 조용한 지역은 바랄 수가 없을 거야."라고 들라마르쉬가 말했다. "저녁에 두어 시간 동안 아주 시끄럽지만, 낮 동안은 여기가 이상적이야." 카알은 고개를 끄덕였다. 그에겐 너무 고요한 듯했다. "나는 다른 곳에서는 전혀 살 수 없을 거야. 왜냐하면 브루넬다가 절대로 소음을 견뎌낼 수 없기 때문이지. 브루넬다를 알아? 이제 너는 그녀를 보게 될 거야. 어찌되었든 나는 네가 조용히 처신하기를 바래."라고 들라마르쉬가 말했다.

그들이 들라마르쉬가 살고 있는 집으로 통하는 계단 쪽으로 왔을 때 자동차는 벌써 떠나고 없었다. 찌그러진 코를 가진 청년은 카알이 다시 나타난 것에 대해 전혀 놀라지 않고, 자기가 로빈슨을 계단으로 들어올렸다고 말했다. 들라마르쉬는 마치 그가 당연히 해야 하는 의무를 행한 하인인 것처럼 그에게 고개만 끄덕였다. 그리고 그는 약간 주저하면서 햇볕이 드는 길을 바라보고 있는 카알을 계단으로 끌어올렸다. "우리는 곧 위에 도착할 거야."라고 들라마르쉬가 계단을 오르면서 몇 번이나 말했다. 그러나 그의 말은 실현될 것 같지 않았다. 하나의 계단에서 다른 계단으로 계속 이어져 방향을 알 수 없었다. 한번은 카알이 피곤하기 때문이 아니라 계단이 너무 길어서 멈추어 섰다. 계속 앞으로 걸어가면서 들라마르쉬는 이렇게 말했다. "제일 꼭대기에 내 집이 있어. 하지만 그 나름대로 장점이 있지. 외출을 잘 하지 않게 되지. 하루 종일 잠옷 차림으로 지내는 거야. 지내기가 편안해. 물론 어떤 방문객도 이렇게 높은 곳에는 오지 않지." '방문객이 어디에서 온단 말이야?' 라고 카알은 생각했다.

마침내 한 층계참에서 로빈슨이 닫힌 문 앞에 서 있는 것이 보였다. 그들이 도착하긴 했지만 계단은 아직 끝난 것이 아니었고, 희미한 어둠 속으로 계속 이어지고 있었다. 곧 끝날 것 같은 전망은 전혀 보이지 않았다. "나는 이렇게 될 거라고 생각했어. 들라마르쉬가 그를 데리고 오는군. 로스만, 들라마르쉬가 없었다면 너는 어떻게 되었을까!"라고 로빈슨이 통증으로 인해 괴로운 듯이 나지막하게 말했다. 로빈슨은 속옷 차림으로 서서, 옥시덴탈 호텔에서 준 작은 침대보로 자기 몸을 가능한 한 많이 감싸려고 노력했다. 그는 지나가는 행인들에게 혹시 웃음거리가 될지도 모르는데 왜 집으로 들어가지 않았는지 이해할 수 없었다. "그녀는 자고 있어?"라고 들라마르쉬가 물었다. "그렇지 않을걸. 하지만 나는 네가 올 때까지 기다렸어."라고 로빈슨이 말했다. "우선 우리는 그녀가 잠을 자는지 살펴보아야겠어."라고 들라마르쉬가 말하면서 자물쇠 구멍 쪽으로 허리를 굽혔다. 그는 오랫동안 여러 방향으로 머리를 돌리면서 들여다보고 난 뒤에 일어서서 이렇게 말했다. "그녀는 잘 보이지 않아. 블라인드가 내려져 있어. 그녀는 긴 소파에 앉아 아마 자고 있을 거야." 들라마르쉬가 마치 자문을 구하듯이 가만히 서 있었기 때문에 카알은 "그녀가 아파?"라고 물었다. 그러자 들라마르쉬가 날카로운 목소리로 "아프다고?"라고 반문했다. "그는 그녀를 알지 못하잖아."라고 로빈슨이 변명조로 말했다.

두세 개의 문 건너편에서 두 여자가 복도로 나왔다. 그들은 앞치마로 손을 깨끗이 닦고 들라마르쉬와 로빈슨을 바라보았다. 그들은 들라마르쉬와 로빈슨에 대해 이야기하는 듯 했다. 한 문에서 아주 젊은 소녀가 윤이 나는 금발을 하고 뛰쳐나와서 두 여자의 팔에 매달리며 그들 사이로 끼어들었다.

"지겨운 여자들이야."라고 들라마르쉬가 나지막하게 말했다. 분명히 잠자고 있는 브루넬다를 염두에 두고 한 말이었다. "내가 지금 저 여자들을 경찰에 고발하면 몇 년 동안은 조용히 지낼 수 있을 거야. 저쪽을 보지 마."라고 들라마르쉬는 말하고서 카알을 향해 '쉿' 하는 소리를 냈다. 복도에서 브루넬다가 깨기를 기다려야 한다면 저 여자들을 보는 것도 나쁘지 않다고 카알은 생각했다. 그는 화가 나서 마치 들라마르쉬의 경고를 받아들이지 않겠다는 듯이 머리를 혼들었고, 이러한 그의 생각을 더 명백하게 보여주기 위해 여자들 쪽으로 가려고 했다. 그러나 그때 로빈슨이 "로스만. 조심해."라고 말하면서 그의 소매를 잡아당겼다. 카알에게 자극을 받은 들라마르쉬는 소녀가 큰 소리로 웃음을 터뜨린 것에 대해 분개하여 팔과 다리를 크게 휘저으며 그 여자들에게로 돌진했다. 그러자 그 여자들은 각각 자기 집으로 바람에 날려가듯이 사라졌다. "내가 여기서 이런 식으로 종종 복도를 청소해야 해."라고 들라마르쉬가 말하면서 천천히 걸어서 돌아왔다. 그때 그는 카알의 반항을 기억하고는 말했다. "그런데 나는 네가 바르게 행동하기를 바래. 그렇지 않으면 너는 나한테 혼날지도 몰라."

그때 방에서 부드럽지만 지친 목소리가 들려왔다. "들라마르쉬야?" "그래"라고 들라마르쉬는 대답하고서 상냥하게 문 쪽을 바라보았다. "우리 들어가도 돼?" "응, 그래."라고 그녀가 대답했다. 들라마르쉬는 자기 뒤에서 기다리는 두 사람을 한눈으로 훑어본 후에 천천히 문을 열었다.

그들은 완전한 어둠 속으로 들어갔다. 발코니 문 쪽의 커튼은 — 창문 하나 없었다 — 바닥까지 내려져 있었고 빛이 약간만 통했다. 게다가 가구와 여기저기 걸려 있는 옷들로 가득 채워져서 방이 더 어두웠다. 공기는 숨이 막힐 정도였고, 분명히 손이 닿지 않는 구석에 쌓인 먼지 냄새가 났다. 들어오자마자 카알이 본 것은 앞뒤로 세워둔 상자 세 개였다.

　얼마 전에 발코니에서 내려다본 여자가 긴 소파에 누워 있었다. 그녀의 붉은 옷은 밑이 약간 휘어져 커다란 귀 모양이 되어 방바닥까지 늘어뜨려져 있었다. 그녀의 다리가 거의 무릎까지 보였는데, 그녀는 두껍고 흰 양말을 신었지만 신발은 신지 않았다. "너무 더워. 들라마르쉬."라고 그녀는 말하면서 얼굴을 벽 쪽으로부터 돌려서 자기의 손을 허우적거리며 들라마르쉬 쪽으로 내밀었다. 그는 그녀를 잡고 키스했다. 카알은 고개를 돌릴 때 함께 돌아가는 그녀의 이중턱을 보았다. "커튼을 올리도록 할까?"라고 들라마르쉬가 물었다. "아니. 그러면 기분이 더 나빠져."라고 그녀는 눈을 감고 자포자기한 것처럼 말했다. 카알은 그 여자를 더 정확하게 보려고 긴 소파의 다리 끝까지 다가갔다. 그렇게 덥지 않았기 때문에 그는 그 여자의 불평을 이상하게 생각했다. "기다려. 내가 당신을 조금 더 편하게 해줄게."라고 들라마르쉬가 불안해하며 말했다. 그리고 그는 목 쪽에 단추 몇 개를 열어서 옷을 벌려주었다. 그래서 목과 가슴 위쪽 부분이 자유로워져서 속옷의 부드러운 노란색 레이스 끝이 나타났다. "이 사람 누구야?"라고 갑자기 말하면서 그 여자가 손가락으로 카알을 가리켰다. "왜 그는 나를 저렇게 쳐다보지?" "너는 곧 쓸모 있게 될 거야."라고 들라마르쉬가 말하고 카알을 옆으로 밀쳤다. 그리고 그는 "당신 시중들라고 내가 데리고 온 젊은이야."라고 말하면서 그녀를 진정시켰다. "그렇지만 나는 어떤 사람도 원치 않아. 왜 당신은 낯선 사람들을 집으로 데려오는 거야?"라고 그녀는 소리쳤다. "하지만 당신은 항상 시중들 사람을 원했잖아."라고 들라마르쉬가 말하고 무릎을 꿇었다. 브루넬다가 누워 있는 긴 소파는 아주 넓었지만 그녀 옆에는 앉을 만한 빈 공간이 전혀 없었다. "아, 들라마르쉬. 당신은 나를 이해 못해, 이해

못해."라고 그녀는 말했다. "그렇다면 나는 당신을 실제로 모르고 있군."이라고 들라마르쉬가 말하고 두 손으로 그녀의 얼굴을 들었다. "하지만 결정된 것은 아무것도 없어. 당신이 원하면 그는 즉시 떠나갈 거야." "그가 일단 여기 왔으니 머물러도 돼."라고 그녀는 다시 말했다. 카알은 피로했기 때문에 전혀 친절한 말이 아니었지만 그래도 이 말에 대해 고마워했다. 그래서 그는 아마도 곧 다시 내려가야 할지도 모르는 끝없는 계단에 대한 희미한 생각을 하게 되었고, 자기 이불 위에서 평화롭게 잠자고 있는 로빈슨을 넘어가면서, 비록 들라마르쉬가 화를 내면서 손을 흔들었지만 이렇게 말했다. "어찌되었거나 당신이 나를 여기 조금 있도록 해준 것에 감사를 드려요. 나는 스물네 시간 동안 잠을 자지 못하고, 일을 많이 했고 또 여러 가지 자극도 받았어요. 나는 너무 피곤해요. 나는 내가 어디에 있는지 전혀 몰라요. 내가 몇 시간이라도 잠을 잔 후에, 나를 인정사정 볼 것 없이 쫓아내도 좋아요. 그러면 나는 기꺼이 나가겠어요." "너는 여기 머물러도 돼."라고 그녀는 비꼬면서 덧붙여 말했다. "보다시피 공간은 충분해요." "너는 가야 해. 우리는 너를 필요로 하지 않아."라고 들라마르쉬가 말했다. "아냐. 그는 여기 있어야 해."라고 그녀가 다시 진심으로 말했다. 들라마르쉬는 그녀의 소원을 실행하려는 듯이 "자, 어디에든지 누워라."라고 카알에게 말했다. "그는 커튼 위에서 자도 돼. 하지만 커튼을 찢지 않도록 신발을 벗어야 해." 들라마르쉬는 그녀가 말한 곳을 카알이 알 수 있도록 가리켰다. 문과 세 개의 장롱 사이에 창문 커튼 더미가 다양하게 널려 있었다. 만약 모든 커튼을 질서 있게 접어서, 무거운 것은 제일 아래로 가벼운 것은 위로 놓고, 또 커튼 더미 속에 꽂혀 있는 판자와 나무 고리를 빼내었다면 그것은 견딜 만한 잠자리가 되었을 것이다. 그렇지만 카알이 지금 누운 곳은 건들거리고 미끄러지는 커튼 더미였다. 왜냐하면 카알이 특별히 잠자리를 준

228

비하기에는 너무 지쳐 있었고, 또 주인을 배려해서 너무 번거롭지 않도록 조심해야 했기 때문이다.

그가 벌써 거의 잠에 빠져들었을 때, 크게 외치는 소리를 듣고서 일어났다. 그리고 그는 브루넬다가 긴 소파에서 똑바로 앉아 팔을 넓게 벌려서 자기 앞에 꿇어앉아 있는 들라마르쉬를 껴안고 있는 것을 보았다. 그 모습을 보고 카알은 불쾌해서 뒤로 돌아누워 계속 잠을 자려고 커튼 속으로 빠져들어갔다. 카알은 분명히 자기가 여기서 이틀도 견디지 못할 것 같았다. 그러나 이성적으로 빠르고 정확하게 결정하기 위해서는 우선 충분히 잠을 자는 것이 더욱 필요했다.

그러나 브루넬다는 벌써 피곤 때문에 크게 떴던 카알의 눈을 알아차렸고 — 이 눈이 벌써 그녀를 한 번 놀라게 했다 — 곧 이렇게 외쳤다. "들라마르쉬. 나는 더워서 못 견디겠어. 내가 불에 타는 것 같아. 옷을 벗어야겠어. 나는 목욕을 해야겠어. 저 녀석들을 당신이 원하는 데로 어디든지 보내. 내가 그들을 보지 않도록 복도든 발코니든. 내집에 있으면서 줄곧 방해를 받다니. 내가 당신하고만 단둘이 있다면 얼마나 좋을까! 맙소사. 그들이 아직 여기 있어! 이 뻔뻔스러운 로빈슨이 숙녀 앞에서 속옷 바람으로 대자로 누워 있어. 방금 전에 저 낯선 젊은이가 아주 야성적인 눈으로 나를 바라보고는, 나를 속이기 위해 다시 누워버렸어. 저들을 내쫓아. 들라마르쉬. 저들은 나에게 짐이 되고 있어. 그들은 폐를 끼치고 있어. 내가 지금 죽는다면 그들 때문이야."

"그들은 곧 바깥으로 나갈 거야. 자, 옷을 벗어."라고 들라마르쉬가 말하고, 로빈슨에게 가서 그의 가슴에 발을 얹어놓고 그를 흔들었다. 동시에 그는 카알 쪽을 향해 외쳤다. "로스만, 일어나! 너희들 둘다 발코니로 나가! 너희들을 다시 부르기 전에 들어오면 혼날 줄 알아. 자, 빨리, 로빈슨." — 그러면서 그는 로빈슨을 더 세게 흔들었다

─ "그리고 너 로스만, 내가 너에게도 덮치기 전에 빨리 나가." 그러면서 그는 큰 소리로 두 번 손뼉을 쳤다. "이렇게 오래 걸리다니!" 라고 긴 소파에 있는 브루넬다가 소리쳤다. 몸이 몹시 뚱뚱한 그녀는 더 많은 공간을 차지하기 위해서 앉을 때 다리를 넓게 벌려야 했다. 그녀는 전력을 다해야 할 뿐만 아니라 숨을 허덕이고 자주 휴식을 취하면서 간신히 양말의 위쪽 부분을 붙잡고 약간 밑으로 벗어내릴 정도까지 몸을 굽힐 수 있었다. 그녀는 양말을 완전히 벗을 수는 없었다. 들라마르쉬가 이 일을 해주어야 했다. 그래서 그녀는 지금 안절부절못하면서 그를 기다렸다.

피로 때문에 완전히 무감각한 상태가 된 카알은 커튼 더미로부터 기어내려와서 천천히 발코니 문 쪽으로 갔다. 커튼 천 한 조각이 그의 발에 휘감겼다. 그는 이 커튼 천을 신경 쓰지도 않고 끌고 갔다. 그가 브루넬다 옆을 지나가다가 멍한 상태에서 "안녕히 주무세요."라고 말하고 나서 들라마르쉬 옆을 지나쳤다. 들라마르쉬는 발코니 문의 커튼을 발코니 쪽으로 조금 잡아당겨주었다. 바로 카알 뒤에 로빈슨이 잠에 취한 상태로 따라왔다. "계속 사람을 함부로 다룬단 말이야! 브루넬다가 같이 가지 않으면 나는 발코니로 안 갈 거야."라고 그는 혼자 중얼거렸다. 그러나 그는 이렇게 단언하고서도 아무런 반항도 하지 않고 발코니로 나갔다. 카알이 이미 안락의자를 차지해서 그 속에 폭 빠져 있었기 때문에 로빈슨은 곧바로 돌 바닥에 누웠다.

카알이 깼을 때는 벌써 저녁이었다. 별들이 하늘에 반짝이고 있었고, 건너편 길가에 있는 높은 집들 뒤로 달빛이 비치기 시작했다. 미지의 지역을 몇 번 둘러보고, 신선하고 상쾌한 공기를 몇 번 들이마시고 난 뒤에야 비로소 카알은 자신이 어디에 있는지를 알았다. 그는 얼마나 어리석었던가. 여주방장이 했던 충고들, 테레제가 했던 경고들, 그리고 자기가 가졌던 모든 우려들을 그는 무시했다. 마치 커튼

저쪽에 그의 큰 적 들라마르쉬가 없는 것처럼 그는 들라마르쉬의 발코니에 조용히 앉아 있었고 더구나 반나절을 잠으로 허비해버렸다. 바닥에는 게으른 로빈슨이 꿈틀거리더니 카알의 발을 끌어당겼다. 로빈슨이 카알을 이런 식으로 깨운 것 같았다. 왜냐하면 그가 이렇게 말했기 때문이었다. "로스만, 너는 한숨 잤지! 넌 너무 태평스러운 젊은이야. 너는 도대체 얼마나 오랫동안 자려고 그래? 네가 더 자도록 놓아두어야 했는데. 하지만 첫째 바닥 위는 너무 따분해. 그리고 둘째 나는 배가 너무 고파. 부탁하건대, 좀 일어나라. 내가 거기 밑에 안락의자에 먹을 것을 넣어놓았어. 나는 그걸 꺼내고 싶어. 너한테도 좀 줄게." 그리고 나서 일어난 카알은 로빈슨이 일어나지 않고 배로 엎드려 기어와서 손을 뻗어 안락의자 밑에서, 명함 보관함으로 쓰일 법한 은으로 도금된 사발을 꺼내는 것을 바라보았다. 이 사발에는 검은 소시지가 반쪽, 가는 담배 몇 개비가 있었고, 또 뚜껑이 열린 채로 깡통에 잘 채워진, 기름이 넘치는 정어리 통조림이 있었고, 거의 짓눌려 공처럼 되어버린 사탕 덩어리가 들어 있었다. 그리고 큰 빵 덩어리, 또 향수는 아니지만 다른 것이 들어 있는 것 같은 향수병이 보였다. 로빈슨이 아주 만족스럽게 그 향수병을 가리켰고 카알 쪽으로 입술을 짭짭거리면서, "로스만, 봐라."라고 말했다. 그러면서 그는 정어리를 한 마리 한 마리 입에 넣었고, 브루넬다가 분명히 발코니에 놓아두고 잊어버린 모직 천으로 손에 묻은 기름을 가끔씩 닦아냈다. "로스만, 봐라. 굶어 죽지 않으려면 이렇게 자신의 음식을 보관해두어야 해. 로스만, 나는 완전히 무시되고 있어. 줄곧 개처럼 취급받는다면, 실제로 결국에는 자신이 개라고 생각하게 되지. 로스만, 네가 있으니 좋구나. 나는 적어도 누군가와 이야기할 수 있어. 이 집에서는 아무도 나와 이야기하지 않아. 우리는 미운 오리 새끼들이야. 이 모든 것이 브루넬다 때문이지. 물론 그녀는 멋진 여자야. 너." —

그리고 그는 귓속말을 하기 위해 카알에게 자기 쪽으로 오라고 손짓
했다 ― "나는 한번은 그녀가 발가벗은 모습을 보았어. 오!" ― 그리
고 이런 즐거운 기억을 더듬으며 그는 카알의 다리를 누르고 치기 시
작했다. 마침내 카알이 "로빈슨, 너 미쳤구나."라고 외치며 그의 손
을 잡고 뒤로 밀쳤다.

"너는 아직 어린애야, 로스만."하고 로빈슨이 말하고 나서 목걸이
줄에 달고 다니던 단도를 셔츠 속에서 끄집어내어 칼집을 빼내었다.
그러고 나서 그는 단단한 소시지를 잘랐다. "너는 아직 많은 것을 더
배워야 돼. 너는 우리들한테서 올바르게 배울 수 있어. 앉아. 좀 먹
지 않을래? 내가 먹는 것을 보면 너도 식욕이 생길 거야. 마시고 싶지
도 않아? 너는 아무것도 원하지 않는구나. 너는 말하는 것도 별로 좋
아하지 않는구나. 그러나 누군가가 있어주기만 하면 내가 누구와 발
코니에 있든 그건 상관이 없어. 말하자면 나는 아주 종종 발코니에 나
오곤 해. 그것이 브루넬다에게 많은 기쁨을 주니까 말이야. 그녀는
항상 기발한 생각을 해내는 거야. 때로 그녀는 추워하고, 때로 더워
하고, 때로 자고 싶어하고, 때로 머리를 빗고 싶어하고, 때로 코르셋
을 풀고 싶어하고, 때로 입고 싶어하지. 그때마다 나는 항상 발코니
로 쫓겨났어. 때때로 그녀는 자기가 말한 것을 실행하기도 하지. 그
러나 대개 그녀는 이전과 마찬가지로 긴 소파에 누워서 꼼짝도 하지
않아. 이전에 가끔씩 나는 커튼을 조금 걷고서 엿보았는데, 그때에
들라마르쉬가 (나는 그가 그렇게 하려 한 것이 아니라 브루넬다의 청
으로 그렇게 했다는 것을 잘 알고 있지) 나의 얼굴을 채찍으로 몇 번
때린 이후로 (피멍이 든 자국을 봐라) 나는 엿보려고 하지 않아. 그
리고 나는 여기 발코니에 이렇게 누워서 음식 먹는 기쁨 이외에는 어
떤 기쁨도 없어. 엊그제 저녁에 나는 혼자 누워 있었어. 그때 나는 고
급 옷을 입고 있었어. 그런데 유감스럽게도 나는 그 옷을 너의 호텔에

서 잃어버렸어. 그 개 같은 놈들이 비싼 옷을 벗겨갔어. 내가 여기 혼자 누워서 난간 아래쪽을 보고 있을 때 모든 일이 너무 슬프게 느껴져서, 나는 그만 소리내어 울기 시작했어. 그때 나는 즉시 알아차리지 못했는데, 브루넬다가 우연히 붉은 옷을 입고 나에게로 왔어. 그 옷이 그녀에게 가장 잘 어울렸어. 그녀는 나를 조금 보다가 마침내 말했지. '로빈슨, 왜 울어?' 그러고 나서 그녀는 자기의 옷을 들어올려서 옷 끝으로 나의 눈을 닦아주었어. 만약 그때 들라마르쉬가 그녀를 부르지 않았다면 그리고 그녀가 즉시 다시 방으로 돌아가지 않았다면 그녀가 무슨 짓을 했을지 누가 알아? 물론 나는 이제 내 차례구나, 라고 생각하고서 내가 방으로 들어가도 되는지 커튼을 통해 물었지. 브루넬다가 무슨 말을 했을 거라고 생각해? '안 돼.'라고 그녀는 말했어. '너 무슨 생각을 하고 있어?'라고 그녀는 말했어."

"이런 대우를 받으면서 왜 여기에 있지?"라고 카알이 물었다.

"미안해, 로스만. 네 질문은 별로 재치 있는 질문이 못 돼."라고 로빈슨이 대답했다. "너라도 여기 머무를 거야. 설사 더 나쁜 대우를 받더라도. 더욱이 이 곳의 대우는 그렇게 나쁘지는 않거든."

"아니. 나는 틀림없이 갈 거야. 아마도 오늘 저녁에. 나는 너희들과 함께 있지 않아."라고 카알이 말했다.

"그렇다면 너는 오늘 밤에 어떻게 달아나려고 해?"라고 로빈슨이 물었다. 그는 빵의 부드러운 부분을 잘라내어 조심스럽게 정어리 통조림의 기름에 적셨다. "너는 방으로 들어갈 수 없는데, 어떻게 달아난단 말이야?"

"우리는 왜 들어가면 안 돼?"

"벨이 울리지 않는 한 우리는 들어가서는 안 돼."라고 로빈슨이 말했다. 그는 크게 벌린 입으로 기름에 적신 빵을 먹으면서 한 손으로 빵에서 떨어지는 기름을 받았다. 그리고 때때로 손으로 받은 떨어진 기름에 남은 빵을 적셨다. "여기는 점점 더 엄격해지고 있어. 처음엔 얇은 커튼만 있었어. 그 커튼으로 들여다볼 수는 없었지만 저녁에 그림자는 볼 수 있었어. 그것이 브루넬다에게 불쾌했지. 그래서 나는 그녀의 극장용 외투 한 벌을 커튼으로 만들어서, 오래된 커튼 대신에 여기에 걸어야 했어. 지금은 전혀 들여다볼 수 없어. 그리고 이전에는 내가 들어가도 되는지 항상 물어도 되었어. 상황에 따라 그들은 '그래.' 또는 '아니.' 라고 대답했어. 그러나 나는 아마도 너무 자주 물었나봐. 브루넬다는 이걸 참을 수 없었어. 그녀는 뚱뚱함에도 불구하고 아주 몸이 약해. 가끔씩 두통이 있고 거의 항상 다리에 통증이 있어. 그래서 나는 더 이상 질문을 해서는 안 되고, 들어가도 될 경우는 테이블 벨이 울리기로 되어 있어. 그 벨은 내가 잠에서 깰 정도로 소리가 크지. 한번은 내가 고양이 한 마리를 애완용으로 여기서 길렀어. 그런데 이 고양이가 벨 소리에 놀라 달아나서 돌아오지 않았어. 자, 오늘은 아직 벨이 울리지 않았지. 벨이 울리면 나는 들어가도 되는 정도가 아니라 들어가야만 해. 이렇게 오랫동안 벨이 울리지 않으면 벨이 울리기까지 아주 오래 걸릴 수도 있어."

"그래. 하지만 너에게 적용되는 것이 나에게도 적용되어야 한다는 법은 없지. 그런 것은 감수하는 사람에게만 적용되는 법이지."

"하지만 왜 그것이 너에게는 적용되지 않는단 말이냐? 분명히 그것은 너에게도 적용돼. 벨이 울릴 때까지 나와 여기서 조용히 기다려. 그리고 나서야 네가 달아날 수 있는지를 시험해볼 수 있어." 라고 로빈슨이 외쳤다.

"왜 너는 여기를 떠나지 않니? 들라마르쉬가 너의 친구이기 때문에, 아니 친구였기 때문에? 이게 사는 거야? 네가 처음에 가려고 한 버터포드가 더 낫지 않을까? 아니면 너의 친구가 있는 캘리포니아든지."

"그래. 누구도 이런 일은 예상하지 못했어."라고 로빈슨이 말했다. 그가 이야기를 계속하기 전에 "너의 행복을 위해, 로스만."이라고 말하고서 향수병을 쭉 빨았다. "네가 우리를 아주 비열하게 버렸을 때 우리는 불행했어. 처음 며칠 동안 우리는 일자리를 찾지 못했어. 더욱이 들라마르쉬는 일자리를 원치 않았지. 그는 일자리를 얻을 수도 있었는데. 그는 항상 내게 일자리를 찾으러 보냈어. 나에겐 행운이 없었어. 그는 그렇게 빈둥거리고 있었지. 하지만 어느 저녁이었어. 그때 그는 숙녀 지갑을 하나 가져왔어. 그 지갑은 아주 멋있었어. 진주로 되어 있었지. 지금은 그가 그 지갑을 브루넬다에게 선물했어. 그러나 지갑 속에는 아무것도 들어 있지 않았어. 그후 그는 우리가 집집마다 다니며 구걸을 해야 할 거라고 말했어. 구걸하면서 물론 쓸모 있는 물건들을 많이 발견할 수 있지. 우리는 구걸하러 갔어. 더 잘 하기 위해서 나는 집 문 앞에서 노래를 불렀어. 그런데 들라마르쉬는 항상 운이 좋았어. 우리는 두번째 집, 말하자면 일층에 있는 아주 부잣집 앞에 섰지. 우리는 그 집 문에서 요리사와 하인에게 노래를 불렀어. 그때 바로 이 집의 주인 여자인 브루넬다가 계단으로 올라왔어. 그녀는 아마도 너무 세게 코르셋을 졸라매었던 모양이었어. 그래서 그녀는 몇 계단 이상 올라올 수가 없었지. 그러나 그녀가 얼마나 아름다웠는지, 로스만! 그녀는 아주 흰 옷을 입었고 붉은 양산을 가지고 있었어. 그녀는 핥아주고 싶을 정도였지. 마셔버리고 싶을 정도였어. 아, 신이여. 아, 신이여. 그녀는 아름다웠어. 그런 여자였지! 아니, 어떻게 그런 여자가 있을 수 있는지 말해봐! 물론 그 요리사와 하인이 그녀에게 달려와 그녀를 들다시피 해서 올라갔어. 우리는 문 오른쪽과 왼쪽에 서서 인사를 했어. 여기서는 그렇게 해. 그녀는 숨을 충분히 쉴 수 없어서 잠깐 서 있었어. 어떻게 그런 일이 일어났는지 나도 몰라. 나는 배가 고파서 거의 제정신이 아니었어. 그녀는 가까이에서 보니까 더 예뻤고 아주 당당했어. 그리고 그녀는 특수한 코르셋을 — 내가 상자 속에 있는 그걸 보여줄 수 있어 — 입었기 때문에 모든 부분이 꽉 매여 있었어. 간단히 말하자면, 내가 그녀를 뒤에서 살짝 건드렸어. 아주 살짝, 요렇게 건드렸어. 물론 거지가 부유한 숙녀를 만진다면 도저히 용서받을 수 없는 일이지. 그건 거의 건드린 것도 아냐. 하지만 건드린 건 건드린 거였어. 만약에 들라마르쉬가 즉각 내 귀싸대기를 때리지 않았다면, 말하자면 내가 바로 두 손으로 뺨을 문질러야 할 정도로 강한 귀싸대기를 때리지 않았다면 이 일이 어떤 나쁜 결과를 가져왔을지 아무도 몰라."

"그 다음에 너희들은 어떻게 했어. 그 여자가 브루넬다였어?"라고 카알이 로빈슨의 이야기에 빨려든 듯 말하고 나서 바닥에 앉았다.

"그래. 그 여자가 브루넬다였어."라고 로빈슨은 말했다.

"그녀가 가수라고 네가 말하지 않았어?"라고 카알이 물었다.

"물론 그녀는 가수지, 유명한 가수지."라고 로빈슨은 대답했다. 그는 커다란 사탕 덩어리를 혀에서 굴리다가 입에서 한 조각이 나오면 다시 그것을 손가락으로 밀어넣었다. "하지만 우리는 당시에 그런 사실을 몰랐어. 우리는 그녀가 부유하고 아주 세련된 숙녀라는 것만을 알고 있었지. 그녀는 아무 일도 일어나지 않은 것처럼 행동했지. 아마 그녀는 내가 건드린 것을 느끼지 못했을 거야. 왜냐하면 나는 그녀를 실제로 손가락 끝으로 살짝 건드렸을 뿐이기 때문이었지. 하지만 그녀는 줄곧 들라마르쉬를 바라보았어. 그래서 그는 — 그가 이런 사실을 알아맞힌 것처럼 — 그녀의 눈을 바라보았지. 그리고 나서 그녀는 그에게 '잠시 들어와요.'라고 말하고서 양산으로 자기 집을 가리켰어. 들라마르쉬가 그녀보다 앞장서서 그쪽으로 갔어. 그들 둘이 집으로 들어가고 난 후 하인이 문을 닫았어. 그들은 나를 들어오라고 하지 않아서 바깥에 있었지. 그때 나는 얼마 걸리지 않을 거라고 생각해서 들라마르쉬를 기다리며 계단에 앉았지. 그런데 들라마르쉬가 나오지 않고 하인이 나와서 나에게 수프 한 사발을 주었어. '들라마르쉬가 친절하구먼.' 이라고 나는 혼잣말을 했지. 하인은 내가 먹는 동안 내 옆에 서 있었어. 그는 나에게 브루넬다에 대해 몇 가지를 이야기해 주었지. 그때 나는 브루넬다를 방문한 것이 우리에게 어떤 의미가 있는지를 알게 되었어. 왜냐하면 브루넬다는 이혼한 여자였고, 재산이 많았고, 완전히 독립해 있었기 때문이었지. 그녀의 전남편은 코코아 공장주였는데, 그녀를 여전히 사랑했어. 하지만 그녀는 그에 관한 이야기는 전혀 듣고 싶어하지 않았어. 그 전남편은 결혼식에서처럼 아주 고상하게 옷을 입고서 아주 자주 집에 찾아왔어. 이건 한마디 한마디가 진실이야. 나는 그 전남편을 직접 알고 있지. 그러나 전남편은 하인에게 그녀가 자기를 만나줄 것인지에 대해 그녀에게 물어봐달라고 뇌물을 주면서까지 부탁했지만, 하인은 그렇게 하지 않았어. 왜냐하면 그는 벌써 몇 번이나 물어봤으나 브루넬다는 그때마다 자기가 손에 들고 있던 것을 그의 얼굴에 던졌기 때문이었지. 한번은 뜨거운 물이 채워진 보온병을 집어던졌어. 그래서 하인은 앞니 하나를 잃어버렸어. 그래. 로스만. 너도 보게 될 거야!"

"너는 어디서 그녀의 전남편을 알게 되었어?"라고 카알이 물었다.

"그는 때때로 여기로 올라오거든."이라고 로빈슨이 말했다.

"올라와?"라고 카알이 말하면서 놀라서 손으로 가볍게 바닥을 쳤다.

"네가 놀라는 것도 이해가 가."라고 말하면서 로빈슨은 계속 이야기를 했다. "하인이 당시에 그런 이야기를 했을 때 나 자신도 놀랐어. 생각해봐. 브루넬다가 집에 없을 때 그녀의 전남편은 하인의 안내를 받으며 그녀의 방으로 가서 항상 하찮은 물건 하나를 기념으로 가져가면서 아주 비싸고 세련된 것을 브루넬다를 위해 남겨놓았지. 그리고 그는 하인에게 그런 것을 누가 갖다 놓았는지 절대로 말하지 못하도록 했어. 그런데 — 하인의 말에 따르면, 나는 하인의 말을 믿는데 — 한번은 그가 도자기로 된 엄청나게 비싼 것을 가져왔을 때 브루넬다가 어떻게 해서 이 사실을 알아버렸어. 그래서 그녀는 그것을 그 자리에서 바닥에 던지고 난 후 짓밟고, 침을 뱉고, 거기다 몇 가지 짓을 더 했어. 그래서 하인은 역겨워서 그것을 치울 수가 없을 정도였다고 해."

"그 전남편이 그녀에게 무슨 짓을 했기에?"라고 카알이 물었다.

"나도 그걸 모르겠어."라고 로빈슨이 말했다. "내 생각에는 특별한 것은 아닐 거야. 적어도 그 전남편 자신도 모르거든. 나는 가끔 전남편과 그것에 대해 이야기를 나누었어. 그는 나를 매일 저기 길모퉁이에서 기다렸어. 내가 가면 나는 그에게 그녀에 대한 소식을 이야기해주었지. 내가 가지 못하면 그는 반 시간 동안 기다리다 그냥 가버리지. 이건 나에겐 부수입이었지. 왜냐하면 그는 나의 소식들에 대해서 비싼 사례를 지불해주었기 때문이야. 그러나 들라마르쉬가 이 사실을 알고 난 뒤로는 나는 그에게 모든 돈을 넘겨주어야 했어. 그래서 나는 전남편을 만나러 가는 일이 뜸하게 되었지."

"하지만 전남편은 무엇을 원하지?"하고 카알이 물었다. "그가 도대체 무엇을 원하지? 그는 그녀가 자신을 더 이상 원하지 않는다는 말을 들었잖아."

"그렇구 말구."라고 로빈슨이 말하면서 한숨을 쉬고 난 후 담뱃불을 부치고서 팔을 크게 흔들어서 연기를 공중으로 날렸다. 그리고 나서 그는 달리 결심한 것같이 이렇게 말했다. "이 일이 내게 무슨 상관이 있단 말인가? 내가 알기로는 전남편이 우리들처럼 여기 발코니에 누워 있을 수 있다면 그 대가로서 많은 돈을 내놓을 거라는 것뿐이야."

카알은 일어나서 난간에 기대어 거리를 내려다보았다. 달이 보였지만, 그 빛이 깊숙한 골목길까지는 아직 비치지 않았다. 낮에는 텅 비었던 골목길 집 문 앞은 사람들로 붐볐다. 모두들 무거운 걸음으로 천천히 걸었다. 남자들의 소매, 여자들의 밝은 옷이 어둠 속에서 희미하게 드러나보였다. 모두들 모자를 쓰지 않았다. 주변에 있는 많은 발코니들에는 사람들이 있었다. 발코니에는 가족들이 백열등을 켜놓고 발코니 크기에 알맞는 작은 테이블 주위나 한 줄로 놓은 안락의자에 앉아 있었다. 또는 그들은 방에서 머리를 내밀고 있었다. 남자들은 다리를 벌리고 발을 난간 창살 사이에 끼우고 앉아서 바닥에 늘어뜨려진 신문을 읽고 있거나, 입을 다물고 테이블을 세게 내려치면서 카드놀이를 하고 있었다. 여자들은 무릎에 바느질감을 가득 갖고 일하면서 때때로 주위나 거리를 잠깐 볼 뿐이었다. 이웃 발코니에 있는 금발의 약한 여자는 줄곧 하품을 하면서 눈을 돌렸고, 자기가 깁고 있는 내의를 입으로 가져갔다. 가장 작은 발코니에서조차도 어린이들은 서로 쫓아다닐 수 있었다. 이건 부모들에게 아주 성가신 일이었다. 방 안에서는 축음기가 노래나 오케스트라의 음악을 들려주었다. 사람들은 이 음악에 특별히 신경을 쓰지 않았다. 그러나 때때로 가장이 신호를 하면 누군가가 방으로 들어가서 새 레코드판을 올려놓았다. 또 다른 창문에는 완전히 움직이지 않는 연인들이 보였다. 카알 건너편의 창문 안에 그런 연인들이 똑바로 서 있었다. 젊은 남자는 자기 팔을 여자에게 걸쳐놓고 손으로 여자의 가슴을 눌렀다.

"너는 여기에 아는 이웃 사람이라도 있니?"라고 카알이 로빈슨에게 물었다. 이때 로빈슨은 방금 일어나 있었고, 한기를 느꼈기 때문에 침대보 이외에도 브루넬다의 이불까지 칭칭 감고 있었다.

"거의 아무도 몰라. 그건 내 입장에서 볼 때 아주 나쁜 점이야."라고 로빈슨이 말하고서 카알을 자기 쪽으로 좀더 가까이 잡아당겨서 그의 귀에다 대고 속삭였다. "그게 아니라면 나는 당장 불평할 게 아무엇도 없을 거야. 부루넬다는 들라마르쉬 때문에 자신이 가진 모든 것을 팔았어. 그리고 그녀가 그에게 전적으로 헌신하면서 누구에게 도 방해받지 않기 위해 — 이것이 들라마르쉬의 소원이기도 했지 — 자신이 가진 모든 것을 들고 여기 이 교외의 집으로 이사왔어."

"그러면 그녀는 하인들을 해고했어?"라고 카알이 물었다.

"그럼."이라고 로빈슨은 말했다. "하인들이 묵을 공간이 여기 어 디 있겠어? 하인들은 아주 까다로워. 한번은 들라마르쉬가 브루넬다 집에서 따귀를 때려 하인 한 명을 방에서 내쫓았지. 따귀를 연달아 날 리자 그 하인이 나가게 되었어. 물론 다른 하인들이 그와 모의를 해서 문 앞에서 소란을 피우게 된 거야. 그때 들라마르쉬가 나와서 — 나는 당시 하인은 아니었고 집안의 친구였어. 하지만 나는 하인들과 함께 있었어. — '너희들 무엇을 원하나?'라고 물었어. 그러자 이지도어라 고 하는 늙은 하인이 '당신은 우리와 이야기할 게 없어요. 우리의 주 인은 인자한 부인이에요.'라고 말을 했지. 네가 이미 알아차렸듯이 그들은 브루넬다를 매우 존경했어. 그러나 브루넬다는 그들을 돌보 지 않고 들라마르쉬에게로 갔어. 그때 그녀는 지금처럼 그렇게 뚱뚱 하지 않았어. 그녀는 그를 다른 사람들 앞에서 포옹하여 키스를 하고 '가장 사랑하는 들라마르쉬.'라고 불렀어. '이 원숭이들을 내쫓아.' 라고 그녀는 마침내 말했어. 원숭이들 — 하인들이 원숭이들이라니! 그때 그들이 지었을 표정들을 상상해봐! 그리고 나서 브루넬다는 들 라마르쉬의 손을 허리띠에 차고 있던 자신의 지갑 쪽으로 끌고 갔어. 들라마르쉬가 지갑 속으로 손을 넣었어. 그는 하인들에게 임금을 지 불했어. 브루넬다는 들라마르쉬가 임금을 지불할 때 그냥 허리띠에 있는 지갑을 열어놓고 가만히 서 있었지. 들라마르쉬는 종종 지갑에 손을 넣어야 했어. 왜냐하면 그는 돈을 세지도 않고, 임금 요구를 조 사하지도 않고 돈을 나누어주었기 때문이지. 마침내 그가 이렇게 말했어. 너희들이 나와 이야기하려고 하지 않기 때문에 나는 브루넬다를 대신해서 너희들에게 '즉시 짐을 싸라.'고 말한다. 그래서 그들은 해고되었어. 그러고 나서 소송이 몇 번 있었지. 들라마르쉬가 법정에 나가야 했어. 그러나 나는 그 일에 대해서 더 이상 확실하게 알지 못해. 하인들이 떠나자마자 들라마르쉬는 브루넬다에게 '지금 당신에게는 하인이 하나도 없어.'라고 말했지. 그러자 그녀는 '하지만 로빈슨이 있잖아.'라고 말했어. 그러고 나서 들라마르쉬는 '자, 너는 우리의 하인이 될 거야.'라고 말하면서 나의 어깨를 쳤어. 그러고 나서 브루넬다는 나의 뺨을 두드렸어. 로스만, 기회가 있으면 너도 그녀로부터 뺨을 두들겨 맞아봐. 그게 얼마나 기분이 좋은지 알면 너는 놀랄 거야."

"너는 들라마르쉬의 하인이 되었구나?"라고 카알이 요약해서 말했다.

로빈슨은 이 질문에서 카알이 동정하고 있다는 것을 눈치채고 이렇게 대답했다. "나는 하인이야. 그러나 아주 극소수의 사람들만이 이 사실을 알아. 봐라. 너도 얼마 동안 우리 곁에 있었지만 그 사실을 몰랐잖아. 너는 내가 밤에 호텔에서 어떤 옷을 입었는지 봤잖아. 나는 고급 중에서도 최고급을 입었어. 하인들이 그런 옷을 입고 다니겠니? 문제는 내가 자주 외출해서는 안 된다는 것 뿐이야. 나는 항상 대기하고 있어야 하고, 집에는 항상 무엇인가 해야 할 일이 있지. 많은 가정일을 하는데 한 명으로는 부족하지. 너도 아마 알아차렸겠지만 우리는 아주 많은 물건들을 방 안에 여기저기 놓아두고 있어. 우리가 이사 올 때에 팔 수 없었던 것을 가지고 왔어. 물론 선물로 줘버렸으면 좋았을 텐데! 하지만 브루넬다는 어떤 것도 선물로 주지 않거든. 이 물건들을 계단으로 들어올렸는데, 이 일이 어떤 일이었겠는가를 생각해봐."

"로빈슨, 네가 그 모든 것을 들어올렸어?"라고 카알이 소리쳤다.

"그렇지 않으면 누가 했겠어?"라고 로빈슨이 말했다. "도와주는 사람이 한 사람 있었어. 게름뱅이였지. 나는 대부분의 일을 혼자 해야 했어. 브루넬다는 아래 차 옆에 서 있었고, 들라마르쉬는 위에서 물건들을 어디에 놓아야 하는지 지시했어. 나는 줄곧 이리저리 뛰어다녔어. 이사는 이틀 걸렸어. 아주 오래 걸렸지, 그렇지? 그러나 이 방에 얼마나 많은 물건들이 들어 있는지 너는 모를 거야. 모든 상자가 가득 찼고, 상자 뒤에는 모든 것이 천장까지 꽉 찼어. 사람들 몇 명이라도 이삿짐을 옮겼다면 모든 일이 금방 끝났을 거야. 하지만 브루넬다는 나 이외에는 어떤 사람에게도 그 일을 맡기려 하지 않았어. 그건 아주 좋았지. 하지만 나는 그때 나의 건강을 평생 망쳤어. 내가 건강 이외에 무엇을 가지고 있겠어? 내가 조금 힘을 쓰면 여기, 여기가 쑤셔. 호텔에 있는 보이들은 개구리야. ― 그렇지 않다면 그들이 무엇이란 말이니? ― 내가 건강했다면 그 개구리들이 그때 나를 이길 수 있었을 거라고 생각하니? 하지만 나는 아프다는 것을 들라마르쉬와 브루넬다에게 한 마디도 말하지 않아. 할 수 있는 한 나는 끝까지 일할 거야. 그리고 그렇게 하지 못할 때는 나는 누워서 죽을 거야. 그제서야 그들은 내가 병들었지만 계속 일을 했고, 그들에게 봉사하다가 죽었다는 것을 비로소 때늦은 후에야 알게 될 거야. 아, 로스만."하고 말하고서 마침내 그는 카알의 셔츠 소매에 눈물을 닦았다. 얼마 후 그는 "너 춥지 않아? 그런 셔츠 바람으로 거기에 서 있으니."라고 말했다.

"로빈슨, 저리로 가. 너는 줄곧 우는구나. 나는 네가 그렇게 아프다고는 생각하지 않아. 너는 건강해 보여. 하지만 네가 줄곧 여기 발코니에 누워 있기 때문에 그런 잡다한 생각이 드는 거야. 아마도 너는 이따금 가슴을 찌르는 듯한 아픔이 있겠지. 나도 그래. 모든 사람들이 그래. 모든 사람들이 사소한 것 때문에 너처럼 그렇게 울려고 한다면 발코니에 있는 모든 사람들이 울어야 할 거야."

"그건 내가 더 잘 알아."하고 로빈슨이 말하고 나서 자기 이불의 끝자락으로 눈물을 닦았다. "최근에 내가 이웃집에 식기를 돌려주러 갔을 때 집주인 여자와 같이 사는 대학생이 — 이 집주인 여자가 대학생을 위해 요리도 해주지 — 이렇게 말했어. '로빈슨, 한번 들어보세요. 당신 아프지 않으세요?' 나는 거기서 다른 사람들과 이야기하는 것이 금지되어 있었어. 그래서 나는 식기만을 내려놓고 오려고 했지. 그때 그는 나에게 와서 이렇게 말했어. '좀 들어보세요. 일을 너무 무리하게 하지 마세요. 당신은 병들었어요.' '그래요, 내가 어떻게 해야 하는지 제발 말씀해주세요!' 라고 내가 말했어. '그건 당신의 문제지요.' 라고 그는 말하고 나서 돌아갔어. 거기 식사 중에 있던 다른 사람들이 웃었어. 여기는 어디를 가나 적들뿐이야. 그래서 나는 와버렸어."

"너는 너를 바보로 취급하는 사람들의 말은 믿고, 너에게 호의를 가지고 있는 사람의 말은 믿지 않는군."

"하지만 나는 자신이 어떤 상태인지 알아야 한단 말이야."라고 로빈슨이 계속 이야기를 했다. 그러고는 금방 눈물을 흘렸다.

"너는 자신의 어디가 나쁜지 모르고 있어. 여기서 들라마르쉬의 하인 노릇을 하지 말고 너에게 맞는 적당한 일을 찾아야 해. 왜냐하면 네 이야기를 듣고 또 내가 직접 보았을 때, 여기 일은 고용 관계에 의한 일이 아니라 노예의 일이야. 어떤 사람도 이런 일을 견뎌낼 수는 없어. 나는 너의 말을 믿어. 너는 네가 들라마르쉬의 친구이기 때문에 그를 떠나서는 안 된다고 생각하지. 그건 잘못된 거야. 그가 너의 삶이 얼마나 비참한지 알지 못한다면 너는 그에 대해 어떤 의무도 지니고 있지 않아."

"로스만, 너는 정말로 내가 여기서 하인 생활을 그만두면 내 건강이 다시 회복될 거라고 생각하니?"

"물론이지."하고 카알이 말했다.

"물론이라고?"하고 로빈슨이 다시 한 번 물었다.

"물론이고 말고."하고 카알이 미소를 지으며 말했다.

"그렇다면 나는 곧 회복하기 시작할지도 모르겠구먼."하고 로빈슨이 말하고서 카알을 바라보았다.

"도대체 어떻게?"라고 카알이 물었다.

"네가 내 대신 여기서 일해야 할 테니까."라고 로빈슨이 대답했다.

"도대체 누가 너에게 그런 말을 했어?"라고 카알이 물었다.

"그건 오래 전부터의 계획이야. 며칠 전부터 벌써 이야기되고 있는 중이야. 내가 집을 만족할 정도로 깨끗하게 유지하지 못했기 때문에 브루넬다가 나를 꾸짖은 것이 그 이야기의 시발이었어. 물론 내가 집을 깨끗하게 유지하겠다고 약속했어. 그러나 그건 아주 어려운 일이었어. 예를 들면 나는 이런 몸 상태로는 티끌 하나라도 없애기 위해 방 구석구석을 기어다닐 수가 없어. 방 한가운데에서도 움직일 수가 없어. 가구와 보관품들 사이에서는 더욱 그래. 모든 것을 확실하게 청소하려면 가구들을 있던 자리에서 옮겨야 해. 그 일을 나 혼자 한다고? 게다가 그 모든 일을 나 혼자서 조용하게 하지 않으면 안 되는 거야. 왜냐하면 방에서 거의 나가지 않는 브루넬다가 방해를 받아서는 안 되기 때문이라나? 나는 모든 것을 깨끗하게 청소할 거라고 약속했지만, 실제로 그렇게 하지 않았어. 브루넬다가 이 사실을 알았을 때, 이렇게는 도저히 안 되니 일할 사람을 하나 더 구해야겠다고 들라마르쉬에게 말했어. '들라마르쉬, 내가 집안 살림을 잘 꾸리지 못한다고 당신의 비난을 받는 것을 나는 원하지 않아. 내가 직접 나서서 집안 일을 돌볼 수 없어. 당신도 알다시피. 로빈슨은 만족스럽지 못해.

처음에 그는 아주 참신했고 사방팔방으로 신경을 썼지만 지금 그는 줄곧 피곤해하고 대개는 한쪽 구석에 앉아 있어. 하지만 우리 방처럼 물건들이 많다면 쉽게 깨끗이 정리되지 않지.' 그러고 나서 들라마르쉬는 어떻게 하면 좋을까 하고 곰곰이 생각했어. 왜냐하면 아무에게나 이 집안일을 맡길 수는 없기 때문이야. 시험 삼아서 아무나 데리고 올 수는 없지. 왜냐하면 사방팔방에서 우리를 주목하고 있기 때문이야. 하지만 나는 너의 좋은 친구이고, 또 네가 호텔에서 고생하고 있다는 사실을 레널에게서 들었기 때문에 너를 추천했지. 네가 예전에 들라마르쉬에게 뻔뻔스럽게 행동했지만 그는 금방 동의했어. 물론 나도 내가 너에게 쓸모 있는 존재라는 것을 아주 기뻐했지. 말하자면 이 일자리는 너에게 안성맞춤이야. 너는 젊고 튼튼하고 재치가 있어. 반면에 나는 이제 아무 가치가 없어. 내가 너에게 말해두겠는데 너는 아직 채용되지 않았어. 네가 브루넬다의 마음에 들지 않으면 우리는 너를 받아들일 수 없어. 자, 네가 그녀의 마음에 들도록 노력해봐. 그 밖의 다른 일은 내가 처리할게."

"내가 여기에서 하인이 되면 너는 어떤 일을 할 거니?"라고 카알이 물었다. 그는 자유로운 기분이었다. 카알은 로빈슨의 이야기를 듣고 처음에 가졌던 놀라움이 사라져버렸다. 들라마르쉬는 카알을 하인으로 삼으려고 했을 뿐이다. ― 그가 더 나쁜 의도를 가졌다면, 이 의도를 수다스러운 로빈슨이 분명히 이야기했을 것이다. ― 만일 그렇다면 카알은 오늘 밤에라도 떠나려고 했다. 어느 누구에게도 일자리를 받아들이라고 강요할 수는 없다. 카알은 자신이 호텔에서 해고되고 난 후 굶어 죽지 않기 위해 적당하고 천하지 않은 일자리를 금방 얻을 수 있을지 많이 고민했지만, 지금 이곳의 역겨운 일자리보다는 다른 일자리가 훨씬 더 좋을 거라고 생각했다. 카알은 차라리 이 일자리를 받아들이는 것보다 일자리 없이 궁핍하게 사는 것을 택할 것이다. 카알은 로빈슨에게 이런 자신의 생각을 이해시키려고 하지 않았다. 특히 로빈슨은 언제가 될지 모르지만 카알의 도움으로 자신의 무거운 짐을 벗을 수 있다는 희망에 사로잡혀 있었기 때문이다.

"나는 우선 너에게 모든 것을 설명해주고 보관물들을 보여주려고 해."라고 말하면서 로빈슨은 유쾌한 손동작을 곁들였다. — 그는 팔꿈치를 난간 위에 올려놓았다. — "너는 교양이 있고, 분명히 글씨도 잘 써. 너는 우리가 갖고 있는 물건 목록을 모두 다 금방 작성할 수 있을 거야. 브루넬다는 이 일을 오래 전부터 원했어. 내일 오전에 날씨가 좋으면 우리는 브루넬다에게 발코니로 나가도록 부탁할 거야. 그 사이에 우리는 조용하게 그리고 그녀를 방해하지 않고 방에서 일할 수 있을 거야. 로스만, 너는 브루넬다를 방해하지 않는 것만을 특히 유의해야 해. 그녀는 모든 소리를 다 들어. 아마도 그녀는 가수로서 아주 예민한 청각을 가지고 있을 거야. 예를 들어서 네가 상자 뒤에 있는 화주통을 굴린다고 해보자. 그 통은 무겁고, 거기에는 사방팔방 여러 물건들이 널려 있기 때문에 시끄러운 소리가 날 거야. 그래서 단 한 번에 그 통을 굴릴 수는 없는 거지. 브루넬다가 조용히 긴 소파에 누워서 자기를 아주 귀찮게 하는 파리를 잡고 있어. 너는 그녀가 너에 대해 신경을 쓰지 않는다고 생각하고 그 화주통을 계속 굴리지. 그녀는 여전히 조용히 누워 있어. 그러나 네가 소음을 거의 내지 않는 순간에 그것도 전혀 예상하지 못했던 순간에 갑자기 그녀는 똑바로 앉아서 두 손으로, 먼지가 일어나 그녀를 볼 수 없을 정도로 세게 긴 소파를 두드릴 거야. — 우리가 여기에 있은 후로 나는 긴 소파를 두드려 깨끗이 청소하지 않았어. 그녀가 줄곧 거기에 누워 있어서 전혀 청소를 할 수 없었어. — 그리고 나서 그녀는 남자처럼 무시무시하게 소리를 지르기 시작하는 거야. 그녀는 몇 시간 동안이고 소리를 질러. 이웃 사람들은 그녀가 노래 부르는 것은 금지했지만, 소리 지르는 것까지는 금지할 수 없었지. 그녀는 소리 지르지 않으면 못 견뎌. 내친 김에 말하면, 요즘에는 이런 일이 아주 드물어. 나와 들라마르쉬는 아주 조심하게 되었거든. 그녀가 소리 지르는 것은 자기 자신에게도 해로운 거야. 한번은 그녀가 의식을 잃은 적이 있어. 들라마르쉬가 집에 없어서, 나는 이웃집의 대학생을 데려올 수밖에 없었어. 그 대 학생은 큰 병에 들어 있는 어떤 액체를 그녀에게 뿌렸어. 그게 도움이 되었지만 그 액체의 냄새가 견딜 수 없을 정도였거든. 지금도 긴 소파 에 코를 대면 냄새가 나지. 대학생은 확실히 여기 있는 모든 사람들처 럼 우리의 적이야. 너는 모든 사람들을 조심해야 하고 어떤 사람과도 이야기해서는 안 돼."

"너, 로빈슨. 하지만 이건 힘든 노동이야. 네가 나를 좋은 일자리 에 추천해주었군."하고 카알이 말했다.

"걱정하지 마."라고 말하고서, 로빈슨은 카알의 걱정을 막기 위해 눈을 감고 머리를 흔들었다. "이 일자리는 다른 일자리가 줄 수 없는 장점들을 가지고 있어. 너는 항상 브루넬다 같은 숙녀 가까이에 있게 되는 거야. 너는 이따금 그녀와 함께 한 방에서 자게 되는 거야. 네가 생각할 수 있듯이 이러한 일은 여러 가지 이점을 가져오지. 너는 많은 보수를 받게 될 거야. 돈은 엄청나게 많이 있으니까. 들라마르쉬의 친구로서 나는 돈을 받지 않았어. 내가 외출할 때면 브루넬다가 나에 게 항상 약간의 돈을 주었어. 하지만 너는 다른 하인처럼 보수를 받을 거야. 너는 다른 하인과 다름 없으니까. 그러나 가장 중요한 것은 내 가 너에게 이 일자리를 아주 수월하게 만들어주겠다는 거야. 처음에 는 내가 회복되기 위해 어떤 일도 하지 않을 생각이야. 하지만 내가 조금 회복되면 내 도움을 기대할 수 있을 거야. 브루넬다의 시중은 원 칙적으로 내가 하도록 하겠다. 예를 들면 들라마르쉬가 하지 않을 경 우 머리 손질, 옷 입히기 등은 내가 하게 된다. 너는 방 청소, 장 보기, 집안의 힘든 일을 하게 될 거야."

"아니. 로빈슨. 이 모든 것에도 나는 유혹되지 않을 거야."라고 카알이 말했다.

"바보 같은 짓 하지 마, 로스만." 로빈슨이 카알의 얼굴 가까이에 다가와 말했다. "이 좋은 기회를 놓치지 마. 네가 어디에서 일자리를 얻겠니? 누가 너를 알아? 네가 아는 사람이 누구냐? 이미 많은 것을 경험한 우리가 여러 주 동안 일자리를 찾기 위해 여기저기 돌아다녔어. 그건 쉽지 않아. 그건 절망적으로 어려워."

카알은 고개를 끄덕이면서, 로빈슨의 이성적인 이야기에 대해 경탄했다. 이러한 충고는 카알에게는 물론 가치가 없었다. 그는 여기에 머물러서는 안 되었다. 대도시에 그를 위한 일자리가 있을 것이다. 그는 모든 음식점들이 밤새도록 손님들로 가득 찬다는 것을 알았다. 거기에는 손님들을 시중들 웨이터가 필요했다. 그는 웨이터로서의 경험을 갖고 있었다. 그는 눈에 띄지 않고 금방 음식점에 적응할 것이다. 바로 아래 건너편 집에 조그마한 음식점이 있었다. 그 음식점에서 시끄러운 음악이 흘러나왔다. 음식점 입구에는 크고 노란 커튼만 쳐져 있었다. 그 커튼이 이따금 바람에 날려 골목길 쪽으로 나부꼈다. 그것 말고는 골목길은 훨씬 더 조용해졌다. 대부분의 발코니는 어두웠고, 멀리에는 여기저기 불빛이 보였다. 하지만 이런 것은 잠깐이라도 그의 주의를 끌지 못했다. 그곳에서는 사람들이 일어나 집으로 들어가면 남자 한 명이 백열등을 잡고, 발코니에 마지막으로 남은 사람으로서 골목길을 한번 둘러보고 나서 불을 껐다.

"벌써 밤이 시작되네."라고 카알이 혼잣말을 했다. "내가 여기 더 오래 머물면 나는 그들의 사람이 될 거야." 그는 거실 문 앞에 있는 커튼을 걷기 위해 몸을 돌렸다. "너 뭘 하려는 거야?"라고 로빈슨은 말하고 나서 카알과 커튼 사이에 서서 가로막았다. "떠나려고 해. 가도록 놔줘. 가도록 놔줘!" "그녀를 방해해서는 안 돼. 무슨 생각을 하고 있는 거야?"라고 로빈슨이 소리쳤다. 그러고 나서 그는 팔로 카알의 목을 잡고, 전체 몸무게로 카알에게 매달렸고, 다리로는 카알의 다리를 감아서 그를 순간적으로 바닥에 쓰러뜨렸다. 그렇지만 카알은 엘리베이터 보이들한테서 조금은 싸움을 배웠다. 그래서 그는 로빈슨의 턱을 주먹으로 갈겼다. 하지만 그 주먹은 약했고 사정을 봐주고 있었다. 로빈슨은 재빠르게 아주 인정사정 없이 무릎으로 카알의 복부를 쳤다. 그러고 나서 그는 두 손으로 턱을 받치고 아주 큰 소리로 울부짖기 시작했다. 그래서 이웃 발코니의 한 남자가 거칠게 손바닥을 치며 "조용하세요."라고 외쳤다. 카알은 로빈슨의 일격으로 생긴 통증을 이겨내기 위해 조용히 누워 있었다. 그는 얼굴만을 커튼 쪽으로 돌렸다. 커튼은 조용히 어두운 방 앞에 무겁게 드리워져 있었다. 방 안에는 아무도 없는 것 같았다. 아마도 들라마르쉬가 브루넬다와 외출했을지도 모른다. 카알은 완전히 자유로웠다. 경비견처럼 행동한 로빈슨은 결정적으로 나가떨어져 있었다.

그때 멀리 골목길로부터 간헐적으로 북소리와 나팔 소리가 들려왔다. 많은 사람들의 외침이 모여 금방 하나의 고함이 되었다. 카알은 머리를 돌려 모든 발코니가 새로이 활기를 찾는 것을 보았다. 그는 천천히 일어났다. 그는 완전히 몸을 펼 수 없어서 겨우 난간에 기대어야 했다. 아래 보도에서는 젊은 청년들이 팔을 뻗어 높이 쳐든 손에 모자를 들고 고개를 뒤로 돌린 채 큰 걸음으로 행진했다. 차도는 아직 비어 있었다. 몇몇 사람들은 노란 연기에 감싸여 있는 연등을 길다란 장대에 달아서 흔들었다. 북 치는 사람들과 나팔 부는 사람들이 줄을 넓게 서서 불빛 속으로 들어왔다. 카알은 그들의 수를 보고 놀랐다. 그때 그는 자기 뒤에서 소리가 나는 것을 듣고 몸을 돌렸다. 그는 들라마르쉬가 무거운 커튼을 들어올리는 것을 보았고 또한 방의 어둠 속에서 브루넬다가 나오는 것을 보았다. 그녀는 붉은 옷을 입고, 어깨에 레이스 덧옷을 걸치고, 아마 손질하지 않고 그냥 올려놓은 듯한 머리에 검은 모자를 썼다. 그런데 이 머리의 끝 부분이 여기저기 삐져나왔다. 그녀는 손에 작은 부채를 펼쳐들고서, 부치지는 않고 몸에 대고 눌렀다.

카알은 이 두 사람에게 자리를 마련해주기 위해 난간을 따라 옆으로 비켰다. 아무도 그에게 여기 머무는 것을 강요하지 않을 것이다. 만약 들라마르쉬가 그렇게 하려고 할지라도, 브루넬다에게 부탁하면 카알을 놓아줄 것이다. 그녀는 카알을 견뎌낼 수 없었다. 카알의 눈이 그녀를 놀라게 했다. 그러나 그가 문 쪽으로 가려고 한 발을 뗐을 때 그녀는 그것을 알아차리고 말했다. "젊은이, 어디 가려고 해?" 카알은 들라마르쉬의 엄한 시선에 말문이 막혔다. 브루넬다는 그를 자기 쪽으로 끌어당겼다. "너는 아래의 행렬을 보지 않을래?"라고 말하고서 그녀는 그를 난간 쪽으로 밀고 갔다. "이것이 무슨 행렬인지 알아?"라고 브루넬다가 뒤에서 말하는 것을 카알은 들었다. 카알은 그녀의 압박에서 벗어나려고 무의식적으로 움직였으나 허사였다. 마치 자신의 슬픔의 원인이 골목길인 것처럼 그는 슬픔에 잠겨 골목길을 내려다보았다.

들라마르쉬는 처음에는 팔짱을 끼고 브루넬다 뒤에 서 있다가, 나중에 방으로 들어가서 브루넬다에게 오페라 망원경을 가져다주었다. 악대 뒤에 행렬의 주요 부분이 나타났다. 큼직한 남자의 어깨에 한 신사가 앉아 있었다. 이 높이에서는 희미하게 비치는 그 신사의 대머리밖에 보이지 않았다. 그 신사는 계속 인사를 하면서 대머리 위에서 자기의 실크해트를 높이 쳐들고 있었다. 그의 주위에는 분명히 나무판 플래카드가 들려 있었다. 발코니에서 봐서는 완전히 흰색으로 보였다. 이 나무판 플래카드는 중심에 우뚝 솟아 있는 신사의 주위에 매달려 있는 것같이 배치되어 있었다. 모든 것이 움직이고 있었고 이 플래카드 울타리가 계속 흐트러졌다가 다시 정돈되곤 했다. 이 신사로부터 약간 떨어진 주위의 골목길은 그 신사의 추종자들로 가득 찼다. 어둠 속에서 짐작하건대 추종자의 행렬은 그리 길지 않았다. 이 추종자들은 손뼉을 치면서 장중한 노래와 함께 아마도 이 신사의 이름을 알리는 것 같았다. 그 이름은 아주 짧았지만 분명히 들리지는 않았다. 이 무리들 가운데 적절하게 배치된 몇몇 사람들은 아주 강한 빛을 가진 자동차 라이트로 길 양쪽에 있는 집들을 천천히 아래위로 비추었다. 카알이 있는 높은 위치에서는 이 불빛이 방해가 되지 않았다. 하지만 아래에 있는 발코니에서는 그 불빛이 비치자 사람들이 급히 손으로 눈을 가렸다.

들라마르쉬는 브루넬다의 부탁을 받고 무엇 때문에 이 행사를 하는지에 대해 이웃 발코니에 있는 사람들에게 물어보았다. 사람들이 그에게 대답을 할지, 또 한다면 어떻게 할지, 카알은 조금은 호기심이 있었다. 실제로 들라마르쉬는 세 번 묻고도 대답을 듣지 못했다. 그는 위험하게 난간 위로 몸을 굽혔다. 브루넬다는 이웃 사람들에게 약간은 화가 나서 가볍게 발을 굴렀다. 그녀의 무릎이 카알에게 닿았다. 마침내 누군가가 대답을 했다. 하지만 사람들로 가득 찬 발코니에서 모두들 동시에 다시 큰 소리로 웃기 시작했다. 그러자 들라마르쉬는 그쪽으로 무슨 소리를 질러댔다. 그 소리가 너무 커서, 지금 골목길이 시끄럽지 않다면 주위의 모든 사람들이 놀라서 귀를 기울여야 할 정도였다. 어찌되었든 이렇게 되자 사람들은 부자연스럽게 웃음을 멈추었다.

"내일 우리 지역에서 한 명의 재판관이 선출되는데, 아래에서 저 사람들이 떠메고 가는 사람이 한 후보야."라고 들라마르쉬가 아주 조용히 브루넬다에게 돌아오면서 말했다. 그러고 나서 그는 "아니야!

우리는 세상에서 무슨 일이 일어나는지를 전혀 몰라."라고 외치면서 브루넬다의 등을 애무하듯이 두드렸다.

"들라마르쉬. 아주 힘들지 않다면 나는 이사 가고 싶어. 하지만 난 유감스럽게도 그렇게 바라서는 안 되겠지."라고 브루넬다가 이웃 사람들의 행동을 화제로 삼으며 말했다. 초조하고 멍한 상태에서 크게 한숨을 쉬면서 그녀는 카알의 셔츠에 착 달라붙었다. 카알은 가능한 한 눈에 띄지 않게 이 통통하고 작은 손을 밀쳐내려 했다. 그는 쉽게 그녀의 손을 밀쳐낼 수 있었다. 왜냐하면 브루넬다는 카알을 생각한 것이 아니라 완전히 다른 생각에 몰두해 있었기 때문이었다.

그러나 카알은 곧 브루넬다를 잊었고, 그녀가 팔로 자신의 어깨를 누르는 무게를 참고 있었다. 왜냐하면 길에서 일어나는 일들에 그의 정신을 빼앗기고 있었기 때문이다. 손짓 몸짓하는 남자들의 작은 집단이 바로 후보자 앞에서 행진하고 있었고, 그들의 이야기들이 특별한 의미를 갖고 있음에 틀림없었다. 왜냐하면 사방에서 열심히 듣고 있는 사람들의 얼굴이 그들 쪽으로 기울어지는 것이 보였기 때문이다. 그들의 지시에 따라 행렬이 전혀 예상치 못하게 음식점 앞에서 멈추어 섰다. 지시를 내리는 이 남자들 중의 한 명이 손을 들고서 신호를 했다. 이 신호는 행렬에 참여한 사람들뿐만 아니라 후보자에게도 해당되었다. 행렬에 참가한 사람들이 침묵하는 가운데, 후보자는 메고 가는 사람의 어깨에서 여러 번 일어서려고 시도했지만 여러 번 주저 앉게 되자, 간단하게 연설을 했다. 연설이 진행되는 동안에 그는 자기 실크해트를 재빠르게 이리저리 흔들었다. 사람들은 이 모습을 분명히 보았다. 그가 연설하는 동안 모든 자동차 라이트가 그를 비추어서 그는 하나의 밝은 별 중앙에 있는 것 같았기 때문이었다.

거리 전체의 사람들이 이 일에 대해 가지는 관심이 무엇인지 알게 되었다. 후보 추종자들이 차지한 발코니에서는 후보자의 이름을 함께 노래로 부르고, 기계처럼 난간 위로 손을 내뻗어 박수를 쳤다. 나머지 발코니들에서는 강력한 반대의 노래가 흘러나왔다. 그런데 이런 발코니들이 더 많았다. 거기에는 여러 후보자들의 추종자들이 있었기 때문에, 물론 이 반대의 노래는 통일적인 효과를 가지지 못했다. 그렇지만 그 자리에 있는 후보자의 모든 적들은 뭉쳐서 공동으로 휘파람 소리를 냈다. 더욱이 축음기를 아주 자주 틀었다. 각각의 발코니들 사이에서 사람들은 밤 시간 동안 더 뜨거워진 흥분 속에서 정치적인 논쟁을 했다. 대부분의 사람들은 벌써 잠옷을 입었고, 그 위에 외투만을 걸쳤다. 여자들은 검은 큰 천을 뒤집어썼고, 주의를 끌지 못한 어린이들은 발코니의 틀을 불안하게 이리저리 기어올랐고, 잠을 자고 있던 더 많은 어린이들이 깨어 어두운 방에서 나왔다. 때때로 아주 흥분한 사람들이 알 수 없는 물건들을 적들이 있는 방향으로 던졌다. 이따금 그 물건들이 그 목표물에 도달했지만, 대개는 적들이 노호하고 있는 길바닥에 떨어졌다. 행렬을 인솔하는 남자들은 너무 소란스럽다고 생각되면, 북 치는 사람들과 나팔 부는 사람들이 개입하도록 명령했다. 전력을 다해서 울리는, 끝날 줄 모르고 크게 울리는 신호는 모든 집들의 지붕까지 울려서 모든 인간의 목소리를 제압했다. 그들은 항상 갑자기 — 사람들은 그것을 거의 믿을 수 없었다 — 중지했다. 그리고 나서 분명히 이런 경우에 대비해 교육받은 무리들이 순간적으로 나타난 고요함 속에서 자신들의 당가를 거리에서 고래고래 불러댔다. — 자동차 라이트의 불빛 속에서 각자가 입을 크게 벌리는 것이 보였다. 그리고 나서 그동안 제정신을 차린 적들이 모든 발코니와 창문에서 이전보다 열 배나 더 강하게 고함을 질러서, 잠깐 승리를 하고 난 후보자의 무리들을 잠깐 동안일지라도 완전히 침묵시켰다.

"젊은이, 어때?"라고 브루넬다가 물었다. 그녀는 오페라 망원경으로 가능한 한 모든 것을 보기 위해 카알 바로 뒤에서 몸을 이리저리 돌렸다. 카알은 고개만 끄덕였다. 로빈슨이 들라마르쉬에게 카알의 행동에 대해 여러 가지 보고를 하고 있다는 것을 카알은 틈틈이 보았다. 그러나 로빈슨의 이야기에 들라마르쉬는 어떤 의미도 두지 않는 것 같았다. 왜냐하면 그가 오른손으로 브루넬다를 안고 있었고, 왼손으로는 로빈슨을 줄곧 옆으로 밀려고 했기 때문이다. "오페라 망원경으로 보지 않을래?"라고 브루넬다가 물으면서 카알의 가슴 위를 두드렸다. 그건 그녀가 카알을 향해 한 말이라는 것을 보여주기 위해서였다.

"나는 잘 보입니다"라고 카알이 말했다.

"망원경으로 한번 봐. 더 잘 보일 거야."라고 그녀는 말했다.

"나는 눈이 좋아요. 안 보이는 것이 없어요."라고 카알이 대답했다. 카알은 그녀가 오페라 망원경을 자기 눈에 가까이 갖다 대었을 때, 그것을 친절이라 느끼지 않고 방해라고 느꼈다. 실제로 그녀는 '너!'라는 듣기 좋지만 위협적인 말 이외에는 어떤 말도 하지 않았다. 그리고 나서 카알은 오페라 망원경을 눈에 대었다. 그는 실제로 어떤 것도 보지 못했다.

"아무것도 보이지 않아요."라고 그가 말하고서 오페라 망원경을 떼려고 했다. 하지만 그녀는 오페라 망원경을 꽉 잡았다. 그는 그녀의 가슴에 얹혀진 머리를 뒤로 밀 수도, 옆으로 밀 수도 없었다.

"이제 보이지?"라고 말하면서 그녀는 오페라 망원경의 나사를 돌렸다.

"아뇨. 여전히 보이지 않아요."라고 말하고서, 카알은 자신이 그럴 생각은 없었지만 실제로 로빈슨의 짐을 덜어주고 있다는 생각을 하게 되었다. 왜냐하면 참을 수 없는 브루넬다의 변덕이 카알에게 분출되었기 때문이다.

"언제 보이게 되지?"라고 말하면서 그녀는 계속 나사를 돌렸다. 카알의 얼굴 전체에 그녀의 무거운 숨결이 닿았다. "이제?"라고 그녀는 물었다.

불확실하게 보였지만 실제로 그는 망원경을 통해 모든 것을 구분할 수는 있었다. 그러나 카알은 "아뇨, 아뇨, 아뇨!"라고 외쳤다. 그러나 그때 브루넬다는 들라마르쉬와 이야기할 것이 있어서 망원경을 카알의 얼굴에 느슨하게 대고 있었다. 카알은 그녀가 알아차리지 못하게 망원경으로 거리를 내려다볼 수 있었다. 나중에 그녀는 더 이상 고집 부리지 않고 망원경을 자신이 사용했다.

아래 음식점에서 보이 하나가 나왔다. 그는 문지방에서 이리저리 성급히 움직이면서 행렬을 이끄는 남자들의 주문을 받았다. 그가 몸을 쭉 뻗어 음식점 내부를 들여다보고 가능한 한 많은 급사들을 불러 모으려는 것이 보였다. 무료 접대를 위한 준비가 이루어지는 동안에 후보는 연설을 그만두지 않았다. 연설하는 동안, 그를 둘러메고 다니는 큼직한 남자는 몇 마디 문장구 다음에 조금씩 몸을 돌렸다. 이건 모든 사람들에게 연설이 잘 들리도록 하기 위해서였다. 후보자는 대개 몸을 구부리고 있었고, 실크해트를 쥔 손과 빈 손을 휘휘 흔들면서 자신의 말을 최대한 강조하려 했다. 이따금 거의 규칙적인 간격으로 그렇게 해야겠다는 것이 그의 일관된 생각이었다. 그는 팔을 펼쳐서 일어섰다. 그의 연설은 더 이상 일부만이 아니라 전체를 향해서 행해졌다. 그는 가장 높은 층에 사는 주민까지 포함한 많은 주민들에게 연설했다. 그렇기 때문에 분명히 가장 아래층에서는 아무도 그의 연설을 들을 수가 없었다. 설령 들을 수 있는 가능성이 있다 해도 아무도 그의 연설에 귀를 기울이려고 하지 않았을 것이다. 왜냐하면 모든 창문과 발코니에는 고함을 지르는 연사가 적어도 한 사람씩은 있었기 때문이다. 그러는 사이 몇 명의 보이들이 철철 넘치게 채운, 반짝이는 유리잔들을 얹은, 당구대 크기만 한 널빤지를 음식점에서 내어왔다. 행렬을 이끄는 남자들은 모든 사람들이 음식점의 문 앞을 지나가면서 한 잔씩 받을 수 있도록 준비했다. 널빤지에 있는 유리잔들은 계속 다시 채워졌지만 그러나 모인 사람들에게는 충분하지 않았다. 음식점 보이들이 두 줄로 널빤지 오른쪽과 왼쪽에서 재빨리 빠져나가면서 접대를 해야 했다. 후보자는 물론 연설을 중단하고서 새로이 기운을 내기 위해 휴식 시간을 활용했다. 후보자를 둘러메고 다니는 큼직한 남자가 모인 군중과 현란한 불빛에서 벗어나 후보자를 천천히 이리저리 데리고 다녔다. 측근 추종자만이 후보자를 따라가면서 그에게 이야기했다.

"저 작은 친구 좀 봐! 이 사람은 구경하느라 정신이 팔려 자신이 어디에 있는지를 잊고 있어."라고 브루넬다가 말했다. 그녀는 두 손으로 카알의 얼굴을 자기 쪽으로 돌려 그의 눈을 보아서 카알을 놀라게 했다. 그러나 그것은 그리 오래 계속되지 않았다. 왜냐하면 카알이 즉시 그녀의 손을 떨쳐내었기 때문이다. 카알은 잠시도 자신을 가만히 내버려두지 않는 것에 화가 났고, 또 거리로 나가서 모든 것을 가까이에서 보고 싶은 생각에 가득 차서 있는 힘을 다해 브루넬다의 압박에서 벗어나려고 시도하며 이렇게 말했다.

"제발 나를 놓아주세요."

"너는 우리 곁에 있게 될 거야."라고 말하고 들라마르쉬는 시선을 거리에서 떼지 않으면서, 카알이 가려는 것을 방해하기 위해 한 손만을 뻗쳤다.

"그만둬."라고 브루넬다가 말하고서 들라마르쉬의 손을 막았다. "그는 우리 곁에 머물 거야." 그리고 그녀는 카알을 더욱더 세게 난간 쪽으로 밀었다. 그는 그녀에게서 벗어나기 위해 그녀와 싸워야 했을 것이다. 그것이 성공할지라도 그걸로 그가 무엇을 얻을 수 있겠는가. 그의 왼쪽에는 들라마르쉬가 서 있고, 오른쪽엔 로빈슨이 서 있었다. 그는 일종의 구금 상태에 있었다.

"너를 밖으로 던져버리지 않은 것을 기뻐해라."라고 로빈슨이 말하고서 브루넬다의 팔 밑으로 손을 뻗어 카알을 두드렸다.

"밖으로 던져버린다고?"라고 들라마르쉬는 말했다. "도망친 도둑은 밖으로 던져버리지 않지. 경찰에 넘겨주지. 네가 아주 조용히 있지 않으면 내일 아침에 너를 경찰에 넘길 수도 있어."

이 순간부터 카알은 아래에서 벌어지는 구경거리를 즐거워하지 않았다. 그는 브루넬다 때문에 몸을 똑바로 설 수 없었기 때문에 억지로 난간 위로 약간 몸을 굽혔다. 그는 자신에 대한 걱정 때문에 멍한 눈초리로 아래에 있는 사람들을 바라보았다. 사람들은 약 이십 명씩 조를 짜서 음식점의 문 앞으로 가서 유리잔을 집어들고 나서 몸을 돌렸다. 그리고 그들은 이 유리잔을 지금 자신의 일로 바쁜 후보자를 향해 흔들면서 당 구호를 외치며 유리잔을 비웠다. 이 정도 높은 곳에서는 들리지 않지만, 분명히 소리를 내면서 그들은 유리잔을 널빤지에 다시 내려놓았다. 그것은 초조하게 떠들어대는 새로 온 사람들에게 자리를 양보하기 위해서였다. 지금까지 음식점에서 연주했던 악대가 행렬을 인솔하는 사람들의 명령에 따라 골목길로 나왔다. 그들의 커다란 관악기들이 어두운 군중 속에서 빛났다. 그러나 그들의 연주는 군중들의 소음 속으로 거의 사라졌다. 거리에는 음식점이 있는 쪽이 사람들로 붐볐다. 카알이 아침에 자동차를 타고 온 거리 위쪽에서도 사람들이 몰려내려왔고, 거리 아래쪽, 즉 다리 쪽에서도 사람들이 달려왔다. 집 안에 있던 사람조차도 이런 일에 직접 끼어들어야겠다는 유혹을 견뎌낼 수 없었다. 발코니와 창문에는 거의 여자들과 어린이들만이 남아 있었다. 반면에 아래층 남자들은 집 문에서 몰려나갔다. 음악과 접대는 그 목적을 달성했다. 집회는 상당히 컸다. 행렬을 인솔하는 한 사람이 두 개의 자동차 라이트에 의해 호위를 받으며 음악을 중지하도록 신호했다. 그는 세게 휘파람을 불었다. 길을 잃어버렸던 큼직한 사람이 후보자를 무등 태우고 추종자들이 만들어놓은 길을 황급히 지나오는 모습이 보였다.

음식점의 문 가까이 오자마자 후보자는 주위에 모여 있는 자동차 라이트의 불빛 속에서 새로운 연설을 시작했다. 하지만 모든 것이 이전보다 훨씬 더 어려웠다. 너무 혼잡해서 후보자를 들고 다니는 사람은 거의 움직일 수 없었다. 이전에 모든 수단을 동원해서 후보자 연설의 효과를 강화하려고 시도했던 측근의 추종자들은 지금 후보자 가까이에 머무는 것만도 힘들었다. 거의 스무 명이 혼신의 힘을 다해 후보자를 들고 다니는 사람 곁에 붙어 있었다. 하지만 건장한 이 사람조차도 마음대로 한 발자국도 뗄 수 없었다. 방향을 바꾼다거나 적절하게 앞으로 혹은 뒤로 감으로써 군중들에게 영향을 미친다는 것은 더 이상 생각할 수도 없었다. 군중은 속수무책으로 넘쳐났다. 사람들이 옆 사람에게 기대다시피 서 있었고, 어떤 사람도 똑바로 서지 못했다. 적들의 사람 수도 새로 더 늘어나서 아주 강화된 것처럼 보였다. 후보자를 들고 다니는 남자는 오랫동안 음식점의 문 가까이에 서 있었다. 그러나 그는 저항도 못 하고 골목길 위로 아래로 밀려다녔다. 후보자는 끊임없이 연설했다. 하지만 그가 자신의 프로그램을 설명하는 건지 아니면 도움을 부탁하는 건지 더 이상 분명하지 않았다. 착각이 아니라면 상대 후보자 한 명이, 아니 여러 명이 나타났다. 왜냐하면 창백한 얼굴의 남자 한 명이 주먹을 쥔 채, 군중 속에서 나타나 갑자기 비치는 불빛을 받으며 연설을 하는데, 그 연설이 많은 성원을 받았기 때문이었다.

"저기 무슨 일이 일어났어요?"라고 카알이 물으면서 긴장된 혼란 속에 빠져 자기의 파수꾼들을 보았다.

"이 젊은이가 왜 흥분하지?"라고 브루넬다가 들라마르쉬에게 말하

258

고 나서 카알의 머리를 잡아당기기 위해 그의 턱을 잡았다. 그러나 카알은 그렇게 당하고 싶지 않았다. 그는 거리에서 일어난 일들로 인해 더욱 앞뒤를 가리지 못해서 심하게 몸을 흔들었다. 그래서 부루넬다는 그를 놓아주어야 했을 뿐만 아니라 뒤로 물러나서 그를 완전히 자유롭게 놓아두었다. 그녀는 분명히 카알의 행동에 화가 나서 "이제 너는 볼 건 다 보았지. 방으로 가서 침대 정리하고 잠잘 준비해라."하고 말했다. 그녀는 방 쪽을 가리키며 손을 뻗었다. 그쪽은 카알이 몇 시간 전부터 가려고 했던 방향이었다. 그는 한 마디도 반대하지 않았다. 그때 골목길에서 유리 깨지는 소리가 들렸다. 카알은 호기심을 억누를 수 없어 난간 쪽으로 신속하게 뛰어가서 다시 한 번 후딱 내려다보았다. 적들의 일격, 아마도 결정적인 일격이 성공한 것 같았다. 추종자들의 자동차가 라이트 불빛을 강하게 비추었기 때문에, 여러 주요 사건들이 전체 군중들 앞에서 일어날 수 있었고, 어느 정도에서 유지될 수 있었다. 그런데, 이 자동차 라이트들이 동시에 전부 박살이 났다. 원래 이 거리를 비추고 있던 불안정한 불빛이 후보자와 그를 운반하는 남자를 에워싸고 있었다. 이 불빛이 갑작스럽게 비췄을 때 마치 완전한 어둠과 같은 작용을 했다. 후보자가 지금 어디에 있는지 아무도 말할 수 없을 것이다. 아래 다리 쪽에서 합창 소리가 들려왔고, 이 합창은 멀리 퍼졌다. 어둠의 혼돈은 이 합창에 의해 더욱 증대되었다.

"네가 무슨 일을 해야 하는지 내가 말하지 않았어?"라고 브루넬다가 말했다. "서둘러. 피곤하구나."라고 그녀는 덧붙이고 팔을 높이 뻗어올렸다. 그래서 그녀의 유방이 평상시보다 훨씬 더 불룩하게 되었다. 그녀를 아직도 껴안고 있는 들라마르쉬는 그녀를 발코니의 한쪽 구석으로 끌고 갔다. 로빈슨은 그들을 따라가서 거기 아직 놓여 있는 자신의 음식 찌꺼기를 치웠다.

카알은 이런 좋은 기회를 이용해야 했다. 지금은 내려다보고 있을 시간이 없다. 그는 거리에서 일어나는 일들을 아래에 내려가서도 충분히 볼 수 있을 것이다. 여기 위에서보다도 더 많이 볼 수 있을 것이다. 그는 두 번 펄쩍 뛰어 불그스름한 조명이 비치는 방으로 서둘러 들어갔다. 그러나 문이 잠겼고 열쇠는 꽂혀 있지 않았다. 열쇠를 찾아야 했다. 그러나 누가 이런 무질서한 방에서 열쇠를 찾을 수 있을까? 더욱이 카알은 시간이 많지 않았다. 그는 지금 계단에 나와서 달리고 또 달려야 한다. 그는 열쇠를 찾았다. 그는 열쇠를 찾기 위해 가능한 모든 서랍을 뒤졌고, 여러 식기, 냅킨, 뜨기 시작한 자수가 여기저기 놓여 있는 테이블도 뒤졌다. 그는 아주 헝클어진 낡은 옷 더미가 얹혀 있는 긴 소파에 마음이 끌렸다. 아마도 이 옷더미 속에 열쇠가 있을지도 모르지만 발견할 수가 없었다. 마침내 그는 악취가 심하게 나는 긴 소파에 몸을 던져 구석구석 뒤져 열쇠를 더듬어 찾았다. 그러고 나서 그는 찾는 것을 중지하고 방 한가운데에 멈추어 섰다. 분명히 브루넬다는 열쇠를 허리띠에 달고 다닐 거라고 그는 혼잣말을 했다. 허리띠에는 많은 물건들이 달려 있었다. 그렇다면 아무리 찾아봐도 소용이 없다.

카알은 무턱대고 칼 두 자루를 들고 문틈 사이에 집어넣었다. 서로 떨어진 두 지점을 노려 하나는 위에, 또 하나는 아래에 넣었다. 그가 칼을 당기자마자 칼날은 두 동강이 났다. 그는 달리 어떻게 하려 하지 않았다. 더 확실하게 뚫어 넣기에는 동강난 칼이 더 잘 견딜 것이다. 그는 팔을 넓게 벌리고, 다리도 넓게 벌려 버티고서 신음을 하면서 정확하게 문에 신경을 쓰면서 혼신을 다해 잡아당겼다. 문은 더 이상 저항할 수 없을 것이다. 그는 문의 잠금쇠가 분명히 들릴 정도로 느슨해지는 소리를 듣고 기뻤다. 천천히 하면 할수록 그것은 더 확실했다. 자물쇠가 갑자기 열리면 안 된다. 그러면 발코니에서 알게 될 것이다. 자물쇠는 차라리 아주 천천히 떨어져 나가야 한다. 그렇게 하기 위해서 카알은 눈을 점점 더 자물쇠에 가까이 대면서 아주 조심해서 일을 했다.

"한번 봐라." 이렇게 말하는 들라마르쉬의 목소리가 들렸다. 세 명 모두 방에 들어와 있었다. 커튼이 그들 뒤에 이미 쳐져 있었다. 카알은 그들이 들어오는 소리를 듣지 못했음에 틀림없었다. 이 광경을 보고 그는 손에서 칼을 놓았다. 그러나 그는 설명이나 해명할 시간이 없었다. 왜냐하면 들라마르쉬가 순간적으로 어떻게 할 수 없는 너무 지나친 반응을 보이며 분노로 발작하면서 카알에게 덤벼들었기 때문이었다. — 그때 풀린 그의 잠옷 가운의 끈은 공중에서 커다란 모양을 그려냈다. 카알은 가까스로 공격을 피했다. 그는 칼을 문에서 빼내어 방어를 위해 사용할 수 있었다. 하지만 그는 그렇게 하지 않고, 몸을 굽혔다가 펄쩍 뛰어오르면서 들라마르쉬의 넓은 잠옷 가운의 깃을 잡고, 그것을 높이 쳐올렸다. 그리고 다시 그것을 더 위로 끌어올렸다. 잠옷 가운은 들라마르쉬에게 너무 컸다. 다행히도 그는 들라마르쉬의 머리를 붙잡았다. 들라마르쉬는 너무나 놀라 처음에는 물불을 가리지 않고 손을 휘둘렀다. 얼마 후 그는 주먹으로 카알의 등을 때렸지만 큰 효과가 없었다. 카알은 자신의 얼굴을 보호하기 위해 들라마르쉬의 가슴에 딱 붙어 있었다. 그는 아파서 몸을 비틀었지만 더 세게 얻어맞을지라도 주먹으로 맞는 것을 참아냈다. 그가 어떻게 이것을 참지 않을 수 있겠는가? 그는 승리를 눈앞에 두고 있었다. 카알은 손으로 들라마르쉬의 머리를 잡고, 엄지손가락으로 그의 눈을 누르면서 그를 어지럽게 놓여 있는 가구 더미로 데리고 가서 발끝으로 잠옷 가운의 끈을 들라마르쉬의 발에 휘감아 그를 넘어뜨리려고 했다.

그러나 그는 온 힘을 다해 들라마르쉬를 상대했고 싸우는 동안 특히 들라마르쉬가 점점 더 크게 저항한다는 것을 느꼈기 때문에 자기가 들라마르쉬만을 상대로 싸우고 있지 않다는 것을 실제로 잊어버렸다. 하지만 그는 그것을 곧 알게 되었다. 왜냐하면 갑자기 자신의 발이 말을 듣지 않았기 때문이다. 그의 뒤에서 바닥으로 몸을 던진 로빈슨이 소리를 치며 그의 발을 누르고 있었다. 카알은 한숨을 쉬며 들라마르쉬를 놓아주었다. 들라마르쉬는 한 발자국 뒤로 물러났다. 브루넬다는 발을 넓게 벌리고 무릎을 굽혀서 방의 한가운데 서서 반짝거리는 눈으로 벌어지는 일을 지켜보았다. 마치 자기가 실제로 싸움에 가담한 것처럼 그녀는 숨을 깊이 내쉬었고, 눈으로 조준하여 서서히 자신의 주먹을 앞으로 내밀었다. 들라마르쉬는 옷깃을 제자리로 내려놓아서 자유롭게 볼 수 있었다. 물론 이제 더 이상 싸움은 없었고 처벌만이 남았다. 그는 카알의 셔츠 앞을 움켜잡아서 거의 바닥으로부터 들어올려 — 그는 경멸하여 카알을 전혀 보지 않았다 — 몇 발자국 떨어진 장롱 쪽으로 아주 거세게 던졌다. 카알은 상자에 부딪히면서 생긴 등과 머리에 쑤시는 듯한 통증이 처음 얼마 동안은 들라마르쉬로부터 직접 맞아서 생긴 줄 알았다. 그는 눈앞의 어둠 속에서 떨면서 들라마르쉬가 "이 악당 같은 새끼."라고 크게 소리지르는 것을 들었다. 그가 상자 앞에서 기진맥진하여 주저앉았을 때, "기다려."라는 말이 그의 귓속에 약하게 남아 있었다.

그가 제정신을 차렸을 때 주위는 완전히 어두웠다. 아직 늦은 밤인지도 몰랐다. 발코니로부터 약한 달빛이 커튼 아래쪽을 통해 방으로 들어왔다. 잠자는 세 사람의 조용한 숨소리가 들렸다. 브루넬다가 가장 시끄러운 숨소리를 냈다. 그녀는 잠을 자면서도 때때로 이야기할 때처럼 거친 숨소리를 내었다. 그러나 세 명이 각각 어느 쪽에 있는지 알아내는 일이 쉽지 않았다. 방 전체가 그들 숨소리로 가득 찼다. 주위를 둘러보고 난 후에야 비로소 카알은 자기 자신을 생각했다. 그때 그는 아주 놀랐다. 왜냐하면 그는 통증 때문에 몸이 굽고 뻣뻣하게 되었다는 것은 느꼈을지라도 자기가 피투성이의 중상을 입었을 것이라고는 생각지 않았기 때문이다. 하지만 그의 머리는 무거웠고, 얼굴전체, 목, 셔츠 밑의 가슴이 피 같은 것으로 흠뻑 젖어 있었다. 그는 자신의 상태를 정확하게 보기 위해 불빛 쪽으로 가야 했다. 아마도 그는 불구가 되도록 엄청나게 맞았을 것이다. 그렇다면 들라마르쉬가 그를 기꺼이 내보낼 것이다. 그런데 그는 무엇을 시작해야 하나? 그에겐 어떤 전망도 없었다. 문 앞에 있던 짓눌린 코를 가진 청년이 생각났다. 그는 순간적으로 얼굴을 손에 파묻었다.

그러고 나서 그는 무의식적으로 문 쪽을 향해 더듬으며 기어갔다. 곧 그는 손가락 끝으로 신발 하나와 다리 하나를 감지했다. 그건 로빈슨이었다. 어느 누가 신발을 신은 채로 잠을 잤겠는가? 그는 카알의 도주를 막기 위해 문 앞에 가로로 눕도록 명령을 받았다. 그러나 그들은 도대체 카알의 상태를 모른단 말인가? 그는 당장에는 도망칠 생각이 없었다. 그는 불빛이 있는 곳으로 가고 싶었다. 그가 문 밖으로 나갈 수 없다면 발코니로 나가야 했다.

그는 저녁때와는 완전히 다른 곳에 식탁이 있다는 것을 알았다. 카알이 아주 조심스럽게 다가간 긴 소파에는 놀랍게도 아무도 없었다. 그러나 그는 방 한가운데서 비록 세게 눌려 있었지만 높이 쌓아올린 옷들, 이불들, 커튼들, 쿠션, 양탄자들에 부딪쳤다. 처음에 그는 이것이 저녁때 소파에 있다가 바닥까지 굴러다녔던 작은 더미일 거라고 생각했다. 그러나 놀랍게도 그는 계속 기어가면서 이것이 차 한 대 분량의 짐이라는 것을 알게 되었다. 이 짐은 낮 동안 상자 속에 들어 있었는데, 밤에 상자에서 끄집어내어졌을 것이다. 그가 이 더미를 기어 넘을 때 이 전체 더미가 일종의 잠자리였다는 것을 곧장 알게 되었다. 그가 조심스럽게 더듬어 알아낸 바로는 더미 위에 들라마르쉬과 브루넬다가 자고 있었다.

이제 그는 각자가 어디에서 잠자고 있는지 알았고, 발코니로 서둘러 나갔다. 그가 커튼 바깥에서 재빨리 일어선 곳은 완전히 다른 세상이었다. 신선한 밤 공기를 마시고 달빛을 받으며 그는 여러 번 발코니에서 이리저리 걸었다. 그는 거리 쪽을 바라보았다. 거리는 아주 조용했다. 음식점으로부터 음악이 흘러나왔지만 아주 약했다. 문 앞에서 한 남자가 보도를 쓸었다. 저녁때 군중들이 혼란스럽게 떠들었을 때는 후보자의 외침이 수천 명의 다른 목소리와 구별될 수 없었는데 지금은 빗자루로 보도를 쓰는 소리조차 확실하게 들렸다.

이웃집 발코니에서 테이블의 움직이는 소리가 카알의 주의를 끌었다. 거기에 누군가가 앉아서 공부를 했다. 작은 콧수염을 달고 있는 젊은 남자였다. 그는 책을 읽을 때 입술을 함께 움직이면서 콧수염을 계속 비틀었다. 얼굴을 카알 쪽으로 돌리고서 책으로 덮여 있는 작은 테이블에 앉아 있었다. 그는 백열등을 벽에서 떼어와서 두 권의 커다란 책 사이에 끼워놓고 있었다. 그는 눈부신 불빛으로 완전히 조명을 받고 있었다.

카알은 그 젊은 남자가 자기 쪽을 건너다보았다고 생각했기 때문에 "안녕하세요?"라고 말했다.

그러나 그건 착각이었음에 틀림없었다. 왜냐하면 그 젊은 남자는 그를 전혀 보지 못한 것 같았기 때문이다. 그 남자는 불빛을 막고, 갑자기 누가 인사하는지를 보기 위해 손으로 눈 위를 가렸다. 그러나 그는 여전히 아무것도 보지 못했기 때문에 백열등을 높이 들어서 이웃집 발코니도 약간 비추었다.

그러고 나서 그도 "안녕하세요?"라고 말했다. 그는 잠시 동안 예리하게 건너다보고서 말을 덧붙였다. "그런데 무슨 일이라도?"

"내가 당신에게 방해가 됩니까?"라고 카알이 물었다.

"물론입니다. 물론입니다."라고 말하고서 그 남자는 백열등을 이

전 자리로 옮겨놓았다.

이런 식으로 그 남자는 대화를 물론 거절했다. 그렇지만 카알은 그 남자에게서 가장 가까운 발코니 구석을 떠나지 않았다. 입을 다물고 그 남자는 책을 읽고, 책장을 넘기고, 때때로 전광석화와 같이 재빨리 집어든 다른 책 속에서 무엇인가를 찾아서 공책에 메모를 했다. 그럴 때면 항상 그는 놀랍게도 얼굴을 공책 쪽으로 많이 숙였다.

이 남자는 학생일까? 그는 공부하는 것처럼 보였다. 카알도 그 남자처럼 — 그건 이미 오래 전의 일이었다 — 집에서 부모님의 책상에 앉아 숙제를 했었다. 그동안 아버지는 신문을 읽거나 어떤 클럽의 장부 정리를 하거나 통신문을 썼다. 어머니는 바느질 일을 하거나 천에서 실을 뽑았다. 아버지를 귀찮게 하지 않으려고 카알은 공책과 필기도구만을 책상에 올려놓고, 필요한 책들은 자신의 오른쪽과 왼쪽에 있는 안락의자 위에 정리해놓았다. 그곳은 얼마 조용했던가! 낯선 사람들이 그 방으로 들어온 적은 거의 없었는데! 카알은 어린애였을 때 벌써 어머니가 저녁쯤에 집 문을 열쇠로 잠그는 것을 즐거이 바라보았다. 어머니는 카알이 지금 남의 집 문을 칼로 열려고 할 정도로까지 성격이 변했다는 것을 전혀 상상도 못하고 있을 것이다.

공부가 무슨 소용이 있었는가! 그는 모든 것을 잊어버렸다. 여기서도 그의 공부를 계속하는 것이 중요했지만 그건 너무 어려운 일인 것이다. 그는 집에서 한 달 동안 아팠던 사실을 기억하고 있었다. 나중에 하지 못한 공부를 따라잡는 것이 얼마나 힘들었던가! 그는 영어 상업 통신문 교본 이외에는 오랫동안 책도 읽지 못했다.

카알은 갑자기 "이봐요." 하고 자기에게 말을 붙이는 소리를 들었다.

"다른 곳에 가 있을 수 없겠어요? 당신이 건너다보면 엄청나게 방해가 돼요. 밤 두 시에는 발코니에서 방해받지 않고 공부할 수 있다고 생각해요. 당신, 내게 뭐 원하는 거 있어요?"

"당신은 공부하는 겁니까?"라고 카알이 물었다.

"그래요."라고 그 남자는 대답했다. 그는 이렇게 공부하지 못하고 잃어버린 짧은 시간을 책 정리하는 데 이용했다.

"그러면 당신을 방해하지 않겠습니다. 나는 방으로 들어갑니다. 안녕히 계셔요."라고 카알은 말했다.

그 남자는 전혀 대답을 하지 않았다. 방해꾼이 사라지자 그는 재빨리 결심하고 다시 공부하기 시작했다. 그는 오른손으로 이마를 떠받치고 있었다.

그때 카알은 바로 커튼 앞에서 왜 자기가 바깥으로 나왔는지 기억을 더듬었다. 그는 그가 어떤 상태인지 전혀 알지 못했다. 무엇이 머리를 이렇게 무겁게 누를까? 그는 머리 위를 만지고서 놀랐다. 그가 어두운 방에서 걱정했던 피투성이의 상처가 아니라 그건 아직 축축한 터번 모양의 붕대였다. 아직 여기저기에 걸려 있는 레이스 조각들로 미루어 추측하건대 그건 낡은 브루넬다의 내의에서 찢어내어 로빈슨이 후딱 카알의 머리에 칭칭 감은 것이었다. 그러나 그는 그것을 매는 것을 잊어버렸다. 그래서 카알이 의식을 잃고 있는 동안 많은 물이 얼굴 아래로 흘러 셔츠 속으로 들어가서 그를 그렇게 놀라게 했던 것이다.

"당신은 아직도 거기에 있어요?"라고 그 남자가 말하면서 눈을 가늘게 뜨고 이쪽을 바라보았다.

"이제 나는 진짜로 갑니다. 여기서 뭘 좀 보려고 했어요. 방은 아주 어두워요."라고 카알이 말했다.

"당신은 누구세요?"라고 말을 하고서 그 남자는 펜대를 자기 앞에 펼쳐져 있는 책에 놓았다. 그리고 그는 난간으로 다가왔다. "당신 이름이 뭡니까? 당신은 어떻게 해서 저 사람들 집에 오게 된 겁니까? 당신은 오랫동안 여기에 있었습니까? 당신은 무엇을 보려고 합니까? 당신이 보이도록 저기 있는 백열등을 돌려 켜십시오."

카알은 그렇게 했다. 하지만 그는 대답하기 전에 방 안에 아무 소리도 들리지 않도록 문의 커튼을 더 꼭 닫았다. "내가 이렇게 낮은 목소리로 말하는 것을 용서하세요. 방 안에 있는 사람들이 내 말을 들으면 다시 시끄러운 소동이 일어나요."라고 카알이 속삭이는 목소리로 말했다.

"다시라니요?"라고 그 남자가 물었다.

"예. 나는 저들과 저녁에 심하게 싸웠어요. 엄청난 혹이 났음에 틀림없어요."라고 카알이 말했다. 그리고 그는 머리 뒤를 더듬어보았다.

"어떤 싸움이었습니까?"라고 그 남자가 물었다. 그리고 그는 카알이 바로 대답하지 않았기 때문에 이렇게 덧붙여 말했다. "당신이 저들에 대해 말하고 싶은 것을, 마음놓고 모두 나에게 이야기해도 됩니다. 말하자면 나는 저들 셋 모두를, 특히 그 여자를 미워해요. 그들이 당신에게 내 험담을 늘어놓지 않았다면 그건 이상한 일이군요. 나는 요제프 멘델이라고 해요. 대학생이고요."

"예. 당신 이야기는 벌써 들었어요. 하지만 나쁜 말은 없었어요. 당신은 브루넬다 부인을 한 번 치료하지 않으셨어요?"라고 카알이 말했다.

"맞아요. 긴 소파에서 아직 그 냄새가 납니까?"라고 그 대학생이 말하고서 웃었다.

"오. 그래요."라고 카알이 말했다.

"그렇다니 기분이 좋군요."라고 말하면서 대학생은 손으로 머리를 쓸어올렸다. "그런데 왜 저들이 당신에게 혹이 생기게 했습니까?"

카알은 어떻게 대학생에게 설명을 해야 할까 깊이 생각하면서 "싸움이 있었습니다."라고 말했다. 그러나 그는 거기서 말을 중단하고

"내가 방해되지 않습니까?"라고 말했다.

그 대학생은 이렇게 말했다. "첫째로, 당신은 벌써 나를 방해했어요. 나는 신경질적이어서 다시 기분을 가라앉히기 위해서는 많은 시간이 필요해요. 당신이 발코니에서 산보를 시작한 이후로 나는 공부에 진전이 없어요. 둘째로, 나는 세 시에 항상 휴식을 하죠. 기분을 가라앉히고 조용히 말씀해보세요. 나는 흥미를 느끼고 있습니다."

"그건 아주 간단해요. 들라마르쉬는 내가 여기서 하인이 되길 원해요. 하지만 나는 원치 않아요. 나는 바로 저녁에 떠나고 싶었어요. 그는 나를 놓아주지 않고 문을 잠가버렸어요. 나는 그 문을 부수어 열려고 했어요. 그 다음에 싸움이 벌어졌어요. 나는 아직도 여기 있게 되어 불행해요."

"당신은 다른 일자리가 있어요?"라고 대학생이 물었다.

"아니에요. 그러나 내가 여기서 달아날 수 있다면 그런 것은 문제가 되지 않아요."라고 카알이 말했다.

"들어보세요. 그런 것이 문제가 되지 않는다고요?"라고 그 대학생이 말했다. 둘은 한참 동안 입을 다물었다.

그러고 나서 그 대학생은 "왜 당신은 저 사람들 집에 머무르려고 하지 않죠?"라고 물었다.

"들라마르쉬는 나쁜 사람이에요. 나는 그를 이전부터 알고 있어요. 나는 한 번 그와 함께 하루 내내 걸었어요. 나는 한때 그의 곁을 떠난 뒤로는 기뻤습니다. 그런데 지금 내가 그의 집에서 하인이 된단 말입니까?"

"하인이 주인을 선택하는 데 당신처럼 이렇게 까다로워서야!"라고 말하고 그 대학생은 미소를 짓는 것 같았다. "보세요. 나는 낮 동안 물건을 파는 판매원이에요. 지위가 낮은 판매원 말이에요. 이전에는 몬틀리 백화점에서 일하는 심부름꾼이었어요. 이 몬틀리는 의심할 여지없이 악당이에요. 하지만 그런 것은 전혀 마음을 상하게 하지 않습니다. 나는 오직 임금을 적게 받는 것에 대해서만 화가 날 뿐이오. 그러니까 나를 한 본보기로 삼으세요."

"뭐라고요? 당신이 낮에는 판매원 일을 하고 밤에는 공부를 한다고요?"라고 카알이 말했다.

"예. 다른 방도가 없어요. 나는 가능한 모든 일을 해보려고 했어요. 하지만 이런 방식이 아직은 가장 좋은 생활 방식이죠. 몇 년 전에 나는 대학생이기만 했어요. 아시겠어요? 밤낮으로 대학생이었어요. 그러나 나는 그때 굶어 죽을 지경이었죠. 나는 더럽고 오래된 동굴 같은 집에서 잠을 잤어요. 나는 그 당시 입었던 옷차림으로는 강의실에 갈 엄두를 못 냈어요. 그러나 그런 건 이제 끝났어요."라고 대학생이 말했다.

"그러면 언제 잠을 자죠?"라고 카알이 묻고서 그 대학생을 경탄하는 눈으로 바라보았다.

"예. 잠이라! 공부를 마치면 나는 잠을 잘 거예요. 우선은 블랙 커피를 마시죠."라고 그 대학생이 말했다. 그러고 나서 그는 몸을 돌려 책상 아래에서 큰 병 하나를 끄집어내었다. 그는 그 병에서 블랙 커피를 잔에 부었다. 그는 마치 사람들이 약을 먹을 때 가능한 한 냄새를 맡지 않으려고 재빨리 마시는 것처럼 그 커피를 삼켰다.

"이 블랙 커피는 멋진 물건이죠. 당신이 그렇게 멀리 있으니 이 블랙 커피를 좀 건네줄 수 없어서 유감이에요."라고 그 대학생이 말했다.

"나는 블랙 커피를 좋아하지 않아요."라고 카알이 말했다.

"나도 좋아하지 않아요. 하지만 블랙 커피가 없으면 어떻게 지내겠어요? 블랙 커피가 없으면 나는 몬틀리에서 한순간도 일할 수 없을 거예요. 몬틀리는 내가 이 세상에 존재하고 있는지조차 물론 모르지만,

나는 몬틀리라는 말을 항상 하죠. 내가 만약 그곳 책상 속에 이것과 꼭 같은 크기의 병을 항상 준비해두지 않았다면 백화점에서 어떻게 일할 수 있을지 나는 잘 몰라요. 왜냐하면 나는 커피 마시는 것을 그만두려고 하지 않기 때문이죠. 그러나 믿어주세요. 나는 금방 판매대 뒤에 누워서 잠을 자고 말 겁니다. 유감스럽게도 사람들이 이 사실을 알고 나를 백화점에서 '블랙 커피'라고 불러요. 이건 멍청한 위트고 나의 승진에 해만 끼쳐요."라고 그 대학생은 말하면서 웃었다.

"당신은 언제 공부를 끝마치죠?"라고 카알이 물었다.

"느리게 진척되고 있어요."라고 그 대학생은 머리를 숙이고 말했다. 그는 난간에서 물러나 다시 책상에 앉았다. 팔꿈치를 펼친 책 위에 대고, 손으로 머리를 쓸어올리면서 "아직 일 년 내지 이 년 더 걸려요."라고 그는 말했다.

"나도 공부하려고 했어요."라고 카알이 말했다. 마치 카알의 이런 사정이 이제 입을 다물고 있는 대학생이 지금까지 카알에게 보여준 것보다 더 많은 신뢰를 보여주기라도 할 것이라는 듯….

"그렇군요."라고 그 대학생은 말했다. 그가 자신의 책을 벌써 다시 읽고 있는지 아니면 정신이 산만하여 그냥 들여다보고 있는지는 분명하지 않았다. "당신이 대학 공부를 포기한 것에 대해 기뻐하세요. 나는 벌써 수년 전부터 이 길에 발을 들여놓았기 때문에 공부를 하는 겁니다. 공부에서 오는 만족은 조금밖에 없어요. 미래의 전망은 더 적어요. 내게 무슨 전망이 있겠어요! 미국은 가짜 박사로 득실거리고 있는데."

"나는 기술자가 되고 싶었어요."라고 카알이, 눈에 띄게 무관심해진 대학생 쪽으로 서둘러 말했다.

"지금 당신은 저 사람들 집에서 하인이 되어야 하는군요. 그건 물론 당신에게 고통스러운 일이겠죠."라고 대학생이 말하고서 힐끗 쳐다보았다.

대학생의 이러한 추측은 물론 오해에서 나온 것이다. 하지만 카알은 이러한 오해를 이용할 수 있었다. 그래서 그는 이렇게 물었다. "나도 백화점에서 일자리 하나 얻을 수 없을까요?"

이 질문이 대학생으로 하여금 완전히 책에서 눈을 떼게 했다. 그는 카알의 구직을 도울 수 있다고는 전혀 생각하지 않았다. "시도해보세요. 아니 차라리 시도하지 마세요. 내가 몬틀리에서 내 일자리를 얻은 것은 내 인생에 있어서 가장 큰 성공이었어요. 내가 대학 공부와 이 직업 중 하나를 선택해야 한다면 나는 물론 이 직업을 택할 겁니다. 나는 다시는 그런 선택을 할 필요가 없도록 노력하고 있어요."라고 그는 말했다.

"거기에서 일자리 하나 얻는 것이 그렇게 힘들어서야."라고 카알이 혼잣말을 했다.

"아, 무슨 생각을 하세요? 몬틀리의 수위가 되는 것보다 여기 지역 판사가 되는 것이 더 쉬워요."라고 그 대학생이 말했다.

카알은 입을 다물었다. 이 대학생은 카알보다 훨씬 더 경험이 많았고, 어떤 이유에서인지는 모르나 들라마르쉬를 미워하고, 반대로 카알에 대해서는 반감이 없었다. 이 대학생은 카알에게 들라마르쉬를 떠날 수 있도록 용기를 주는 말을 한 마디도 하지 않았다. 그런데 그는 카알이 경찰에 의해 붙잡힐 위험이 있다는 것과 카알이 들라마르쉬 집에서만 그 위험으로부터 어느 정도 보호를 받는다는 것을 아직 전혀 알지 못하고 있었다.

"당신은 저녁때 아래에서 있었던 시위를 보셨어요? 봤죠? 상황을 알지 못하는 사람들은 그 후보에게 — 그의 이름은 롭터입니다 — 어떤 가망이 있다고 생각할 겁니다. 아니면 최소한 그 후보가 물망에 오를 거라고 생각할 겁니다. 그렇지 않나요?"

"나는 정치는 몰라요."라고 카알은 말했다.

"그건 잘못이에요."라고 그 대학생이 말했다. "그러나 그건 차치하고라도 당신은 눈과 귀가 있어요. 그 사람은 의심할 여지없이 친구들과 적들을 가지고 있어요. 그것은 당신도 알았을 겁니다. 생각해보세요. 나의 생각으론 그 사람은 선출될 가망이 거의 없어요. 나는 우연히 그에 대해서 모든 것을 알게 되었죠. 그를 알고 있는 사람 하나가 여기 살고 있거든요. 그는 무능력하지 않아요. 그의 정치적인 전망과 과거를 보면 그는 우리 지역에 맞는 적당한 판사일 수도 있어요. 그러나 그가 선출될 수 있다고 생각하는 사람은 아무도 없습니다. 그는 멋지게 떨어질 겁니다. 그는 선거전을 위해 몇 달러를 뿌렸을 겁니다. 그것이 전부가 될 겁니다."

카알과 그 대학생은 잠시 입을 다물고 서로를 보았다. 그 대학생은 미소 지으며 고개를 끄덕이고 손으로 피곤한 눈을 눌렀다.

"자, 잠자러 가지 않으실 겁니까?"라고 카알이 물었다. "나는 다시 공부해야 해요. 내가 얼마나 공부를 많이 해야 하는지 보세요."그러고 나서 그는 해야 할 공부의 양이 얼마나 많은지 카알에게 보여주기 위해 절반 남은 책장을 재빨리 넘겼다.

"그러면 안녕히 계세요."라고 카알이 말하고 몸을 숙여 인사했다.

"한번 우리 집에 놀러 오세요."라고 대학생이 말했다. 그 대학생은 다시 책상에 앉았다. "물론 당신이 오고 싶으시면 말이에요. 당신은 여기서 항상 나와 멋지게 어울릴 수 있어요. 나는 저녁 아홉 시부터 열 시까지 당신을 위해 시간을 낼 수 있어요."

"당신은 나에게 들라마르쉬 집에 있으라고 충고하는 겁니까?"라고 카알이 물었다.

"무조건이죠."라고 말하고 나서 그 대학생은 이미 고개를 책 쪽으로 돌렸다. 그는 전혀 그 말을 하지 않은 사람처럼 보였다. 그 대학생

272

의 목소리보다 음색이 더 깊은 어떤 다른 목소리가 말한 것처럼 그 말이 카알의 귓전에 아직도 울렸다. 그는 천천히 커튼 쪽으로 걸어가서 대학생 쪽을 한번 보았다. 대학생은 조금도 움직이지 않고 거대한 어둠에 싸여 자신의 등불 속에 앉아 있었다. 그러고 나서 카알은 방으로 조용히 들어갔다. 잠자는 세 사람의 하나 같은 숨소리가 그를 맞이했다. 그는 벽을 따라 긴 소파를 찾았다. 긴 소파를 찾았을 때 마치 그것이 익숙한 잠자리인 양 조용히 그 위에 누웠다. 들라마르쉬와 여기의 사정을 정확하게 알뿐만 아니라 교양 있는 그 대학생이 그에게 여기 머물도록 충고했기 때문에 그는 당분간 아무 의심도 하지 않기로 했다. 그는 대학생과 같은 높은 목표를 가지고 있지 않았다. 대학 공부를 끝마치는 것은 집에 있었다 할지라도 가능했을지 어떨지 아무도 모른다. 집에서도 그것이 거의 불가능한 것으로 보였는데 여기 낯선 나라에서 그가 그걸 이루는 것을 아무도 바랄 수는 없다. 그러나 만약 그가 당분간 들라마르쉬의 집에서 하인으로 있으면서 이 안전한 상태에서 좋은 기회를 기다린다면, 그도 무엇인가를 할 수 있고, 거기에 맞게 인정받을 수 있는 일자리 하나를 찾을 수 있다는 희망이 더 컸다. 이 거리에는 중소 규모의 많은 사무실들이 있는 것 같았다. 이 사무실들은 필요한 경우에 사원을 선발할 때, 아마 너무 까다롭지는 않을 것이다. 만약 그렇다면 그는 상점 급사라도 되려고 했다. 하지만 그가 깨끗한 사무실에 채용되어 언젠가는 사무원으로서 책상에 앉아, 오늘 아침 마당을 지나면서 보았던 모든 사무원처럼 걱정 없이 열린 창문 밖을 내다볼 수 있는 희망이 전혀 배제되어 있지는 않았다. 눈을 감았을 때 그를 안심시키면서 떠오른 생각은 자신이 젊다는 것과 들라마르쉬가 자기를 놓아줄 거라는 것이었다. 이 집안 살림은 그가 영원히 해야 할 것 같지 않아 보였다. 그러나 카알이 사무실에서 그런 일자리를 가진다면 사무실 일 이외에는 어떤 다른 일을 하지 않고, 그 대학생처럼 힘을 낭비하지는 않을 것이다. 필요하다면 그는 사무실 일을 위해서 밤을 보낼 것이다. 그것은 그의 상업 준비 교육이 부족하기 때문에 당연히 그에게 요구되어질 것이다. 그는 자신이 해야 하는 일만을 생각하려 했다. 그리고 그는 다른 사무원들이 자신들에게는 적당한 일이 아니라고 거절하는 모든 일조차도 떠맡으려고 생각했다. 그의 좋은 의도들이 머릿속으로 밀려들었다. 마치 미래의 상관이 긴 소파 앞에 서서 그의 얼굴에서 그 의도들을 읽어내기라도 하듯 말이다. 이런 생각들을 하면서 카알은 잠이 들었다. 반쯤 잠들었을 때 브루넬다의 거센 한숨 때문에 그는 방해를 받았다. 그녀는 아마 무서운 꿈에 시달리다 자기 잠자리에서 몸을 뒤척이는 것 같았다.

카알이 일찍 눈을 뜨자마자, 로빈슨이 "일어나! 일어나!"라고 소리쳤다. 문의 커튼은 아직 걷히지 않았다. 하지만 틈새로 들어오는 일정한 햇볕을 보고 오전 몇 시쯤인지 알 수 있었다. 로빈슨은 걱정스런 시선으로 열심히 이리저리 돌아다녔다. 그는 때로는 수건을 들고, 때로는 대야를 들고, 때로는 속옷과 겉옷들을 들고 다녔다. 그는 카알 옆을 지날 때마다 고개를 끄덕여 카알이 일어나도록 부추겼다. 그리고 그는 손에 들고 있는 것을 높이 들어 보임으로써 자신이 오늘 마지막으로 카알을 위해 애쓰고 있다는 것을 보여주었다. 물론 카알은 하인으로서 첫날 아침에 해야 할 일들에 대해 자세하게 몰랐다.

그러나 카알은 로빈슨이 누구를 시중드는지를 곧 알게 되었다. 두 개의 상자로 나머지 방들과 구분되어 있는, 카알이 지금까지 보지 못한 공간이 있었는데, 누군가 이 공간에서 목욕을 하고 있었다. 브루넬다의 머리, 드러난 목 — 머리카락이 얼굴에 내려져 있었다 — 그리고 그녀의 목덜미가 상자 위로 보였다. 때때로 들어올려진 들라마르쉬의 손에는 사방으로 물이 뿌려지는 목욕용 스펀지가 들려 있었다. 이 스펀지로 브루넬다를 씻고 문질렀다. 들라마르쉬가 로빈슨에게 간단한 지시를 내리는 소리가 들렸다. 그 공간으로 통하는 원래의 출입구가 가로막혀 있어서 출입구로 물건들을 건네줄 수 없기 때문에 로빈슨은 상자와 병풍 사이에 나 있는 작은 틈을 이용했다. 이때 로빈슨은 물건을 건네줄 때마다 팔을 멀리 뻗치고 얼굴을 돌려야 했다. "수건! 수건!"이라고 들라마르쉬가 소리쳤다. 그때 책상 밑에서 다른 무엇인가를 찾고 있던 로빈슨이 이 지시에 놀라 책상 밑에서 머리를 끄집어내자마자, "물이 어디 있어? 빌어먹을!"이라는 소리가 들렸다. 상자 위로 높이 튀어나온 들라마르쉬의 화난 얼굴이 보였다. 카알의 생각으로는 사람들이 평소에 목욕하고 옷을 입을 때는 단 한 번만에 끝날 것이, 여기서는 별의별 순서로 여러 번 요구되었고 또 그렇게 행해진 것 같았다. 작은 전기 오븐 위의 대야에는 계속 물이 끓고 있었다. 로빈슨은 넓게 벌린 다리 가랑이 사이로 계속 무거운 짐을 들고 세면장으로 날랐다. 이렇게 일이 너무 많았기 때문에, 그가 항상 정확하게 지시를 이행하지 못하는 것은 이해할 수 있었다. 한번은 또다시 수건을 가져오라고 했을 때 로빈슨은 방 한가운데에 있는 넓은 침대에서 셔츠 하나를 집어들고 돌돌 말아 상자 너머로 집어던졌다.

그런데 들라마르쉬도 일이 힘들었다. 그가 로빈슨에게 그렇게 화냈던 것은 아마 그 자신이 브루넬다를 만족시킬 수 없었기 때문일 것이다. ─ 그는 화가 난 상태여서 카알을 보지도 못했다. ─ "앗!"하고 그녀가 소리쳤다. 별로 상관 없는 카알조차도 움찔 놀랐다. "당신, 왜 이렇게 아프게 해! 고통을 받으니 차라리 내가 혼자 씻겠어! 지금 나는 또 팔을 올릴 수가 없어. 당신이 그렇게 문지르면 나는 아주 기분이 나빠. 등에는 완전히 푸른 멍 투성이일거야. 물론, 당신은 내게 그런 걸 말하지 않겠지. 기다려. 나는 로빈슨이나 우리의 젊은이에게 내 등을 보아달라고 할 거야. 아니. 그렇게 하지 않을게. 하지만 약간 더 부드럽게 해줘. 들라마르쉬, 신경 좀 써. 나는 이 말을 아침마다 되풀이하고 있잖아. 당신은 신경을 쓰지 않아. 로빈슨."하고 그녀는 갑자기 외치고서 머리 위로 레이스 달린 팬티를 흔들었다. "와서 도와줘. 내가 얼마나 고통을 당하고 있는지 봐. 이 들라마르쉬가 이런 고문을 목욕이라고 말하고 있어. 들라마르쉬는. 로빈슨. 로빈슨. 어디 있어? 너는 감정도 없어?" 카알은 입을 다물고 로빈슨에게 가보도록 손가락으로 신호를 했다. 그러나 로빈슨은 눈을 아래로 깔고 머리를 세게 흔들었다. 그는 사정을 더 잘 알고 있었다. "무슨 생각하니? 그 말은 그런 뜻이 아냐."라고 로빈슨이 몸을 굽혀 카알의 귀에 대고 말했다. "나는 단 한 번 들어갔어. 그러고는 다시는 들어가지 않았어. 그들 둘은 나를 묶어서 욕조에 잠수시켰어. 그래서 나는 거의 익사할 뻔했어. 그리고 며칠 동안 브루넬다는 내가 파렴치한 놈이라고 비난했어. 항상 그녀는 '너는 오랫동안 내 목욕탕에 들어오지 않았어.'라고 말하거나 또는 '너는 언제 목욕탕에 있는 나를 구경하러 올래?'라고 말했어. 내가 여러 번 무릎을 꿇고 간청한 후로 그녀는 더 이상 그런 요구를 하지 않았어. 나는 그 일을 잊지 않을 거야." 로빈슨이 이야기를 하는 동안 브루넬다는 여전히 소리 질렀다. "로빈슨! 로빈슨! 이 로빈슨이 어디에 있는 거야!"

아무도 그녀를 도와주러 가지 않고, 대답도 하지 않았지만 브루넬다는 큰 소리로 들라마르쉬에게 계속 불평했다. — 로빈슨은 카알 쪽으로 다가가 앉았다. 둘은 말없이 상자 쪽을 바라보았다. 상자 위에서 브루넬다와 들라마르쉬의 머리가 때때로 보였다. "하지만 들라마르쉬!"라고 그녀는 외쳤다. "지금 나는 당신이 나를 씻겨준다는 것을 전혀 못 느끼겠어. 스펀지를 어디 두었어? 꼭 좀 쥐어! 내가 등을 굽힐 수만 있다면, 내가 움직일 수만 있다면! 어떻게 씻는지 내가 당신에게 시범을 보여줄 텐데. 나의 처녀 시절은 어디로 가버렸지? 처녀 시절에 나는 저 건너편 부모님의 농장에서 매일 아침 콜로라도에서 수영을 했지. 내가 내 친구들 중에서 가장 빨랐지. 그런데 지금은 이게 뭐야? 당신은 언제쯤 나를 씻기는 법을 배울래? 들라마르쉬. 당신은 스펀지를 이리저리 흔들며 애를 쓰고는 있어. 그런데 나는 아무것도 느끼지 못해. 당신이 나를 문지르면서 나에게 상처를 내서는 안 된다고 내가 말하게 된다면, 그건 감기 들 때까지 여기에 서 있겠다는 말이 아니라 이대로 욕조에서 뛰쳐나가겠다는 말이야."

하지만 그녀는 이런 위협을 실행에 옮기지 않았다. 그녀는 전혀 그렇게 할 수 없었을 것이다. 들라마르쉬는 그녀가 감기 들지 모른다고 걱정하며 그녀를 잡아서 욕조 안에 집어넣는 것 같았다. 왜냐하면 물속으로 무언가 철썩 들어가는 소리가 엄청났기 때문이었다.

"들라마르쉬, 당신은 아첨을 떨 수는 있어. 당신이 무엇을 잘못했을 때면 항상 아첨을 떨지."라고 브루넬다가 약간 낮은 목소리로 말했다. 그리고 나서 한참 동안 조용했다. "지금 그가 그녀에게 키스해."라고 로빈슨이 말하고 눈썹을 치켜올렸다.

"이번에는 무슨 일을 해야 하지?"라고 카알이 물었다. 그는 여기에 있기로 결심했기 때문에 바로 자신의 일을 시작하고 싶다고 생각했다. 그는 대답하지 않는 로빈슨을 혼자 긴 소파에 남겨놓았다. 그리고 그는 긴 밤 동안 잠자는 사람들의 무게로 아직도 눌려 있는 넓은 침상을 분리하기 시작했다. 그리고 이 침상에 있던 각자의 이불을 가지런히 개었다. 이런 일은 몇 주 동안 하지 않았던 것이다.

"들라마르쉬, 살펴 봐."라고 브루넬다가 말했다. "내 생각에는 저들이 우리의 침대를 던져 부셔버린 것 같아. 모든 경우를 생각해야 돼. 결코 안심해서는 안 돼. 당신은 두 사람에 대해 더 엄격하지 않으면 안 돼. 그렇지 않으면 자기네들 멋대로 할 거야." "이건 분명히 일을 열성적으로 하려는 빌어먹을 그 젊은 친구가 한 짓이야."라고 들라마르쉬가 소리 지르며 세면장에서 뛰쳐나오려 했다. 카알은 벌써 손에서 모든 것을 던져버렸다. 그런데 다행히도 브루넬다가 이렇게 말했다. "가지 마, 들라마르쉬. 가지 마. 앗, 물이 이렇게 뜨거워? 나른해지려고 해. 내 곁에 있어줘. 들라마르쉬." 이제야 카알은 수중기가 상자 뒤에서 멈추지 않고 올라오는 것을 알았다.

마치 카알이 해서는 안 될 일을 한 것처럼 로빈슨은 깜짝 놀라서 손을 뺨에 대었다. "모든 것을 제자리에 놓아두어라."라고 들라마르쉬가 말했다. "브루넬다는 목욕 후에 항상 한 시간 정도 휴식을 취한다는 것을 너희들은 몰라? 집안 살림이 엉망이군! 내가 너희들을 손 좀 볼 때까지 기다려. 로빈슨. 너는 아마 다시 꿈을 꾸고 있는 모양이구나! 일어난 모든 일에 대해 책임을 묻겠어. 너는 이 젊은이를 길들여야 했어. 여기서는 그의 고집대로 집안 살림이 꾸려지는 게 아니야. 우리가 무엇인가 필요로 할 때는 너희들은 아무 쓸모가 없어. 그리고 아무것도 할 일이 없을 때에 너희들은 열심이야. 어디든지 기어들어가서 우리가 너희들을 부를 때까지 기다려."

그러나 금방 그 모든 것이 잊혀지고 말았다. 왜냐하면 브루넬다가 뜨거운 물에 잠긴 듯 아주 피곤하게 속삭였기 때문이었다. "향수! 향수를 가져와!" "향수!"라고 들라마르쉬가 소리를 질렀다. "움직여봐!" 그런데 향수가 어디 있었지? 카알은 로빈슨을 바라보았고, 로빈슨은 카알을 바라보았다. 카알은 자신이 혼자서 모든 것을 떠맡아야 한다는 것을 알게 되었다. 로빈슨은 향수가 어디에 있는지 몰랐다. 그는 바닥에 엎드려서, 줄곧 두 팔로 긴 소파 밑을 이리저리 휘저었다. 그러나 그는 먼지 뭉치와 여자 머리카락 이외에는 다른 어떤 것도 꺼내지 못했다. 카알은 서둘러 바로 문 근처에 있는 화장대로 갔다. 그러나 그 서랍에는 단지 영어로 된 오래된 소설들, 잡지들, 악보들이 발견되었다. 모든 서랍들이 넘칠 정도로 채워져 있어서 서랍을 한번 열었다 하면 닫을 수가 없었다. 그 동안 브루넬다는 "향수."라고 말하며 한숨을 쉬었다. "이렇게 오래 걸릴 수가! 오늘 중으로 향수를 받을 수 있을지 모르겠군!" 브루넬다가 이렇게 안절부절못하기 때문에 카알은 어디에서도 향수를 철저하게 찾을 수 없을 지경이었다. 그는 피상적인 첫인상에 의존할 수밖에 없었다. 세면도구 상자 안에는 향수병이 없었다. 세면도구 상자 위에는 약과 연고가 들어 있는 낡은 병들만 있었다. 다른 모든 것들은 하여튼 벌써 세면장으로 가져갔다. 아마도 그 향수병은 식탁의 서랍에 들어 있을지 모른다. 그러나 식탁으로 가는 도중에 — 카알은 향수 이외에는 다른 아무것도 생각하지 않았다 — 그는 로빈슨과 심하게 부딪혔다. 로빈슨은 긴 소파 밑에서 찾기를 포기하고 향수가 있는 위치를 어렴풋이 예감하면서 장님처럼 카알 쪽으로 달려왔던 것이다. 머리가 부딪히는 소리가 확실하게 들렸다. 카알은 말없이 서 있었고, 로빈슨은 달려가는 것을 멈추지 않았지만 통증을 가라앉히려고 계속해서 큰 소리를 지르며 과장해서 말했다.

"저들은 향수를 찾지 않고 싸우고 있어."라고 브루넬다가 말했다. "들라마르쉬, 나는 이런 집안 사정 때문에 병이 날 거야. 분명히 당신의 품에 안겨 죽을 거야. 나는 향수를 가져야 해."라고 그녀는 기운을 내어 소리 질렀다. "나는 무조건 향수가 필요해. 향수를 가져 오기 전에는, 나는 욕실에서 나가지 않고 저녁까지 이러고 있겠어." 그러고 나서 그녀는 주먹으로 물을 쳤다. 물이 튀어오르는 소리가 들렸다.

하지만 향수는 식탁의 서랍에도 없었다. 거기에는 분첩, 분통, 헤어 브러시, 고수머리, 엉겨붙고 달라붙은 많은 잡동사니와 같은 브루넬다의 화장품들만 있었다. 하지만 향수는 거기에 없었다. 로빈슨은 거기 쌓여 있는 거의 백 개 정도의 작은 상자와 곽들을 가지고 한쪽 구석에서 소리를 지르며 하나하나 열고서 샅샅이 뒤졌다. 그런데 그 내용물의 반쯤은 대개 바느질 도구와 우편물이었고, 곧 바닥에 떨어져 뒹굴었다. 이따금 로빈슨이 카알에게 고개를 흔들고 어깨를 움찔하면서 신호를 하는 것으로 봐서 로빈슨도 아무것도 찾아낼 수 없는 듯했다.

그때 들라마르쉬가 속옷 바람으로 세면장으로부터 뛰어나왔다. 그 사이에 브루넬다가 발작적으로 울고 있는 소리가 들렸다. 카알과 로빈슨은 찾는 것을 중지하고 폭삭 젖어 있는 들라마르쉬를 바라보았다. 그의 얼굴과 머리카락으로부터 물이 흘러내렸다. 그는 "이제 좀 찾기 시작해라!"라고 외쳤다. "여기에!"라고 그는 먼저 카알에게 찾으라고 명령했다. 그러고 나서 그는 "저기에!"라고 로빈슨에게 명령했다. 카알은 샅샅이 찾았고, 로빈슨이 명령받은 장소도 다시 한 번 샅샅이 찾았다. 하지만 그는 로빈슨과 마찬가지로 향수를 발견하지 못했다. 로빈슨은 찾는 것보다 들라마르쉬를 곁눈질로 보는 데 더 열심이었는데, 들라마르쉬는 공간이 허락하는 한 발을 구르며 이리저리 다녔다. 그는 카알과 로빈슨을 두들겨 패고 싶은 심정이었다.

　　"들라마르쉬"라고 브루넬다가 외쳤다. "와서 나를 닦아줘. 그 둘은 향수를 찾지 못할 거야. 저들은 모든 것을 엉망으로 만들어놓았어. 저들이 찾는 걸 즉시 그만두게 해. 즉시! 모든 것을 손에서 놓게 해. 어떤 것도 건드려서는 안 돼! 저들은 집을 마구간으로 만들고 싶어해. 들라마르쉬, 저들이 중지하지 않으면 멱살을 잡아! 그런데 저들은 아직도 찾고 있군. 작은 상자 하나가 방금 떨어졌어. 저들더러 그 상자를 더 이상 집어들지 말고 모든 것을 그대로 놓아두고 방에서 나가게 해! 저들이 나가면 문을 잠가! 그리고 내게 와! 너무 오랫동안 물속에 있었더니 다리가 벌써 아주 차가워졌어."

　　"브루넬다, 곧 그렇게 할게."라고 들라마르쉬가 외치고서 카알과 로빈슨을 문 쪽으로 서둘러 데리고 갔다. 그가 그들을 내보내기 전에, 아침 식사를 가져오도록 명령했다. 또 가능하다면 누구에게서든지 브루넬다를 위해 좋은 향수를 빌려오도록 명령했다.

　　"집이 더럽고 엉망이야. 우리가 아침 식사를 가지고 오는 즉시 정리를 시작해야 해."라고 카알이 바깥 복도에서 말했다.

"내가 이렇게 아프지만 않으면! 이런 대우를 받다니!"하고 로빈슨이 말했다. 브루넬다가 여러 달 동안 자신에게 시중든 로빈슨과 겨우 어제 들어온 카알을 전혀 구별해서 대우하지 않는다는 것에 로빈슨은 확실히 기분이 언짢아 있었다. 하지만 그는 그럴 자격이 없었다. 카알은 "너는 정신 좀 차려야 해!"라고 말했다. 그러나 그가 완전히 절망하지 않도록 하기 위해서 카알은 덧붙여 말했다. "이건 단지 한 번하면 되는 일 거야. 내가 상자 뒤에 너의 잠자리를 만들어 줄게. 모든 것이 정리되면 거기서 너는 하루 종일 누워서 아무것도 신경 쓰지 않을 수 있을 거야. 그러면 넌 금방 건강해질 거야." "너는 내가 어떤 상태인지 알게 될 거다."라고 로빈슨이 말하고서, 자신의 고통을 혼자 감당하려는 듯 얼굴을 카알에게서 돌렸다. "하지만 저들이 내가 조용히 누워 있도록 놓아둘까?"

"네가 원한다면 내가 들라마르쉬와 브루넬다하고 그 일을 의논해 볼게." "브루넬다가 고려해줄까?"라고 로빈슨이 외쳤다. 그는 카알에게 예고도 하지 않고 그들 바로 앞에 있는 문을 주먹으로 쳐서 열었다.

그들은 부엌으로 들어갔다. 수리해야 할 것 같은 부엌의 화덕에서 검은 연기들이 피어올랐다. 어제 복도에서 카알이 보았던 여자 한 명이 화덕 문 앞에서 무릎을 꿇고서 맨손으로 큰 석탄들을 불 속에 넣고 있었다. 그녀는 불을 여러 방향에서 살펴보았다. 그때 그녀는 노파에게는 불편한 무릎을 꿇은 자세 때문에 한숨을 쉬었다.

"물론, 또 성가신 일을 가져왔겠지."하고 그녀는 로빈슨을 보며 말했다. 그녀는 손으로 석탄 상자를 잡고 힘들게 일어서서 화덕 문을 닫았다. 그때 그녀는 화덕 문의 손잡이를 앞치마로 감았다. "지금은 오후 네 시인데, 너희들은 이제 아침 식사를 해야 하나? 악당들!" — 카알은 놀라서 부엌 시계를 쳐다보았다.

"앉아라! 내가 너희들을 위해 시간을 낼 때까지 기다려라!"라고 그녀는 말했다.

로빈슨은 카알을 잡아당겨 문 근처에 있는 작은 벤치에 앉히고 나서 그에게 속삭였다. "우리는 그녀의 말을 들어야 해. 말하자면 우리는 그녀에게 의존하고 있어. 우리는 그녀로부터 방을 세내었어. 물론 그녀는 우리를 언제라도 쫓아낼 수 있어. 그러나 우리는 집을 바꿀 수가 없어. 우리가 어떻게 그 모든 물건들을 다시 운반할 수 있겠어? 특히 브루넬다는 운반할 수가 없지."

"여기 복도 쪽에 있는 다른 방을 구할 수는 없어?"라고 카알이 물었다.

"아무도 우리를 받아들이지 않아. 이 집 전체에서 아무도 우리를 받아주지 않아."라고 로빈슨이 대답했다.

그렇게 그들은 조용히 작은 벤치에 앉아서 기다렸다. 그녀는 두 개의 테이블, 빨래통, 화덕 사이를 쉴새없이 뛰어다녔다. 그녀의 한탄하는 소리를 들으면, 자신의 딸이 건강하지 않기 때문에 그녀 혼자서 모든 일을 처리해야 한다는 것을 알 수 있었다. 그 모든 일이란 바로 그녀가 삼십 명의 세입자들을 시중들고 식사 준비를 해주는 일이었다. 게다가 지금 오븐이 고장났다. 식사 준비가 될 것 같지 않았다. 두 개의 커다란 솥에는 걸쭉한 수프가 끓고 있었다. 그녀는 자주 수프가 다 끓었는지를 국자로 확인하면서, 높이 들어올린 국자에서 수프가 흘러내리도록 했지만 수프는 다 될 것 같지 않았다. 아마도 그건 불이 잘 타지 않았기 때문일 것이다. 그래서 그녀는 아궁이 앞 바닥에 앉아서 부지깽이를 들고 타오르는 석탄을 이리저리 휘저었다. 부엌에 가득 찬 연기 때문에 그녀는 기침을 했다. 기침은 이따금 심해져서 몇 분 동안 의자를 붙잡고 기침만을 해댔다. 그녀는 시간도 마음도 없으므로 오늘 아침을 줄 수 없게 될 거라는 말을 자주 했다. 카알과 로빈슨은 한편에서는 아침 식사를 가져오라는 지시를 받았고, 또 다른 한편에서는 아침 식사를 억지로라도 받을 수 있는 가능성이 없었기 때문에 그녀의 말에 대꾸하지 않고 이전처럼 조용히 앉아 있었다.

안락의자와 발판 여기저기에, 테이블 위와 아래에, 심지어 바닥 한 구석에까지 세입자들의 아침 식사용 식기가 아직 설거지도 안 한 채 쌓여 있었다. 커피와 우유가 아직 약간 들어 있는 작은 찻주전자가 있었다. 많은 접시에는 아직 버터 찌꺼기가 붙어 있었다. 넘어진 큰 캔에서 비스킷이 쏟아져 나와 있었다. 이 모든 것을 가지고도 아침 식사를 준비할 수 있었다. 브루넬다가 어떻게 아침 식사가 준비되는지 그 근원을 안다면 이런 아침 식사에 대해 하찮은 불평도 할 수 없을 것이다. 카알은 그렇게 생각하고 시계를 보았다. 그들은 벌써 반 시간을 여기서 기다리고 있었고, 브루넬다는 아마 화가 나서 들라마르쉬로 하여금 하인들을 손보도록 부추겼을 것이다. 그때 노파가 기침을 하면서 카알을 쳐다보고 말했다. ― 그 동안 그녀는 카알을 지켜보고 있었다. ― "너희들은 여기 앉아 있을 수는 있지만 아침 식사를 받아가지는 못해. 하지만 너희들은 두 시간 후에는 저녁 식사를 받을 수 있을 거야."

"이리 와, 로빈슨. 우리가 직접 아침 식사를 만들도록 하자."라고 카알이 말했다. "뭐라고?"하고 노파가 머리를 숙인 채 소리쳤다. "제발 이성적으로 생각해보세요!"라고 카알이 말했다. "왜 당신은 우리에게 아침 식사를 주지 않으려 하죠? 우리는 벌써 반 시간 동안 기다렸어요. 충분히 긴 시간 동안 기다렸다고요. 당신은 돈을 받지 않나요? 확실히 우리는 다른 사람들보다 많이 지불해요. 우리가 이렇게 늦게 아침 식사를 하는 것이 분명히 당신에게는 성가신 일일 겁니다. 하지만 우리는 당신의 세입자들이에요. 우리는 늦게 아침을 먹는 습관이 있어요. 당신도 조금은 우리에게 적응해야 해요. 물론 오늘 당신의 따님이 아프기 때문에 아주 힘들 겁니다. 다른 방도도 없이 당신이 우리에게 신선한 음식을 주지 못한다면 우리는 남은 음식으로 여기서 아침 식사를 마련할 준비가 되어 있어요."

그러나 그녀는 어떤 누구와도 친근한 대화를 하려 하지 않았다. 그녀의 생각으로는 다른 사람들의 음식 찌꺼기조차도 이 세입자들에게는 과분하다고 여겼다. 그러나 그러면서도 그녀는 이 두 하인들의 주제넘은 언동에 신물이 나서 접시 하나를 집어 로빈슨의 몸을 찌르듯이 내밀었다. 로빈슨은 잠시 후에야 비로소 엄살하는 표정으로 그녀가 찾아주는 음식을 받기 위해 그 접시를 들고 있어야 한다는 것을 알게 되었다. 그녀는 이 접시에 아주 성급히 많은 음식을 올려놓았다. 그러나 이 음식은 더러운 식기에 붙어 있는 한 무더기로 보이지, 금방 제공된 아침 식사로는 보이지 않았다. 그녀는 그들을 밀어냈고, 그들은 마치 욕설을 듣거나 한방 얻어맞지나 않을까 두려워하는 듯 몸을 굽혀 문 쪽으로 급히 갔다. 그 사이에 카알은 그 접시를 로빈슨에게서 넘겨받았다. 왜냐하면 그는 로빈슨의 손에서는 그것이 안전하지 못하다는 느낌을 받았기 때문이다.

그들이 집주인의 문에서 충분히 멀리 나온 후에 카알은 복도에서 접시를 바닥에 놓고 앉았다. 그러고 나서 그는 우선 접시를 깨끗하게 하고, 서로 같은 것들을 모았다. 말하자면 그는 우유를 한 곳에 부었고, 여러 버터 찌꺼기들을 한 접시에 긁어놓았다. 그러고 나서 그는 먹다 남은 것이라는 표시를 없앴다. 말하자면 그는 나이프와 숟가락을 깨끗하게 하고, 입 자국이 있는 빵을 반듯하게 잘랐다. 그래서 그는 이 아침 식사를 더 보기 좋게 만들었다. 로빈슨은 이 일이 불필요하다고 생각했다. 그리고 그는 아침 식사가 훨씬 더 나빠 보인 적이 종종 있었다고 말했다. 그러나 카알은 그로부터 방해를 받지 않았다. 그는 로빈슨이 더러운 손가락으로 건드리지 않는 것이 기뻤다. 로빈슨이 조용히 있도록 하려고 카알은 그에게 말했듯이 비스킷 몇 개와 이전에 초콜릿이 들어 있었던 통에 담긴 초콜릿 침전물을 주었다.

그들은 집 앞에 왔다. 로빈슨이 손을 손잡이에 대었을 때 카알이 그를 저지했다. 왜냐하면 그들이 들어가도 되는지 어떤지가 확실하지 않았기 때문이었다. "그래. 지금 그가 그녀의 머리를 만지고 있을 거야."하고 로빈슨이 말했다. 실제로 브루넬다는 아직 환기가 안 된 커튼이 쳐진 방에서 다리를 넓게 벌리고 안락의자에 앉아 있었다. 그녀의 뒤에 서 있는 들라마르쉬는 얼굴을 깊게 숙여 그녀의 헝클어진 짧은 머리를 빗었다. 브루넬다는 아주 느슨한 옷을 다시 입고 있었다. 그러나 이번에는 연한 장미색의 옷이었다. 아마 이 옷이 어제의 옷보다 약간 더 짧을 것이다. 거의 무릎까지 올라온 발이 굵고 흰 스타킹이 보였다. 빗질하는 시간이 오래 걸리는 것을 참지 못하고 브루넬다는 두껍고 붉은 혀를 입술 사이에서 이리저리 움직였다. 더욱이 그녀는 때때로 "아이, 들라마르쉬."라고 외치며 들라마르쉬로부터 완전히 떨어졌다. 그러나 그는 그녀가 머리를 다시 뒤로 놓을 때까지 빗을 높이 들고 조용히 기다렸다.

"오래 걸렸네."라고 브루넬다가 모두에게 말했다. 그녀는 특히 카알에게 이렇게 말했다. "사람들이 너에게 만족하도록 하려면 너는 약간 더 민첩해야 해. 게으르면서도 닥치는 대로 먹는 로빈슨을 본보기로 삼아서는 안 돼. 너희들은 어디에선가 벌써 아침을 먹었을 거야. 너희들에게 말하건대 다음번엔 그런 걸 참지 않겠어."

이건 전혀 당치 않은 견해였다. 로빈슨은 머리를 흔들었고 소리 없이 입술을 움직였다. 그러나 카알은 의심할 여지없이 정확히 일을 해야만 주인을 감동시킬 수 있다는 것을 알게 되었다. 그래서 그는 낮은 일본식 책상을 한 구석에서 끄집어내어 천으로 덮고, 그 위에 가져온 물건들을 올려놓았다. 아침 식사가 준비되는 것을 본 사람은 이 모든 것에 대해 만족할 수 있을 것이다. 그러나 그렇지 않은 경우 카알이 스스로 인정하지 않을 수 없었던 것처럼 그 아침 식사에 대해 흠잡을 것이 많았다.

다행히 브루넬다는 배가 고팠다. 카알이 모든 것을 준비하는 동안 그녀는 기분 좋게 카알에게 고개를 끄덕였다. 종종 그녀는 연하고 통통한, 당장에 모든 것을 짓눌러서 으깰 손으로 참을성 없이 음식을 집어먹으면서 그가 준비하는 것을 방해했다. "그가 아주 잘 만들었어." 라고 그녀는 입을 쩝쩝거리며 말했다. 그러고서 그녀는 마침 뒷손질하기 위해 빗을 그녀의 머리에 꽂아놓고 있던 들라마르쉬를 자기 옆 안락의자에 앉혔다. 들라마르쉬도 음식을 보고 기분이 좋아졌다. 두 사람은 아주 배가 고팠고, 그들의 손은 이리저리 식탁 위로 바삐 움직였다. 카알은 그들을 만족시키기 위해서는 항상 음식을 가능한 한 많이 가져와야 한다는 것을 알게 되었다. 아직 먹을 수 있는 음식들을 부엌 바닥에 그냥 놓아두고 왔다는 것을 회상하면서 그는 "모든 것이 어떻게 준비되는지 나는 처음이라 몰랐어요. 다음번에는 더 잘 하겠어요."라고 말했다. 하지만 이야기하는 동안 그는 누구에게 말하고 있는지 생각했다. 그는 일 자체에 너무 사로잡혀 있었다. 브루넬다는 만족하여 들라마르쉬에게 고개를 끄덕였고 카알에게 그 대가로 한 줌의 비스킷을 건네주었다.

단편斷片

브루넬다의 이사

브루넬다의 이사

　어느 날 아침 카알은 브루넬다가 탄 환자 운반용 수레를 대문 밖으로 밀고 나갔다. 그가 바랐던 바와는 달리 그리 일찍 나온 편은 아니었다. 카알과 브루넬다는 거리에 관심을 불러일으키지 않으려고 밤에 이사하기로 의견을 모았다. 낮에 이사했다면 브루넬다가 큰 회색 천으로 적절하게 몸을 덮어 감출지라도 거리에 관심을 불러일으킬 수밖에 없었을 것이다. 그런데 대학생이 흔쾌히 도와주었음에도 불구하고 계단으로 브루넬다를 들어내리는 일은 너무 오래 걸렸다. 이 일을 하면서 대학생이 카알보다 훨씬 힘이 약하다는 사실이 드러났다. 브루넬다는 아주 용감한 태도를 취하고서 한숨 한번 쉬지 않았고 카알과 대학생이 수월하게 자신을 들어내리도록 여러 모로 협조해주었다. 하지만 카알과 대학생은 자신들뿐만 아니라 브루넬다도 필요한 휴식을 취할 수 있도록 다섯 계단마다 브루넬다를 내려놓아야 했다. 아침 날씨는 서늘했다. 복도는 지하실처럼 찬 공기가 돌았다. 하지만 카알과 대학생은 땀범벅이 되었다. 휴식을 취하는 동안 브루넬다가 자신이 갖고 있던 천의 한쪽 귀를 친절하게도 카알과 대학생에게 건네주었다. 카알과 대학생은 이를 받아 얼굴의 땀을 닦았다. 그래서 그들이 아래에 내려오기까지 두 시간이 걸렸다. 거기에는 벌써 저녁부터 환자 운반용 수레가 서 있었다. 브루넬다를 이 수레에 들어얹는 것도 어느 정도 힘든 일이었다. 그 다음 일은 수레를 미는 것이었는데, 이 일은 수레바퀴가 크기 때문에 별로 어렵지 않을 것이 틀림없었다. 그래서 이사하는 모든 일이 잘된 것으로 여겨졌다. 단지 브루넬다의 하중에 눌린 수레가 부서질 수 있다는 우려는 있었다. 하지만 이런 위험은 감수해야 했다. 대학생이 예비마차를 구해와서 끌고 가겠다고 농담조로 자청하고 나섰으나 예비마차를 함께 끌고 갈 수는 없었다. 대학생과 이별할 시간이 다가왔다. 이별은 아주 애절했다. 브루넬다와 대학생 사이에 있었던 언짢은 일들은 잊어버린 듯했다. 더욱이 대학생은 이전에 브루넬다가 아플 때 브루넬다를 모욕했는데, 이에 대해 사과했다. 그런데 브루넬다는 모든 것을 잊었고, 보상받은 것 이상이라고 말했다. 마침내 그녀는 여러 겹으로 겹쳐 입은 치마 속에서 간신히 일 달러짜리 동전을 찾아내었다. 그녀는 자신에 대한 기념으로 이 동전을 제발 받아달라고 대학생에게 청했다. 그 유명한 브루넬다의 인색함을 고려해본다면 이 선물은 아주 의미있는 것이었다. 대학생은 이 선물을 받고 아주 기뻐서 동전을 공중으로 높이 던졌다. 그런 다음 물론 그는 동전을 땅바닥에서 찾아야 했고 카알이 그를 도왔다. 마침내 카알이 브루넬다가 타고 있는 수레 밑에서 그 동전을 발견했다. 대학생과 카알 사이의 이별은 훨씬 더 간단했다. 그들은 악수를 하면서 다시 한 번 만나게 될 것이고, 유감스럽게도 지금까지는 그렇지 않았지만 적어도 둘 중의 한 명은 자랑할 만한 그 무엇인가를 이룰 것이라고 — 대학생은 카알이, 카알은 대학생이 그럴 거라고 — 확신에 차서 말했다. 그러고 나서 카알은 기분 좋게 수레의 손잡이를 잡고 그것을 대문 밖으로 밀고 갔다. 대학생은 카알과 브루넬다가 안 보일 때까지 그들을 바라보면서 수건을 흔들었다. 카알은 종종 몸을 뒤로 돌려 인사로 고개를 끄덕였다. 브루넬다도 몸을 돌려 뒤를 보고 싶었을 것이다. 하지만 그런 움직임은 그녀에게는 너무 힘들었다. 카알은 브루넬다가 마지막 작별 인사를 할 수 있도록 길 끝 지점에서 수레를 한 바퀴 돌렸다. 그래서 브루넬다도 대학생을 볼 수 있었고, 대학생은 이 기회를 이용하여 아주 열심히 수건을 흔들었다.

그러나 카알은 더 이상 지체해서는 안 되며 갈 길은 멀고 계획보다도 훨씬 늦게 출발했다고 말했다. 실제로 벌써 여기저기에 수레들이 보였고, 아주 드물기는 하지만 일터로 가는 사람들도 보였다. 카알의 말은 실제로 말한 것 이상의 의미를 가지고 있지 않았지만, 브루넬다는 여린 마음에 그의 말을 달리 받아들였으며, 자신의 몸을 회색 천으로 덮어 감추었다. 카알은 브루넬다의 그런 행동에 대해 이의를 제기하지 않았다. 회색 천으로 덮인 손수레는 아주 쉽게 눈에 띄었지만 노출된 브루넬다보다는 훨씬 덜 드러났다. 카알은 아주 조심스럽게 수레를 밀고 갔다. 그는 모퉁이를 돌기 전에 다음 길을 살펴보았고, 더욱이 필요하다고 생각되면 수레를 세워두고 혼자서 몇 발짝 걸어나갔다. 유쾌하지 못한 만남이 예상되면 그는 기다려서 그런 만남을 피하거나 완전히 다른 길을 택했다. 그렇지만 그가 사전에 모든 가능한 길을 정확하게 조사했기 때문에 많이 우회할 위험은 없었다. 물론 방해물들이 나타나면 어떡하나 걱정은 되었지만 하나하나 미리 알 수는 없는 일이었다. 갑자기 훤히 트인 낮은 오르막길이 나타나서 멀리까지 보이고 다행히도 텅 비어 있어서 카알은 특별히 급히 이용해야 할 기회다 생각하고 서두르려 했지만, 경찰관 한 명이 어두컴컴한 대문 구석에서 나타나 카알이 천으로 그렇게 꼼꼼하게 덮은 수레로 무엇을 운반하는지를 물었다. 그러나 비록 그가 카알을 엄한 눈초리로 바라보았을지라도 천을 쳐들어 상기되고 불안에 떠는 브루넬다의 얼굴을 보았을 때는 웃지 않을 수 없었다. "어떻게 된 건가? 자네가 여기에 감자 열 부대를 싣고 간다고 생각했는데. 계집 하나만 있잖아? 어디로 가는 건가? 자네들은 누군가?"라고 경찰관이 말했다. 브루넬다는 경찰관을 감히 쳐다보지 못하고 카알만을 바라보면서 그조차도 자기를 구할 수 없을 거라는 명백한 의심에 사로잡혔다. 그러나 카알은 경찰관들을 다루는 데에는 벌써 충분한 경험들을 갖고 있었기 때문에 전반적으로 이 사태가 아주 위험하지는 않다고 생각했다. "아가씨, 당신이 받은 증명서를 보여주시오!"라고 경찰관이 말했다. "아, 예."라고 브루넬다가 말하고 나서 정말로 수상하게 보일 정도로 절망적인 표정을 지으며 찾기 시작했다. "이 아가씨는 증명서를 못 찾을걸."하고 경찰관이 비꼬는 어투로 분명히 말했다. "아, 예! 이 아가씨는 분명히 증명서를 갖고 있지만 어딘가 놓아두고 잊어버렸어요."라고 카알이 조용한 어투로 말했다. 그리고 카알이 직접 찾기 시작했고 실제로 브루넬다의 등 뒤에서 증명서를 끄집어내었다. 경찰관은 그 증명서를 슬쩍 보기만 했다. "이게 증명서로군. 이 아가씨가 이런 아가씨야? 젊은이, 자네가 알선과 운반을 맡은 건가? 더 나은 일을 찾을 수는 없나?"라고 경찰관이 미소 지으며 말했다. 카알은 어깨를 으쓱 치켜올리기만 했다. 경찰의 이런 참견은 잘 알려져 있지 않은가. 경찰관이 카알에게서 대답을 듣지 못하자 "자, 여행 잘 하게!"라고 말했다. 경찰관의 이 말은 십중팔구 멸시하는 어투였다. 그래서 카알도 인사를 하지 않고 수레를 밀고 갔다. 경찰관이 멸시하는 것은 주의를 기울이는 것보다 더 나았다.

이 일이 있은 직후 카알은 이 일보다 더 언짢은 만남을 가지게 되었다. 말하자면 한 사나이가 카알에게 다가왔는데, 그는 큰 우유 통을 실은 수레를 밀고 있었다. 그는 카알이 밀고 가는 수레에 덮인 회색 천 속에 무엇이 들어 있는지 알고 싶어했다. 그가 카알과 같은 길을 간다고 볼 수는 없었다. 하지만 그는 카알이 갑작스럽게 방향 전환을 했음에도 불구하고 카알 옆에 붙어서 갔다. 처음에 그는 "무거운 짐을 실었군." 또는 "짐을 잘못 실었어. 위에서 무언가가 떨어지려고 해."와 같은 말을 큰 소리로 외쳐댔다. 그리고 나서 그는 "천 속에 실은 것이 뭐지?"라고 물었다. 카알은 "그게 너와 무슨 상관이야?"라고 말했다. 그러나 이 말이 그 사나이에게 더욱더 호기심을 유발했기 때문에 카알은 결국 "사과야."라고 말했다. 그 사나이는 놀란 표정으로 "그렇게 많은 사과를."이라고 말했다. 그런데 그는 이 말을 되풀이하여 내뱉고 나서 "이건 일 년 수확량이구먼."이라고 말했다. 카알은 "그럼."이라고 말했다. 그러나 그 사나이는 카알의 말을 믿지 않았는지 아니면 카알을 화나게 하려 했는지 어쩌지 간에 수레를 밀면서 장난치듯이 손을 천 쪽으로 뻗었다. 마침내 그는 천을 잡아당기려 했다. 브루넬다가 얼마나 시달려야 했던가! 카알은 브루넬다를 생각하여 그 사나이와 싸움을 하고 싶지 않았다. 그래서 그는 가장 가까이에 열려 있는 대문으로 마치 그곳이 목적지인 양 들어갔다. "여기가 우리 집이야. 동행해줘서 고마워."라고 카알이 말했다. 그 사나이는 놀란 표정으로 대문 앞에 서서 카알의 뒤를 바라보았다. 카알은 할 수 없이 처음 마주치는 마당을 조용히 가로질러 가기 시작했다. 그 사나이는 더 이상 의심할 수 없었다. 그러나 그는 마지막으로 짓궂은 장난을 하기 위해 자신의 수레를 세워두고 카알 쪽으로 살금살금 다가가서 브루넬다의 얼굴이 거의 드러날 정도로 천을 잡아당겼다. 그는 "너의 사과가 숨을 쉬도록 하기 위해서야."라고 말하고서 자기 수레쪽으로 돌아갔다. 그 사나이의 행동을 그대로 놔두어야 결국 그 사나이로부터 해방되기 때문에 카알은 이런 짓도 감수했다. 그러고 나서 그는 커다란 빈 상자 몇 개가 세워져 있는 마당 한쪽 구석으로 수레를 밀고 갔다. 그는 이 상자를 보호벽으로 삼아 천 속에 있는 브루넬다에게 마음을 가라앉힐 수 있는 말 몇 마디를 하려 했다. 하지만 그는 오랫동안 브루넬다를 달래야 했다. 왜냐하면 그녀가 완전히 눈물범벅이 되었고, 카알에게 하루 종일 여기 상자 뒤에 숨어 있다가 밤이 되면 가자고 간절히 부탁했기 때문이었다. 그는 그녀의 부탁대로 하는 것이 얼마나 적당치 못한가를, 아마도 혼자서는 전혀 설득할 수 없었을 것이다. 그러나 상자 더미 반대편에서 누군가가 빈 상자 하나를 바닥에 던져 빈 마당이 울릴 정도로 엄청난 소리가 나자 그녀는 놀라서 더 이상 한 마디도 못하고 천을 덮었다. 카알이 단호하게 즉각 출발했을 때 그녀는 아마 기쁨에 넘쳤을 것이다.

거리는 점점 더 생동감이 넘쳤다. 그러나 수레는 카알이 우려했던 것만큼 크게 눈길을 끌지는 않았다. 아마도 다른 시간대를 택해 브루넬다를 운반하는 것이 더 현명했을 것이다. 이런 식으로 운반하는 일을 다시 해야 한다면 카알은 점심때에 감행하고 싶었다. 그는 더 심한 방해를 받지 않고 마침내 좁고 어두운 골목으로 접어들었다. 그 골목에 제25번 사업장이 있었다. 관리인이 시계를 손에 들고 문 앞에 서서 흘겨보았다. "자네는 항상 그렇게 시간을 지키지 않나?"라고 그가 물었다. "몇몇 장애물들이 있었어요."라고 카알이 대답했다. "알다시피 장애물은 항상 있는 거라네. 하지만 여기 이 집에서는 장애물이 있을 수 없다네. 명심하게나!"라고 관리인이 말했다. 카알은 이런 얘기에 거의 귀를 기울이지 않았다. 누구나 자신의 권력을 이용했고 자기보다 낮은 사람을 모욕했다. 일단 이런 것에 익숙해 있다면 이런 것은 규칙적으로 치는 시계 소리같이 들렸다. 그보다 카알을 놀라게 한 것은 그가 수레를 현관으로 밀고 갔을 때 거기에 널려 있는 더러움이었다. 물론 카알도 더러울 거라고 예상은 했었다. 그러나 좀더 다가가서 보면 그것은 쉽게 설명될 수 있는 더러움이 아니었다. 현관의 돌 바닥은 비로 청소하여 거의 깨끗했고, 벽의 그림은 오래된 것이 아니었고, 인조 야자는 먼지가 조금밖에 쌓여 있지 않았다. 그럼에도 불구하고 모든 것이 기름때투성이였고 역겨웠다. 모든 것을 잘못 사용한 것 같았고 어떤 청결함도 이런 상황을 개선할 수는 없었던 것 같았다. 카알은 그 어떤 곳에라도 가면 거기에서 무엇이 더 나아질 수 있을까, 그리고 일을 시작하게 되면 그 일이 끝없는 일이 될 수도 있다는 것을 생각지 않고 즉각 일을 시작하는 것이 얼마나 즐거운 일인가에 대해 기꺼이 생각했다. 하지만 그는 여기에서 무엇을 해야 할지 몰랐다. 그는 천천히 브루넬다에게서 천을 벗겨내었다. "아가씨, 환영합니다."라고 관리인이 꾸며낸 어투로 말했다. 브루넬다가 관리인에게 좋은 인상을 주었다는 사실은 의심의 여지가 없었다. 카알이 흡족해하면서 본 바로는 브루넬다는 이런 사실을 알아차리자마자 곧장 이걸 이용할 줄 알았다. 지난 몇 시간 동안의 모든 불안이 사라졌다. 그녀는

카알이 길모퉁이에서 […] 보았다

카알이 길모퉁이에서 다음과 같은 글이 적혀 있는 벽보를 보았다.

"오늘 클레이튼에 있는 경마장에서 아침 여섯 시부터 자정까지 오클라하마의 극장 직원을 채용합니다! 오클라하마의 대형 극장이 그대들을 부릅니다! 단지 오늘뿐입니다! 단지 한 번의 기회뿐입니다! 지금 이 기회를 놓치면 영원히 놓치게 됩니다! 자신의 미래를 생각하는 사람은 우리와 함께 일합시다! 누구나 환영받습니다! 예술가가 되고 싶은 사람은 지원하십시오! 자기 자리를 지키는 모든 이를 필요로 하는 극장입니다! 우리를 위해 일하겠다고 결심한 사람에게는 바로 이 자리에서 축하를 보냅니다! 그렇지만 자정까지 입장할 수 있게끔 서두르세요! 모든 문이 열두 시에 잠기고 더 이상 열리지 않습니다! 우리를 믿지 않는 사람은 저주받을 겁니다! 클레이튼으로 출발!"

이 벽보 앞에 많은 사람들이 서 있었지만 그 벽보는 많은 갈채를 받는 것 같지는 않았다. 벽보가 아주 많았지만 어떤 사람도 벽보를 더이상 믿지는 않았다. 이 벽보는 다른 벽보들보다 훨씬 더 황당무계했다. 특히 이 벽보에는 큰 하자가 있었다. 보수에 대해서는 일언반구도 없었다. 보수가 조금이라도 언급할 가치가 있는 정도의 액수였다면 그 벽보에서 보수를 확실히 언급했을 것이다. 그리고 벽보의 내용에서 보수가 가장 유혹적인 것인데 이를 언급하는 것을 잊지는 않았을 것이다. 아무도 예술가가 되기를 원하지는 않겠지만, 사람들은 누구나 자신의 일에 대해서는 보수를 받으려 할 것이다.

그러나 카알을 상당히 유혹하는 구절이 벽보 속에 있었다. 그것은 "누구나 환영받습니다!"라는 구절이었다. 누구나, 말하자면 카알도 해당되었다. 그가 지금까지 했던 모든 일은 잊혀졌다. 이 때문에 그를 비난할 사람은 아무도 없었다. 그는 창피스러운 일자리가 아닌, 오히려 공개적으로 초청할 정도로 떳떳한 일자리에 지원해도 되었다. 또한 그를 채용할 거라는 약속이 마찬가지로 공개적으로 주어졌다. 그는 더 좋은 것을 요구하지는 않았다. 결국 그는 번듯한 직장 생활의 출발점을 찾으려 했다. 그는 아마도 거기서 자신의 능력을 보일 수 있을 것이다. 벽보에 씌어 있는 허풍 같은 모든 내용이 거짓말일지라도, 오클라하마의 대형 극장이 작은 유랑 극단일지라도, 그 극장이 사람들을 채용하려 했다는 것은 만족할 만한 것이었다. 카알은 그 벽보를 두 번 읽지는 않았지만, "누구나 환영받습니다!"라는 구절은 다시 한 번 찾아냈다.

먼저 그는 걸어서 클레이튼으로 가는 것을 생각해보았다. 하지만 그건 세 시간이나 걸리는 힘든 행군이나 다름없을 것이다. 그러면 필시 그는 시간에 맞게 도착하겠지만 가능한 모든 일자리가 채워졌다는 말을 들을 것이다. 물론 벽보 내용대로라면 채용되는 사람의 수는 무제한이었다. 그러나 이런 종류의 모든 구인 광고는 항상 이런 식으로 작성되었다. 카알은 그 일자리를 포기하든가 아니면 차를 타고 가야 한다는 사실을 깨달았다. 그는 갖고 있는 돈을 대충 계산해보았는데, 차를 타고 가지 않는다면 팔일 동안 지내기에는 충분한 돈이었다. 그는 잔돈 동전을 활짝 편 손에 놓고 이리저리 밀쳤다. 그를 주시하던 한 신사가 그의 어깨를 두드리며 "클레이튼으로의 여행에 행운이 있기를 비네."라고 말했다. 카알은 말없이 고개를 끄덕이고는 계속 동전을 세었다. 그러다 그는 금방 결정을 했다. 그는 필요한 차비를 따로 떼어 지하철로 달려갔다.

　그는 클레이튼에 내리자마자 많은 나팔들이 내는 시끄러운 소리를 들었다. 그건 혼란스러운 소음이었다. 나팔들의 음은 서로 맞지 않았다. 나팔을 인정사정 없이 불어댔다. 하지만 그건 카알에게 방해가 되지 않았다. 오히려 그건 그에게 오클라하마의 극장이 큰 사업체라는 것을 증명해주는 것이었다. 그러나 그가 역 건물에서 나와 경마장 시설물 전체를 한눈으로 보았을 때는 모든 것이 이전에 생각했던 것보다 훨씬 더 컸다. 그는 어떻게 한 사업체가 단지 직원을 채용하기 위해 이런 비용을 지출할 수 있는지 이해하지 못했다. 경마장 입구 앞에 낮은 무대가 길게 세워졌고, 그 위에서 수백 명의 여자들이 등에 커다란 날개를 달고 흰 천을 착용한 천사로 분장하여 금색으로 번쩍이는 기다란 나팔을 불어댔다. 그 여자들은 무대 바로 위에 서 있지 않았고 각자 자기 받침대 위에 서 있었다. 하지만 이 받침대는 천사 의상의 일부인 나부끼는 긴 천이 완전히 감쌌기 때문에 보이지 않았다. 이 받침대가 아주 높았기 때문에, 아마도 이 미터 정도로 높았기 때문에 그 여자들의 모습이 거대하게 보였다. 단지 그 여자들의 작은 머리가 거대하다는 인상을 주기에는 조금은 방해가 되었다. 그 여자들의 풀어내린 머리카락도 너무 짧아 우스꽝스러울 정도로 큰 날개 사이에 그리고 어깨 쪽에 걸려 있었다. 일률적이라는 인상을 주지 않기 위해 다양한 크기의 받침대가 사용되었다. 아주 낮은 위치에 서 있는 여자들도 있었는데 실제 키보다 더 커보이지는 않았다. 그런데 그 여자들 옆에 있는 다른 여자들이 조금만 바람이 불어도 위험스러울 정도의 높이로 뛰어올랐다. 그리고 이 모든 여자들이 나팔을 불어댔다.

　이 나팔 소리를 듣는 사람들은 많지 않았다. 여자들의 거대한 모습에 비해 작은 청년들 열 명 정도가 무대 앞에서 이리저리 거닐며 여자들을 쳐다보았다. 그들은 서로에게 이 여자 저 여자를 가리켰다. 하지만 그들은 들어가서 일자리를 얻을 생각을 가지고 있지 않은 듯했다. 좀더 나이 들어보이는 남자는 한 명밖에 보이지 않았는데, 그는 청년들로부터 조금 떨어진 위치에 서 있었다. 그는 부인과 함께 유모차에 아이를 태우고 왔다. 그 부인은 한 손으로 유모차를 잡고, 다른 손을 그 남자의 어깨에 대었다. 그들은 구경거리를 보고 감탄했지만 실망한 표정이 역력했다. 아마 그들은 일할 기회를 얻을 수 있을 거라고 기대했지만 이 나팔 소리에 갈피를 못 잡는 듯했다.

　카알도 마찬가지 상황이었다. 그는 그 남자 가까이 다가가 나팔 소리를 조금 듣다가 "여기가 오클라하마 극장의 채용 장소입니까?"라고 물었다. "저도 그렇다고 생각했어요. 그런데 여기서 벌써 한 시간째 기다리고 있지만 나팔 소리 외에는 아무 소리도 들리지 않아요. 벽보나 채용 광고 요원이 어디에도 보이지 않아요. 어디에도 안내하는 사람이 보이지 않네요."라고 그 남자는 말했다. "아마 사람들이 더 많이 모일 때까지 기다릴 겁니다. 아직 여기 모인 사람들의 수가 아주 적어요."라고 카알이 말했다. 그 남자는 "그렇겠지요."라고 말했다. 그들은 다시 입을 다물었다. 시끄러운 나팔 소리 때문에 이야기를 주고받기란 또한 어려웠다. 그런데 그 부인이 자기 남편에게 무슨 말인가를 속삭였고, 그 남편은 고개를 끄덕였다. 그러자 그 부인은 곧장 카알에게 "경마장으로 건너가서 직원 채용 장소를 물어보시겠어요?"라고 말을 건넸다. "예, 알았어요. 그런데 무대를 지나 천사들 사이를 통과해야 될 겁니다."라고 카알이 말했다. "그렇게 어려운 일인가요?"라고 그 부인이 물었다. 그녀는 경마장으로 건너가는 일이 카알에게는 어렵지 않다고 생각했다. 하지만 그녀는 자기 남편을 가도록 하고 싶지는 않았다. "예, 알겠어요. 제가 갈게요."라고 카알이 말했다. "참 친절하시군요."라고 그 부인이 말했다. 그 부

인과 남편은 카알과 악수를 했다. 카알이 어떻게 무대 위로 올라가는
지를 가까이에서 보기 위해 청년들이 모여들었다. 첫번째 구직자를
환영하기 위해 여자들이 더 세게 나팔을 불어대는 듯했다. 그런데 더
욱이 카알이 지나가는 받침대 위에 서 있는 여자들은 입에서 나팔을
떼고서 카알이 지나가는 길을 보기 위해 옆으로 몸을 구부렸다. 카알
은 무대의 반대쪽에서 조용히 이리저리 거니는 남자 하나를 보았다.
이 남자는 원하기만 하면 모든 정보를 주고 안내하기 위해 사람들을
기다리고 있음이 분명했다. 카알은 벌써 그 남자에게 다가가려 했다.
그때 그는 위에서 자기 이름을 부르는 소리를 들었다. "카알"하고
천사 한 명이 소리쳤다. 카알은 쳐다보고 나서 기쁘기도 하고 놀라기
도 해서 웃기 시작했다. 그 천사는 파니였다. "파니!"하고 카알이 소
리치고서 쳐다보면서 손을 흔들어 인사했다. "이리 와! 나를 그냥 지
나쳐서는 안 되지."라고 파니가 소리쳤다. 그녀가 천들을 급하게 움
직여 서로 떨어지게 했으므로, 받침대와 그 위로 올라가는 좁은 계단
이 노출되었다. "올라가도 돼?"라고 카알이 물었다. "우리가 서로
악수하는데 못하게 할 사람이 있겠어?"라고 파니는 큰 소리로 말하면
서도 벌써 누군가가 금지하러 오지나 않나 염려되어 예민하게 주위를
둘러보았다. 그런데 벌써 카알은 계단을 뛰어올랐다. "좀 천천히!
우리 둘뿐만 아니라 받침대도 넘어지겠어."라고 파니가 큰 소리로 말
했다. 하지만 그런 일은 일어나지 않았다. 마침내 카알은 마지막 계
단까지 올라갔다. 서로 인사를 한 후 파니는 "자, 봐! 내가 어떤 일자
리를 얻었는지 봐!"라고 말했다. "일이 잘 되었네."라고 말하고서 카
알은 주위를 둘러보았다. 가까이 있는 모든 여자들이 벌써 카알을 발
견하고서 낄낄 웃고 있었다. "네가 거의 제일 높은 받침대에 서 있
네."라고 카알이 말하고서 손을 내뻗어 다른 여자들의 높이를 재어
보았다. "네가 역에서 나왔을 때 바로 알아봤어. 그런데 유감스럽게

도 나는 여기 끝줄에 있어서 너에게 보이지도 않고 소리쳐 부를 수도 없었어. 내가 아주 세게 나팔을 불었는데 너는 나를 알아보지 못했어."라고 파니가 말했다. "너희들 나팔 부는 솜씨가 형편없어. 내가 한번 불어봐도 돼?"라고 카알이 말했다. "물론이지. 그런데 합주를 망치지는 마! 그렇게 되면 나는 해고야."라고 파니가 말하고서 그에게 나팔을 건네주었다. 그가 나팔을 불기 시작했다. 그는 나팔이 단지 시끄러운 소리만을 내도록 조잡하게 만들어졌다고 생각했었다. 그런데 지금 나팔이 거의 모든 섬세한 음을 만들어낼 수 있는 악기임이 드러났다. 모든 악기들이 같은 성능을 가지고 있다면 그 악기들의 연주가 잘못된 것이었다. 카알은 소음을 내는 다른 나팔 소리에 개의치 않고 그 어디인가 술집에서 들었던 노래 한 곡을 숨을 가득 들이마시고서 나팔로 불었다. 그는 옛 여자 친구를 만나게 되어서 기뻤다. 그는 여기 모든 사람들 앞에서 우대받으며 나팔을 불어도 된다는 것과, 아마 곧 좋은 일자리를 얻을 수 있을 거라는 생각에 기뻐했다. 많은 여자들이 나팔 연주를 중단하고서 카알의 나팔 연주에 귀를 기울였다. 카알이 갑자기 중단했을 때 나팔 부는 여자들 중 거의 반은 연주하고 있지 않았다. 그러고 나서 여자들이 다시 서서히 나팔을 불기 시작하여 다시 완전한 소음이 들려왔다. 카알이 파니에게 다시 나팔을 건네주었을 때 파니는 "너는 예술가야."라고 말했다. "너를 나팔 연주자로 채용해달라고 해!" "남자도 채용되니?"라고 카알이 물었다. "그럼. 우리는 두 시간 동안 나팔을 불어. 그러고 나서 악마로 변장한 남자들이 우리와 교대해. 반은 나팔을 불고, 반은 북을 치지. 아주 좋아. 장비와 소품들 전부가 아주 값비싸긴 하지만. 우리 의상도 아주 아름답지 않니? 그리고 날개는?"이라고 파니가 말했다. 그녀는 자기 몸을 내려다보았다. "나도 일자리 하나를 얻을 수 있을 거라고 생각하니?"라고 카알이 물었다. "물론이지. 이 극장은 세상에서 제일 큰 극장이야. 우리가 다시 같이 있게 된다면 얼마나 좋겠니? 물론 네가 어떤 일자리를 얻느냐에 달려 있지만. 말하자면 우리 둘이 여기 고용되어 있을지라도 서로 보지 못할 수도 있어."라고 파니가 말했다. "극장이 진짜 그렇게 커?"라고 카알이 물었다. "이 극장은 세상에서 제일 큰 극장이야."라고 파니가 재차 말했다. "물론 나도 아직 극장을 직접 보지는 못했어. 하지만 나의 많은 동료들이 벌써 오클라하마에 갔었는데, 극장이 어마어마하게 크다고 말했어." "그런데 사람들이 조금밖에 지원하지 않네."라고 카알이 말하고서 아래에 있는 청년들과 그 작은 가족을 가리켰다. "그건 그래."라고 파니가 말했다. "그렇지만 우리는 어느 도시에서나 사람들을 채용하고 있으며, 우리 선전팀은 계속 여행을 하고 있고 게다가 이런 선전팀이 또 많이 있다는 것도 생각해야지." "극장이 아직 문을 열지 않았니?"라고 카알이 물었다. "응, 그래. 오래된 극장인데, 계속 확장하고 있어."라고 파니가 말했다. "사람들이 더 이상 몰려들지 않는 것이 이상해."라고 카알이 말했다. "그래. 이상해."라고 파니가 말했다. "천사와 악마를 연출하기 위해 이렇게 많은 경비를 지출하는 것이 아마도 사람들을 끌기보다는 오히려 겁먹게 할 거야."라고 카알이 말했다. "그렇다는 것을 어떻게 확실히 알 수 있겠니?"라고 파니가 말했다. "하지만 그럴 수도 있겠다. 이 사실을 우리 단장에게 말해봐! 그러면 너는 아마 그에게 도움이 될 수 있을 거야." "단장은 어디 있니?"라고 카알이 물었다. "경마장 안에 있는 심판석에 있어."라고 파니가 말했다. "나는 이것도 의아하게 생각해. 왜 경마장에서 채용을 하지?"라고 카알이 말했다. "맞아. 우리는 어디에서나 가장 많은 인파가 몰릴 것을 예상하고 대규모로 준비. 경마장에는 공간이 많잖아. 평상시에 내기를 하는 모든 스탠드에 채용 부스가 마련되어 있어. 이백 개의 다양한 부스들이 있대."라고 파니가 말했다. "하지만 오클라하마의 극장이 이런 선전팀을 유지할 수 있을 정도로 수입이 많니?"라고 카알이 큰 소리로 말했다. "그게 우리하고 무슨 상관이니? 그런데 카알! 기회를 놓치지 않으려면 지금 가봐라! 나는 다시 나팔을 불어야 해. 어찌되었든 간에 이 선전팀에 자리 하나를 얻도록 해봐! 곧장 나한테 와서 알려줘! 내가 아주 불안한 마음으로 소식을 기다린다는 사실을 생각해야 돼!"라고 파니가 말했다. 그녀는 그와 악수를 하고 나서 계단을 내려갈 때 조심하라고 주의를 주었다. 그러고 나서 그녀는 나팔을 다시 입술에 갖다 대었지만, 카알이 안전하게 바닥에 내려선 것을 보고서야 나팔을 불었다. 카알은 천들을 다시 이전처럼 계단 위에 펼쳐 놓았다. 파니는 고개를 끄덕이며 감사의 표시를 했다. 카알은 방금 들은 이야기를 여러 방향으로 생각해보면서 한 남자에게 다가갔다. 그 남자는 벌써 카알이 받침대 위에서 파니와 함께 있는 것을 보고, 그를 기다리기 위해 받침대 쪽으로 다가와 있었다.

"우리 극장에 들어오려 하십니까?"라고 그 남자가 물었다. "저는 이 팀의 인사부장입니다. 환영합니다." 그는 공손하게 보이려는 듯 항상 몸을 약간 앞으로 숙이고 있었다. 그는 제자리에서 벗어나지 않으면서도 가볍게 움직이면서 시계줄을 만지작거렸다. "감사합니다. 저는 선생님 회사의 벽보를 읽었습니다. 벽보에 씌어 있는 바와 같이 지원합니다."라고 카알이 말했다. "맞습니다. 유감스럽게도 모든 사람들이 여기서 당신처럼 올바르게 행동하지 않습니다."라고 그 남자는 존중하는 태도로 말했다. 카알은 선전팀의 미끼가 너무 거창해서 아마도 거부감을 주었을 거라고 그 남자에게 말해줄 수 있을 거라고 생각했다. 하지만 카알은 그 말을 하지 않았다. 왜냐하면 이 남자는 이 팀의 단장이 아니기 때문이었다. 게다가 아직 채용도 되지 않은 카알이 바로 개선 건의를 한다면 그건 별로 좋지 않을 것이기 때문이다. 그래서 카알은 "또 한 사람이 지원하려고 바깥에서 기다리고 있어요. 그 사람이 나보고 먼저 가보라고 했어요. 그 사람을 지금 데리고 와도 되겠습니까?"라고만 말했다. "물론입니다. 사람들이 많이 오면 올수록 더 좋습니다."라고 그 남자는 말했다. "그 사람은 부인과 함께 어린애를 유모차에 태우고 왔어요. 그들도 데려올까요?" "물론입니다."라고 말하면서 그 남자는 카알이 머뭇거리는 것을 비웃는 것 같았다. "우리는 어떤 사람이라도 다 필요해요." "금방 돌아오겠습니다."라고 카알이 말하고서 다시 무대 가장자리로 되돌아갔다. 그는 그 부부에게 손짓을 하며 모두 와도 된다고 큰 소리로 말했다. 그가 유모차를 무대 위로 올리는 것을 도와주고 나서, 모두 함께 걸어갔다. 이 모습을 본 청년들은 서로 의논을 했고, 그러고 나서 그들은 마지막 순간까지 주저하면서 손을 주머니에 넣고 무대 위로 천천히 올라와서, 마침내 카알과 그 가족을 따라갔다. 방금 새로 도착한 승객들이 지하철역 건물에서 나오다가 천사들이 연주하는 무대를 보고서 감탄하여 팔을 높이 들어올렸다. 아무튼 일자리 지원 신청이 더 활기를 띠게 될 것 같았다. 카알은 자신이 첫번째 지원자로 왔다는 것에 대해 아주 기뻐했다. 그 부부는 불안해하면서 극장 측에서 큰 요구를 할 것인지에 대해 여러 가지 질문을 했다. 카알은 자신도 아직 확실한 것을 모르지만 모두가 예외 없이 채용될 것 같은 인상을 실제로 받았다고 말했다. 그는 또한 자기 생각엔 안심해도 될 것 같다고 말했다.

인사부장이 벌써 그들 쪽으로 왔다. 그는 사람들이 그 정도로 많이 온 것에 대해 아주 만족해했다. 그는 손을 비비고 나서 몸을 약간 숙이면서 각자에게 인사를 했다. 그러고 나서 그는 모두 한 줄로 세웠다. 첫번째가 카알이었고, 그 다음이 그 부부였고, 그 다음이 다른 사람들이었다. 그런데 젊은 남자들이 우왕좌왕하다가 조용해질 때까지는 한참이 걸렸다. 그들 모두가 정렬되자 나팔 소리가 나지 않는 동안 그 인사부장이 이렇게 말했다. "오클라하마 극장의 이름으로 여러분들을 환영합니다. 여러분들은 일찍 오셨습니다. (하지만 벌써 정오였다.) 밀려드는 지원자들이 아직은 많지 않습니다. 그래서 채용에 필요한 절차가 금방 끝날 겁니다. 물론 여러분들은 모든 증명서를 갖고 계셔야 합니다." 청년들은 어떤 증명서들을 주머니에서 금방 끄집어내더니 인사부장을 향해 흔들었다. 가족과 함께 온 남편이 자기 부인을 툭 치자, 그 부인은 유모차의 깃털 이불 아래에서 증명서 한 묶음을 끄집어내었다. 물론 카알은 어떤 증명서도 갖고 있지 않았다. 이게 채용되는 데 있어서 장애가 될까? 그럴 수도 있었다. 하여튼 조금이라도 확고한 태도만 취한다면 이런 규정들을 쉽게 피해 갈 수 있다는 것을 카알은 경험으로 알고 있었다. 인사부장이 정렬된 줄을 둘러보면서 모두들 증명서를 갖고 있다는 것을 확인했다. 카알도 손을, 물론 빈 손을 높이 들어올렸기 때문에 인사부장은 그도 모든 것이 정상적으로 준비되어 있다고 생각했다. 그러고 나서 인사부장은 "좋아요."라고 말하고 나서 자신들의 증명서를 즉시 검사하기를 원하는 청년들을 제지했다. 그는 계속 말을 이었다. "증명서들은 지금 채용 부스에서 심사될 겁니다. 여러분들이 이미 벽보에서 보고 알고 있듯이 우리는 모두 채용할 수가 있습니다. 하지만 우리는 여러분들의 지식을 사용할 수 있는 적절한 자리에 배치하기 위해 여러분들이 지금까지 어떤 직업에 종사했는지에 대해 물론 알아야 합니다." '이건 극장인데.'라고 카알은 의아하게 생각하면서 아주 주의 깊게 경청했다. 인사부장이 계속 말을 이었다. "이 때문에 우리는 마권 판매 부스에 채용 부스를 마련했습니다. 하나의 직업군에 하나의 부스가 배정되어 있습니다. 여러분들 모두가 지금 나에게 자신의 직업을 말하게 될 겁니다. 가족은 보통 남편의 채용 부스로 가게 됩니다. 그러고 나서 전문가들이 먼저 여러분들의 증명서를 심사하고, 그 다음에는 여러분들의 지식을 심사하는 부스로 내가 여러분들을 모실 겁니다. 아주 간단한 심사가 될 겁니다. 걱정하지 않아도 됩니다. 채용 부스에서 여러분들은 곧바로 채용될 거고 그 다음 어떻게 해야 할지에 대한 지시 사항들을 듣게 될 겁니다. 자, 시작합니다. 여기 첫번째 부스는 표지판이 말해주듯이 엔지니어를 위한 부스입니다. 혹시 여러분들 중에 엔지니어가 있습니까?" 카알이 지원했다. 그는 증명서가 없었기 때문에 가능한 한 신속하게 모든 채용 절차를 밟도록 애써야 한다고 생각했다. 그는 과거에 엔지니어가 되려고 했었기 때문에 지원할 수 있는 자격을 또한 조금은 가지고 있었다. 그러나 카알이 지원하는 것을 보고 청년들이 질투해서 그들도 지원했고, 그래서 모두가 지원하게 되었다. 인사부장은 몸을 높이 주욱 뻗고는 청년들에게 "엔지니어입니까?"라고 말했다. 그러자 그들 모두 천천히 손을 내렸다. 반면에 카알은 자신의 첫번째 지원을 포기하지 않았다. 카알이 너무 형편없는 옷을 입은 것 같고 엔지니어가 되기에는 또한 너무 젊은 것 같았기 때문에 인사부장은 카알을 의심스러운 눈초리로 바라보았지만, 어쨌든 그의 생각으론 카알이 자기에게 지원자들을 데려왔기 때문에 아마도 고마운 마음에서 더 이상 어떤 말도 하지 않는 듯했다. 그는 초대하듯이 부스를 가리켰다. 인사부장이 다른 사람들 쪽으로 몸을 돌리는 동안 카알은 그 부스로 갔다.

엔지니어 채용 부스에는 직각으로 된 탁자의 양쪽에 두 명의 신사가 앉아서 앞에 놓여 있는 두 개의 큰 목록을 비교했다. 한 신사가 이름을 불렀고, 다른 신사는 자기 목록에서 불린 이름에 줄을 그었다. 카알이 인사를 하면서 그들 앞에 다가갔을 때, 그들은 즉각 목록을 치우고 다른 큰 장부들을 앞으로 옮겨놓고 펼쳤다. 한 신사는 분명히 서기였는데, 그가 "증명서를 봅시다."라고 말했다. "유감스럽게도 갖고 있지 않습니다."라고 카알이 말했다. 서기가 "저 사람은 증명서를 갖고 있지 않아요."라고 다른 신사에게 말하고는 곧장 카알의 대답을 자기 장부에 기록했다. 다른 신사는 이 부스의 책임자인 듯했는데, 그 신사가 "엔지니어입니까?"라고 물었다. "저는 아직은 아닙니다만."이라고 카알이 빠르게 말했다. "좋아요. 그렇다면 당신은 우리 부스에 와서는 안 됩니다. 표지판을 유의해서 보십시오!"라고 그 신사가 훨씬 더 빠르게 말했다. 카알은 이빨을 깨물었다. 그 신사는 이걸 알아차렸을 것이다. 왜냐하면 그가 "불안해할 이유가 없어요. 우리는 모두에게 일자리를 줄 수 있어요."라고 말했기 때문이다. 그는 할 일 없이 바리케이드 사이에서 어슬렁거리는 사환들 중의 한 명에게 신호를 보냈다. "기술자를 채용하는 부스로 이 분을 안내하세요." 사환은 명령을 말 그대로 이해해서 카알의 손을 잡았다. 그들은 많은 부스 사이를 통과했다. 카알은 한 부스에서 벌써 채용되어 심사원들에게 고마워하며 악수하는 청년들 중의 한 명을 보았다. 카알이 안내된 부스에서의 진행 과정도 그가 예측했던 대로 첫번째 부스에서와 비슷했다. 카알이 실업학교를 다녔다는 말을 했기 때문에 이 부스에서 실업학교 졸업생을 채용하는 부스로 보내졌다. 카알이 거기서 자기는 유럽 실업학교에 다녔다고 말했을 때 심사원들은 담당이 아니라고 말하고서 그를 유럽 실업학교 학생들을 채용하는 부스로 데려가게 했다. 그 부스는 가장 외곽에 있었으며 다른 모든 부스보다 더 작았을 뿐만 아니라 더욱이 더 낮았다. 카알을 여기에 데려온 사환은 장시간에 걸친 안내와 적지 않은 채용 거부에 대해 화가 났다. 채용을 거부당한 책임은 카알 혼자 져야 한다고 그 사환은 생각했다. 그 사환은 더 이상 질문을 기다리지 않고 곧장 달아났다. 이 부스가 또한 마지막 피난처였다. 카알은 부스 책임자를 보자 그가 아마 지금도 고향의 실업학교에서 교편을 잡고 있을 선생님과 닮았기 때문에 놀랐다. 물론 곧 밝혀졌지만 그 둘은 세부적인 점에서만 닮았다. 넓은 코에 얹혀 있는 안경, 장식품처럼 손질한 금발의 얼굴 수염, 부드럽게 굽은 등, 항상 예기치 않게 튀어나오는 큰 목소리가 닮아서 카알을 한참 동안 놀라게 했다. 여기서는 다른 부스에서보다 더 간단했기 때문에 다행히도 카알은 정신 집중을 하지 않아도 좋았다. 그의 증명서가 없다는 사실이 여기서도 기록되었다. 부스 책임자는 이 사실을 이해할 수 없는 부주의라고 말했다. 그러나 여기서 더 큰 권한을 갖고 있는 서기가 재빨리 이 사실을 간과했으며, 부스 책임자가 몇 가지 짧은 질문을 한 후 바로 좀더 큰 질문을 하려는 차에 카알이 채용되었다고 밝혔다. 부스 책임자는 입을 딱 벌린 채 서기에게 대항했으나, 서기는 끝내자는 손짓을 하고서 "채용되었음."이라고 말했다. 그는 곧장 결정 사항을 장부에 기록했다. 서기의 견해로는 분명히 유럽 실업학교 학생이라는 신분은 그것만으로 수치스러운 것이므로 어떤 사람이 자신이 그러한 사람이라고 주장한다면 그 사람의 말은 액면 그대로 믿을 수 있다는 것이었다. 카알의 입장에서는 서기의 이런 생각에 이의를 제기할 게 없었다. 그는 서기 쪽으로 가서 감사의 표시를 하려 했다. 그러나 이름이 무엇이냐고 질문을 받았을 때 카알은 조금 망설였다. 그는 바로 대답하지 않았다. 그는 자신의 실제 이름을 말하여 기록하도록 하는 것을 망설였다. 그가 여기서 가장 하찮은 일자리라도 얻어 만족스럽게 일을 수행한 후에 사람들이 자신의 이름을 알도록 해야 한다. 지금은 알아서는 안 된다. 카알은 너무 오랫동안 자신의 이름을 말하지 않았기 때문에 자신의 이름을 지금 밝혀서는 안 되었다. 그래서 그는 순간적으로 어떤 다른 이름이 떠오르지 않아 지난번 직장에서 불린 이름을 말했다. "니그로입니다." "니그로?"라고 부스 책임자가 묻더니 고개를 돌려 마치 카알이 이제 더 이상 믿지 못할 최고의 수준에 도달한 사람이 되었다는 듯이 얼굴을 찌푸렸다. 서기도 한참 동안 조사하듯이 살펴보았다. 그러고 나서 서기는 되풀이하여 "니그로."라고 말하면서 그 이름을 기록했다. "설마 니그로라고 기록하지는 않겠죠?"라고 부스 책임자가 서기에게 야단치는 말투로 말했다. "아뇨, 니그로라고 기록했어요."라고 서기가 조용히 말하고서, 마치 이제는 부스 책임자가 다음 일을 진행해야 한다는 듯한 손짓을 했다. 부스 책임자는 자제하고 일어서면서 "당신은 오클라하마의 극장을 위해서 ⋯."라고 말했다. 하지만 그는 더 이상 말하지 않았다. 그는 자신의 양심에 반하여 어떤 것도 할 수 없어서 자리에 앉으며 "저 사람은 니그로가 아니야."라고 말했다. 서기는 눈썹을 높이 치켜올리고 직접 일어서서 "그러면 내가 당신에게 말하겠어요. 당신은 오클라하마의 극장에 채용되었어요. 당신은 지금 우리 단장에게 소개될 겁니다."라고 말했다. 다시 사환 한 명이 불려와서 카알을 심판석으로 데리고 갔다.

카알은 계단 아래에 유모차가 있는 것을 보았다. 그 부부도 방금 내려왔다. 그 부인은 어린애를 팔에 안고 있었다. "채용되었어요?"라고 그 남편이 물었다. 그는 이전보다 훨씬 더 생기가 넘쳤고, 부인도 웃으면서 그의 어깨 너머로 쳐다보았다. 카알이 자기도 방금 채용되었고 소개하러 간다고 대답했을 때 그 남편은 이렇게 말했다. "그렇다면 축하해요. 우리도 채용되었어요. 좋은 사업체 같아요. 물론 곧바로 모든 것에 적응할 수는 없겠지요. 세상 어디를 가나 그렇지요." 그들은 서로에게 "안녕히 가세요."라고 말했다. 카알은 심판석으로 올라갔다. 위에는 공간이 좁아 사람들로 넘쳐나는 것 같아서 억지로 밀치고 들어가지 않으려고 그는 천천히 올라갔다. 더욱이 그는 서 있기도 했다. 그때 그는 사방에 걸쳐 먼 숲에 접하고 있는 넓은 경마장을 바라보았다. 경마를 한번 보고 싶은 기분이 그에게 밀려들었다. 그는 미국에서 아직 그럴 기회를 갖지 못했다. 어렸을 때 유럽에서 어머니가 한번 그를 경마장에 데려갔었다. 그는 어머니가 자기를 데리고 길을 비켜주려고 하지 않던 수많은 사람들 사이를 뚫고 지나갔다는 것 이외에는 아무것도 기억할 수가 없었다. 하여튼 그는 아직 경마를 전혀 보지 못했다. 그의 뒤에서 기계장치 하나가 드르럭드르럭 소리를 내기 시작했다. 그는 몸을 돌려 경마할 때 우승자의 이름이 공표되는 장치에서 다음과 같은 글이 올라가는 것을 보았다. "부인과 자식을 함께 데리고 온 영업사원 칼라 씨." 말하자면 이런 식으로 채용된 사람들의 이름을 부스에 알려주었다.

바로 그때 몇몇 신사들이 활발하게 이야기하면서 연필과 메모지를 손에 들고 계단을 뛰어내려왔다. 카알은 그들이 지나가도록 난간 쪽으로 몸을 붙였다. 위에 자리가 나자 그는 올라갔다. 나무 난간이 있는 연단의 한쪽 모퉁이에 — 이 연단은 좁은 탑의 평평한 지붕처럼 보였다 — 한 신사가 팔을 나무 난간을 따라 뻗고 앉아 있었다. 이 신사는 가슴에 비스듬히 넓은 흰 비단띠를 매고 있었다. 그 비단띠에는 '오클라하마 극장의 제10선전팀 단장'이라는 글이 적혀 있었다. 그 신사 옆 작은 책상 위에는 경마할 때에 사용되는 전화 장치가 있었다. 보아하니 이 전화 장치를 통해 단장은 지원자 각자에 대해 필요한 모든 사항을 소개받기 전에 미리 보고받았다. 왜냐하면 처음에 그는 카알에게 전혀 묻지도 않고 자기 옆에서 다리를 꼬고 손을 턱에 기대고 있는 한 신사에게 "니그로, 유럽 실업학교 학생."이라고 말했기 때문이었다. 이로써 몸을 깊숙이 구부려 인사하는 카알의 채용 문제가 모두 끝났다는 듯이 단장은 다시 누가 더 오지 않나 하고 계단 아래를 내려다보았다. 하지만 아무도 오지 않았기 때문에 그는 다른 신사가 카알과 대화하는 내용에 때때로 귀를 기울였는데, 대개는 경마장 저 멀리를 바라보면서 손가락으로 난간을 두드렸다. 다른 신사가 진땀이 빠질 정도로 카알을 면접하고 있었지만, 부드러우나 힘이 있고 빨리 움직이는 단장의 긴 손가락이 이따금 카알의 주의를 끌었다.

우선 다른 신사가 "일자리가 없었습니까?"라고 물었다. 이 질문뿐
만 아니라 그가 묻는 거의 모든 다른 질문도 아주 간단하며 아주 마음
이 놓이는 질문들이었다. 게다가 그는 중간 질문을 하여 카알의 대답
을 재확인하지 않았다. 하지만 그는 눈을 크게 뜨고 질문하는 태도,
상체를 앞으로 숙인 채 그 질문이 카알에게 미치는 영향을 관찰하는
태도 그리고 머리를 앞으로 숙인 채 대답을 수용하여 때때로 큰 소리
로 되풀이하여 말하는 태도를 통해 질문에 특별한 의미를 부여할 줄
알았다. 그 특별한 의미는 이해되지 못했지만 조심스럽게 그리고 편
파적으로 추측되었다. 카알은 종종 내뱉은 대답을 취소하고, 더 많
은 호응을 얻을지도 모르는 다른 대답을 하고 싶었다. 하지만 그는
매번 자제했다. 왜냐하면 그는 이렇게 오락가락 하는 태도가 얼마나
나쁜 인상을 심어줄지를 알고 있었고, 더욱이 대답이 미치는 영향은
대개 예측할 수 없다는 것을 알고 있었기 때문이다. 게다가 그의 채
용은 벌써 결정된 것 같았다. 이런 확신이 그에게 든든한 기둥이 되
었다.

그는 일자리가 없었는가에 대한 질문에 대해 간단히 "예."라고 답
했다. "마지막으로 어느 직장에 다녔습니까?"라고 그 신사가 물었
다. 카알이 바로 대답하려 했을 때, 그 신사는 집게손가락을 들어올
리며 다시 한 번 "마지막으로!"라고 말했다. 카알은 이미 첫번째 질
문을 정확하게 이해했었다. 그러나 그는 마지막 말이 자신을 혼란스
럽게 만든다고 생각하고 본의 아니게 머리를 흔들어 묵살하고 "사무
실에 다녔습니다."라고 대답했다. 그건 진실이었다. 그러나 그 신사
가 어떤 종류의 사무실이었는지에 대해 더 상세한 정보를 요구했다면
카알은 분명히 거짓말을 했을 것이다. 그런데 그 신사는 그런 요구를
하지 않고 아주 쉽게 진실에 따라 대답할 수 있는 질문을 던졌다. "거

기서 만족했습니까?" "아닙니다."라고 카알이 거의 그 신사의 말에 끼어들 듯이 큰 소리로 대답했다. 카알이 곁눈질로 옆을 보았을 때 단장이 약간의 미소를 짓는다는 것을 알아차렸다. 카알은 자신의 마지막 대답이 경솔했다고 후회했다. 그러나 '아닙니다.'라고 소리 질러 내뱉는 것은 너무 유혹적인 일이었다. 왜냐하면 그는 마지막 직장 생활 내내 그 어떤 낯선 고용주가 한번 찾아와서 이런 질문을 자기에게 해주길 간절히 원했기 때문이었다. 그런데 그의 대답은 또 다른 불이익을 가져올 수 있었다. 왜냐하면 그 신사는 무엇 때문에 카알이 만족하지 못했는지 물을 수 있었기 때문이었다. 그는 그 대신 "어떤 일자리가 적합하다고 생각하십니까?"라고 물었다. 이 질문에는 필시 함정이 들어 있었다. 왜냐하면 카알이 배우로 채용되는 데에는 이런 질문이 나올 이유가 없었기 때문이다. 그러나 그는 이런 사실을 알고는 있었지만 마음을 가다듬어 배우 직업이 아주 적합하다고 말할 수 없었다. 그래서 그는 이 질문을 회피하면서 고집 세게 보인다는 위험을 감수하고 "저는 시내에서 벽보를 읽었습니다. 모두에게 일자리를 줄 수 있다고 거기에 적혀 있었기 때문에 저는 지원했습니다."라고 말했다. "우리도 알고 있습니다."라고 그 신사가 말하고 나서 입을 다물었다. 그는 이런 식으로 자기가 한 이전의 질문에 대한 답을 들으려 한다는 것을 보여주었다. 카알은 자신이 마지막 질문으로 인해 빠지게 된 어려움을 그 신사들에게 이해시켜주기 위해 주저하면서 "저는 배우로 채용되었습니다."라고 말했다. "맞습니다."라고 그 신사가 말하고 나서 다시 입을 다물었다. 일자리 하나를 얻었다는 확신이 흔들렸다. "그렇지만 제가 연극에 적합한지 모르겠습니다. 하지만 노력하여 모든 임무를 수행하도록 하겠습니다."라고 카알이 말했다. 그 신사는 단장 쪽으로 몸을 돌렸다. 그 두 신사는 고개를 끄덕였다. 카알이 옳게 대답한 것 같았다. 그는 다시 용기를 내어 똑바로 서서 다음 질문을 기다렸다. 다음 질문은 "원래 무슨 공부를 하려 했습니까?"였다. 그 신사는 그 질문을 정확하게 규정하기 위해 — 그 신사에게는 정확한 규정이 항상 아주 중요했다 — "유럽에서 말입니다."라고 덧붙였다. 그러면서 그는 손을 턱에서 떼어내고 약하게 움직였다. 마치 그가 이렇게 함으로써 유럽이 얼마나 멀고 거기서 세운 계획들이 얼마나 무의미한지를 암시하려는 듯이 말이다. "엔지니어가 되려 했습니다."라고 카알이 말했다. 이 대답은 그의 마음에 들지 않았다. 그가 미국에서 쌓은 지금까지의 경력을 충분히 의식하고 있으면서 엔지니어가 되려 했다는 옛날 기억을 여기서 다시 되살리는 것은 우스운 일이었다. 그가 유럽에 있었다면 엔지니어가 되었을까? 하지만 그는 달리 할 만한 대답이 없어서 그렇게 말했다. 그 신사는 모든 것을 진지하게 받아들였듯이 그 대답도 진지하게 받아들였다. 그는 "그렇지만 당신은 금세 엔지니어가 될 수는 없어요. 단순한 기능직 일이면 아무거나 하는 것이 우선은 당신에게 걸맞을 겁니다."라고 말했다. "물론입니다."라고 카알이 말했다. 그는 아주 만족했다. 그는 그 신사의 제안을 받아들였을 때 배우 신분에서 기능직 노동자 신분으로 밀려났지만, 이 기능직 일을 하면서 실제로 자신의 능력을 더 잘 보여줄 수 있을 거라고 생각했다. 더욱이 그는 이런 생각을 되풀이해서 했다. 일의 종류가 중요한 것이 아니라 어딘가에서 지속적으로 버티어내는 것이 중요했다. "힘든 일을 견딜 수 있을 정도로 튼튼합니까?"라고 그 신사가 물었다. "아, 예."라고 카알이 말했다. 그리고 나서 그 신사는 카알이 자기 쪽으로 더 가까이 오도록 해서 그의 팔을 만져보았다. 그가 팔을 잡고 카알을 단장 쪽으로 끌고 가면서 "튼튼한 젊은이입니다."라고 말했다. 단장은 미소를 지으며 고개를 끄덕였다. 그리고 그는 쉬고 있는 자세에서 일어나지 않고 카알에게 손을 건네며 "그럼 다 끝났습니다. 오클라하마에서 모든 것이 다시 검증될 겁니다. 우리 선전팀에게 영광이 되게 해 주십시오!"라고 말했다. 카알은 허리를 구부려 작별 인사를 했다. 그 다음 그는 다른 신사에게 작별 인사를 하려 했지만, 그 신사는 마치 자기 일이 완전히 다 끝난 듯이 벌써 얼굴을 높이 쳐들고 연단에서 이리저리 거닐었다. 카알이 아래로 내려가는 동안 계단 옆 안내판에서 "니그로, 기능직 노동자."라는 글귀가 올라왔다. 모든 일이 잘 진행되었기 때문에 카알이 안내판에서 자신의 실제 이름을 읽을 수 있었다면 마음이 그렇게 아프지는 않았을 것이다. 그런데 모든 것이 주도면밀하게 준비되어 있었다. 왜냐하면 사환 한 명이 벌써 계단 밑에서 카알을 기다렸다가 카알의 팔에 완장을 부착해주었기 때문이었다. 카알이 팔을 들어올려 완장에 무슨 글이 적혀있나 보았다. '기능직 노동자'라는 아주 정확한 문구가 보였다.

카알은 어디로 안내되든 간에 먼저 파니에게 모든 일이 얼마나 성공적으로 끝났는지를 알려주고 싶었다. 하지만 그는 선전팀이 다음 날 도착한다는 사실을 알리기 위해 천사들과 악마들이 벌써 선전팀의 다음 목적지로 출발했다는 말을 사환에게서 듣고 마음이 아팠다. "안타깝군요. 천사들 중에 아는 사람이 하나 있는데."라고 카알이 말했다. 그건 그가 이 사업체에서 경험한 첫번째 실망이었다. "그 사람을 오클라하마에서 보게 될 겁니다. 자, 오세요. 당신이 마지막입니다."라고 사환이 말했다. 그는 카알을 무대 뒤쪽을 따라 데리고 갔다. 얼마 전에 천사들이 무대 위에 있었는데, 지금은 빈 받침대만 있었다. 카알은 천사들의 음악이 없다면 구직자가 더 많이 올 거라고 생각했는데, 그게 잘못된 생각이었다는 것을 알게 되었다. 왜냐하면 지금 무대 앞에 어른들은 보이지 않고 몇몇 어린애들만 천사 날개에서 떨어져 나온 듯한 길다란 흰색 깃을 가지려고 싸우고 있었기 때문이었다. 한 사내아이가 그 깃을 높이 들고 있었고, 다른 어린애들은 한 손으로 그의 머리를 내리누르려 했고 다른 손으로 깃을 잡으려 했다.

카알이 어린애들을 가리켰지만, 사환은 보지도 않고 "좀더 빨리 가요. 당신이 채용되기까지 걸린 시간이 너무 길었어요. 필시 사람들이 의심했죠?"라고 말했다. "모르겠어요."라고 카알이 놀란 표정으로 말했지만, 상대방은 그것을 믿지 않았다. 어쨌든 상황이 분명함에도 불구하고 언제나 이웃에게 걱정을 끼치는 사람은 있게 마련이다. 그러나 그들이 지금 가까이 다가가고 있는 대형 관람석의 정감 가는 모습을 보고서 카알은 사환의 말을 곧 잊어버렸다. 관람석에는 긴 의자 하나가 흰색 천으로 덮여 있었고, 그 다음 낮은 긴 의자에는 채용된 모든 사람들이 경주장 쪽으로 등을 돌리고 앉아서 접대를 받고 있었다. 모두가 즐거워하며 흥분되어 있었다. 카알이 눈에 띄지 않게 마지막으로 긴 의자에 앉자마자 채용된 사람들 중 많은 사람들이 잔을 높이 들고 일어섰다. 그중 한 명이 제10선전팀의 단장을 위해 건배의 말을 했다. 그는 제10선전팀의 단장을 '구직자의 아버지'라고 불렀다. 관람석에서도 제10선전팀의 단장을 볼 수 있다고 누군가가 주의를 환기시켜 주었다. 실제로 두 신사가 있는 심판석이 그렇게 멀리 있지 않아 보였다. 모두들 심판석 방향으로 잔을 흔들었다. 카알도 자기 앞에 있는 잔을 들었다. 그런데 그렇게 큰 소리로 외치면서 눈길을 끌려 했지만 심판석에서는 열렬한 갈채를 알아차렸다든지 아니면 적어도 알아차리려 한다든지 하는 표시가 없었다. 단장은 이전처럼 구석에 기대고 있었고, 다른 신사는 손을 턱에 대고 그의 옆에 서 있었다.

모두들 조금은 실망한 표정으로 다시 자리에 앉았다. 그중 한 사람이 때때로 심판석 쪽으로 몸을 돌렸다. 그러나 곧 풍성한 음식을 먹는 데에 열중했다. 카알이 아직까지 보지도 못했던, 바삭바삭하

게 구워 많은 포크를 꽂은 커다란 칠면조 고기가 이곳저곳으로 운반
되었다. 사환들은 계속 와인을 따르며 돌아다녔다. — 사람들은 그
걸 거의 알아차리지 못했다. 사람들은 자기 접시 위로 몸을 굽혔고,
붉은 포도주는 잔 속으로 떨어졌다. 공동의 연회에 가담하고 싶지
않은 사람은 오클라하마 극장의 모습을 담은 그림을 구경할 수 있었
다. 그 그림들은 연회석 끝자리에 쌓여 있어서 손에서 손으로 건네
졌다. 하지만 사람들은 그 그림에 관심을 많이 두지 않았다. 그래서
마지막 자리에 앉은 카알의 손에도 그림 하나가 들어오게 되었다.
이 그림을 보고 추측하건대 모든 그림들은 아주 볼 가치가 있음에 틀
림없었다. 이 그림은 미국 대통령의 관저를 그린 것이었다. 흘끗 보
면 그건 관저가 아니라 무대라는 생각이 들 수도 있었다. 난간이 활
처럼 굽은 모양으로 빈 공간 속으로 돌출해 나와 있었다. 이 난간의
모든 부분들이 완전히 금으로 되어 있었다. 아주 섬세한 가위로 오
려낸 듯한 기둥들 사이에 이전 대통령들의 원형 부조들이 나란히 놓
여 있었다. 이 중에 한 사람은 눈에 띄게 곧은 코, 삐쭉 내밀어진 입
술 그리고 불룩하게 나온 눈꺼풀 아래에 내리깔고 응시하는 눈을 가
지고 있었다. 관저 주위에는 광선이 옆과 위에서 들어왔다. 하얗지
만 부드러운 광선이 관저의 전면을 제대로 보여주었다. 그런데 테두
리 전체에 늘어뜨려 줄로 조정되는 붉은 우단이 여러 색조를 사용하
여 주름지도록 그려졌는데, 그 뒤의 관저 안쪽은 불그스름하게 비치
는 어두운 허공으로 묘사되어 있었다. 모든 것이 멋지게 보였지만
이 관저에 사람이 있다고는 거의 상상할 수 없었다. 카알은 음식 먹
는 것을 잊지 않았다. 그러면서도 그는 그림을 자기 접시 옆에 놓아
두고 종종 바라보았다.
　드디어 그는 적어도 나머지 그림들 중의 하나라도 보고 싶다는 생
각이 들었다. 하지만 사환 하나가 그림들 위에 손을 올려놓고 있었고

순서를 지켜야 했기 때문에 그는 그림을 직접 가져오고 싶지 않았다. 그래서 그는 연회석만을 보면서 그림 하나가 다가오는지를 알아내려고 했다. 그때 그는 쟈코모를 발견하고 놀랐다. 처음에 그는 전혀 믿을 수가 없었다. 그런데 음식에 가장 깊숙이 몸을 굽힌 사람들 중에 잘 아는 얼굴이 있었던 것이다. 그는 곧장 쟈코모에게 달려가서 "쟈코모!"라고 소리쳤다. 쟈코모는 깜짝 놀랄 때면 언제나 그렇듯이 수줍어하며 음식에서 손을 떼고 일어나 긴 의자들 사이의 좁은 공간에서 몸을 돌리더니 손으로 입을 닦았다. 그러고 나서 그는 카알을 보고 아주 기뻐하면서 자기 옆에 앉으라고 청하다가 카알의 자리로 건너가겠다고 했다. 그들은 서로에게 모든 이야기를 들려주면서 함께 있고 싶었다. 카알이 다른 사람들을 방해하고 싶지 않았기 때문에 그 둘은 우선은 자기 자리에 앉아 있어야 했다. 연회는 금방 끝날 것이고, 그 다음에 그 둘은 가까이 있게 되기를 원했다. 그래서 카알은 쟈코모를 보기만 하면서 거기에 있었다. 아, 지난 시절의 기억들! 여주방장은 어디에 있었는가? 테레제는 무엇을 했는가? 쟈코모의 외모 자체는 전혀 변한 게 없었다. 쟈코모가 반년 후에는 골격이 튼튼한 미국인이 된다던 여주방장의 예언은 맞아떨어지지 않았다. 그는 이전과 마찬가지로 여렸다. 뺨도 이전처럼 움푹 들어갔다. 물론 지금은 그가 아주 큰 고깃덩어리를 입에 물고 있기 때문에 그의 뺨이 둥그스름했다. 그는 이 고깃덩어리에서 필요 없는 뼈를 천천히 뽑아내어 접시에 버렸다. 카알은 쟈코모도 배우로 채용되지 않았고 엘리베이터보이로 채용되었다는 사실을 팔에 찬 그의 완장을 보고 알 수 있었다. 실제로 오클라하마의 극장은 모든 사람들을 필요로 하는 것 같았다.

그런데 카알은 쟈코모를 보는 데에 정신이 빠져 너무 오랫동안 자기 자리를 떠나 있었다. 그가 돌아가려는 순간 인사부장이 와서 좀 더 높은 위치에 있는 긴 의자에 서더니 손뼉을 쳤다. 그리고 그는 짧은 연설을 했다. 그러는 동안 대부분의 사람들은 일어섰고, 음식을 그냥 놓아두고 일어설 수 없어서 앉아 있던 사람들도 다른 사람들로부터 재촉을 받고서 일어나지 않을 수 없었다. 그러는 사이에 카알은 몰래 자기 자리로 금방 돌아갔다. "여러분들이 우리가 마련한 환영 연회에 만족했을 거라고 믿습니다. 우리 선전팀의 연회 음식은 대체로 칭찬을 받고 있습니다. 유감스럽게도 연회석을 벌써 정리해야겠습니다. 왜냐하면 여러분들을 오클라하마로 모실 기차가 오 분 후에 출발하기 때문입니다. 긴 여행이지만 여러분들이 좋은 대우를 받는다는 것을 알게 될 겁니다. 여기서 여러분에게 여러분들의 여행을 책임지고 있는 신사 분을 소개합니다. 여러분은 이 신사 분의 말을 잘 들어야 합니다."라고 인사부장이 말했다. 마르고 키가 작은 신사 하나가 인사부장이 서 있는 긴 의자에 올라와서 후딱 인사할 시간도 없이 곧장 모두들 어떻게 모이고 정렬하고 움직여야 하는지를 신경질적으로 손을 내뻗으면서 보여주기 시작했다. 그러나 처음에는 아무도 그의 말을 따르지 않았다. 왜냐하면 기차가 곧 출발한다고 방금 이야기했음에도 불구하고 이전에 벌써 연설을 한 적이 있는 회사 사람이 손으로 탁자를 치며 긴 감사의 연설을 시작했기 때문이었다. 이 연사는 인사부장이 자기 연설을 듣지 않고 여행 책임자에게 여러 가지 지시를 내리고 있다는 것에 신경도 쓰지 않았다. 그는 연설을 거창하게 했다. 그는 식탁에 올린 모든 요리들을 열거했으며 각 요리에 대해 요리 품평도 했다. 그리고 나서 그는 요약하여 다음과 같이 외치면서 연설을 끝냈다. "존경하는 여러분, 이렇게 해서 우리 회사의 일자리를 얻게 된 것입니다." 이 연설에 감명받은 사람들을 제외한 나머지 사람들은 모두 웃었다. 하지만 그건 농담이라기보다는 오히려 진실이었다.

더구나 이 연설로 인해 그들은 기차를 타기 위해 뛰어가야 했다.

그러나 아무도 짐을 들고 있지 않았기 때문에 — 카알은 이런 사실을 이제서야 알게 되었다 — 그건 아주 어려운 일은 아니었다. 유일한 짐은 유모차였다. 지금 아버지가 밀고 가는 유모차는 그들의 선두에서 불안정하게 아래로 위로 튀어올랐다가 다시 내려가곤 했다. 가난하고 이상한 사람들이 여기 와서 얼마나 좋은 대접을 받고 보호를 받았는가! 그들이 여행 책임자에겐 중요했음이 틀림없다. 그는 한 손으로 직접 유모차의 손잡이를 잡고, 다른 손은 높이 치켜올려 그들에게 기운을 북돋워주었다. 때로는 그가 마지막 줄 뒤에서 그들을 몰아갔고, 때로는 그들 옆을 따라 달리다가 그들 중에서 뒤처지려는 몇몇 사람들을 주시하고 그들이 어떻게 달려야 하는지를 팔을 흔들며 보여주려 했다.

그들이 역에 도착했을 때 기차는 벌써 준비되어 있었다. 역에 있던 사람들이 서로 그들을 가리켰다. "이 모든 사람들이 오클라하마 극장 소속이야."라는 식의 말들이 들렸다. 극장은 카알이 생각했던 것보다 훨씬 더 유명한 것 같았다. 물론 그는 과거에 극장 일에 대해 전혀 관심을 두지 않았었다. 열차 한 칸 전부가 특별히 그들을 위한 칸이었다. 여행 책임자는 그들이 승차하도록 차장보다 더 재촉했다. 그는 우선 칸막이가 있는 개별 객실을 들여다보면서 때때로 무엇인가를 정돈했다. 그러고 나서 나중에 그가 직접 승차했다. 카알은 우연히 창 쪽 자리를 잡게 되었고 쟈코모를 자기 쪽으로 잡아당겼다. 그 둘은 서로 달라붙어 앉아서 이 여행에 대해 아주 즐거워했다. 그 둘은 미국에서 아직까지 이렇게 걱정없이 여행해본 적이 없었다. 기차가 출발하자 그 둘은 창 밖으로 손을 흔들었는데, 그들 맞은편 좌석에서 서로 밀치고 있던 청년들은 그게 웃긴다고 생각했다.

그들은 이틀 밤낮 기차를 탔다

그들은 이틀 밤낮 기차를 탔다. 카알은 이제야 비로소 미국의 크기를 알게 되었다. 그는 쉬지 않고 창 밖을 내다보았다. 쟈코모가 카알 쪽으로 바짝 붙어 있었는데, 마침내 맞은편 청년들이 카드놀이에 열중하다 싫증이 나서 그에게 창 쪽 자리를 자발적으로 내주었다. 카알은 그들에게 고마워했다. 쟈코모의 영어는 누구나 이해할 수 있는 영어가 아니었다. 칸막이 객실에 함께 타고 가는 동승자들이 그렇듯이 시간이 지나자 청년들이 훨씬 더 친절해졌다. 그런데 그들의 친절도 종종 불쾌했다. 예를 들면 카드 한 장이 바닥에 떨어져 그들이 그걸 찾으려고 바닥을 샅샅이 뒤질 때면 항상 카알이나 쟈코모의 다리를 아주 세게 꼬집었기 때문이었다. 그럴 때면 쟈코모는 매번 깜짝 놀라 소리를 지르며 다리를 높이 당겨올렸다. 카알은 때때로 발길질로 답해주려 했으나 모든 것을 조용히 참아냈다. 창문을 열어놓았음에도 불구하고 연기가 자욱하게 긴 좁은 칸막이 객실에서 일어난 모든 일들은, 바깥 풍경 구경을 하면서 잊혀졌다.

　　첫째날에 그들은 높은 산악 지대를 가로질러갔다. 푸른 기가 도는 검은 암석덩이들이 뾰족한 쐐기 모양을 하고 기차 쪽으로 다가왔다. 사람들이 창 밖으로 몸을 내밀고 그 암석덩이들의 정상을 찾으려 했으나 허사였다. 찢어진 것같이 보이는 어둡고 좁은 계곡들이 펼쳐졌다. 사람들은 자신들이 지나온 방향을 손가락으로 그리며 보여주었

다. 넓은 계곡 물이 구릉에서 큰 파도가 되어 밀려오면서 수천 개의
작은 파도 거품을 일으키며 기차가 지나가는 다리 아래로 쏟아졌다.
계곡 물의 찬 기운 때문에 얼굴이 덜덜 떨릴 정도로 계곡이 가까이
있었다.

카프카적 운명

실존적 실종자

1

프란츠 카프카Franz Kafka는 독일어로 씌어진 이름이지만 체코어로는 'Kavka'로 표기되고 '까마귀'라는 뜻이다. 그의 아버지가 경영하던 회사의 간판에도 엠블렘Emblem으로 이 새를 그려넣었는데, 그것은 단순한 상호商號 이상의 상징으로 사용된 듯하다. 프란츠 카프카는 자기 시대를 살아가면서, 미래의 불길한 예감을 알려준 까마귀와 같은 존재임에 틀림없다고 하겠다. 그는 1883년 7월 3일 유태인 양친 사이의 장남으로 체코의 프라하에서 태어나, 1924년 6월 3일 비엔나의 근교 키얼링 요양소에서 결핵 후두염 때문에 41세의 나이로 세상을 떠나게 된다.

그는 체코의 프라하를 그의 출생지이자 고향으로 여기지만, 그곳에서 자라면서 체코 학교에도 다니지 않고 유태인 학교에도 다니지 않는다. 그의 부모의 결정에 따라 초등학교에서 대학을 마칠 때까지 독일어로 교육하는 독일 학교에 다닌 것이다. 가정교육도 독일식 가정교육을 받는다. 다른 한편 그는 어릴 때 아버지를 따라 유태인 교회에 가서 유태교 예식에 참가하고, 집안에서도 형식적이긴 하지만 유태교 예식을 체험한다. 카프카는 체코인이자 독일인이며, 동시에 유태인이었던 것이다. 그는 어느 것에도 속하지 못한 국외자였다. 다수인인 체코 사람들로부터는 독일 사람으로 배척당하고, 독일인으로부터는 유태인으로 소외당한다.

그는 아버지의 권유에 의해 프라하 독일대학에서 법학을 전공하지만, 그는 문학에 뜻을 두고 있었다. 그는 대학에서 법학박사 학위를 받고 체코의 노동자 상해 보험회사에 근무하게 된다. 그는 직장과 글쓰는 일의 틈바구니 속에서 고민하며 자주 휴가를 내거나 오전 근무를 하고 글 쓰는 일에 시간을 보낸다. 그는 결혼해서 가정을 꾸리고 자녀를 키우는 세속적 행복을 원하지만, 가정과 글 쓰는 일, 이 둘을 양립시킬 수 없어 결국 결혼을 포기하게 된다. 펠리체 바우어Felice Bauer와의 두 번에 걸친 약혼과 파혼, 그리고 울리 보리체크Julie Wohryzeck와의 또 한 번의 약혼과 파혼 등 모두 세 번에 걸친 파혼을 겪으며 죽을 때까지 독신주의자로, 금욕주의자로 오직 글쓰는 일에 전전긍긍하고 매달린다. 그러나 그의 말년은 도라 디아만트Dora Diamant라는 유태인 여인과 여생을 같이 보내는데, 바로 그녀가 카프카의 임종을 지킨 여인이다. 글을 쓰는 일은 그의 존재를 지탱하고 자신을 보존하는 행위이며, 그의 삶의 의미가 된다. 심신이 허약했던 카프카는 기골이 장대하고 폭군과도 같은 아버지에 대해 일생 동안 콤플렉스를 가지고 있었고, 아울러 그의 폐결핵, 약혼과 파혼 그리고 문학적 시간을 앗아가는 직장 생활 속에서 고통을 받았고, 글을 쓰는 것으로 이런 것을 극복하고 그의 삶을 지탱했다. 그의 생애는 파라독스의 연속이며, 생애의 파라독스는 그의 문학을 단편적斷片的이고 파라독스한 성격을 띠게 했고 결국 비유문학比喩文學을 낳게 했다.

2

프란츠 카프카의 작품과 작중인물이 독자들에게 주는 인상은 놀라움과 당황스러움이다. 이 놀라움과 당황은 그에게 세계적 명성을 던져주면서 때로는 독자 대중으로부터 배척당하기도 한 그의 수용사受容史의 모순적 단면이기도 하다.

카프카는 생존 시에 벌써 출생지인 체코의 프라하와 그의 모국어 나라인 독일, 오스트리아의 문인들 사회에서 알려진 작가이다. 나찌의 파시즘이 끝날 때까지 미국, 영국, 프랑스, 이탈리아, 스페인 등의 서방 세계에서 읽혀지고 문제작가의 성격을 띠게 된다. 2차 대전이 끝난 후, 전쟁 중에 죽고 파괴된 비참한 세계상世界像은 카프카가 그의 작품 속에 형상화한 세계와 너무나 맞아떨어진다. 아이러니컬하게도, 그러나 너무도 자연스럽고 당연하게도 전쟁의 폐허와 허무 속에 그는 개선 장군처럼 그의 모국어 나라인 독일에 입성하고 일약 세계적 평가를 받게 된다.

50년대의 소위 독일의 카프카 붐이 일으킨 영향이 한국의 독서 시장에도 미치게 된다. 50년대에 그의 단편이 부분적으로 번역되면서 60년대에 들어 그의 중요한 작품들인 『城』, 『아메리카』, 『소송』 등과 단편들이 출판되기 시작한다. 카프카 작품은 읽기는 평이하나 읽은 후 한 대 얻어맞은 것처럼 그 의미가 점점 혼미해지는 특징을 갖고 있다. 평범하고 일상적인 것들을 다루고 있지만 실제로 우리 주변에 없는 것이 그의 작품에 등장한다. 독자를 혼란시키는 이런 점 때문에 한국의 독자들로부터도 명암이 엇갈린 반응을 불러일으키는 것이다.

60년대 서울의 고서점가에 나돌던 카프카 작품의 번역판 『城』이나 『소송』의 표지 뒷면에 간혹 "이런 개새끼를 내가 읽다니!" "이것도 문학이냐?"라는 낙서를 읽을 수 있을 정도로 그는 강하게 거부되기도 한다. 그럼에도 불구하고 다른 한편으로 그의 장편소설은 물론 단편, 일기문, 서간문 그리고 잠언록 심지어 그의 여자친구인 밀레나 에젠스카Milena Jesenska에 대한 책자까지도 모두 번역, 출판되어 쉽게 구입할 수 있을 정도로 많이 알려져 있다. 또한 그의 문학에 대한 학문적 수용은 다른 작가에 비해 특기할 만하다.

독일을 비롯한 세계의 독일 문학계에도 카프카 산업이라 할 정도로 지금까지 2만 건이 훨씬 넘는 연구논문, 서적 등이 나왔다. 카프카가 탄생한 지 120년, 타계한 지 80년이 된 이 시점까지 계속되는 그와 그의 문학을 둘러싼 수많은 해석과 논쟁은 그의 수용사에 많은 영욕을 남기고 있다. 과거 서독을 중심으로 한 서구 세계에서 쏟아져 나온 카프카 독서물과 2차 문헌은 독자와 학계에 피곤과 혼란을 야기시켜 급기야는 "카프카를 불질러버릴까?"라는 거센 고발의 질문이 나올 정도이다. 반면에 그의 출생국인 체코, 그의 모국어국인 독일의 절반인 동독 그리고 소련 등 동구권에서 그는 사회주의의 패배자로, 마르크스주의의 배신자로 매도되고 모든 외국 작가들 중에서 가장 혐오하는 원수로 여겨졌고, 위험한 유독가스로서 두려운 존재였고 표변하는 박쥐로 거부되어진다. 이렇듯 수많은 비난과 훼손 중에서 사회주의적 리얼리즘에 등을 돌린 자, 모더니즘적 데카당이라는 평가가 그에게 내려진 대표적 선고라 하겠다. 그러나 스탈린 시대가 지나고 해빙기를 맞은 60년대 후반, 70년대에 들어서면서 동구에서도 차츰 그에 대한 해석과 평가의 인식이 달라지기 시작한다. "누가 카프카를 두려워 하나?" "카프카는 정부를 붕괴시키지 않을 것이다"라는 표현이 나올 정도로 수용의 예비적 진단이 이루어진다. 특히 동독 창립 제1세대 작가인 영향력 있는 안나 제거스Anna Seghers는 그때까지 사회주의적 리얼리즘의 공적公敵으로 선고되었던 카프카를 드디어 환상적 리얼리즘의 작가로 전향시킬 전환점을 마련한다. 그로부터 다시 20여 년이 지난 80년대 말에 개방과 개혁의 물결 속에 세계 질서가 변함으로서 카프카와 그의 문학은 해석과 수용에 획기적 전환점을 맞이했으며, 1990년 베를린 장벽이 무너지고 동구東歐 마르크스주의가 멸망한 후, 지금까지 카프카는 다시 그의 조국 체코에서 자유로운 존재가 되었다.

1963년 5월 체코의 프라하에서 개최되었던 '카프카 대회'에서 에른스트 피셔Ernst Fischer가 체코 당국을 향해 "카프카에게 영구 체류비자를 주라"고 주장한 지 40년이 지나서야 비로소 카프카는 비자 없이 그의 조국에 돌아와 영구히 체류할 수 있게 된 것이다.

3

카프카는 『실종자Der Verschollene』의 원고를 1911년에 시작하여 그가 31세 때인 1914년 10월에 끝냈다. 이 작품은 그 후 13년이 지난 1927년에 쿠르트 볼프Kurt Wolf 출판사에서 출간되었다. 이 때가 카프카가 죽은 지 3년이 지난 후였으며 그의 친구 막스 브로트Max Brod가 후기後記를 써넣어서 『아메리카Amerika』라는 제목으로 책을 내놓은 것이다. 그후 이 작품은 카프카의 전집 또는 선집 속에서 또는 단행본 형식으로 거의 반세기가 넘도록 『아메리카』라는 장편 소설로 독자들에게 읽혀졌다. 일반 독자들은 작품 내용의 무대가 아메리카인 만큼 책 제목이 '아메리카'로 된 것이 자연스럽고 당연한 것으로 여겨왔다. 그러나 그 후 1983년에 역사비평본으로 펴낸 카프카 전집 출판 중에서 이 작품이 '실종자'라는 책명으로 독일의 피셔S. Fischer출판사에서 출간되었다. 카프카는 이 작품의 원고를 마친 뒤 1914년 12월 31일자 자신의 일기에서 이 작품을 '실종자'로 기록하고 있으며 막스 브로트 역시 1946년 『아메리카』 제3집의 후기에서 '실종자'라는 제명을 인정하고 있다. 늦은 감은 있지만 이 작품이 '아메리카'에서 '실종자'로 바뀌어 나온 것은 작가의 의도를 따른 것으로 다행한 일이다. 이 작품의 제 I 장 「화부」는 「화부 — 하나의 단편 *Der Heizer— ein Fragment*」이란 제명으로 1913년 5월 쿠르트 볼프 출판사에 의해 문고판 '최후의 심판일 Der jüngste Tag'의 시리즈 제3권에 게재된 일이 있다. 이 작품으로 카프카는 1915년 폰타네 Fontane 문학상을 수상하게 된다. 유고遺稿로 남겨진 이 작품은 I장에서 VI장까지는 카프카에 의해 구분되어 제명이 적혀 있었으나, 그후 막스 브로트가 『아메리카』로 출간할 때 추가로 VII장, VIII장을 분류하고 제명을 써넣은 것이다. 이 번역에서는 역사비평본 『실종자』를 텍스트로 했기 때문에 그것에 따라서 I장에서 VI장까지는 제명을 쓰고 나머지는 제명 없이 원전대로 옮긴 것이다.

작품 『실종자』는 작품 『城』, 『소송』과 더불어 카프카의 '고독의 3부작'이라 불리울 정도로 인간의 고립과 소외를 다루고 있다. 이 작품들에 나오는 주인공들은 많은 인간들을 만나고 인간 사회의 한복판에 있으면서 인간적 관계의 단절을 느끼며 소외와 고립의 희생이 된다. '城'에 측량사로 초청받아 왔지만 성과 성 마을 사람들로부터는 이방인으로 철저히 차단되었다가 결국 생을 마친 주인공 카 K, 『소송』에서는 무죄를 증명하기 위해 수많은 재판관을 찾아헤매다 결국 개처럼 죽은 죄 없는 피고인 요세프 카 Josef K, 그리고 『실종자』에서는 부모로부터 미지의 세계 아메리카로 추방당하고 아메리카에서는 친지로부터, 공동 사회로부터 계속 추방당한 나머지 인간들과 함께 있으면서도 그 존재가 실종된 카알 로스만 Karl Rossmann 등이 그들이다. 이들은 예외 없이 인간 공동 사회에 진입하기 위해 부단하게 노력을 하지만 실패하고 추방당해 소속을 가지지 못한다.

17세의 카알 로스만이 뉴욕 항에 도착하는 장면이 이 작품의 시작이다. 작품 『성』이나 『소송』, 『변신』에서 어떤 기이한 사건의 갑작스러운 시작이 작품의 출발은 스스로 되는 것과 같이 이 작품에서도 카프카적인 시작을 볼 수 있다. 카알은 스스로 뉴욕에 온 것이 아니다. 자기보다 나이 많은 하녀의 유혹에 빠져서 그녀에게 아이를 갖게 했기 때문에 부모로부터 추방된 것이다. 미성년의 아들이 하녀에게 아이를 갖게 한 행위는 자식으로서 아버지의 부권에 정면으로 도전하는 행위다. 전통적인 유태인의 가부장적 부권에 도전함으로서 아버지로부터 가정 밖으로 쫓겨나서 미지의 세계 아메리카로 추방된 것이다. 카알은 뉴욕 항에 정박한 후 하선하는 길에 갑판 위에서 우산을 잊어버리고 온 것을 알게 되고 그것을 찾으려 선실 아래쪽으로 내려간다. 그곳에서 길을 잃고 헤매다가 화부를 만나게 된다. 그는 화부의 억울한 사정을 듣게 되고 화부가 받는 부당한 대우의 개선을 선장에게 건의했으나 즉각 거절당한다. 이때 카알은 30여 년 전에 미국에 와서 성공한 그의 외숙부인 야콥 상원의원을 만나게 되고 외숙부는 곧장 카알을 자기 집으로 데려간다. 외숙부 댁은 뉴욕의 고층빌딩 속에 있다. 카알은 그곳에서 아메리카 생활의 첫발을 내디딘다. 음향 장치에 이르기까지 완전히 현대적 시설로, 기능적으로 갖추어진 방에서 아메리카 생활을 시작한다. 그곳에서 그는 영어, 피아노, 승마 등 아메리카의 상류사회에 필요한 교육을 받게 된다. 카알은 자본주의와 기술 문명에 의해서 고도로 기능화되고 분업화된 아메리카 사회에 대해 두려움을 가진다. 고향에서 배운 유럽식 교육과 전통적 교양으로서는 도저히 적응하기 힘든 무력감에 빠진다. 어느 날 카알은 외숙부의 친구인 폴룬더Polunder 씨의 초청을 받았으나 외숙부는 카알이 하고 있는 공부 때문에 외출을 승락하지 않는다. 그러나 카알은 외숙부의 의견과는 반대로 폴룬더 씨의 별장에 가서 저녁 시간을 보낸다. 그날 밤 12시에 카알은 외숙부로부터 절연絶緣의 편지를 받는다. 즉시 외숙부 댁을 떠날 것과 다시는 외숙부를 찾아오지 말라는 경고다. 아메리카 사회의 능률주의를 신봉하는 외숙부의 요구를 카알이 경솔하게 여기다가 이런 결과를 초래한 것이다. 부모로부터 추방당해온 카알이 외숙부 댁에서 안식처를 찾는 듯했으나, 다시 그는 그곳으로부터 추방당한다. 마치 그가 고향에서 뉴욕으로 추방당할 때와 똑같이 여기서도 그는 일방적으로 추방당한다. 외삼촌이 고향의 아버지와 같은 역할을 한 것이다. 카알은 어느 모텔에서 우연히 직장을 구하러 다니는 실직자 로빈슨과 들라마르쉬를 만나서 함께 구직 여행을 떠난다. 방황하던 중 카알은 우연히 옥시덴탈 호텔의 엘리베이터 보이로 취직하게 된다. 그것은 독일인이며 이 호텔의 주방장으로 일하는 그레테 미첼바하Grete Michelbach 여사의 도움으로 이루어진다. 여기서 그는 12시간 근무라는 악조건 속에서도 열심히 상황에 적응해간다. 그러던 어느 날 실직자 시절의 친구인 로빈슨이 술에 취해 찾아온다. 만취한 그를 자신의 숙소에 데려가느라 카알은 잠시 근무지를 떠나게 된다. 이 일로 그는 즉시 해고된다. 그를 취직시켜준 미첼바하 여사의 변호가 있었지만 아무런 도움도 되지 못한다. 엘리베이터 보이는 호텔 전체의 구조 속에 하나의 부품이며, 필요한 것은 엘리베이터 보이의 기능이지 인격적 태도나 인도주의적 처신이 아니다. 카알은 인간관계를 소홀히 하지 않고 주위를 배려하는 태도를 가졌지만, 호텔 조직의 한 기능을 그것도 아주 작으면서도 중요한 부품적 기능을 태만한 것에 대해서만 책임을 진 것이다. 카알은 세번째 추방을 당한다. 카알은 가는 곳마다 교묘하게 추방당한다. 그러나 그는 다시 새로운 자리를 얻는다. 그곳에서 그가 성실하게 적응하려고 하면 또 다른 이유에서 그는 다시 추방되는 운명에 처한다. 이러한 상황이 반복되면서 카알은 끝내 아메리카 사회에 정착하지 못하고 실종되는 존재가 된다. 카알이 체험하는 세계에서 아버지와 같은 존재는 외숙부, 수위장이 맡아서 하게 되며, 어머니와 같은 존재는 그레테 미첼바하 주방장이 하게 된다. 외숙부와 수위장으로 연결되는 아버지 역은 끊임없이 카알에게 명령을 내리고 억압하고 지배한다. 이에 반하여 주방장 그레테 미첼바하는 그를 도우려고 하지만 실제로 큰 효과가 없다. 이는 프란츠 카프카가 어릴 때부터 자신의 성격과 정반대인 아버지와 대립하여 일생 동안 아버지의 억압 하에 괴로워했던 사실을 상기시킨다. 뿐만 아니라 기골이 장대한 아버지의 거구 앞에 왜소하고 허약한 자신의 열등의식과 불안 심리의 투영이라 볼 수 있다. 반면에 어머니는 부드럽고 조용한 성격으로 아들에 대해 따뜻한 모정이 있었으나 남편과의 사이에서 자식에게 소극적 자세를 취해왔다. 카프카가 평소에 "어머니는 저에게 한없이 좋으셨던 분이다… 어머니는 무의식 중에 사냥꾼을 따라 나선 몰이꾼 역할을 하였다."라고 할 정도로 그의 어머니는 남편의 입장에 서게 된 것이다. 부자간의 갈등을 주제로 한 작품으로는 『선고』와 『변신』을 들 수 있다. 이들 작품에서는 부자간의 갈등이 일회적 대립에서 끝나고, 주인공들이 겪는 좌절과 방황은 2천 년 동안에 이산Diaspora과 배척의 역사 속에 수난당했던 유태인들의 비극적 생활에서 찾을 수 있다. 여기서 우리는 카프카 문학의 많은 주제 중 하나인 단편적斷片的 성격Fragmentarisch을 들 수 있다. 카프카의 작품 세계에서 나타나는 그로테스크grotesk한 면을 '카프카에스크Kafkaesk'로 표현하거나 또는 카프카 주인공이 소속된 다차원적인 공간 또는 영역을 '카프카니안Kafkanian'이라 부르듯이 그의 문학에서 나타나는 연속되는 단절적斷切的 현상을 '프라그멘트적fragmentarisch'이라 부른다. 이것은 작품은 끝났지만 내용과 주제가 미완결된 채 남아 있거나 작중인물이 목표를 향해 끝없이 노력하지만 영원히 도달하지 못하고 항상 도중途中Unterwegs에 있거나 또는 행동이나 생각이 고정된 틀 속에 유지되지 못하고 상황에 따라 다양한 단편斷片으로 나타나는 현상을 두고 하는 말이다. 다른 한편으로 그의 문학에 나타난 프라그멘트적 성격은 다원화되고 분업화된 현대 사회에서 요구되는 인간상을 말하기도 한다. 즉 이때 인간은 전인적인 존재가 아니고 분화된 부분 인격, 즉 기능이라는 것이다. 또한 『실종자』의 주인공 카알처럼 시도와 좌절, 방황의 연속 속에 작품의 미완결성을 의미하기도 한다. 이런 연관 속에서 그의 장·단편長·短篇을 제외한 작은 작품들, 소품小品들을 장르면에서 '단편斷片 Fragment'이라 부른다.

카알은 옥시덴탈 호텔에서 쫓겨난 후 들라마르쉬와 옛 여가수인 브루넬다가 동거하는 집에서 하인처럼 일하며 구금당한다. 그는 로빈슨이 브루넬다와 들라마르쉬에게 맹목적으로 복종하는 것을 혐오하면서 탈출을 시도하다 실패한다. 斷片(1)의 '브루넬다의 이사'에서는 들라마르쉬와 로빈슨이 팽개친 브루넬다를 돌보아주는 카알의 인간적인 면모를 보여주고 있다. 이어지는 斷片(2)에서는 오클라하마 극장의 직원 모집 광고에 카알이 응모해서 일단 취직이 정해지지만 여러 가지 구체적인 정식 검사를 받기 위해서 클레이톤으로 기차를 타고 가는 것으로 이야기는 중단되고, 작품은 여기서 미완성으로 끝난다. 막스 브로트는 『아메리카』 초판 후기에서 말하기를 이 작품이 해피엔드로 끝날 것 같은 예감을 카프카로부터 받았다고 한다. 즉 카알이 오클라하마 극장에서 직장을 얻고 나아가서 고향의 양친도 여기서 만나는 행복한 결말이 될 것이라고 했다. 그러나 카프카 자신은 1915년 9월 30일자 그의 일기에서 다음과 같이 말하고 있다. "로스만과 K, 죄 없는 자와 있는 자. 이 양자는 결국 별 차이 없이 처벌받고 죽게 된다. 죄 없는 자는 좀더 가벼운 손으로, 때려 쓰러뜨리기보다 옆으로 제쳐버리는 식으로." 이처럼 카프카의 의도로 보면 막스브로트의 예상과는 달리 그의 소설 『城』이나 『소송』은 물론 『변신』과 『선고』에서와 같이 『실종자』도 역시 주인공의 비극과 더불어 작품이 끝날 것으로 예상할 수 있다. 카알은 다른 작품의 주인공들처럼 비참하게 죽거나 아니면 더 처절하게 광활한 아메리카 사회의 깊은 인간 불신의 늪에 빠져 영원히 실종자가 될 수도 있을 것이다.

이 작품의 목차에 대해서 간단히 언급하지 않을 수 없다. 앞에서도 언급했듯이 I장 화부에서 VI장 로빈슨 사건까지는 카프카가 직접 장章을 분류하고 제명을 쓴 것이다. 그 다음부터는 章의 구별도 제명도 쓰지 않고 원고만 남겨진 것이다. 이번에 역사비평본으로 나온 『실종자』에서 VI장 이후에는 章의 구별도 제명도 없이 출간되었다. 다만 목차에서는 새로 시작되는 장의 첫 문장을 따서 적은 것이다. 그러므로 이것은 제명이 될 수가 없다. 단지 단편(1)의 '브루넬다의 이사'는 카프카가 직접 붙인 제명이다. 아마 작가가 이 작품을 완성했다면 장의 구분과 제명이 정해졌을 것이다. 독자들이 목차를 보았을 때 처음에는 혼란스럽게 느낄지 모르지만 작품을 읽으면 내용을 이해하는 데는 아무런 혼란도 어려움도 없을 것이다.

어려운 여건 속에서도 카프카 전집 번역 출판을 맡아주신 솔 출판사의 임양묵 사장님께 감사드리며 또한 편집 담당자의 노고에 감사드린다. 문학, 특히 카프카에 대한 애정과 깊은 이해 없이는 누가 출혈을 감수하며 이런 적자 출판을 감행하겠는가? 끝으로 이 번역을 도와준 제자 권용재 박사와 김정철 박사에게도 나의 감사하는 마음을 전한다.

카프카에 관한 나의 박사학위 논문과 동시에

잘츠부르크에서 태어났던 나의 딸 진희의 결혼을 축하하며

2002년 7월 복현골 연구실에서 한석종

■ 옮긴이 **한석종** 고려대학교 및 동 대학원에서 독문학을 전공한 후 독일 및 오스트리아에서 유학하였다. 잘츠부르크Salzburg대학교에서 독문학, 사회학을 전공하여 문학박사 학위를 취득하였고, 현재 경북대학교 명예교수로 있다. 한국독어독문학회 편집·연구이사, 한국 카프카학회 회장, 한국독일어문학회 회장을 역임했으며, 체코 프란츠카프카학회 회원으로 활동하고 있다.
논문으로 「프란츠 카프카 문학과 이상문학」(독문 논문), 「카프카 문학의 사회학적 분석」, 「카프카와 엘리아스 카네티의 비교 연구」, 「카프카에 있어서 환상적 리얼리즘」, 「괴테의 독일 피난민의 환담 연구」 외 다수가 있다. 역서로는 아놀드 하우저의 『예술과 사회』, 괴테의 『독일 피난민의 환담』, 카프카의 『실종자』 등이 있다.

카프카 전집 4
실종자 장편소설

1판 1쇄 발행   2003년 1월 30일
개정1판 1쇄 발행   2017년 5월 25일
개정1판 3쇄 발행   2022년 9월 15일

지은이   프란츠 카프카
옮긴이   한석종
펴낸이   임양묵
펴낸곳   솔출판사

기획편집   윤진희, 최찬미, 김현지
디자인   이지수
경영관리   이슬비

주소   서울시 마포구 와우산로29가길 80(서교동)
전화   02-332-1526
팩스   02-332-1529
블로그   blog.naver.com/sol_book
이메일   solbook@solbook.co.kr
출판등록   1990년 9월 15일 제10-420호

© 한석종, 2003

ISBN   979-11-6020-019-5   (04850)
                979-11-6020-006-5   (세트)